HEYNE

Jens Lubbadeh

TRANSFUSION

Roman

WILHELM HEYNE VERLAG
MÜNCHEN

Dieses Buch ist auch als E-Book erhältlich.

MIX
Papier aus verantwortungsvollen Quellen
FSC® C083411
FSC www.fsc.org

Verlagsgruppe Random House FSC® N001967

Originalausgabe 12/2019
Redaktion: Sven-Eric Wehmeyer

Printed in Germany
Umschlaggestaltung: Das Illustrat
Satz: KompetenzCenter, Mönchengladbach
Druck und Bindung: CPI books GmbH, Leck
ISBN: 978-3-453-32008-6

diezukunft.de

1

Die Sonne sandte ihre Strahlen über den Hamburger Hafen, und die Kräne schienen ihre Hälse ins Licht zu recken. Wie eine Parade empfingen sie den Giganten, der langsam an ihnen vorbeizog. Stolz und schwer steuerte die »Adinath«, ein Containerschiffkoloss der India Trade Company, auf ihr Ziel zu: Terminal 13. Dort würde das Schiff seine Fracht entladen. 15 000 Container würden von seinem Rücken gehoben werden, Klötzchen für Klötzchen, wie ein großes Lego-Spiel.

Gregor Baumann dachte, dass er den besten Job der Welt hatte, als er dieses Schauspiel von seinem großen Fenster aus beobachtete. Die Sicht vom Zolltower war unschlagbar und lenkte ihn davon ab, die Röntgenanlage vorzubereiten, die einen der Container der »Adinath« durchleuchten würde, als Stichprobe auf Schmuggelware. Unten sah er schon seine Kollegen von der Zollfahndung. Es war 7.59 Uhr. Sie waren spät dran.

Laut Frachtbrief hatte das Containerschiff einen Mix verschiedener Waren an Bord. Indische Lebensmittel wie Ghee, Chapati, Naan-Brot, aber auch Turnschuhe, Handtaschen und Textilien. Vielleicht würden sie bei der Stichprobe gefälschte Nike-Schuhe oder Kopien von Gucci-Taschen finden. Wenn sie Glück hatten, vielleicht auch Drogen. Wenn Fortuna es ganz besonders gut mit ihnen meinte, ein paar Waffen. Baumann war jede Abwechslung recht.

Exakt fünfzehn Minuten später war einer der 15 000 rostroten 40-Fuß-Container auf einen LKW geladen und stand an der Markierung der Röntgenanlage bereit, um in den großen Röntgentunnel hineingeschoben zu werden.

Tanja Molzow hielt sich ihre Kladde als Sonnenschutz über die Augen, während sie vor der Röntgenanlage auf das Go aus dem Kontrollzentrum warteten. Sie war müde. Ihre neun Monate alte Tochter hielt sie und ihren Mann nachts ordentlich auf Trab.

»Na, schlecht geschlafen?«, sagte ihr Kollege Thomas, der einen schweren Bolzenschneider in den Händen hielt, während er grimassierend ein schreiendes Baby imitierte.

Sie nahm den Blick kurz vom Container und sah ihn demonstrativ gelassen an.

»Fünfmal aufgestanden? Oder sechsmal?«, fragte Thomas.

»Achtmal«, sagte Molzow und seufzte, während sie die Formulare vorbereitete.

»Gut, dass ich keine Kinder habe.«

Er betätigte probehalber den Bolzenschneider. Die Metallklingen erzeugten ein unangenehmes Geräusch beim Zuschnappen.

»Wenn du weiter damit rumspielst, wirst du vielleicht nie welche haben«, sagte sie, und Thomas lachte.

»Finden wir jetzt was oder nicht?«, fragte sie. »Was meinst du?«

Es war das alte Zollbeamten-Spielchen. Vor jeder Stichprobe wetteten sie darauf, auf welche gefälschten Waren sie stoßen würden. Uhren von »Rollex« oder »Bratling«, Turnschuhe von »Adibos« oder »Adilas«, Sonnenbrillen von »Ray Barn«. Die absurdesten Markennamen-Kopien sammelten sie, und wer am Ende des Monats die meisten Treffer gelandet hatte, wurde zum Essen eingeladen.

»Ich glaube, wir werden heute Handtaschen finden«, antwortete Thomas. »Sagt mir mein großer Zeh.«

»Ich glaube, wir werden gar nichts finden«, erwiderte Tanja. »Sagt mir mein kleiner Zeh.«

»Wir sollten den Einsatz erhöhen, Tanja. Wer dieses Mal verliert, verliert auch den jeweiligen Zeh«, sagte Thomas und vollführte erneut eine Schnippbewegung mit dem Bolzenschneider. »Einverstanden?«

Sie haute ihm spielerisch ihre Kladde auf seinen stoppelhaarigen Kopf, und er schrie theatralisch auf.

Sollte die Durchleuchtung auch nur den kleinsten Verdacht auf Schmuggelware ergeben, würden sie den Container aufbrechen. Es war ein bisschen wie Geschenke aufmachen.

»Wir sind so weit«, hörte sie Baumanns Stimme in ihrem Headset.

»Okay, schieben wir den Braten in die Röhre«, sagte Tanja und drehte sich zum Kontrollzentrum um. Durch die Scheibe suchte sie Baumanns Blick und hob den Daumen zur Bestätigung. Er zeigte ihr ebenfalls den Daumen und schnarrte ein »Alles klar« über das Headset in ihr Ohr. Molzow gab dem Fahrer des Lkw ein Zeichen, der nun langsam anfuhr. Als er im Tunnel verschwunden und der Fahrer ausgestiegen war, hörte sie abermals Baumanns Stimme in ihrem Ohr:

»Starte Scan.«

Ein hochfrequentes Surren ertönte, als die Anlage den Container zu durchleuchten begann.

Tanja vernahm leise Schmatzgeräusche über das Headset. Baumann, dachte sie. Schert sich mal wieder einen Dreck um das Mikrofon vor seinem Mund.

Dann ertönte ein Husten. Zu schnell essen ist ungesund, Baumann, dachte sie mit leichter Befriedigung und grinste, aber dann sprachen plötzlich mehrere aufgeregte Stimmen im Headset durcheinander. Sie drehte sich wieder zum Tower und sah durch die Scheibe Baumann mit Kollegen heftig gestikulieren.

Was war los? Hatten sie Waffen gefunden?

»Baumann? Alles klar?«, fragte sie in ihr Mikro. Keine Reaktion.

Sie blickte zu Thomas. Auch er hatte mitbekommen, dass etwas nicht stimmte. Sein Blick zeigte Genugtuung. »Wette gewonnen. Sorry, Tanja.«

»Scheint was Großes zu sein«, murmelte sie und zeigte auf den Tower. »Ich geh mal hoch.«

Dann hörte sie Baumann schreien: »Ein Krankenwagen! Schnell!«

Im Tower war die Hölle los. Niemand nahm von ihr Notiz. Baumann telefonierte, seine Kollegen standen um seinen riesigen Monitor versammelt und diskutierten erregt. Hatten sie eine Atombombe entdeckt?

Tanja trat näher an den Monitor. Er zeigte die Röntgenaufnahme des Containers. Es sah aus wie eine Strichzeichnung. Sie erkannte die Umrisse des Lasters, die Reifen waren im Licht der Röntgenstrahlen schlichte Kreise. Darüber befand sich der durchleuchtete Container. Er sah aus wie das Foto-Negativ eines platt gedrückten Stilllebens: viele Kisten, wild neben- und übereinandergestapelt, darin die Umrisse der unterschiedlichsten Gegenstände.

Am äußersten rechten Rand, dem hinteren Ende des Containers, erkannte Tanja jedoch Strukturen, Schatten, die überhaupt nicht zu den eckigen Formen des Containers passten. Sie waren gebogen, gerundet, organisch.

Es waren Knochen. Skelette. Sie hockten eng zusammengepfercht auf dem Boden.

Mit dem Bolzenschneider brach Thomas das Siegel des Containers auf. Als er eintrat, wurde er von dem Gestank förmlich erschlagen. Ein warnender Blick von ihm ließ Tanja ihren

Ärmel über ihre Nase stülpen, bevor sie ihm folgte. Der Verwesungsgeruch war dennoch so überwältigend, dass sie ihn auf der Zunge schmeckte. Darunter lag auch noch der Gestank von Exkrementen und Urin. Ihr wurde übel.

In all den Jahren beim Zoll hatte Tanja Molzow schon viel gesehen. Blinde Passagiere, in Hohlräumen unter dem Boden zusammengekauert, in Luftschächten oder Abwasserrohren versteckt. Aber bis jetzt waren sie immer im Schiff selbst gewesen. Noch nie hatte sie Menschen in einem Container gefunden. Schon gar nicht tote.

Im Schein ihrer Taschenlampe sah sie in der hintersten Ecke des Containers die kleinen Körper zusammengedrängt an der Wand lehnen. Sie trugen schmutzige Kleidung. Im Lichtkegel erkannte sie lange schwarze Haare und ausgemergelte Gesichter. Die Leichen waren bereits in Verwesung begriffen, aber sie konnte erkennen, dass es Mädchen waren. Sie schätzte sie auf nicht älter als zehn Jahre.

Thomas blickte sie betroffen an. Diese Mädchen hatten keine Chance gehabt. Über 70 Tage dauerte die Fahrt von Mumbai nach Hamburg.

Neben den Mädchen lagen unzählige leere Flaschen und Essensverpackungen herum, und sie konnte längst erloschene Taschenlampen ausmachen. Einige der Mädchen hielten etwas fest umklammert. Tanja Molzow leuchtete gezielter und erkannte schließlich, was es war. Kuscheltiere. Kuscheltiere mit Flügeln.

Was nur hatte diese Kinder dazu bewogen, in einen Container zu flüchten? Wie verzweifelt mussten sie gewesen sein? Was für Ängste mussten sie ausgestanden haben, so lange alleine in diesem dunklen Loch? Sie konnte den Anblick der toten Gesichter nicht länger ertragen und wandte sich ab. Im Augenwinkel sah sie das Blitzlicht der Kamera von Thomas.

Der Notarztwagen kam mit heulenden Sirenen. Die Ärzte betteten die Kinderleichen vorsichtig auf Bahren. Tanja, Thomas, Gregor und die restlichen Zollbeamten standen daneben und beobachteten das unfassbare Schauspiel. Die Helfer bedeckten die Kinder eines nach dem anderen mit weißen Tüchern. Als die Sanitäter die Leichen an ihnen vorbeitrugen, sah Tanja einen der Arme an der Seite herausragen. Etwas ließ sie zusammenzucken: Der Unterarm des Mädchens wies seltsame Verdickungen auf, als würde ein Kabel unter der Haut verlaufen. Die Hand des Kindes hielt noch immer eines der Kuscheltiere fest. Jetzt erkannte sie, was es war. Ein kleiner Engel. Etwas war in ihn hineingestickt. Ein Dreieck mit einem kleineren Dreieck darin, das auf der Spitze stand. Irgendwo hatte sie dieses Zeichen schon einmal gesehen.

2

Dutzende Hände schlugen auf ihr Auto, als sie sich der Einfahrt ihrer Firma näherte. Iliana blickte in viele wütende und empörte Gesichter. Hunderte Protestierende hatten sich vor dem »Dönerturm« versammelt, wie das modisch gestaltete Firmengebäude von Astrada in der Hamburger Hafencity genannt wurde. Selbst durch die geschlossenen Scheiben ihres Wagens hörte Iliana die Rufe der Demonstranten.

»Kinderschänder!«

»Schweinekonzern!«

Viele hielten Plakate hoch, eine Frau sprach in ein Megafon.

»… haben wir wieder ein typisches Beispiel dafür, dass die Pharmaindustrie nur an Profiten interessiert ist. Dafür ist sie bereit, über Leichen zu gehen!«

Auf einigen Plakaten erblickte sie das Logo von Pharmatransparency, des pharmakritischen Lobbyvereins – eine zerbrochene Spritze.

Als die Meldung von den toten Mädchen und den Astrada-Kuscheltieren vor zwei Tagen in den Nachrichten kam, hatte Iliana mit wenig Erfreulichem gerechnet. Aber sie hätte nicht erwartet, dass Pharmatransparency so schnell so viele Leute vor der Firmenzentrale mobilisieren würde. Immerhin hatte Astrada in den letzten Jahren für viele positive Schlagzeilen gesorgt und galt als einer der beliebtesten Konzerne weltweit.

Die Menge machte ihr kaum Platz, Iliana musste im Schritttempo fahren. Als sie sich endlich der Schranke der Einfahrt näherte, kam der Pförtner angelaufen.

Die Worte der Frau mit dem Megafon hallten über den Platz: »Astrada hat versucht, sich mit Bimini ein Saubermann-Image zuzulegen. Wie wir nun wissen, ist Astrada nicht besser als all die anderen Pharmakonzerne, auch wenn sie uns das glauben machen wollen. Astrada nutzt Kinder in Entwicklungs- und Schwellenländern für seine Zwecke aus, und wir fordern ...«

Iliana kannte die Stimme, aber sie war zu abgelenkt, um sich darauf zu konzentrieren. Der Pförtner fluchte, als er immer wieder von Protestierenden aufgehalten wurde. Dann war er an ihrem Auto, und Iliana ließ die Scheibe runter. Schlagartig schwappte der Lärm von draußen herein, und sie musste fast schreien, um sich verständlich zu machen.

»Was ist hier los, Herr Eitner?«

Eitner, ein älterer Herr, schrie zurück: »Die sind heute Morgen Punkt acht Uhr angerückt, Frau Kornblum. Wir wussten von nichts. Ich hab schon die Polizei verständigt. Fahren Sie schnell durch, wenn ich die Schranke öffne, damit keiner reinkommt.«

Der »Dönerturm« ähnelte tatsächlich einem Dönerspieß mit seinen unregelmäßig an Breite zunehmenden Etagen. Ganz oben auf dem Dach des Turms glänzte das Astrada-Logo stolz vor dem Himmel, ein silbernes Dreieck mit einem kleineren umgedrehten Dreieck in seinem Bauch. Das neue Firmengebäude war erst vor wenigen Monaten fertiggestellt geworden. Der Konzern hatte Platz gebraucht. Die Einnahmen aus dem Verkauf von Bimini waren gigantisch.

Sie musste in die Forschungsabteilung, die sich in einem runden silbernen Gebäude nebenan befand, das »Ufo« genannt wurde. Dort waren die Labore und ihr Büro. Iliana war stellvertretende Forschungsleiterin des Pharmakonzerns, der die Krankheit Alzheimer besiegt hatte.

Sie hörte die Megafonstimme weiter plärren: »... fordern

wir Astrada-Chef Erik Freimuth hiermit auf, seine Hinhaltestrategie aufzugeben und offenzulegen, was für unethische Kinderstudien Astrada in Indien veranstaltet!«

Jetzt identifizierte sie auch die Stimme. Sie gehörte Andrea Parka, der Leiterin von Pharmatransparency. Mark und Iliana hatten sich oft über sie und ihre einseitige Pharma-Verteufelung aufgeregt. In diesen Tagen war sie – wenig verwunderlich – omnipräsent.

Als Iliana durch die Gänge der Forschungsabteilung lief und ihre Mitarbeiter grüßte, schaute sie in lauter fragende Gesichter. Mark war seit Dienstag nicht mehr in der Firma gewesen. Wahrscheinlich besuchte er Konferenzen und hielt Vorträge wie immer. Ausgerechnet jetzt brach die Hölle über Astrada herein. Seit zwei Tagen berichteten die Medien über kaum etwas anderes als die toten indischen Mädchen in dem Container. Es war die perfekte Story. Tote Kinder aus der Dritten Welt und ein übermächtiger Pharmakonzern. Gut und Böse. Schwarz und Weiß.

»Waren sie Astradas Versuchskaninchen?« So lautete eine der Headlines, über einem riesigen Foto der fünf abgemagerten Mädchen. Natürlich gab es auch einen Zoomausschnitt auf einen der Kuschelengel, so stark vergrößert, dass das Firmenlogo gut zu erkennen war. Es ärgerte Iliana. Die Kuscheltiere waren kein Beweis, Pharmamerchandise kursierte überall. Warum warf die Presse nur derart mit Dreck? Wollten sie Astrada nun zerstören, weil es in den letzten Jahren ausschließlich Gutes über ihre Firma zu berichten gegeben hatte? »Heilmittel gegen Alzheimer gefunden«, »Alzheimer ist besiegt!« – das waren die Headlines der letzten Jahre gewesen, die Krönung von Marks und ihrer Arbeit. Sie beide hatten diese teuflische Krankheit, an der auch Ilianas eigener Vater litt, ein für alle Mal besiegt.

Natürlich hatte Erik Freimuth alle Vorwürfe zurückgewiesen. Der Konzern führte eine Menge Werbeartikel mit Firmenlogo im Sortiment: Schreibblöcke, Kugelschreiber, Uhren, selbstverständlich auch Kuscheltiere. Gängige Praxis, jeder Pharmakonzern tat das, Kuscheltiere waren bei Ärzten als Geschenke für kleine Patienten beliebt. Und ja, Astrada unterhielt auch eine Niederlassung in Indien. Möglich, dass Kuscheltiere mit Logo dort in Umlauf gekommen waren.

Es war nichts dran an der Sache, da war sich Iliana sicher. Nach Marks Rückkehr würde sie ihm vorschlagen, das Team zu versammeln, um eine kollektive Aussprache über die Ereignisse abzuhalten. Gerade jetzt war Offenheit wichtig, sonst würden sich ganz schnell Verunsicherung und Gerüchte breitmachen.

Nun hoffte sie, sich endlich ihrer Arbeit widmen zu können. Sie hatte viel auf dem Zettel. Es ging um Projekt P, die Anwendung von Bimini bei Parkinson. Die Ergebnisse der Mausstudien waren äußerst vielversprechend.

Von ihrem Büro aus konnte sie seitlich den Firmenparkplatz überblicken. Die drei dunklen BMW fielen Iliana sofort auf. Es war früher Nachmittag. Die meisten Mitarbeiter erschienen morgens zur Arbeit.

Die Wagen rollten langsam über den vollen Parkplatz und kamen nebeneinander auf den für Lieferanten reservierten Stellplätzen zum Stehen. Fünf Männer mit Sonnenbrillen stiegen aus. Iliana kannte die meisten Mitarbeiter, diese Männer hatte sie noch nie gesehen. Sie waren in Jeans und Lederjacken gekleidet, ein Outfit, das in einem Pharmakonzern niemand trug. Aber es war vor allem ihr Verhalten, das Ilianas Aufmerksamkeit auf sich zog. Nach dem Aussteigen blickten sie sich um, scannten die Umgebung. Es wirkte wie zweckdienliche Routine, nicht wie neugieriges Umherschauen. Einer der

Männer sah dabei zu ihrem Fenster hoch und bemerkte Iliana. Einen Moment lang ruhten seine Sonnenbrillenaugen auf ihr, während sie realisierte, dass es zu spät war, um sich zu verstecken. Schließlich ließ er von ihr ab, und die Männer bewegten sich in Richtung Eingang.

Ihr Blick wanderte zu ihrem Monitor. Es ging um die Maus-Testreihe für Projekt P, ein interner Codename für das Vorhaben, Bimini für die Behandlung von Parkinson zu lizenzieren. Mark und sie hatten schon lange vermutet, dass das Medikament auch bei dieser Krankheit wirken könnte. Die Experimente mit den Mäusen weckten jedenfalls entsprechende Hoffnungen. Alles sah danach aus, dass Astrada womöglich bald den nächsten Hit landen würde.

Die rote LED an ihrem Firmentelefon blinkte. Sie hatte es auf lautlos gestellt, weil sie nicht gestört werden wollte. Im Display sah sie den Namen des Anrufers: Evelyn, Freimuths Assistentin. Ihre Töchter gingen in dieselbe Kita.

»Iliana, die Polizei ist hier!« Evelyn sprach mit abgedämpfter, hektischer Stimme.

»Was?«

»Sie sind bei Freimuth. O Gott, ich bin so aufgeregt.«

Jetzt wurde ihr klar, wer die fünf Männer auf dem Parkplatz gewesen waren.

»Ich muss auflegen«, wisperte Evelyn hektisch. »Sie kommen raus.«

Iliana legte auf. Es war sicher nur eine Routinebefragung. Die Polizei musste jedem Hinweis nachgehen. Es war nichts dran.

Oder?

Sie versuchte sich wieder auf ihre Arbeit zu konzentrieren. Sie hatten Parkinson-Mäuse mit Bimini behandelt. Man konnte in Mäusen Parkinson erzeugen, indem man durch Gift den

Teil des Gehirns zerstörte, der auch bei Parkinson-kranken Menschen kaputtging: die Substantia nigra, eine Region von Nervenzellen tief im Mittelhirn. Wenn diese Zellen aus unbekannten Gründen zugrunde gingen, entwickelten Parkinson-Kranke die typischen motorischen Störungen. Sie zitterten und konnten ihre Gliedmaßen kaum noch beherrschen, bis die Krankheit am Ende in vollständige Bewegungsunfähigkeit mündete. Die Mäuse waren Modelltiere für Parkinson und zu Forschungszwecken gezüchtet worden. Auch sie zeigten erhebliche Bewegungsstörungen.

Das Studiendesign war immer das gleiche: Eine Gruppe der Parkinson-Mäuse hatte mehrere Wochen lang Bimini injiziert bekommen, eine Kontrollgruppe hingegen ein Placebo – um auszuschließen, dass die Versuchsbedingungen irgendeinen Einfluss auf das Ergebnis nahmen. Dann mussten die Mäuse täglich Bewegungsübungen absolvieren, und nach Ende der mehrwöchigen Versuchsreihen wurden alle Tiere getötet und ihre Gehirne in feine Scheiben geschnitten – um zu untersuchen, ob Bimini irgendetwas in ihren Gehirnen verändert hatte, wie es das in den Gehirnen von Alzheimer-Kranken tat.

Sie hatten insgesamt eintausend Mäuse untersucht, in einem äußerst akribischen Prozess. Die Ergebnisse waren eindeutig. Die Mäuse, die Bimini bekommen hatten, wiesen starke Verbesserungen in ihrer Motorik auf. Die Gruppe mit dem Scheinmedikament hingegen blieb auf einem gewissen Niveau stehen. Richtig aufregend waren aber die Gehirnschnitte. Bimini hatte in den Gehirnen der Mäuse neue Nervenzellen sprießen lassen. Die Substantia nigra hatte sich teilweise regeneriert. Das war nichts weniger als sensationell. Sie freute sich schon darauf, Mark davon zu berichten, wenn er endlich wieder da war.

Er reiste viel, besuchte assoziierte Labore, sah sich Produktionsstätten überall in Europa an, war auf Konferenzen ein beliebter Keynote-Speaker. Jetzt, da er ein Star war. Manche hielten ihn für einen Nobelpreis-Anwärter.

Sie wusste allerdings nicht, wo er die letzten Tage gewesen war. In all der Zeit, die sie inzwischen zusammenarbeiteten, kannte sie Mark Jacobs als pflichtbewussten Menschen. Mark, der eigentlich Markus hieß, aber schon vor vielen Jahren seinen Namen amerikanisiert hatte.

Die LED ihres Telefons blinkte erneut. Wieder Evelyn. Meine Güte, die war ja wirklich ein Nervenbündel. Sie nahm ab und erwartete, dass sie ihr ausgiebig von der Polizeivisite erzählen würde.

»Freimuth will dich sprechen«, sagte Evelyn.

Iliana stutzte.

»Warum das?«

Normalerweise hatte sie mit dem CEO nicht direkt zu tun. Mark war der Forschungsleiter, sie nur seine Stellvertreterin.

»Er hat gesagt, es sei dringend.«

Freimuths Büro befand sich in der obersten Etage im Tower. Evelyn grüßte sie verkniffen, als Iliana in das Vorzimmer trat. Sie schien immer noch angespannt.

Iliana kannte Freimuth kaum. Sie beneidete Mark keinen Moment darum, dass er sich mit ihm herumplagen musste.

Evelyn gab ihr mit einem Kopfnicken zu verstehen, unverzüglich zu ihm reinzugehen.

Das Erste, was sie wahrnahm, war sein Geruch. Iliana war ihm nur wenige Male persönlich begegnet und erinnerte sich nun wieder daran, dass sie seinen Geruch als invasiv empfunden hatte. Er ließ Assoziationen von Schwere aufkommen, aber da war noch etwas Spitzes, etwas Herausforderndes, etwas, das keine Grenzen kannte. Für einen Moment unterdrückte sie den Impuls, den Raum wieder zu verlassen. Gegen Geruch gab es keine Augenlider, keine Ohrstöpsel, er drang in einen ein, man war ihm ausgeliefert.

Erik Freimuth sah jünger aus, als er war, und das wusste er auch. Er hatte volles, kurz geschnittenes braunes Haar, wenig Falten, und die Grübchen in seinen Wangen verliehen ihm etwas Jungenhaftes. Er trug niemals Krawatten, sondern nur weiße T-Shirts unter seidigen, eng geschnittenen Jacketts, die teuer aussahen und es sicherlich auch waren.

Er wirkte auf eine glatte Art und Weise attraktiv. Sie mochte diesen Typ eigentlich nicht, aber da war auch etwas in ihr, das auf ihn reagierte. Widerwillig musste sie sich eingestehen, dass sie ihn auf gewisse Weise anziehend fand.

Freimuths Büro war minimalistisch eingerichtet, die Wände waren kahl, einige unbequeme Stühle standen um einen kleinen Konferenztisch herum. Alles wirkte groß und leer. Am Kopfende des Büros stand ein dunkler Schreibtisch, darauf nur ein ultradünner Laptop neben einem ultradünnen Smartphone. Kein Stift, kein Papier, nichts.

Freimuth tippte und schien keine Notiz von ihr zu nehmen, als sie eintrat. Zwei Stühle standen vor seinem Schreibtisch. Sie trat langsam darauf zu und kam sich bei jedem Schritt zu laut vor, denn er tippte fast geräuschlos. Sie setzte sich und versuchte, entspannt zu wirken.

»Sie wollten mich sprechen«, ergriff sie schließlich das Wort, als immer noch nichts passierte.

Freimuth tippte noch einen Moment weiter, dann klappte er seinen Laptop mit einer schnellen Bewegung zu.

»Markus Jacobs hat gekündigt.«

In seiner wohlklingenden Stimme schwang ein feiner amerikanischer Akzent mit. Freimuth war Amerikaner, aber er sprach perfektes Deutsch. Iliana vermutete, dass der Akzent reine Attitüde war. Anders als sonst bemerkte sie einen hohen Unterton in seiner Stimme, der einen kleinen Teil von seiner Souveränität zunichte machte. Es entging ihr auch nicht, dass er von Mark als Markus sprach – was sein eigentlicher Name war, aber eigentlich nannte ihn niemand mehr so.

»Ich verstehe nicht?«

Sie hatte erwartet, dass er mit ihr über die Protestaktionen sprechen wollte. Oder über die Parkinson-Studie. Dass er ihr die Kündigung ihres Chefs mitteilen würde, dem Vater des wichtigsten Medikaments von Astrada, damit hatte sie nicht gerechnet.

»Mit sofortiger Wirkung«, sagte Freimuth.

Es traf sie wie ein Schlag. Für Mark gab es keinen ersichtlichen Grund, den Konzern zu verlassen. Vor fünf Jahren hatte Freimuth ihn zu Astrada geholt, ihm viel Geld und die besten Forschungsbedingungen geboten, die man sich nur wünschen konnte. Mark und Freimuth kannten sich aus ihrer Zeit in Kalifornien. Mark hatte in Stanford geforscht, Freimuth im Silicon Valley mit mehreren Firmen Millionen gemacht. Warum sollte er jetzt kündigen? Nach dem riesigen Erfolg mit Bimini? So kurz vor seinem nächsten Triumph?

»Das ergibt überhaupt keinen Sinn.«

Freimuth ging nicht auf ihre Worte ein.

»Ich vermute, Herr Jacobs hat ein Angebot der Konkurrenz angenommen. Ich bin enttäuscht, nach allem, was ich für ihn getan habe.«

In Ilianas Kopf ratterte es. Wieso hatte Mark ihr nichts gesagt? Wieso hatte er sie nicht in seine Pläne eingeweiht? Sie arbeiteten seit Jahren eng zusammen, unterhielten ein Vertrauensverhältnis. Sie konnte es nicht glauben. Mark hätte ihr doch erzählt, wenn er unzufrieden gewesen wäre und mit dem Gedanken an Kündigung gespielt hätte. Da war ein ungutes

Gefühl in ihr, ein Ziehen, nicht verortbar. Etwas stimmte hier nicht.

»Ich kann nur hoffen, dass er keine Daten mitgenommen hat«, sagte Freimuth. »Sollte er seine Verschwiegenheitserklärung missachten, werden wir ihn in Grund und Boden klagen.«

Sie sah gerade einen ganz anderen Freimuth als in dem Tagesthemen-Interview gestern, das er bezüglich der toten Mädchen gegeben hatte. Sein Blick war stechend, sein Mund ein Strich. Er war richtig wütend.

»Worum es jetzt geht, ist Kontinuität, Frau Kornblum. Sie sind die stellvertretende Forschungsleiterin, Sie wissen, dass all das jetzt zur Unzeit kommt.«

»Sie meinen, weil die Polizei gerade hier war?«

Sie biss sich auf die Zunge. Zu spät. Freimuths bedrohlicher Blick bestätigte ihr, dass sie die falsche Frage gestellt hatte.

»Woher wissen Sie davon?«, fragte er.

Sie hatte sich verplappert. Sie wollte Evelyn nicht in Schwierigkeiten bringen.

»Ich habe die Männer auf dem Parkplatz gesehen. Sie wirkten nicht wie Angestellte. In den Medienberichten hieß es, dass die Staatsanwaltschaft bereits ermittele. Ich habe mir meinen Teil gedacht.«

Es klang nicht überzeugend. Freimuth musterte sie mit seinen dunkelbraunen Augen. Sein Gesicht war nicht zu entziffern. Durchschaute er sie? Testete er sie?

Dann sagte er:

»Nein, nicht deswegen kommt es zur Unzeit. Wie ich schon sagte, Astrada hat mit diesen toten Mädchen nichts zu tun. Ich spreche von Projekt P. Dafür benötige ich volle Unterstützung vom Aufsichtsrat. Jacobs' Ausscheiden darf das auf gar keinen Fall gefährden. Deswegen werden Sie mit sofortiger Wirkung die Forschungsleitung übernehmen.«

Jetzt war sie baff. Was geschah hier gerade?

»Heute ist Donnerstag. Am Dienstag ist die nächste Aufsichtsratssitzung. Jacobs sollte Projekt P dort präsentieren. Und zwar so, dass der Rat dem Projekt grünes Licht gibt. Das werden nun Sie übernehmen.«

Sie schnappte nach Luft.

»Das ist viel zu kurz. Wir haben Unmengen von Daten, die wir noch längst nicht ausgewertet haben.«

»Dann gehen Sie an die Arbeit.«

Er klappte seinen Laptop wieder auf und begann zu tippen.

Sie war völlig verwirrt. Das ging alles zu schnell. Warum hatte Mark bloß gekündigt?

Sie stand auf und ging. Als sie schon an der Tür war, rief Freimuth ihr nach:

»Frau Kornblum, eine Sache noch.«

Sie drehte sich um.

»Ab sofort sind alle Daten zu Bimini Verschlusssache.«

»Warum das?«

»Wie ich erfahren habe, sind mehrere investigative Journalisten auf uns angesetzt worden. Wir haben Protestaktionen vor dem Firmengelände. Wir können nichts riskieren. Keinerlei Daten verlassen mehr dieses Gelände.«

»Für die Präsentation werde ich aber vielleicht alte Daten benötigen.«

»Dann muss ich Sie bitten, am Wochenende in die Firma zu kommen«, sagte Freimuth knapp und blickte wieder auf seinen Laptop.

Als sie sein Büro verlassen hatte, verfolgte sie sein Geruch noch lange. Sie war sich nicht sicher, ob er in ihrer Kleidung oder in ihrem Kopf steckte.

3

»Pharmakonzerne führen Medikamentenstudien besonders gerne in Entwicklungsländern durch. Die Gründe sind einfach: Dort muss man den Probanden weniger bezahlen, und die ethischen Standards sind sehr viel niedriger. Wenn sie überhaupt vorhanden sind.«

Iliana starrte auf den Bildschirm. Sie sah die Tagesthemen und trank ein Glas Wein. Gerade interviewten sie, wen sonst, Andrea Parka. Nach der Arbeit hatte sie Marie in der Kita abgeholt, danach war sie bei ihrem Vater vorbeigefahren und war länger dort geblieben als ursprünglich geplant. Es war schön, dass er wieder so gut wie gesund war. Bimini hatte seine Alzheimer-Symptome auf ein Minimum reduziert. Sein Erinnerungsvermögen funktionierte fast normal. Manchmal fiel ihm ein Name nicht sofort ein, aber er hatte immerhin nicht mehr mit Totalausfällen zu tun. Seit einem Jahr wohnte ihr Vater wieder in einer eigenen Wohnung und kam alleine zurecht. Für Iliana war es eine enorme Erleichterung gewesen. Manchmal konnte sie es kaum fassen, wie sich alles entwickelt hatte. Vor drei Jahren noch hatte ihr Leben in Trümmern gelegen: die Krankheit ihres Vaters, der plötzliche Tod ihrer Mutter, ihre Trennung von Phillip. Sie war am Ende ihrer Kräfte gewesen. Obwohl derzeit alles gut aussah, war sie noch nicht wieder vollständig in Form. Jetzt auch noch diese Präsentation, die sie am Wochenende fertigstellen musste.

Sie nahm einen Schluck Wein.

»Wie wir wissen, litten die indischen Mädchen aus dem

Container unter Entwicklungsstörungen«, sagte die Nachrichtensprecherin.

»Dafür gibt es zahlreiche Erklärungsmöglichkeiten«, antwortete Parka. Sie blickte mit festem Blick in die Kamera. Ihr langes dunkles Haar hatte sie zusammengebunden, graue Strähnen waren darin zu sehen. Sie wirkte sehr seriös, sprach ruhig und sachlich. Iliana hielt sie für eine gewiefte tendenziöse Strategin.

»Mädchen haben in Indien einen schweren Stand, häufig werden sie in ihren Familien schlecht behandelt. Sie gelten als Bürde, weil bei ihrer Heirat eine Mitgift fällig wird. Das bedeutet für viele arme Familien eine finanzielle Last. Millionen Mädchen werden in Indien daher vernachlässigt, ausgesetzt, verkauft oder nach der Geburt umgebracht, wenn sie nicht schon vorher abgetrieben werden. Mittlerweile gibt es in Indien sogar einen deutlichen Männerüberschuss. Es hätte in der Verantwortung des Pharmakonzerns gelegen, dafür Sorge zu tragen, dass es den Mädchen wenigstens für die Dauer der Studie gut geht.«

»Was macht Sie so gewiss, dass diese Mädchen an einer medizinischen Studie teilgenommen haben?«

»Da sind zum einen die Stofftiere mit dem Astrada-Logo …«

»Die aber auch auf anderem Wege zu den Kindern gelangt sein könnten«, warf die Nachrichtensprecherin ein.

Parka nickte. »Das ist natürlich möglich, ja. Wenngleich ich es für unwahrscheinlich halte. Solche Pharma-Werbeartikel werden zumeist an Ärzte und Krankenhäuser verteilt. Diese Mädchen standen irgendwie in Kontakt mit einer medizinischen Einrichtung. Was ich aber als noch viel stärkeren Beweis betrachte, ist die Tatsache, dass sie einen Shunt implantiert hatten …«

»Ich glaube, wir müssen den Zuschauern kurz erklären, was das ist«, unterbrach die Sprecherin sie.

»Verzeihung«, sagte Parka. »Ein Shunt ist ein kleiner Schlauch, der Vene und Arterie verbindet und den man Patienten in den Arm implantiert. Das macht man beispielsweise bei Dialysepatienten, die regelmäßig zur Blutwäsche müssen, weil ihre Nieren das Blut nicht mehr reinigen können. Weil man aber Venen nicht so oft anstechen kann, setzt man ihnen diesen Schlauch in den Unterarm ein. Der Arzt sticht die Nadel dann in den Schlauch statt in die Vene. Die Verdickungen unter der Haut sehen zwar gruselig aus, es macht die Sache für den Patienten aber angenehmer.«

»Wenn die Mädchen solche Shunts in ihren Armen hatten, bedeutet das, dass sie nierenkrank waren?«

»Das könnte sein, und es würde auch die Mangelerscheinungen erklären, aber etwas passt meiner Meinung nach nicht. Wie ich bereits erwähnte, sind Mädchen in Indien weniger wert als Jungen. Ich halte es daher für äußerst unwahrscheinlich, dass sie – falls sie nierenkrank gewesen sein sollten – überhaupt eine medizinische Behandlung bekommen hätten.«

»Was glauben Sie stattdessen, Frau Parka?«

»Indische Mädchen werden häufig verkauft – meistens an Sex- oder Sklavenhändler. Aber auch an andere skrupellose Leute. Ich glaube, dass diese Mädchen als Versuchskaninchen für Studien verkauft wurden. In diesem Fall an Leute, die Studien im Auftrag von Astrada durchführten. Deswegen die Shunts, da man ihnen häufig Substanzen injizieren musste. Deswegen die Astrada-Kuscheltiere. Es wäre nicht das erste Mal, dass ein Pharmakonzern Kinder als Versuchskaninchen missbraucht, um neue Medikamente zu testen. 1996 testete Pfizer während einer Meningitis-Epidemie das Antibiotikum Trovan an Minderjährigen in Nigeria. Elf Kinder starben, viele weitere waren danach lebenslang behindert. 2003 hat eine

Sanofi-Tochter in Indien Tests durchgeführt und den Patienten verschwiegen, dass sie an einer Studie teilnahmen. Auch damals starben Menschen. 2007 testete Novartis an Obdachlosen in Polen einen Vogelgrippe-Impfstoff, ohne deren Einverständnis. Die Liste ist lang, alle großen Pharmakonzerne verletzen seit Jahren ethische Standards – warum sollte Astrada da eine Ausnahme sein?«

»Das sind sehr schwerwiegende Vorwürfe, Frau Parka«, sagte die Nachrichtensprecherin. »Erik Freimuth, der Chef von Astrada, hat bestritten, dass der Konzern Studien an indischen Kindern durchführt.«

»Was soll Erik Freimuth auch anderes sagen? Ich kenne keinen Fall, in dem die Pharmaindustrie ihre Schuld freiwillig eingestanden hat. Die Wahrheit kommt meist scheibchenweise ans Licht, und immer nur unter Druck.«

Man merkte, dass Andrea Parka zahlreiche Medientrainings hinter sich hatte. Sie wusste ganz genau, welche Knöpfe sie drücken musste. Parka hatte früher selbst in der Pharmaindustrie gearbeitet. Dann hatte sie die Seiten gewechselt und war zur schärfsten Pharmakritikerin mutiert. Ihr Verein Pharmatransparency war in der Branche gefürchtet.

Iliana schaltete den Fernseher auf lautlos. Sie war wütend. Parka hatte ein wichtiges Detail unterschlagen, nach dem auch die Journalistin nicht gefragt hatte. In den Körpern der Mädchen hatte man lediglich Rückstände von Beruhigungsmitteln gefunden – keinerlei Hinweise auf andere Drogen oder Substanzen. Dies aber hätte bei Medikamententests der Fall sein müssen. Beides passte nicht zur These von den Kinder-Versuchskaninchen.

Was sie über die üble Lage von Mädchen in Indien gesagt hatte, stimmte hingegen. Gut möglich also, dass es für die schlechte körperliche Verfassung der Mädchen und ihre Flucht andere Gründe gab. Die Shunts in ihren Armen blieben natürlich rätselhaft.

Eines war klar: Das Ganze war ein PR-Desaster für Astrada. Sie musste Andrea Parka leider zugestehen, dass die Indizien in der Tat dazu einluden, die Rollen von Gut und Böse eindeutig zu verteilen.

Iliana stand auf. Sie war müde, aber innerlich unruhig. Das Gespräch mit Freimuth hing ihr nach. Sie konnte nicht verstehen, warum Mark sich zu diesem Schritt entschieden hatte. Vor allem, warum er ihr nichts davon gesagt hatte.

Sie war jetzt Forschungsleiterin von Astrada, mit 39 Jahren. Sie konnte sich nicht darüber freuen. Sie war nur befördert worden, weil ihr langjähriger Chef und Kollege entschieden hatte, sich aus dem Staub zu machen.

Bis Dienstag sollte sie eine hochkarätige Präsentation zusammenhauen, aus lauter Rohdaten.

Mark? Was soll das? Wieso hast du gekündigt?

Sie sah ihn vor ihrem inneren Auge, klar und deutlich. Ihr Gehirn schoss permanent Bilder, sie besaß ein fotografisches Gedächtnis. Sie sah Marks schmales Gesicht, das immer unrasiert war. Sie sah seine hellblauen Augen, die durch die fast unsichtbare Brille lugten. Sie sah sein blondes Haar, das in den letzten Jahren immer dünner geworden war, was ihn sehr fuchste. Sie sah die stets bedachten Bewegungen seines schlanken Körpers. Wenn er sich überhaupt bewegte, denn er hatte die Angewohnheit, nicht selten lange regungslos und hoch konzentriert dazusitzen wie eine Eidechse. Sie hatte ihn immer um diese Fähigkeit der totalen Versenkung beneidet, wenn er minutenlang vor seinem Rechner oder über eine Studie gebeugt ausharrte, ohne die kleinste Bewegung zu machen.

Mark. Sie kramte ihr Handy hervor und tippte auf seinen

Kontakt. Zum x-ten Mal versuchte sie, ihn anzurufen, und zum x-ten Mal sprang nur seine Mailbox an.

»I am currently unavailable, please leave a message«, teilte die Aufnahme seiner unaufgeregten Stimme mit.

Umso aufgeregter war ihre: »Mark! Was ist los? Wo steckst du? Melde dich endlich!«

Iliana ging vorsichtig zu Maries Zimmer und lauschte an ihrer Tür. Alles ruhig. Ihre Tochter schlief. Sie drückte die Türklinke langsam hinunter und öffnete die Tür. Als sie eintrat, traf sie sofort der charakteristische Geruch ihrer Tochter. Eine Mischung aus Blumenduft, Waschmittel und Gummibärchen. Sie hörte Maries Atem und näherte sich ihrem Bett. Es war schummrig in dem Zimmer. Ein Nachtlicht in der Steckdose neben ihrem Bett tauchte ihr Gesicht in sanftes Licht. Marie mochte völlige Dunkelheit nicht. Ohne Nachtlicht wollte sie nicht schlafen.

Sie hatte die Decke völlig zerwühlt, ihre blonden Locken waren zerzaust. Marie lag auf der linken Seite, im Arm hielt sie ihren Teddy. Der Daumen der rechten Hand befand sich nah am Mund, aber nicht darin. Sehr gut, dachte Iliana. Sie versuchte Marie gerade endgültig das Daumenlutschen abzugewöhnen. Wenn Marie einmal schlief, dann schlief sie – beneidenswert, fand Iliana, die in den letzten drei Jahren unter Schlafstörungen gelitten hatte. Nach außen hin wirkte sie immer souverän, das hatten schon ihre Eltern gesagt. Immer kontrolliert, immer Herrin der Lage. Aber der Schlaf entzog sich ihrer Kontrolle, und nachts kamen all ihre Ängste und Schwächen hervorgekrochen wie Silberfischchen. Sie war froh, wenn sie sich morgens nicht an ihre Träume erinnerte. Die Gefühle, die ihr nachhingen, reichten ihr.

Sie betrachtete ihre schlafende Tochter, lauschte ihren Atemzügen. Sie hatte sich immer ein zweites Kind gewünscht, nun stand ihre Scheidung bevor, und alles sah danach aus, dass Marie ein Einzelkind bleiben würde – so wie sie selbst eines gewesen war. Das hatte sie Marie ersparen wollen, die ständige Aufmerksamkeit, den Erwartungsdruck, immer im Fokus zu sein, niemanden zu haben, mit dem man Geheimnisse vor den Eltern teilen konnte. Eine Woge der Liebe durchströmte Iliana plötzlich, als sie Marie betrachtete, dieses kleine Wesen, in dem sie sich immer wieder selbst erkannte, das ihr Ein und Alles war.

Iliana dachte daran, wie sie mit Phillip zusammen Kinderfotos von ihnen beiden durchgesehen hatte – auf der Suche nach Ähnlichkeiten, im spielerischen Wettbewerb, wem Marie ähnlicher sah. Sie hatten viel gelacht, denn Phillip war ein ziemlich hässliches Kind gewesen, mit aufgeplusterten Backen, Zahnlücken und schiefem Grinsen. Es war so offensichtlich, dass Marie mit ihren grünen Augen, ihrem Lächeln und ihren dunkelblonden Locken eine Kopie von Iliana als Kleinkind war. Schließlich hatte sogar Phillip kapituliert, obwohl er gerne im Recht war. Unter Lachen natürlich.

Sie vermisste sein Lachen.

Vorbei. Nächstes Jahr würden sie sich scheiden lassen. Phillip lebte mit seiner neuen Freundin zusammen. Die Scheidung hatte Iliana gefordert, und in manch schwachem Moment fragte sie sich, ob diese Entscheidung nicht vorschnell gewesen war.

Sie strich Marie über die Wange, sehr behutsam, obwohl sie wusste, dass sie nicht aufwachen würde. Dann zog sie Maries Decke höher. Dabei bemerkte sie auf dem T-Shirt des Teddys ein weißes Dreieck mit einem umgedrehten kleineren Dreieck in dessen Mitte. Sie zuckte zusammen. Ihr war nicht bewusst gewesen, dass Marie ein Kuscheltier von Astrada besaß. Hatte sie es ihr mitgebracht? Oder Phillip? Er war Arzt und Chef der Elbkliniken.

Ausgemergelte Gesichter, schwarze Haare. Dünne Arme, die Kuschelengel umklammern.

Die Bilder der toten Mädchen waren überall zu sehen gewesen. Sie wettete, dass Parkas Leute dafür gesorgt hatten. Solche Bilder waren die besten Waffen im Kampf gegen die Pharmaindustrie.

Plötzlich kam ihr ein Gedanke, der sie abermals verwirrte. Wieso wollte Freimuth die Bimini-Daten unter Verschluss halten, wenn der Konzern doch angeblich nichts mit den indischen Mädchen zu tun hatte? Was hatte er zu befürchten? Wieso hatte er es so demonstrativ beiläufig erwähnt, wenn es doch so wichtig war? Da war etwas, das sie kitzelte, das ihr keine Ruhe lassen würde, wenn sie ihm nicht nachging. Wissensdurst war seit jeher ihr Motor gewesen. Er hatte sie dazu getrieben, sich der Forschung zu widmen. Hatte sie ihre Scheu überwinden lassen, vor Jahren als völliger Niemand den führenden Alzheimer-Forscher anzuschreiben und sich in seinem Labor zu bewerben. So war sie bei Mark in Stanford gelandet. Manchmal konnte sie nicht glauben, wie naiv sie gewesen war. Welch großes Glück sie gehabt hatte.

Was an den Bimini-Daten war es, das Freimuth nervös machte? Sie verließ Maries Zimmer, holte den Firmen-Laptop aus ihrer Tasche und ging ins Wohnzimmer. Natürlich hatte sie eine lokale Kopie der Bimini-Daten auf ihrer Festplatte.

Das Dreieckslogo prangte auf ihrem Laptop wie ein Brandzeichen. Eigentum von Astrada. Sie wusste, dass sie keine Firmendaten auf der Festplatte ablegen sollte. Auch schon vor Freimuths Ansage war das die Vorschrift gewesen. Tausendmal hatte Matthias, der Systemadministrator, sie und die anderen in Corporate Privacy geschult – sterbenslangweilige Pflichtseminare waren das gewesen. »Speichert Daten nur auf den Netzlaufwerken«, hatte er mit seiner einschläfernden Technikerstimme gesagt, »sonst werdet ihr es beim nächsten Crash bereuen.«

Natürlich ging es nicht um Datenvorsorge. Es ging um Kontrolle. Die Daten, das war der Subtext, gehörten Astrada und niemandem sonst. Man traute den Mitarbeitern nicht. Für die Firma war jeder ein potenzielles Datenleck – ob absichtlich oder aus Dummheit. Sie hatte die Daten dennoch auf ihre Platte kopiert. Die Gründe waren simpel: eine Mischung aus Bequemlichkeit und Insubordination.

Die Netzlaufwerke sind zu langsam, Matthias. Genau wie du.

Es waren ihre Forschungen, ihre Daten. Astrada machte sie zu Geld. Sie wusste, dass dies eine naive Sicht der Dinge war und es in ihrem Vertrag eine Klausel gab, laut der sämtliche ihrer Ergebnisse Astrada gehörten. Aber juristische Winkelzüge interessierten Iliana nicht.

Wo war der Bimini-Ordner? Sie wühlte sich durch ihre Festplatte. Ihr Desktop war voller Dokumente, Excel-Tabellen, PDFs, GIFs.

Schließlich fand sie ihn. Sie fuhr mit der Maus darüber und wollte ihn schon aufklicken, als ihr siedend heiß etwas einfiel.

»Sie schauen uns über die Schulter, Iliana.«

Sie erinnerte sich an ein Gespräch mit Mark, das etwa zwei Jahre zurücklag. Er hatte damals auf seinem Rechner eine seltsame Software entdeckt, von der er glaubte, dass sie jeden Mausklick, jede Tastatureingabe aufzeichnete und an Astrada sandte.

»Sie schauen uns über die Schulter, Iliana. Bei allem, was wir tun. Denk dran.«

Sie hatte ihn ausgelacht und als paranoid bezeichnet.

Nun sah sie den Mauszeiger auf dem Ordnersymbol und überlegte. Was, wenn er nicht paranoid war?

»Denk dran.«

Er hatte ihr damals gezeigt, wie man die Schnüffel-Software aufspürte. Sie schloss die Augen und blätterte im Fotoalbum ihrer Erinnerung. Sie sah Marks lange Finger gespreizt über seinem Keyboard, sah die dicke Uhr an seinem linken Handgelenk, sah seinen linken Daumen auf der CTRL-Taste liegen, der Zeigefinger drückte die Taste 3, und die äußeren Finger spreizte er ab wie ein Künstler. Es war eine merkwürdige Handverrenkung, um eine spezielle Tastenkombination zu aktivieren, die sie nicht kannte. Ihr geistiges Auge wanderte nun zu seiner rechten Hand. Die musste sich noch unbequemer angefühlt haben, denn deren Zeige-, Mittel- und Ringfinger drückten gleichzeitig die Tasten R, U und P. Die Adern traten hervor von der Anstrengung und sahen aus wie kleine Schlangen.

Was, wenn er recht gehabt hatte? Sie wollte nichts riskieren und versuchte sich an der Tastenkombination, wobei sie merkte, dass Mark viel größere Hände hatte als sie. Sie bekam fast einen Krampf und probierte mehrere Handkonstellationen, um die Tastenkombination zu drücken. Schließlich gelang es ihr, und ein Fenster sprang auf. Sie sah Prozentwerte, Graphen und eine lange Liste mit Dateinamen, deren Reihenfolge permanent hin und her sprang. IT-Kram, der sie nie interessiert hatte. Aber hier irgendwo musste es sein.

Sie schloss erneut ihre Augen. Marks rechter Zeigefinger deutete auf einen Eintrag in der Liste. Sein Fingernagel lag direkt unter: »trust_d«. Das war der Name des Systemdienstes gewesen, der von der Schnüffel-Software installiert wurde.

Sie suchte die Liste auf ihrem Monitor ab. Einträge hüpften umher, wurden immer wieder vom Rechner nach Aktivität umsortiert. Sie war müde, und die kleine Schrift auf ihrem Monitor flimmerte, aber dann entdeckte sie es, ziemlich weit unten: trust_d.

Also stimmte es wirklich. Sie schauten auch ihr über die Schulter.

Beklemmung machte sich in ihr breit. Freimuth wusste bereits – oder konnte es wissen, wenn er wollte –, dass sie eine lokale Kopie der Bimini-Daten besaß. War das ein Test? Hatte er sie deswegen ermahnt, sich an die Datenschutzbestimmungen zu halten? Weil er sehen wollte, ob sie den Bimini-Ordner löschen würde?

Wenn sie jetzt darin herumstöberte, würde er es mitbekommen.

Schnell deaktivierte sie das WLAN auf dem Laptop, damit die Software erst mal nichts mehr senden konnte.

Wirklich nicht? Der paranoide Mark hatte ihr eingebläut, sich auf nichts zu verlassen. Hektisch lief sie durch ihre Wohnung. Wo war der Router? Nach einigem Suchen fand sie ihn in der Besenkammer, verborgen hinter altem Geschirr und Putzzeug. Sie zog den Stecker des Geräts ab, die LEDs erloschen.

Jetzt war sie offline. Es verschaffte ihr ein wenig Zeit. Aber ihr Rechner zeichnete trotzdem weiterhin alles auf. Auch, dass sie das WLAN unterbrochen hatte. Sobald er wieder online war, würde er alles senden.

Ihre Gedanken rasten, suchten einen Ausweg.

Sie wählte im Rechner den Dienst trust_d und versuchte, ihn zu beenden. Aber er war ausgegraut, sie konnte ihn nicht stoppen.

Sie überlegte weiter. Sie konnte natürlich die Bimini-Daten auf einen USB-Stick kopieren und an einem anderen Rechner analysieren. Aber auch den Kopiervorgang würde die Schnüffel-Software aufzeichnen.

Es war zum Verrücktwerden. Wie konnte sie Freimuths Augen entkommen?

Dann kam ihr eine Idee.

Die Größe ihrer Wohnung lud nicht gerade dazu ein, viele Dinge zu horten. Sie brauchte dennoch fast zehn Minuten, bis sie gefunden hatte, was sie suchte. Phillips Notfallstick. Ihr Exmann hatte sich immer für den Ernstfall abgesichert. Computerviren, versehentlich gelöschte Systemdateien, abrauchende Festplatten – in Phillips Welt lauerten viele Gefahren und unangenehme Überraschungen, auf die man sich besser vorbereitete. Er hatte immer ein startbares Linux-System auf einem USB-Stick gehortet, mit dem man einen Rechner auch dann hochfahren konnte, wenn nichts mehr ging. Dann kam man immer noch an seine Daten heran, hatte er ihr etwas zu oberlehrerhaft erklärt.

Jetzt war sie froh, dass er es getan hatte. Sie fuhr den Rechner runter, schob den Stick in den USB-Port und drückte den Anschaltknopf. Als ein lächelnder Linux-Pinguin auf ihrem Startbildschirm erschien, murmelte sie: »Fuck you, Freimuth.«

Bimini war ein Proteincocktail, der aus dem Blut junger Spender gewonnen wurde. Im Gehirn von Alzheimer-Kranken ließ es frische Nervenzellen sprießen und diese Zellen neue Verbindungen untereinander ausbilden. Der Krankheitsverlauf von Alzheimer bestand wie bei Parkinson in der stetigen Abnahme der Hirnmasse durch das Absterben von Neuronen. Allerdings nicht nur in der Substantia nigra, sondern vor allem im Hippocampus, einer Hirnregion, in der Erinnerungen gebildet werden. Im weiteren Verlauf der Alzheimer-Erkrankung war dann auch die Großhirnrinde vom Verlust der Nervenzellen betroffen.

Alles hatte in Stanford mit den so legendären wie umstrittenen Maus-Experimenten von Mark begonnen. Sie erinnerte sich, wie Tierschützer damals auf die Barrikaden gegangen waren, als Mark seine Versuche publiziert hatte. Sie hatten ihm eine Menge Aufmerksamkeit beschert. Auch Iliana selbst war darüber auf ihn gestoßen. Sie hatte die grausamen Experimente nie mit eigenen Augen gesehen. Jetzt betrachtete sie fasziniert ein paar Videos der alten Versuche.

Das Video zeigte zwei Mäuse, deren kleine Körper leicht zitternd zwischen Holzspänen zusammengedrängt in ihrem Käfig aus Plexiglas kauerten. Das Video war offenbar kurz nach dem chirurgischen Eingriff aufgenommen worden, denn am seitlichen Hinterteil der Tiere war noch die rote Operationsnaht zu sehen.

Mark hatte die Mäuse miteinander verbunden wie siamesische Zwillinge. Er hatte an beiden Tierleibern einen tiefen Einschnitt vorgenommen und sie an den Wunden zusammengenäht. Den Rest erledigte die Biologie. Nach wenigen Tagen waren die Mäuse an der Nahtstelle zusammengewachsen. Parabiose nannte man dieses Experiment. Sein Sinn und Zweck bestand darin, die Blutkreisläufe der beiden Tiere miteinander zu verbinden.

Der Trick war gewesen, dass Mark eine alte mit einer jungen Maus vernäht hatte. Im Video war deutlich zu erkennen, dass die linke Maus größer als die rechte und ihr Fell dunkler und struppiger war. Die linke Maus war die ältere. Und zwar deutlich älter.

Nach der operativen Verbindung beider Körper floss Blut der jungen Maus in den Körper der alten und umgekehrt.

Was wie die grausame Quälerei eines skrupellosen Wissenschaftlers anmutete, sollte sich als das Schlüsselexperiment für den langen Weg zur Bekämpfung von Alzheimer erweisen. Als Mark nach wenigen Wochen die Mäuse chirurgisch wieder trennte, stellte er erstaunliche Veränderungen bei der alten Maus fest – sie war verjüngt worden.

Mark hatte die alten Mäuse nach der Trennung von ihrem jeweiligen jungen siamesischen Zwilling allen möglichen Tests unterzogen. Er ließ sie durch Labyrinthe laufen und den Ausgang suchen, um ihre Gedächtnisleistung zu prüfen. Normalerweise lernen Mäuse den Weg aus einem Labyrinth nach wenigen Durchgängen. Alte Mäuse brauchen naturgemäß länger als jüngere, weil sie sich schlechter erinnern.

Aber die alten Mäuse, durch die junges Blut geflossen war, waren anders. Sie fanden schnell aus dem Labyrinth heraus. Genauso schnell wie junge Mäuse. Sie konnten sich wieder besser erinnern.

Mark fand den Grund dafür in ihren Köpfen. Er tötete die alten Mäuse und schnitt ihre Gehirne in Scheiben. Iliana klickte sich durch die Gehirnschnitte und sah, dass den alten Tieren im Hippocampus neue Nervenzellen gewachsen waren. Hinzu kam: Die Nervenzellen hatten mehr Verbindungen untereinander ausgebildet. Darin lag die Erklärung für ihre bessere Gedächtnisleistung.

Das Parabiose-Experiment machte Mark schlagartig berühmt. Davor hatte er bereits viele Jahre lang an Alzheimer geforscht, allerdings mit wenig Erfolg. Er hatte gehofft, eines Tages einen Früherkennungstest für die Krankheit zu entwickeln, um Patienten möglichst frühzeitig behandeln und den Niedergang des Gehirns zu verlangsamen. Nie hätte Mark sich träumen lassen, eines Tages ein Heilmittel gegen Alzheimer zu finden.

Auf der Suche nach einem Biomarker für Alzheimer hatte Mark jahrelang das Blut von Gesunden mit dem Blut von Alzheimer-Patienten verglichen in der Hoffnung, auf irgendwelche verräterischen Unterschiede zu stoßen. Er fand sie nicht. Auf die Parabiose war er zufällig gekommen. Mark hörte auf einer Konferenz den Vortrag eines alten Forschers, der als junger Doktorand das Experiment noch selbst durchgeführt hatte – es war aufgrund seiner Grausamkeit in den 70er-Jahren aus der Mode gekommen. Fast nebenbei erwähnte der Forscher, dass alte Mäuse agiler gewirkt hatten, wenn sie mit jüngeren zusammengenäht wurden. Mark wurde hellhörig. Von dem alten Wissenschaftler ließ er sich zeigen, wie man eine Parabiose-Operation bei Mäusen korrekt durchführte. Der Rest war Geschichte.

Iliana wünschte, sie wäre damals dabei gewesen, als Mark die Gehirnschnitte sah, die sie jetzt auf dem Monitor hatte. Wissenschaft konnte wie eine Droge sein. Sie kannte das Gefühl, sie hatte es erlebt, als sie und Mark die ersten Studienergebnisse mit Bimini an Menschen gesehen hatten und wussten, dass es wirkte. Sie hatte etwas von der großen rätselhaften Maschinerie des Lebens verstanden und daran gedreht. Das war ein großartiges und mächtiges Gefühl. Dadurch wurde man Teil von etwas, das viel größer und älter war als man selbst. Sie hatte es in der Hand, menschliches Leid zu beenden. Ihr waren die Tränen gekommen, weil damals ihre ersten Gedanken ihrem kranken Vater gegolten hatten. In diesem Moment hatte sie gewusst, dass er wieder gesund werden, dass sie ihn heilen würde.

Die Verjüngung der alten Mausgehirne klappte auch ohne das grausame Zusammennähen. Mark zeigte in weiteren Experimenten, dass Bluttransfusionen zwischen jungen und alten Tieren den gleichen Effekt hatten. Es genügte sogar das Blutplasma, also der flüssige Teil des Blutes ohne die roten Blutkörperchen.

Aber das waren Maus-Experimente. Mäuse waren keine Menschen. Das Experiment, das Mark zum Hoffnungsträger der Alzheimer-Forschung beförderte und einen wahren Goldrausch in seinem Forschungsfeld auslöste, war jenes, in dem

Mark seinen alten Mäusen das Blutplasma junger Menschen transfundierte. Auch das brachte die alten Mausgehirne wieder auf Trab.

Nun war klar: In jungem Blut, egal ob in menschlichem oder tierischem, steckte ein Jungbrunnen. Wer ihn zuerst fand, der würde Alzheimer besiegen – und eine Menge Geld verdienen.

In dieser Phase war Iliana zu ihm nach Stanford gekommen, angelockt von den spektakulären Ergebnissen, voller Motivation, ihren Vater zu heilen, der damals schon an den ersten Stufen von Alzheimer litt.

Es war keine Option, Alzheimer-Patienten einfach das Plasma junger Leute zu verabreichen. Man hätte Unmengen an Blut benötigt und die Patienten permanent an eine Transfusion hängen müssen. Also musste man jene Stoffe im Blutplasma finden, die Nervenzellen sprießen ließen. Ein wahrer Goldrausch brach damals in den Laboren aus. Marks Forschung hatte ihn ausgelöst, und auch er und Iliana waren dem daraus entstandenen Konkurrenzdruck ausgesetzt gewesen – diese heiße Phase bedeutete nicht nur unendlich viel Arbeit, sondern entsprach der sprichwörtlichen Suche nach der Nadel im Heuhaufen. Blut ist ein flüssiges Organ, über das alle anderen Organe und Gewebe miteinander kommunizieren. Es enthält ein Sammelsurium an Stoffen – Hormone, Nährstoffe, Abwehrstoffe, über zehntausend Proteine –, und von den wenigsten wusste die Wissenschaft, wie sie eigentlich funktionierten. Unter ihnen musste sich der gesuchte Jungbrunnen befinden, denn als Mark das Plasma der jungen Leute erhitzte und damit die Proteine zerstörte, verlor es seine verjüngende Wirkung.

Nach und nach engten sie die möglichen Kandidaten unter den zehntausend Proteinen ein, bis nur noch die Fraktion

GRF6009 übrig war, die immer noch über hundert Proteine umfasste. Wahrscheinlich waren auch darin viele überflüssig, aber es war die kleinste Menge an Proteinen, mit denen Iliana und Mark die verjüngende Wirkung auf das Gehirn erzeugen konnten. Bimini war geboren.

In dieser arbeitsreichen Zeit hatte Iliana Phillip kennengelernt. Später hatte er gesagt, dass die ersten drei Jahre ihrer Beziehung nur zur Hälfte zählten, weil er sie so selten gesehen hatte. Auch in der folgenden Zeit war ihre Arbeit immer wieder Grund für Streitereien gewesen.

»Du bist mit deiner Arbeit verheiratet, nicht mit mir.«

Ja, sie hatte extrem viel gearbeitet. Sie war es Mark schuldig gewesen. Ihn hatte sie genauso wenig enttäuschen wollen wie ihre Eltern, ihren Vater, der sich krumm gearbeitet hatte, um ihr das Biologiestudium zu ermöglichen. Der an dieser schrecklichen Krankheit litt. Sie wollte ihn heilen.

»Papa, ich bin's. Illi.«

»Iliana, er meint es nicht so, Schatz. Er ist krank.«

»Papa, erkennst du mich nicht? Ich bin deine Tochter!«

Alte Gefühle stiegen in ihr auf, Erinnerungen an diese schreckliche Zeit, als die Krankheit nach und nach sein Ich aufgelöst hatte.

Bimini hatte ihren Vater gerettet.

Iliana klickte sich weiter durch die Unterordner. Wonach suchte sie eigentlich? Was machte Freimuth so nervös? Ordnernamen flimmerten vor ihren Augen. »Raw«, »Phase I«, »Phase II«, »Nature«, »Science« – sie musste grinsen. Das war Marks ganzer Stolz: die gleichzeitige Veröffentlichung der Bimini-Patientenstudie in den zwei renommiertesten wissenschaftlichen Magazinen der Welt, *Nature* und *Science*. Das hatte es nie zuvor gegeben. Die Magazine waren Erzrivalen.

Sie schaute sich die Screenshots der Titelblätter an. »Forget Alzheimer!« lautete die Headline, auf die der Journalist, der sie sich ausgedacht hatte, bestimmt heute noch stolz war.

Bimini war Astradas Jackpot. Ein Blockbuster. Unglaublich viel Geld wert. Und das trotz dieses bescheuerten Namens. Bimini! Kein Alzheimer-Medikament hieß so, sie trugen Namen wie Rivastigmin, Galantamin oder Memantin. Iliana schmunzelte innerlich, als sie daran zurückdachte, wie sehr die Marketingabteilung von Astrada dagegen Sturm gelaufen war, als Mark den Namen Bimini vorgeschlagen hatte. Er klinge zu niedlich, wandten sie ein, als handle es sich um Zitronenbonbons, niemand würde das Medikament ernst nehmen, Astrada würde sich lächerlich machen, Betroffene könnten sich verspottet fühlen. Die Marketingabteilung wollte Namen, die Macht und Wirkung ausstrahlten, mit wohlklingenden Vokalen: Chronox oder Memoramin waren ihre Favoriten. Aber Mark war stur geblieben. Unermüdlich hatte er jedem erklärt, warum er diesen Namen wollte und keinen anderen: Bimini sei eine Inselgruppe der Bahamas, nicht weit von Miami. Dort habe vor fünfhundert Jahren der spanische Konquistador Juan Ponce de León der Legende nach den Quell der Jugend gesucht.

Das war typisch Mark. So sah er sich selbst: als Konquistador, der Neuland mit seiner Forschung betrat. Er nahm sich selbst kompromisslos ernst, mit allen Vor- und Nachteilen, die das mit sich brachte. Selbstironie war ihm fremd – klein beigeben ebenfalls.

Aber am Ende hatte er gesiegt. So wie die spanischen Eroberer. Freimuth hatte sich hinter Mark gestellt und die Marketingabteilung besänftigt. Es sei egal, wie das Präparat heiße, hatte Freimuth argumentiert, da nichts seiner Wirkung auch nur annähernd nahe käme. Es würde Geld scheffeln, egal unter welchem Namen.

Mit Projekt Parkinson bahnte sich nun der nächste Geldregen für Astrada an.

Bimini stand unter Patentschutz. Datenklau konnte es nicht sein, worum Freimuth sich Sorgen machte.

Sie gähnte. Es war spät und sie hundemüde. Eigentlich müsste sie sich um die Präsentation kümmern, statt Hirngespinsten nachzujagen.

Befürchtete Freimuth, dass die Journalisten die Parabiose-Videos veröffentlichen würden? Das wäre unschön. Aber es hatte nichts mit den toten Mädchen zu tun.

Iliana gähnte erneut und wollte den Laptop schon zuklappen, als sie im Hauptordner einen Unterordner namens »Eff« bemerkte. Eff? Sie klickte ihn lustlos an. Darin befand sich eine quantitative Studie zum Gehalt von GRF6009 in verschiedenen Plasma-Quellen. Eff stand wohl für Effizienz, wie sie mit müdem Geist vermutete.

Effizienz war wichtig. Ein Pharmakonzern war ein Unternehmen und musste Geld verdienen. Als sie mit Mark zu Astrada kam, ging es nicht länger allein um Forschung, sondern darum, wie man eine kostengünstige Produktion von Bimini aufbaute. Blutplasma war teuer, ein Beutel kostete auf dem Weltmarkt rund 300 Euro. Es war ein lukratives Geschäft. Zahlreiche Firmen handelten mit dem »gelben Gold«. Die Preise für Plasma von jungen Menschen zwischen 20 und 30 Jahren lagen sogar noch höher. Das war auch der Grund, weswegen Astrada immer wieder erwog, selbst ins Plasmageschäft einzusteigen, um sich von Zulieferern und deren Preispolitik unabhängig zu machen. Sie hatte sich mit diesem Teil der Firmenpolitik nie wirklich beschäftigt, solche Dinge fielen in Marks Ressort. Iliana ging davon aus, dass Astrada sein Plasma von den gängigen Plasma-Herstellern bezog, Firmen wie Haema, Octapharma, Grifols, CSL Behring, Kedrion oder

Shire zum Beispiel. Dieser Kram hatte sie nie besonders interessiert, und entsprechend unmotiviert klickte sie sich jetzt durch die Effizienzstudie, die den GRF6009-Gehalt in verschiedenen Plasmaproben abbildete. Es war eine riesige Analyse – über zweihundert Proben der unterschiedlichsten Firmen und Altersgruppen der Spender waren berücksichtigt worden.

Die Proteine in einem Liter Blut wogen zusammen etwa 80 Gramm. Die GRF-Proteine waren ein kleiner Teil davon, sie machten nur etwa 0,002 Gramm pro Liter aus. Man benötigte also sehr viel Plasma, um daraus GRF6009-Proteine in ausreichenden Mengen zu gewinnen. Iliana scrollte die riesige Tabelle durch. Zahlen rauschten vor ihren Augen durch. Ganz unten im Dokument kam eine weitere Balkendarstellung.

Ihre Augen brannten. Als sie das Diagramm sah, stutzte sie. Einer der Balken stach aus der Masse heraus wie eine Lanze. Sie rieb sich die Augen, um wacher zu werden. Die Balken zeigten den GRF6009-Gehalt in verschiedenen Plasmaproben an. Bei dem hohen Balken war der Gehalt der Bimini-Proteine im Vergleich zu den restlichen gewaltig, er lag bei fast einem Gramm pro Liter Plasma. Fünfhundertmal höher!

Konnte das sein? Sie prüfte die Rohdaten in der Tabelle, aber es stimmte. Der GRF6009-Gehalt in dieser Probe war exorbitant hoch. Jetzt bemerkte sie auch, was sie beim ersten Drüberscrollen übersehen hatte: Jemand hatte diesen Wert in der Tabelle markiert und sogar einen Kommentar angefügt. Er bestand aus drei Ausrufezeichen »!!!«.

Jetzt war Iliana hellwach. Woher kam dieses Plasma? Es war gekennzeichnet mit dem Kürzel »Dev«. Die anderen Plasmaproben waren nach ähnlichem Muster benannt: Gri, Hae, Oct, Ked, was offenbar für Grifols, Haema, Octapharma und die restlichen kommerziellen Anbieter von Plasma stand. Aber wofür stand »Dev«? Warum enthielt es eine so hohe Konzentration an Bimini-Proteinen?

»Mami?«

Sie schreckte auf.

Marie stand in der Tür, ihre Haare waren durcheinander, und sie hatte Tränen in den Augen. Sie hielt den Astrada-Teddy umklammert vor sich wie einen Schutzwall.

»Ich hab solche Angst.«

Iliana sprang auf und nahm sie in die Arme.

»Marie, Schatz, was ist denn los? Hast du schlecht geträumt?«

Marie weinte. Ihr kleiner Körper bebte. Iliana spürte feuchte Wärme in dem Frottee-Schlafanzug.

»Es war so dunkel. Alles schwarz. Ich konnte nichts sehen.«

Iliana streichelte ihr übers Haar. Maries Stirn war verschwitzt. Hatte sie Fieber?

»Marie, war das Licht neben deinem Bett nicht an?«

»Alles war so dunkel. Ich wusste nicht mehr, wo ich war. Ich war gefangen.«

Iliana hatte das Licht vorhin noch brennen sehen. Oder hatte Marie tatsächlich schlecht geträumt?

»Es ist alles gut. Ich bin da.«

Ihr Blick fiel erneut auf den Teddy mit dem Astrada-Logo. Marie hatte das Kuscheltier zwischen sich und ihre Mutter gedrückt.

»Mama, muss ich jetzt auch sterben?«

Iliana stutzte. Sie blickte in die tränenverschmierten Augen ihrer Tochter.

»Nein, Marie. Natürlich nicht. Warum denkst du so was?«

»Die Mädchen mussten auch sterben. Und sie hatten Kuscheltiere von deiner Firma.«

Iliana lief es kalt den Rücken runter.

»Marie, woher weißt du das?«, fragte sie streng.

Marie begann wieder zu weinen, als sie sah, wie ernst ihre Mutter wurde. Sofort bereute Iliana den Tonfall ihrer Frage.

»Liebes. Entschuldige. Alles ist gut. Du brauchst keine Angst zu haben.«

Sie versuchte, ihre Tochter zu trösten, während ihre Gedanken in alle Richtungen jagten.

Als Marie wieder schlief, kehrte Iliana an den Rechner zurück. Sie war furchtbar müde. Die ganze Geschichte setzte ihr heftig zu. Dass dank Astradas Dauerpräsenz in den Medien ihr Ruf litt, war schlimm genug. Dass nun auch ihre vierjährige Tochter deswegen zu leiden hatte, machte sie wütend und bereitete ihr große Sorge. War etwa in Maries Kita darüber gesprochen worden?

Die Plasmaproben. Sie brauchte einen Moment, um sich wieder in die Daten einzufinden. »Dev«. Was für Plasma war das? Woher kam es?

Sie suchte nach den Quellen, um mehr darüber herauszufinden. Alles war sehr unübersichtlich, wie so oft in Laboraufzeichnungen, die man nicht korrekt nachgearbeitet hatte.

Ganz am Ende stieß sie auf eine Sektion mit den Materialien, kleingedruckt waren die Plasma-Quellen gelistet. Wie sie vermutet hatte, standen die Abkürzungen für die Firmen, die sie kannte. Bei Dev stand nur »Devaduta Pharma«. Mehr nicht.

Sie hatte noch nie von einer solchen Firma gehört und googelte den Namen auf ihrem Smartphone.

Sie fand keine Firma dieses Namens. Die restlichen Ergebnisse, die Google listete, ergaben keinen Sinn. Sie fand einen Eintrag eines Devaduta in einem Pokémon-Forum. Sie fand Verweise auf Yoga-Seiten und Seiten über buddhistische

Mythologie. Als sie nur das Wort Devaduta googelte, fand sie zahlreiche Einträge. Sie nahmen alle Bezug auf Indien.

Indien. Ihr wurde plötzlich kalt. War sie auf etwas gestoßen?

Zögernd klickte sie in einige der Suchtreffer hinein, und ihre Schultern spannten sich an. Das Wort Deva-duta entstammte dem Sanskrit, der altindischen Sprache, und bedeutete: der Bote Gottes. Devaduta war das Pendant zum christlichen Engel.

Engel.

Ausgemergelte Gesichter, schwarze Haare. Dünne Arme, die Kuschelengel umklammern.

Devaduta Pharma. Das Blut der Engel.

Iliana hatte einen Kloß im Hals.

Ihr Smartphone vibrierte plötzlich in ihrer Hand, eine Nachricht poppte auf – und im ersten Moment dachte sie, dass Mark sich endlich meldete. Aber dann las sie:

»Sehr geehrte Frau Kornblum, ich würde gerne mit Ihnen sprechen und freue mich über Rückmeldung. Viele Grüße, Klaus Merten, Reporter, DER SPIEGEL.«

Jetzt war ihr auch noch die Presse auf den Fersen. Woher hatte er ihre Nummer? Iliana legte das Smartphone beiseite und las weiter.

Devaduta war außerdem ein indischer Vorname. Im Hinduismus beinhaltete er zugleich eine Mission. Sie las: »Du bist in diese Welt gekommen, um einen Dienst zu tun, ein Bote Gottes zu sein.«

Im Buddhismus waren die Devaduta die drei Boten des Alters, der Krankheit und des Todes. Ihre Aufgabe war es, die Menschen an ihre Sterblichkeit zu erinnern.

Die Schrift flimmerte vor ihren Augen. Iliana lehnte sich zurück und rieb sich das Gesicht.

Was wurde hier gespielt? Alles Zufall? Oder hatte all das eine Bedeutung, die sie nicht verstand?

Sie war auf eine Verbindung zwischen Astrada und Indien gestoßen. War es das, was Freimuth unter Verschluss halten wollte?

Sie musste Mark sprechen. Dringend.

Iliana zog den Linux-USB-Stick ab und startete den Rechner wieder in ihr altes System. Als er hochgefahren war, wollte er eine Internet-Verbindung aufbauen, und ihr fiel ein, dass der Router noch ausgeschaltet war. Sie ging in die Abstellkammer und schaltete das Gerät wieder ein.

Als sie an ihren Rechner zurückkehrte, wartete sie einen Moment, bis die Internetverbindung hergestellt war.

Ihr Blick fiel auf den Bimini-Ordner auf ihrem Desktop, in dem sie eben gestöbert hatte. Mit ihrem müden Hirn überlegte sie, dass es eigentlich ganz gut wäre, wenn sie im Linux-System eine Kopie der Plasma-Analyse auf den USB-Stick gezogen hätte. Das würde sie morgen erledigen. Jetzt war sie viel zu müde und erschöpft.

In diesem Moment verschwand vor ihren Augen der Ordner mit allen Daten.

»Er ist weg, Illi!«

Angst erfüllte Iliana, als sie ihre verzweifelte Mutter am Telefon hörte. Angst um ihren Vater. Instinktiv strich sich Iliana über den großen Bauch. In zwei Monaten würde ihre Tochter Marie geboren werden.

»Ich weiß nicht mehr, was ich machen soll.«

Ihre Mutter weinte.

Die Krankheit ihres Vaters wurde immer schlimmer. Als sie das letzte Mal aus den USA zu Besuch gekommen war, hatte er Iliana nicht wiedererkannt. Daran hatten sie und ihre Mutter sich mittlerweile gewöhnt. Dass ihr Vater inzwischen das Haus verließ und nicht mehr zurückfand, war eine neue Entwicklung. Wahrscheinlich war er aufgewacht und hatte seine eigene Wohnung nicht mehr erkannt.

Sie suchten ihn im ganzen Viertel. Vergebens. Dann hatte ihre Mutter eine Idee.

Der Stadtpark war riesig. Als Kind hatte Iliana an diesem Ort oft ihre Sommerferien verbracht, weil ihre Eltern kein Geld hatten, um in Urlaub zu reisen. Nun suchten sie hier ihren Vater inmitten seiner Erinnerungen.

Eigentlich hätte Iliana gar nicht herkommen können. Der Start von Bimini stand an, sie ertrank in Arbeit. Nun fühlte sie sich schlecht dafür, so schnell wie möglich zurück ins Labor zu wollen, obwohl ihr Vater Hilfe brauchte. Ihr Vater, der sich totgearbeitet hatte, um ihr das Studium zu ermöglichen.

»Da haben wir uns kennengelernt.«

Ihre Mutter zeigte auf die kleine Halbinsel, die in den Stadtparksee hineinragte. Man erreichte sie über eine kleine Brücke, die an einem Bootsverleih vorbeiführte. Die verlassenen Boote schaukelten auf dem Wasser.

Die Bänke waren alle leer, bis auf eine. Ein Mann saß darauf.

»Anton!«

Ihre Mutter rannte los.

»Mama! Warte!«

Mit ihrem Bauch kam Iliana kaum hinterher.

Ihr Vater trug seinen Schlafanzug. Es war Spätsommer, die Sonne hatte ihre Kraft verloren. Er musste frieren.

Iliana sah, wie er ihre Mutter von sich stieß.

»Lassen Sie mich in Ruhe!«, rief ihr Vater. »Wer sind Sie?«

»Anton. Ich bin's. Martha. Deine Frau.«
Ihr Vater war verängstigt und wütend zugleich. Aber er hatte noch immer seinen Stolz, selbst in diesem Moment, da er nur in seinem Schlafanzug vor ihnen stand. Anton Kornblum war immer ein stolzer Mensch gewesen.
»Papa …«
Es tat schrecklich weh, ihren Vater so zu sehen.
»Was wollen Sie? Ich habe kein Geld.«
»Papa«, sagte sie mit ruhiger Stimme. Er sah sie an. Dieser Blick – voller Unverständnis, voller Verunsicherung, voller Angst.
»Du bist krank, Papa. Du vergisst vieles. Schau, du trägst nur einen Schlafanzug. Normalerweise würdest du dir richtige Sachen anziehen, wenn du in den Park gehst.«
Ihr Vater sah an sich hinab und zupfte an seinem Pyjama.
»Wir haben uns Sorgen gemacht. Komm mit nach Hause.«
Er sah sie immer noch verunsichert an.
Iliana zog ihr Portemonnaie aus der Tasche, holte ihren Ausweis hervor und hielt ihn ihm entgegen.
»Sieh mal. Das bin ich. Iliana Kornblum. Deine Tochter. Siehst du?«
»Kornblum …«, las er.
»Kornblum. So heiße ich. So wie du. Du bist Anton Kornblum. Mein Vater.«
Er überlegte. Dann sah er zu ihrer Mutter hinüber. In ihm kämpfte es.
Dann sah sie, wie sich ein Fleck zwischen seinen Beinen bildete, der langsam größer wurde.
Er schaute abermals an sich hinab. Ihm wurde bewusst, dass sie es sahen. Scham gesellte sich zu seiner Verunsicherung, seiner Angst und seinem Ärger. Eine fatale Mischung.

»Anton, komm, wir gehen jetzt nach Hause ...«
Ihre Mutter griff seinen Arm. Er stieß sie erneut von sich.
»Verschwindet! Lasst mich in Ruhe!«
Ihre Mutter strauchelte. Iliana hechtete vor, um sie aufzufangen. Es gelang ihr gerade noch.
»Lasst mich zufrieden!«
Aus dem Augenwinkel sah sie, wie Anton ausholte. Dann spürte sie die Wucht des Schlags, als er sie an ihrer rechten Schulter traf. Sie taumelte nach vorne und stolperte in Richtung der kniehohen Mauer, hinter der der See begann.
»Nicht auf den Bauch! Nicht auf den Bauch!«, dachte sie noch, als sie fiel. Dann spürte sie das kalte Wasser um sich herum.

4

»Projekt P – Bimini gegen Morbus Parkinson«.

Es war Freitagnachmittag. Iliana saß vor ihrem Bildschirm, und ihr Kopf war leer. Dienstag sollte sie den Aufsichtsrat davon überzeugen, dass Bimini auch bei Parkinson wirkte.

Es würde ein langer Tag werden. Sie hatte ihren Vater gebeten, Marie von der Kita abzuholen. Immerhin konnte er sie nun nehmen. Vor wenigen Jahren wäre das angesichts seiner Krankheit undenkbar gewesen.

Sie bekam einfach nichts hin. Ihre Gedanken drehten sich im Kreis. Sie hatte kaum geschlafen.

In der Anrufhistorie ihres Smartphones sah sie Marks Nummer und eine neun daneben. Neunmal hatte sie versucht, ihn heute anzurufen. Neunmal hatte er nicht abgenommen.

Wieso war er abgetaucht? Schämte er sich vor ihr, weil er ohne Vorwarnung gekündigt hatte?

Der Bimini-Ordner auf ihrem Laptop war verschwunden. Freimuth wusste also Bescheid. Dass sie ausspioniert wurde, war das eine. Dass jemand ihren Rechner fernsteuerte, das andere. Sie hatte umgehend jegliche privaten Daten und Korrespondenzen von ihrem Computer gelöscht.

»Sie schauen uns über die Schulter, Iliana.«

Konnte sie überhaupt noch jemandem trauen?

Ihr Firmentelefon klingelte. Evelyn. Das hieß: Freimuth wollte sie sprechen. Sie starrte das Telefon an, unfähig, eine Entscheidung zu treffen. Wie sollte sie sich verhalten? So tun, als sei nichts gewesen? Als wüsste sie nichts? Wusste sie denn etwas? Devaduta Pharma – war das eine verbotene Information?

Das Telefon klingelte hartnäckig. Sie nahm nicht ab.

Sie rief die Newsportale auf und checkte, ob es etwas Neues zu den toten Mädchen gab. Es gab noch immer keine Erkenntnisse bezüglich ihrer Identität und ihrer Herkunft, dafür neue Details über ihre Verfassung. Die Kinder wiesen Mangelerscheinungen und Entwicklungsstörungen auf. Anhand von Zahn- und Knochenuntersuchungen hatte man das Alter der Mädchen bestimmt. Sie waren etwa zehn Jahre alt, jedoch kleiner und dünner als gleichaltrige Kinder. Einige der Mädchen waren verdurstet, aber sie mussten bereits zuvor durch Infekte sehr geschwächt gewesen sein, wie es hieß. Rätselhaft war auch, dass die Mädchen die gleiche Blutgruppe hatten: AB.

Sollte sie Freimuth konfrontieren und ihn einfach fragen, was Devaduta Pharma war?

Sie brauchte einen Kaffee. Sie musste wacher werden.

Ihr Handy klingelte. Mark!, dachte sie und riss ihr Gerät aus der Tasche und nahm den Anruf entgegen, ohne auf das Display zu schauen.

»Ja?«

»Spreche ich mit Iliana Kornblum?«

Eine fremde Männerstimme.

»Wer ist da, bitte?«

»Klaus Merten, ich bin Reporter beim SPIEGEL. Ich hatte Ihnen eine Nachricht geschickt, Frau Kornblum. Ich hätte ein paar Fragen an Sie und würde mich freuen, wenn …«

Iliana merkte, wie sie sich anspannte.

»Woher haben Sie diese Nummer?«

»Frau Kornblum, führt Astrada in Indien Medikamentenstudien durch?«

»Dazu kann ich keine Auskunft geben.«

»Haben Sie eine neue Variante von Bimini an den indischen Kindern getestet?«

»Kein Kommentar. Erik Freimuth hat bereits zu allem Stellung bezogen …«

»Sie müssen darüber doch Bescheid wissen. Sie sind stellvertretende Forschungsleiterin. Ach nein, inzwischen sind Sie zur Forschungsleiterin von Astrada befördert worden, nicht wahr?«

Woher wusste er das?

»Mark Jacobs ist Forschungsleiter. Ich bin …«

»Nach meinen Informationen hat Mark Jacobs gekündigt. Er reagiert seit Tagen nicht auf Anrufe oder Nachrichten. Wissen Sie das etwa nicht?«

Sie war verunsichert. Der Journalist war bestens informiert.

Sie dachte an ihre nächtliche Recherche. Devaduta Pharma. Wusste er auch davon?

»Dazu kann ich Ihnen nichts sagen. Bitte wenden Sie sich an unsere Presseabteilung, die werden …«

»Was ist Projekt P? Frau Kornblum, die Öffentlichkeit hat ein Recht darauf, die Wahrheit zu erfahren. Können wir uns treffen und alles …«

Sie legte auf. In ihrem Display sah sie die fremde Nummer. Sie speicherte sie ab, um gewarnt zu sein, falls der Mann ein weiteres Mal anrufen sollte.

O Gott. Woher wusste dieser Merten das alles?

Sie brauchte wirklich nichts dringender als einen Kaffee.

Die Cafeteria vom Ufo, dem Forschungsgebäude, war groß – rund hundert Leute fanden darin Platz. In der Regel traf man nur Wissenschaftler an. Aber jetzt war kaum jemand hier, es war schließlich Freitagnachmittag.

Zielstrebig steuerte Iliana auf einen der Kaffeeautomaten zu. Ein edles Stück. Astrada hatte sich nicht lumpen lassen.

Sie ließ drei Cappuccino in die größte Tasse, die sie finden konnte, einströmen und stürzte mehrere Schlucke hinunter. Sie verbrannte sich die Zunge, aber es war ihr egal. Sie spürte, wie das Koffein in ihrem Gehirn anflutete und die Watte, die darum gepackt war, langsam auflöste. Sie atmete tief durch. Wie sollte sie nur das Wochenende durchstehen, um diese Präsentation vorzubereiten?

Sie setzte die Tasse wieder an und sah einen Mann die Cafeteria betreten. Er trug keinen weißen Kittel. Als er näher kam, erkannte sie den seidig glänzenden Anzug.

Freimuth. Sie hatte ihn hier noch nie gesehen. Jetzt roch sie ihn auch, sein Duft überlagerte sogar den des Kaffees. Sie wünschte sich, olfaktorisch weniger empfindlich zu sein.

Ohne sie zu grüßen oder sonst ein Wort zu sagen, stellte er sich neben sie und bereitete sich eine Tasse am Automaten zu.

Er wusste ganz genau, wie untypisch es für ihn war, hier in Erscheinung zu treten, sie wusste es ebenfalls, und er wusste, dass sie es wusste. Aber es war ihm egal. Seine Botschaft war klar: Es gibt vor mir kein Entkommen.

Was wäre jetzt das strategisch günstigste Verhalten? Sollte sie ihn mit ihrem Wissen um Devaduta Pharma und der Überwachung ihres Rechners konfrontieren? Oder einfach die Ahnungslose spielen?

Freimuth nahm seine volle Tasse und wandte sich ihr zu. Langsam. Er bewegte sich permanent so, als ob er jede Veränderung seines Körpers bewusst steuern würde. Allein das hatte etwas Einschüchterndes an sich.

»Wie weit sind Sie mit der Präsentation?«

War er etwa extra hergekommen, um ihr deswegen Druck zu machen? Unwahrscheinlich. Ging es um die Bimini-Daten? Immer war alles mindestens zweideutig, was Erik Freimuth betraf. Ein Spiel mit Pokerface. Darin war sie nicht gut, und das Wissen, dass sie schlecht lügen konnte, ließ sie doppelt nervös werden.

»Sind Sie deswegen hier?«

Schon während sie die Frage aussprach, bereute sie es, sie zu stellen. Es klang hilflos. Sie drückte sich um die Antwort auf seine Frage.

Er ging nicht darauf ein. Wie jung er aussah, fiel Iliana neuerlich auf. Es war nicht nur sein jugendliches Gebaren. Es war sein Gesicht. Erstaunlich. Freimuth war Jahrgang 1957. Sein Geburtsjahr war kein Geheimnis. Es stand in unzähligen Presse-Porträts, die von ihm kursierten. Er war 61 Jahre alt, sah aber aus wie Mitte vierzig.

»Kann ich mich darauf verlassen, dass Sie am Dienstag den Aufsichtsrat überzeugen werden?«

Seine braunen Augen sahen sie direkt an. Sie hatte gegen seine Anordnung gehandelt. Jemand hatte die Bimini-Daten auf ihrem Rechner gelöscht, jemand wusste Bescheid. Aber wusste dieser Jemand auch, dass Iliana in diesen Daten herumgeschnüffelt und die Studie mit Devaduta Pharma gefunden hatte? Dass sie um die Verbindung nach Indien wusste? War Freimuth all das bekannt?

»Kann ich mich darauf verlassen, dass Sie mich nicht enttäuschen werden, Frau Kornblum?«, sagte Freimuth, ohne ihre Antwort abzuwarten. Seine Augen hatten noch nicht einmal geblinzelt.

»Ich verstehe nicht, warum Sie mich das fragen.«

Es gelang ihr nicht, ihre Stimme ausreichend ruhig klingen zu lassen, was sie ärgerte. Zugleich kroch Wut auf ihn in ihr hoch. Sein aufdringlicher Geruch, der in jede Ritze hineinzudrängen schien, dieses aufgesetzte Selbstbewusstsein, das scheinbar durch nichts erschüttert werden konnte, dieser aufgesetzte amerikanische Akzent. Was sollten all diese Spielchen?

»Diese Firma hat Großes geschaffen. Wir haben eine der schlimmsten Krankheiten unserer Zeit besiegt. Darauf können wir alle sehr stolz sein. Ich bin sicher, dass Sie das auch sind.«

Sie mochte nicht, wenn sie von anderen vereinnahmt wurde. Es war ihre Forschung, nicht seine.

»Seit Jahrzehnten rätselt die Wissenschaft über die Ursachen für die Entstehung von Alzheimer«, fuhr er fort. »Sind es die Plaque-Ablagerungen im Gehirn? Sind es kaputte Mitochondrien? Ist es das Aluminium? Der Feinstaub? Irgendwelche Viren? Wir wissen nicht, was in den Köpfen von 50 Millionen Menschen die Verbindungen zwischen den Nervenzellen kappt und nach und nach Hirnzelle für Hirnzelle zerstört. Wir wissen auch nicht, warum immer mehr Menschen an Alzheimer erkranken, ihre Erinnerungen und Identität verlieren, bis sie schließlich bettlägerig werden, nicht mehr alleine essen können, verhungern oder an Infekten sterben. Wir alle erreichen ein immer höheres Alter, unsere Gehirne waren von der Evolution nie für eine derart lange Laufzeit vorgesehen, sagen Forscher, und ein Fluch wie Alzheimer sei nun mal der Preis für ein langes Leben. Wir bei Astrada haben das nicht hingenommen, Frau Kornblum. Wir haben diese Altersseuche gestoppt, ein für alle Mal. Bimini ist ein Wunder. Ein Wunder, das auch Ihren Vater gerettet hat.«

Als Freimuth ihren Vater erwähnte, musste Iliana sich beherrschen, keine Miene zu verziehen. Was sollte diese weitschweifige Rede bedeuten? Angestrengt versuchte sie, den Subtext herauszulesen.

»Wir können nicht riskieren, dass all diese kranken Menschen auf ihre Medizin verzichten müssen – wegen einer infamen Kampagne von Pharma-Hassern. Meinen Sie nicht auch?«

»Nein, natürlich werden wir uns das nicht durch eine Kampagne kaputt machen lassen«, sagte Iliana.

In diesem Moment spürte sie, wie ihr Handy in ihrer Kitteltasche vibrierte. Sie entschuldigte sich bei Freimuth und zog es heraus. »Klaus Merten, DER SPIEGEL« stand groß als Anrufer im Display. Schnell drehte sie das Smartphone so, dass Freimuth keinen Blick darauf erhaschen konnte. Sie musste sich zusammenreißen, um sich nichts anmerken zu lassen.

»Gehen Sie ruhig ran, Frau Kornblum«, sagte Freimuth und trank seinen Kaffee. Er betrachtete sie.

»Das kann warten«, sagte sie und drückte den Anruf weg. Sie war sehr angespannt. Als sie ihre Tasse ansetzte, schluckte sie zu schnell, und Kaffee rann ihren Mundwinkel hinab. Sie wischte sich schnell den Mund ab und hoffte, dass Freimuth es nicht gesehen hatte.

»Hat sich eigentlich Markus Jacobs bei Ihnen gemeldet?«, fragte er. Es klang fast beiläufig. Warum stellte er ihr diese Frage? Vermutete er eine Verschwörung? Datenveruntreuung? Oder dass Mark sie abwerben könnte?

»Nein, ich habe seit Tagen nichts von ihm gehört.«

Er nickte, und als er einen weiteren Schluck trank, verzog er dabei leicht das Gesicht. Automaten-Cappuccino schien nicht Erik Freimuths Sache zu sein. Hier mit ihm in der Cafeteria zu stehen, kam ihr geradezu absurd vor.

»Wie geht es Ihrem Vater?«, sagte er unvermittelt. »War er nicht einer der ersten Bimini-Patienten?«

Iliana spürte, wie sie eine Gänsehaut bekam.

»Es geht ihm gut. Seit Anfang des Jahres lebt er wieder in seiner eigenen Wohnung.«

»Das freut mich für Sie. Bei Ihnen kam ja einiges zusammen. War sicher nicht leicht.«

Ihre private Situation hatte kein großes Geheimnis dargestellt. Dennoch war sie erstaunt, wie gut Freimuth offenbar über ihr Leben Bescheid wusste.

»Es waren schwierige Zeiten.«

»Ich finde es bemerkenswert, wie Sie Ihre persönliche Motivation in die Entwicklung von Bimini eingebracht haben. Vor allem Sie muss es doch wahnsinnig ärgern, wie die Früchte Ihrer Arbeit von der Presse durch den Schmutz gezogen werden.«

Wie manipulativ er war. Ja, es ärgerte sie, wenn Aktivisten wie Andrea Parka so undifferenziert gegen die Pharmaindustrie Stimmung machten und Journalisten vorschnelle Schlüsse zogen. Und doch fühlte sie sich aufs Neue von ihm vereinnahmt. So wie er es drehte, ließ er ihr keine andere Wahl, als ihm zuzustimmen.

»So laufen die Mechanismen nun einmal …«

»Sie können sehr stolz auf Ihre Arbeit sein, Frau Kornblum. Vor allem jetzt, da Markus Jacobs die Firma im Stich gelassen hat, sind Sie unser Ass im Ärmel. Wir stehen kurz davor, weiteren zehn Millionen Parkinson-Patienten eine Heilung anbieten zu können. Wir dürfen uns das nicht kaputt machen lassen. Von niemandem. Ich kenne Sie als absolut vertrauenswürdige und zuverlässige Forscherin. Aber niemand ist perfekt. Jeder begeht mal einen Fehler.«

Iliana lief es kalt den Rücken herunter. Sie schwieg.

»Manchmal begehen wir unsere Fehler sogar bewusst«, fuhr Freimuth fort. »Aber das ändert nichts daran, dass Bimini ein Segen für die Kranken und für Ihren Vater ist. Es ist ein Geschenk der Engel.«

Sie zuckte zusammen.

Freimuth stellte seine Tasse ab. Die Unterhaltung war für ihn beendet.

»Denken Sie daran, bevor Sie das nächste Mal vor der Wahl

stehen, einen Fehler zu begehen. Denken Sie daran, dass es Ihr Vater sein könnte, der ihn ausbaden muss.«

Freimuth ging und ließ sie mit seiner olfaktorischen Nachhut in der Cafeteria zurück.

5

»Anton Kornblum« stand auf dem Klingelschild. Ihr Vater war Barmbek treu geblieben, auch nach dem Tod seiner Frau. Das war sein Zuhause, hier hatte er jahrzehntelang gelebt. Nachdem er das Heim verlassen konnte, hatte er unbedingt eine Wohnung in Barmbek beziehen wollen, obwohl Iliana ihm gerne etwas in einem schöneren Stadtteil gesucht und bezahlt hätte.

Ihre Eltern waren einfache Leute gewesen, die Mutter Hausfrau, der Vater Gründer und Inhaber einer kleinen Handwerkerfirma. Sie hatten zu Barmbek gepasst, dem ehemaligen Arbeiterviertel Hamburgs. Sie, das einzige Kind ihrer Eltern, war das Musterbeispiel einer Bildungsaufsteigerin.

Sie drückte die Klingel. Kurz danach hörte sie seine Stimme: »Ja?«

»Ich bin's, Iliana.«

»Jahaaa.«

»Papa, ich bin's. Illi. Deine Tochter.«

Sie konnte immer noch nicht richtig glauben, dass er wieder der Alte war. Als wäre nichts gewesen. Als hätte es all die schrecklichen Momente nie gegeben.

Die Tür summte, und sie ging die Treppen hinauf in den zweiten Stock. Noch bevor sich die Wohnungstür öffnete, hörte sie die Stimmen der beiden. Dann preschte Marie auf sie zu, mit einem Buch in der Hand.

»Mami!«

Marie umarmte sie auf Hüfthöhe und ließ dabei das Buch

fallen. Iliana ging in die Hocke, um die Umarmung zu erwidern, und wieder einmal inhalierte sie den charakteristischen Geruch ihrer Tochter. Wie sehr sie diesen Duft liebte! Sie sah ihren Vater kommen. Er lächelte und hob das Buch auf. Sie hörte ein blechernes Schaf Mäh rufen. Es war ein interaktives Buch, das Tiere auf dem Bauernhof und im Zoo zeigte. Man konnte draufdrücken, und sie gaben die entsprechenden Geräusche von sich.

»Hallo Illi.«

Ihr Vater breitete seine Arme aus und umarmte sie. Sie spürte seine Bartstoppeln an ihrer Wange. Sie fühlte, wie sich ihre Schultern entspannten.

»Hallo Papa.«

Es tat gut, ihn so zu sehen. So fit. So Herr seiner Sinne. Tränen schossen ihr in die Augen. Sie wollte jetzt nicht weinen.

»Na, hattet ihr eine schöne Zeit?«, fragte sie. »Danke, dass du sie abgeholt hast.«

»Wir haben Tier-Quiz gespielt. Marie hat alles gewusst. Nicht wahr, Marie?«

»Jaaaaa!«, quäkte ihre Tochter.

»Und welches Tier magst du am liebsten?«, fragte Iliana.

»Das Känguru!«, rief Marie. Sie begann, ausgelassen herumzuhüpfen.

Anton lächelte. Ilianas Vater liebte Marie über alles. Wenn er mit seiner Enkelin zusammen war, wurde er selbst wieder zum Kind.

»Ich sehe schon, ich wurde hier nicht vermisst.«

»Doch, Mami! Wir haben dich vermisst!«

Marie umarmte sie erneut.

Sie setzte sich aufs Sofa. Ihr Vater ging in die Küche und kam kurz darauf mit zwei vollen Weingläsern zurück.

»Hast du viel zu tun, Illi?«

»Es war ein harter Tag.«

»Dann noch diese furchtbare Sache mit den toten Kindern ...«

»Papa, bitte. Nicht jetzt.«

Marie kam und setzte sich auf ihren Schoß.

»Mami, ich möchte Kängurus sehen!«

»Wie soll das gehen? Kängurus leben nicht in Deutschland.«

»Doch! Im Zoo!«

»Verstehe. Du möchtest in den Zoo?«

»Jaaa!«

»Vielleicht am Wochenende. Mit Opa, ja? Mami muss wahrscheinlich arbeiten.«

Marie schaute traurig drein.

»Immer musst du arbeiten.«

Ihr Vater sah sie besorgt an. Sein Blick war wach. Vor drei Jahren hatte er sie nicht mehr als seine eigene Tochter erkannt. Jetzt war er wieder ganz er selbst. Freimuths Worte hallten in ihr nach. Bimini war wirklich ein Wunder.

»Es ist ein Geschenk der Engel.«

Engel, Devaduta. Devaduta Pharma. Klebte Blut an Bimini? Was, wenn Andrea Parka recht hatte? Würde ihr Vater, wenn alles ans Licht käme, seine Medizin nicht mehr bekommen können? Würde sich seine Persönlichkeit dann wieder aufzulösen beginnen?

»Warum musst du am Wochenende arbeiten, Illi?«

Er riss sie aus den düsteren Gedanken.

»Ich muss eine wichtige Präsentation vorbereiten. Wir wollen Bimini auch für Parkinson lizenzieren lassen.«

»Parkinson? Das ist ja toll. Weißt du eigentlich, wie stolz ich auf dich bin?«

Erst jetzt fiel ihr ein, dass sie ihm solche Interna nicht erzählen durfte. Sie war schlicht zu müde.

»Warum musst du das tun? Ist das nicht Marks Aufgabe?«, fragte er.

Sie schwieg. Auch darauf durfte sie eigentlich nicht antworten, aber es war ihr egal. »Mark hat gekündigt.«

»Was?«

Ihr Vater kannte Mark. Sie hatte während ihrer USA-Zeit viel von ihm erzählt. Als sie dann nach Deutschland kamen, hatte er ihn mehrfach persönlich getroffen. Mark hatte ihren Vater untersucht – er war schließlich einer der ersten Bimini-Patienten gewesen. Komischerweise erinnerte sich ihr Vater trotz seiner Krankheitsjahre daran. Er mochte Mark.

»Warum hat er das getan?«

»Ich habe keine Ahnung. Ich habe es auch erst gestern erfahren. Mark ist abgetaucht, er meldet sich einfach nicht. Die ganze Arbeit bleibt nun an mir hängen. Könntest du Marie am Wochenende nehmen? Ich würde sie lieber bei dir lassen, als Susanne zu fragen.«

Susanne war ihre Babysitterin.

Ihr Vater klopfte ihr auf den Arm. »Mach dir keine Sorgen. Marie kann gerne bei mir bleiben.«

Er stand auf. »Illi, ich wollte dir noch etwas zeigen …«

Er holte sein Tablet und reichte es ihr.

»Es wird dir nicht gefallen.«

Er hatte einen Bericht von SPIEGEL ONLINE aufgerufen. Sie las die Headline: »Umstrukturierungen bei Astrada«. Die Dachzeile lautete: »Nach Fund toter Mädchen in Schiffscontainer«. Der Autor war Klaus Merten. Neben seinem Namen war ein Foto abgebildet. Es zeigte einen Mann mit längeren braunen Haaren. Er war etwa Mitte vierzig und lächelte selbstzufrieden in die Kamera.

Sie schnaubte, als sie den Text zu lesen begann. Ihr Vater deutete auf einen der unteren Absätze. »Schau mal da.«

»Nach Informationen des SPIEGEL hat Forschungsleiter Mark Jacobs gekündigt«, las Iliana. »Ob diese Kündigung mit den toten Mädchen zusammenhängt, ist unklar. Der Konzern teilte auf Anfrage lediglich mit, man äußere sich nicht zu Spekulationen. Wir wollten mit der stellvertretenden Forschungsleiterin von Astrada sprechen, Dr. Iliana Kornblum, die nach SPIEGEL-Informationen neue Forschungsleiterin des Konzerns ist. Kornblum lehnte eine Stellungnahme jedoch ab.«

»Was für ein Arsch!«, entfuhr es Iliana.

Jetzt war ihr Name direkt mit den toten Kindern verbunden.

»Hat Mark wirklich wegen der toten Mädchen gekündigt?«, fragte ihr Vater.

»Papa, jetzt fang du nicht auch noch an.«

Plötzlich hörten sie ein lautes Rumpeln, dann einen Schrei. Ihre Köpfe fuhren herum. Marie lag in der hinteren Ecke des Zimmers am Boden, neben ihr ein umgefallenes Tischchen und zahlreiche Magazine. Ihr Bein war unter der Tischkante eingeklemmt, und sie schrie wie am Spieß. Die Tischkante hatte ihr die Haut aufgeschabt, sie blutete und weinte.

»Marie, ist ja gut«, tröstete Iliana ihre Tochter. »Ist ja gut. Es ist doch nur ein bisschen Blut.«

Anton holte ein Tuch und Pflaster aus dem Badezimmer. Unter heftigem Weinen und Protestieren säuberten sie Maries Bein vom Blut und klebten ihr ein Pflaster auf. Iliana nahm sie auf ihren Schoß, und nach und nach beruhigte sich Marie wieder.

Ihr Vater setzte sich neben Iliana und nahm ihre Hand.

»Illi, ich mache mir Sorgen. Du arbeitest zu viel. Jetzt noch die Beförderung. Ich meine, ich bin stolz, wirklich sehr sehr stolz. Aber wird dir all das nicht allmählich über den Kopf wachsen? Du solltest unbedingt besser auf dich achtgeben.«

Seine Worte rührten sie tief. Sie drückte seine Hand. Ihr kamen die Tränen. Es stimmte, sie musste ihr Sozialleben stärker pflegen. Nach der Trennung war sie in ein Loch gefallen, hatte sich mit Arbeit betäubt. Einige ihrer Freunde hatten sich von ihr abgewandt.

Es tat gut, dass er sich um sie sorgte. Es machte ihr aber auch ein schlechtes Gewissen. Sie hatte ihren Vater irgendwann in ein Pflegeheim geben müssen, weil sie es nach dem Tod ihrer Mutter alleine nicht stemmen konnte, ihn zu betreuen. Sie erinnerte sich an die Anrufe von Fremden auf ihrem Handy, wenn ihr Vater wieder einmal verwirrt irgendwo in Hamburg aufgegriffen worden war. »Ich habe Alzheimer. Bitte rufen Sie diese Nummer an« – diese Nachricht hatte ihre Mutter ihm in sämtliche Hemdkrägen eingenäht, nach jenem Tag, als er im Schlafanzug auf der Stadtparkbank gesessen und seine hochschwangere Tochter ins Wasser geschubst hatte.

Als ihre Mutter völlig überraschend verstarb, wusste Iliana nicht mehr weiter. Marie war gerade geboren, ihre Ehe lag in Trümmern, sie hatte keine andere Wahl gehabt. Aber die Gewissensbisse nagten bis heute an ihr.

Er lächelte sie an, während er ihre Hand hielt. Ihr Vater erinnerte sich kaum an die dunklen Zeiten, sie waren aus seinem Leben gestrichen worden. Jetzt, da er wieder bei klarem Verstand war, wusste er natürlich, dass er an Alzheimer gelitten hatte. Aber es war ein rein faktisches Wissen. Manchmal beneidete sie ihn fast darum. Es war, als wäre er durch Bimini aus einem langen Dornröschenschlaf erwacht. Nach und nach hatte das Medikament die meisten seiner Erinnerungen wiederhergestellt, und nur innerhalb weniger Monate hatte er deutliche Fortschritte gemacht. Am härtesten für ihn war der Augenblick, in dem er realisierte, dass seine Frau nicht mehr da war. Sie war wie über Nacht aus seinem Leben verschwunden.

»Danke, Papa. Du hast recht. Ich muss mehr auf mich achten. Das habe ich mir fest vorgenommen.«

Anton nickte. Dann fiel ihm etwas ein.

»Bitte entschuldige mich einen Moment.«

Er stand auf und ging ins Bad.

»Ich muss noch meine Medikamente nehmen«, rief er ihr durch die halb geöffnete Tür zu.

Er musste sich einmal wöchentlich Bimini injizieren. Die Spritzen waren so einfach zu handhaben, dass die Patienten sie sich selbst setzen konnten. Natürlich erst dann, wenn ihr Gedächtnis wieder so weit stabilisiert war, dass sie von alleine daran dachten.

Sie stand auf und ging zum Badezimmer hinüber. Sie beobachtete ihren Vater dabei, wie er eine eingepackte Spritze aus der Packung mit dem Bimini nahm und vor dem Spiegel seinen Pullover hochzog. Er suchte nach einer geeigneten Stelle in Hüfthöhe.

Wieder überkamen sie Erinnerungen. Sie hatte ihrem Vater damals in der ersten Menschenstudie eigenhändig das Bimini gespritzt. Sie hatte Mark darum gebeten, obwohl es das Studienprotokoll verletzte. Klinische Studien mussten strenge Kriterien erfüllen. Es gab Kontrollgruppen, denen ein Placebo verabreicht wurde. Welche Patienten das echte Präparat bekamen, wurde ausgelost. So sollte jede mögliche Beeinflussung, die das Ergebnis verfälschen konnte, unterbunden werden. Für Iliana hatte Mark eine Ausnahme gemacht. Ihr Vater hatte sie ohnehin nicht mehr erkannt. Für ihn war sie eine fremde Ärztin gewesen. Aber ihr hatte es viel bedeutet, ihm das Medikament, an dem sie so lange gearbeitet hatte, selbst zu verabreichen.

»Soll ich dir helfen?«, fragte sie.

Ihr Vater blickte sie überrascht an. Er hatte gar nicht mitbekommen, dass sie ihm ins Bad gefolgt war.

Sie nahm die Spritze und riss die Plastikumhüllung auf. »Bimini« stand auf der Spritze, daneben Astrada und das Dreieckslogo. Sie entnahm dem Set die Einwegspritze mit dem konzentrierten GRF6009-Proteincocktail, ein Desinfektionstüchlein und ein Pflaster.

»Ich kann das alleine«, sagte Anton und hielt ihr auffordernd die Hand hin. Sie verstand sofort. Seine wiedergewonnene Selbstständigkeit und sein alteingefleischter Stolz ließen keine Hilfe zu. Sie reichte ihm die Spritze und das Tüchlein, er desinfizierte die Stelle an der Hüfte, setzte die Nadel an und drückte die kleine Menge Flüssigkeit in den Körper.

Biminis Wirkung war vergänglich. Man musste das Medikament ein Leben lang nehmen, sonst würde die Krankheit zurückkehren. Zwar besaßen sie noch keine verlässlichen Langzeitdaten, weil Bimini erst wenige Jahre auf dem Markt war, aber der Krankheitsverlauf bei jenen Patienten, die Bimini aufgrund von Unverträglichkeiten absetzen mussten, entwickelte sich dahingehend, dass die Alzheimer-Symptome zurückkehrten. Eines der wichtigen Ziele, die sie und Mark sich gesetzt hatten, bestand darin, die Wirkdauer der Plasmaproteine zu verlängern. Aber dafür mussten sie erst einmal deren Wirkmechanismen genauer verstehen, und das allein würde noch Jahre an Forschung benötigen.

Ihr Vater klebte das kleine Pflaster auf, dann rollte er den Pullover wieder zurück. Sie gingen zurück ins Wohnzimmer. Auf dem Weg fragte er: »Wie geht's Phillip? Habt ihr wieder Kontakt?«

Ein Schmerz durchfuhr sie, als er den Namen ihres Ex-Mannes nannte.

»Du bist mit deiner Arbeit verheiratet, nicht mit mir.«

»Nur sporadisch. Wegen Marie.«

Phillip sah seine Tochter alle zwei Wochen. Iliana hatte den Kontakt zu ihm konsequent heruntergefahren. Da war so viel Wut, so viel Enttäuschung gewesen. Sie hatte sich verraten gefühlt.

»Ach, Illi.«

Ihr Vater streichelte ihre Hand mit seinen großen Arbeiterhänden.

»Besteht denn wirklich keine Hoffnung mehr für euch beide?«

Sie zog ihre Hand weg. Auf dieses Gespräch hatte sie nun wirklich keine Lust.

»Schon gut«, sagte er. »Tut mir leid.«

Natürlich hoffte er, dass sie wieder mit Phillip zusammenkommen würde. Vielleicht hoffte sie es ja auch insgeheim und reagierte deswegen so allergisch.

Sie umarmte ihn. »Danke, dass du da bist«, flüsterte sie dabei in sein Ohr.

An den klitzekleinen Verschiebungen seiner Bartstoppeln spürte sie sein Lächeln.

»Bring mir Marie morgen vorbei, wann du magst. Dann hast du den Kopf frei.«

Sie küsste ihn auf die Wange, die Stoppeln piksten ihr in die Lippen. Sie liebte dieses Gefühl. Hatte es immer geliebt.

»Marie, komm, wir gehen. Sag Tschüss zu Opa.«

Iliana wohnte nun in Uhlenhorst, dem Stadtteil, den sie als Kind mit einer Mischung aus Sehnsucht und Ablehnung betrachtet hatte. Nach dem Auszug aus der gemeinsamen Wohnung hatte Iliana das Erstbeste genommen, das sie finden konnte. Dass es ausgerechnet eine Wohnung in Uhlenhorst war, hatte sie mit einer gewissen Genugtuung erfüllt. In Kindertagen war dieser Teil Hamburgs ein Objekt ihrer Sehnsucht gewesen. Dort hatten viele ihrer Schulkameraden gewohnt. Sie war die einzige Schülerin aus dem »armen« Barmbek.

»Was hast du denn für komische Schuhe an, Illi? Die sind ja hässlich.«

Ihr Haus lag in einer ruhigen Seitenstraße – sie hatte eine große Altbauwohnung mit Balkon zum Hinterhof, in dem eine alte Kastanie stand. Sie hätte sich mit ihrem inzwischen sehr üppigen Gehalt noch mehr leisten können, aber sie brauchte keinen Luxus. In ihr steckte noch immer die bescheidene Iliana aus Barmbek.

Sie freute sich darauf, sich gleich auf ihren Balkon zu setzen und auf die Zweige des Baumes zu blicken. Ihren Gedanken freien Lauf zu lassen. Anfangs war es schrecklich gewesen, hier einzuziehen und wieder alleine zu wohnen. Sie hatte das Gefühl, eine Verliererin zu sein, ihre Ehe war gescheitert, sie hatten das gemeinsame Heim aufgegeben. Doch mittlerweile fühlte sie sich ziemlich wohl.

Es war schon dunkel, als sie den Wagen neben der Einfahrt des Hauses parkte. Efeu rankte sich an der Front hoch, rechts davon lag der von einer Hecke gesäumte Zugang zum Hinterhof.

Marie war in ihrem Sitz auf der Rückbank eingeschlafen. Iliana hörte ihre leisen Atemzüge. Im Licht der Straßenlaterne sah Iliana, wie Maries Kopf seitlich am Rand des Kindersitzes lehnte. Leise öffnete sie die Tür und stieg aus. Ein lauer Sommerabendwind fuhr ihr über das Gesicht und ließ die Blätter in den Bäumen an der Straße rascheln.

»Iliana.«

Sie fuhr herum. Die Stimme war vom Eingang zum Hinterhof gekommen. Sie schaute angestrengt, konnte aber in der Dunkelheit nichts erkennen.

»Hier bin ich.« Es war eine Männerstimme. Iliana sah sich noch einmal nach Marie um, bevor sie vorsichtig auf die Stimme zu ging. Hinein in die Dunkelheit.

»Ich bin's«, flüsterte es nahe an ihrem Ohr. Sie erschrak, erkannte nun aber die Stimme. Es war Mark. Eine Gestalt trat aus der Dunkelheit. Hatte er sich in der Hecke versteckt?

Dann stand er vor ihr.

»Was soll das?«, sagte sie verärgert. »Warum hast du nicht auf meine Anrufe reagiert?«

»Ich wollte nichts riskieren. Freimuth könnte dich überwachen.«

»Mark, wo warst du die ganze Zeit?«

»Können wir uns irgendwo in Ruhe unterhalten?«

Sie blickte zum Auto, in dem ihre Tochter schlief. »Ich bringe Marie ins Bett. Dann können wir reden.«

»Okay.«

Mark sah gehetzt aus. Sein Blick war ernst. Er hatte Ringe unter den Augen und war noch unrasierter als sonst. Er erzählte, dass er untergetaucht war und seine Wohnung seit Tagen nicht mehr betreten hatte. Den Grund dafür nannte er nicht.

Mark hatte sie darum gebeten, kein Licht zu machen, weshalb nur eine Kerze brannte. Sie beobachtete ihn dabei, wie er seinen Wein trank, etwas zu hastig.

Seit sie das Apartment bezogen hatte, war Mark oft zu Besuch gekommen, und ihre im Wohnzimmer geführten Gespräche hatten sich überwiegend um die Arbeit gedreht. Irgendwann hatten sie dann auch über Privates geredet. Über ihren Vater. Über Marie. Manchmal über Phillip. Und Mark hatte manchmal von seiner Familie erzählt, von seiner Kindheit in Frankfurt, dem Leistungsdruck, den seine Eltern auf ihn gemacht hatten. Er sprach nicht viel darüber, aber Iliana wurde klar, wie froh er gewesen war, als er endlich in die USA gehen und Tausende von Kilometern zwischen sich und seine Familie hatte bringen können.

Mark war zu einem Freund geworden, dem einzigen, den sie während dieser Zeit hatte. Alle anderen Bekanntschaften waren in den Hintergrund getreten, weil sie ihr die Trennung von Phillip übel nahmen oder sich schlicht von Iliana vernachlässigt fühlten.

Mark stand unter Strom. So hatte sie ihn selten erlebt. Selbst in den stressigsten Phasen, kurz vor Abgabe eines wichtigen Papers, war er immer die Ruhe selbst gewesen.

Sie setzte sich ihm gegenüber und wartete darauf, dass er von sich aus zu erzählen begann.

»Iliana, ich muss dir etwas sagen. Es wird dir nicht gefallen.«

Sie hielt den Atem an. Ihre Hand, die das Weinglas hielt, verkrampfte leicht.

»Bimini wird nicht aus normalem Blutplasma hergestellt. Ich meine, es ist nicht so, dass ich …«

»Was ist Devaduta Pharma?«, fiel sie ihm ins Wort.

Für einen Moment wirkte er überrascht.

»Woher kennst du diesen Namen?«

Sie antwortete nicht, sondern sah ihn nur an. Schließlich antwortete er.

»Ich weiß es nicht. Das genaue Firmenkonstrukt habe ich nie verstanden.«

»Was ist das für ein Plasma? Woher stammt es?«

»Du hast die Analysen offenbar gefunden«, sagte er, fast wie zu sich selbst. Er schien ein wenig irritiert, was sie kurz stutzig machte.

»Mark, woher kommt dieses Devaduta-Plasma?«

Er zögerte, bevor er ihr antwortete.

»Iliana, du musst mir glauben, ich habe das so nie gewollt. Ich wollte immer ein sauberes Bimini …«

»Mark!«, zischte sie ihn an und versuchte, ihre Stimme zu beherrschen. Marie schlief im Nachbarzimmer. Sie hatte zwar einen tiefen Schlaf, aber sie wollte nichts riskieren.

»Antworte mir.«

Er seufzte. »Das Plasma stammt aus Indien.«

Einen Moment herrschte Schweigen, während in Iliana ein Sturm tobte. Die toten Mädchen. Freimuths Paranoia wegen der Bimini-Daten. Es hing zusammen. Ihr Konzern hatte etwas zu verbergen.

»Schon damals in Stanford war mir klar, dass das Plasma eines Zwanzigjährigen vielleicht genügend GRF6009-Proteine enthielt, um eine Maus zu heilen«, sagte Mark. »Aber für einen Alzheimer-Kranken würde es nie und nimmer ausreichen. Damit war auch klar, dass es nicht für eine Medikamentenproduktion im industriellen Maßstab reichen würde. Aber … ich hatte in den Analysen gesehen, dass die Konzentration der GRF6009-Proteine höher ausfiel, je jünger die Mäuse waren. Dasselbe zeigte sich im menschlichen Plasma.«

Sie ahnte, was kommen würde.

»Die Schlussfolgerung lautete demnach, dass ich jüngeres Plasma brauchte, um bei Alzheimer-Kranken dieselben Effekte zu erzielen, die ich bei den Mäusen beobachtet hatte. Menschen sind eben keine Mäuse.«

»Was heißt jung?«, fragte sie mit trockenem Mund.

Mark schwieg einen Moment, bevor er widerwillig sagte: »Sehr jung.«

»Wie jung?«

»Je jünger, desto besser. Man benötigt das Blutplasma von Kindern«, sagte er mit leiser Stimme.

»Dann ist es also wahr«, murmelte sie.

Ausgemergelte Gesichter, schwarze Haare. Dünne Arme, die Kuschelengel umklammern.

Ihre Eingeweide zogen sich zusammen.

»Die toten Mädchen …«, sagte sie.

Iliana sprang auf und schüttelte den Kopf.

»Das glaube ich nicht!« Sie musste mühsam ihre Stimme zügeln, um Marie nicht zu wecken. »Sag, dass es nicht wahr ist. Sag mir, dass Bimini nicht aus dem Blut indischer Kinder hergestellt wird.«

Sie sah Mark scharf an.

»Mark!«

Aber er schwieg. Wie hatte er ihr all das verheimlichen können?

Auf einmal lag alles klar und deutlich vor ihr. Die Shunts in den Armen der Kinder – ihnen waren nicht irgendwelche Medikamente injiziert worden, und sie waren auch nicht nierenkrank gewesen. Man hatte sie regelmäßig angestochen, um ihr Blut abzuzapfen. Es ging einzig und allein um das Blut dieser Mädchen und die wertvollen Proteine darin. Geraubtes Kinderblut war der Rohstoff, aus dem Astrada seinen Bestseller herstellte. Das Medikament, das die kaputten Gehirne kranker Menschen reparierte. Auch das ihres Vaters.

Ihr wurde übel.

»Die Mädchen hatten alle die Blutgruppe AB …«, murmelte sie vor sich hin.

Mark nickte. »Das sind die Plasma-Universalspender. In ihrem Blut finden sich keinerlei Antikörper gegen andere Blutgruppen.«

Iliana hatte das Gefühl zu ersticken. Ihre Gedanken rasten im Kreis. Sie war maßlos wütend. Sie hatten sie betrogen, Mark und Freimuth, hatten hinter ihrem Rücken ein schmutziges Spiel gespielt. Sie war nun Teil davon, ob sie wollte oder nicht. »Wieso hast du mir nie davon erzählt?«

Ihre Stimme klang kalt und mechanisch.

»Mark, warum hast du mich belogen?«

»Was hätte ich dir sagen sollen? Iliana, ich weiß, es ist hart. Du musst mir glauben, dass ich das alles so nie wollte.«

»Was wolltest du dann?«

»Ich wollte ein sauberes Alzheimer-Medikament. Freimuth hat mich unter Druck gesetzt. In Bimini stecken Hunderte von Plasmaproteinen. Man braucht nicht alle davon. Ich wollte die unverzichtbaren in Ruhe identifizieren und dann synthetisch herstellen. Aber Freimuth wollte nicht länger warten. Er wollte sofort in die Produktion gehen.«

Sie hörte ein leises Fiepen im linken Ohr. Ihr latenter Tinnitus kehrte zurück und wurde schlagartig stärker. Es fühlte sich an, als würde sich eine Tasse über ihr Ohr legen. Erlitt sie gerade einen Hörsturz?

»Freimuth hatte die Idee, eine Art Internat aufzubauen«, sagte Mark. »Die Eltern bekommen Geld und sind ihre ungewollten Töchter los, die Mädchen erhalten Unterkunft, Essen und eine Schulbildung. Und zwei-, dreimal die Woche spenden sie eben Plasma.«

»Zwei-, dreimal die Woche? Spenden? Mark, diese Kinder werden gemolken! Sie sind Blutkühe!«

Mark seufzte. »Okay. Sie werden gemolken. Zufrieden?«

»Wie nennt ihr diese ›Internate‹?«

Er zögerte mit der Antwort. Aber er sah, dass sie eine einforderte. »Wir nennen sie Blutfarmen. Das war Freimuths Wortwahl, nicht meine.«

Hinter Ilianas Trommelfell klingelte es nun wie verrückt, zugleich fühlte sich das Ohr taub an. Sie sprang auf. Sie konnte einfach nicht länger stillsitzen und sich diese unfassbaren

Dinge anhören. Aufgebracht lief sie im Zimmer umher. Sie verspürte plötzlich unbändigen Zorn, sodass sie mit dem Fuß aufstampfte. Es war derart laut, dass Mark zusammenzuckte und Gläser in ihrem Wohnzimmerkabinett klirrten. Ihr fiel ein, dass ihre Tochter schlief. Sie beherrschte sich und setzte sich wieder.

»Iliana, ich wusste anfangs nichts davon.« Seine Stimme klang hilflos. »Freimuth und ich hatten hin und her überlegt, wie man eine industrielle Produktion aufziehen könnte. Irgendwann kam er mit diesem Plasma um die Ecke und meinte, ich solle mir das mal anschauen. Er sagte, diese Firma hätte Zugriff auf einen besonders guten Spenderpool an jungen Leuten, hohe Qualität. Ich wusste nicht, dass es von Kindern stammte und Freimuth zu diesem Zeitpunkt bereits damit begonnen hatte, die Blutfarmen einzurichten. Er hat das hinter meinem Rücken getan, das musst du mir glauben.«

»Ich habe die Analyse gesehen, Mark. Die Proteingehalte waren unglaublich hoch. Du hättest stutzig werden müssen. Es war offensichtlich, dass mit diesem Plasma etwas nicht stimmt. Du wolltest es einfach nicht näher wissen.«

Er sah sie gequält an. So kannte sie Mark nicht. Normalerweise war er gefasst, kontrolliert, der typische Wissenschaftler.

Er nahm einen weiteren großen Schluck aus seinem Weinglas. Sie bemerkte, dass seine Hand zitterte.

»Vielleicht hast du recht«, sagte er. »Vielleicht wollte ich nicht wissen, woher das Plasma stammte.«

»Seit wann ist dir bekannt, dass es aus Kinderblut gewonnen wird?«

»Ich weiß es nicht mehr. Kurz vor dem Start von Bimini, glaube ich. Es gab ein Lieferproblem. Freimuth schickte mich nach Indien, um die Produktion sicherzustellen. Erst da habe ich mit eigenen Augen die Blutfarmen gesehen.«

»Er hat dich nach Indien geschickt? Aber ihm musste doch klar sein, dass du die Wahrheit herausfinden würdest?«

»Das war genau seine Absicht. Es war zu spät, wir standen kurz vor dem Start von Bimini, es gab kein Zurück mehr. Das wusste er. Er wollte, dass ich die Wahrheit erfuhr, damit ich mit im Boot war, verstehst du? Er hat mich zum Mitwisser gemacht, und damit hatte er mich in der Hand.«

»Wie viele Blutfarmen gibt es?«

»Ich weiß es nicht genau. Es müssen Dutzende sein. Ich war nur in einigen wenigen.«

Iliana versuchte, ihre Atmung zu beruhigen. Es gelang ihr nicht. Soeben hatte ihr Kollege ihr offenbart, dass eine ganze Industrie existierte, die systematisch kleine Mädchen aussaugte.

»Warum hast du nicht alles gestoppt, als du die Blutfarmen mit eigenen Augen gesehen hast? Warum hast du weiter mitgespielt?«

»Es war zu spät.«

»Du hättest Freimuth unter Druck setzen können.«

»Nein, hätte ich nicht. Die Firma hält das Patent an Bimini, nicht ich. Freimuth besaß das Rezept. Zu diesem Zeitpunkt hat er mich nicht mehr gebraucht. Ich habe natürlich protestiert, aber das hat ihn nicht interessiert.«

»Du hättest an die Öffentlichkeit gehen können!«

»Iliana! Es wäre das Ende der Firma gewesen!«

»Und deines«, sagte sie mit bitterer Stimme.

»Ich gebe es zu. Ich wollte Bimini ja auch. Mein Fehler war, dass ich zu spät erkannt habe, wie sehr Freimuth mich in der Hand hatte. Eigentlich schon zu Stanford-Zeiten. Er hat mir damals in einer kritischen Phase mit viel Geld ausgeholfen, ohne das hätte ich aufgeben müssen. Er hat mich zu Astrada geholt. Er hat mir eine große Arbeitsgruppe zur Verfügung gestellt. Ich stand tief in seiner Schuld.«

Iliana zog die Augenbrauen hoch.

»Bitte, du musst die Situation verstehen. Freimuth hatte auch gute Gründe, keine Zeit verlieren zu wollen. Viele arbeiteten an ähnlichen Präparaten. Sanofi-Aventis war uns dicht auf den Fersen, wahrscheinlich auch Lilly Pharma. Du weißt selbst, wie viel Gas wir gegeben, wie hart wir gearbeitet haben. Es hätte viel zu lange gedauert, bis wir ein komplett synthetisches Bimini auf den Markt hätten bringen können. Wir hatten einfach keine Wahl.«

»Blödsinn. Man hat immer eine Wahl.« Iliana streckte den Rücken durch.

»Versetz dich in meine Lage. Ich leitete eine Forschungsgruppe mit dreißig Mitarbeitern, für die ich verantwortlich war. Denk an all die Leute, hätte ich die etwa im Stich lassen sollen? Denk an die Millionen von Kranken, denen wir mit Bimini ihr Leben zurückgegeben haben. Denk an deinen Vater.«

»Mark«, sagte sie mit mühsam beherrschter Stimme. Es gelang ihr nur schwer, ihren Zorn im Griff zu halten. »Das ist ekelhaft! Du kannst nicht Menschenleben gegen Menschenleben aufwiegen! Fünf Mädchen sind tot! Wer weiß, wie viele andere ihr noch auf dem Gewissen habt?«

»Die Mädchen sind in den Internaten besser dran als zu Hause. Du weißt doch selbst, wie das in Indien läuft.«

»Hast du die Fotos nicht gesehen? Wenn es so toll in den Blutfarmen ist, wieso sind diese Mädchen dann geflohen? Mark, Astrada blutet Kinder aus! Es könnte meine Tochter sein, die ihr melkt!«

»Wir wissen nicht, wieso diese Mädchen geflohen sind. Möglicherweise gab es andere Gründe.«

»Welchen Grund soll es geben, außer dem, dass ein Kind leidet, weil es gemolken wird wie ein Tier? Die Leichen der

Mädchen wiesen deutliche Mangelerscheinungen auf. Mark, was ist nur los mit dir? Wie kannst du so eine Schweinerei verteidigen?«

Er schwieg. Sie erkannte ihn nicht wieder. War das derselbe Mark, mit dem sie seit Jahren eng zusammenarbeitete? Dem sie vertraute? Den sie als Freund betrachtet hatte?

Ilianas Gedanken rasten. Immer wieder tauchten die Bilder der toten Mädchen vor ihrem inneren Auge auf. Sie dachte an ihren Vater, der sich das Blut von Kindern spritzte.

Seine wirren Haare, sein verängstigter Blick, als er sie ansah, während sie ihm die Spritze setzte. »Du wirst wieder gesund werden, Papa«, hatte sie ihm zugeflüstert, obwohl sie wusste, dass er sie nicht mehr erkannte.

Sie schwiegen. Mark sah auf das Weinglas in seiner Hand. Er trank erneut einen großen Schluck. Normalerweise machte er sich nichts aus Alkohol.

»Warum hast du gekündigt?«, fragte sie nach einer Weile. »Warum jetzt?«

»Ich habe nicht gekündigt. Ich bin nach dem Fund der toten Mädchen untergetaucht.«

»Warum?«

»Ich hatte Angst, dass Freimuth mich fertigmacht. Er wurde immer paranoider, warf mir vor, dass ich ihn abschießen wollte.«

»Und? Wolltest du?«

»Nein. Oder … ja, vielleicht. Er hatte mich in der Hand, das fand ich unerträglich. Ich habe Beweise gesammelt, um mich abzusichern. Es war ein gegenseitiges Wettrüsten. Als die toten Mädchen gefunden wurden, hatte ich Angst, dass Freimuth durchdrehen würde, weil er mich vielleicht hinter der Sache vermutete.«

Sie sah ihn regungslos an. Sie konnte ihm das nur schwer

glauben. Aber sie wusste nicht mehr, was sie überhaupt noch glauben sollte.

Wieder schwiegen sie. Der hohe Ton in ihrem linken Ohr piepste in der Stille.

Die Kerze flackerte. Marks Gesicht lag im Halbschatten, sie konnte den Ausdruck darauf nicht erkennen, konnte nicht sagen, ob er niedergeschlagen war oder müde oder gleichgültig.

Jener Mark Jacobs, den sie seit Jahren zu kennen glaubte, hatte sich in der letzten halben Stunde in jemand anderen verwandelt. In jemanden, der ihr völlig fremd war. Der ihr entsetzliche Dinge enthüllte, die er die ganze Zeit hinter ihrem Rücken getrieben hatte.

Mark, oder Markus, wie er eigentlich hieß, war schon früh seinen eigenen Weg gegangen. Er war in Frankfurt geboren und aufgewachsen, aber gleich nach der Schule hatte er Deutschland verlassen, gegen den Willen seiner Eltern. Er war nach Kalifornien gegangen. Stanford war von Anfang an sein Ziel gewesen. Ohne jegliche Unterstützung zog Mark sein Studium an der UCLA durch, promovierte in einem der besten Labore und schaffte es tatsächlich bis ins elitäre Stanford.

Markus Jacobs wurde zu Professor Mark Jacobs, dem führenden Kopf der Alzheimer-Forschung. Jetzt war er der Mann, der diese furchtbare Krankheit besiegt hatte. Ein Popstar der Wissenschaft, dessen Nobelpreis nur noch eine Frage der Zeit war.

»Wir müssen zur Polizei gehen«, sagte sie.

Er beugte sich hastig vor, mehr Licht fiel auf sein Gesicht. Er sah sie an mit seinen ruhigen Augen, die in ihr immer Vertrauen erzeugt hatten. Seine Nasenflügel zuckten leicht. Es war eine typische Geste für ihn, er tat das manchmal unwillkürlich, wenn er angestrengt nachdachte oder ihm eine neue Idee kam.

»Ich habe einen besseren Vorschlag, Iliana.«

Sie runzelte die Stirn.

»Wir müssen Freimuth loswerden.«

»Wie bitte?«

»Ich bin nicht bereit, alles einfach wegzuwerfen – nur wegen der Taten dieses Mannes. Bimini ist mein Lebenswerk. Unser Lebenswerk. Wir haben viele Jahre dafür gearbeitet. Wir haben eine der schlimmsten Krankheiten unserer Zeit besiegt. Wir werden bald auch Parkinson heilen. Wenn wir zur Polizei gehen, ist all das vorbei. Bimini wird verboten werden. Millionen Patienten werden erneut dahinsiechen. Die wissenschaftliche Gemeinschaft wird uns exkommunizieren. Wir werden nie wieder forschen können. Das ist ein Preis, den ich nicht zu zahlen bereit bin – bloß weil ein skrupelloser Narzisst mich benutzt hat. Uns benutzt hat.«

Er machte eine Pause.

»Kannst du das verstehen?«

»Papa, ich bin's. Illi. Deine Tochter.«

Immer wieder blitzten diese Erinnerungen an ihren kranken Vater in ihr auf. Sie war wütend auf Mark und maßlos von ihm enttäuscht. Nun keimte ein neues Gefühl in ihr auf. Angst. Sie hatte Angst um ihren Vater. Aber auch um sich selbst. Sie hing jetzt mit drin, auch wenn sie von alldem nichts gewusst hatte. Ihr Name war untrennbar mit Marks verknüpft. Widerwillig musste sie sich eingestehen, dass seine Worte bei ihr Resonanz fanden. Bimini war auch ihr Lebenswerk.

»Du bist nicht mit mir verheiratet, sondern mit deiner Arbeit.«

Sie dachte an all die Nächte, die sie mit Mark im Labor geschuftet hatte. Phillip war eifersüchtig gewesen, auf ihren Job, auf Mark. Meist hatte ihre Arbeit den Anlass für ihre Streitereien geliefert. Wenn man so wollte, hatte sie ihre Ehe für Bimini geopfert.

Sollte das alles in Rauch aufgehen?

»Es gibt einen Weg. Wir müssen nicht alles verlieren«, sagte Mark. »Ich kenne die notwendigen Proteine, Iliana. Ich kann Bimini synthetisch herstellen. Wir brauchen die Blutfarmen nicht mehr. Nur Freimuth steht uns im Weg.«

Hatte sie richtig gehört? Hatte Mark Jacobs gerade vorgeschlagen, den Astrada-Chef zu stürzen?

»Das ist nicht dein Ernst«, sagte sie und schüttelte energisch den Kopf.

»Es ist sehr wohl mein Ernst. Ich werde den Aufsichtsrat überzeugen, die Produktion schrittweise umzustellen.«

»Wissen die von den Blutfarmen?«, fragte sie.

Mark schüttelte den Kopf.

»Wieso hast du mir vorenthalten, dass du die Proteine kennst?«, fragte Iliana.

Sie sah ihn eindringlich an. Versuchte, in seiner Miene zu lesen. Aber er lehnte sich wieder zurück, und sein Gesicht versank erneut in Dunkelheit.

»Streng genommen kenne ich sie noch nicht, aber ich habe starke Hinweise, welche es sein könnten. Wenn wir unsere volle Energie darauf verwenden, wissen wir in wenigen Monaten genau Bescheid. Dafür brauche ich dich jetzt. Wir sind schließlich ein tolles Team!«

Warum tat er auf einmal so jovial? Nach all der Geheimniskrämerei?

Mark hält ein Sektglas in die Höhe. »Nature *und* Science – *auf einen Schlag! Wir sind ein tolles Team!*«

»Wenn du die notwendigen Proteine kennst, wieso hast du dann Freimuth nicht vorgeschlagen, Bimini zu synthetisieren?«

»Ich traue Freimuth nicht mehr«, sagte Mark. »Ich wollte ihm nicht auch noch den Proteincocktail auf dem Silbertablett servieren. Ich habe auf einen günstigen Moment gewartet, um ihn auszumanövrieren. Aber dann kamen die toten Mädchen dazwischen. Iliana, wenn du es nicht für uns tun willst, dann tu es für deinen Vater und all die anderen Alzheimer-Kranken.«

Warum brachte er schon wieder ihren Vater ins Spiel? Es ärgerte sie.

»Warum erzählst du mir das alles? Bislang hast du doch alles im Alleingang durchgezogen. Für die Synthese brauchst du mich nicht.«

»Doch, ich brauche dich, Iliana. An dem Tag, als die Leichen gefunden wurden, hat Freimuth unverzüglich meinen Zugang sperren lassen. Ich komme an keine Daten mehr ran. Auch nicht an die Beweise für die Blutfarmen.«

»Hattest du keine Kopie? So paranoid, wie du dauernd warst, kann ich mir kaum vorstellen, dass du dich nicht abgesichert hast.«

»Nachdem ich die Schnüffelsoftware auf meinem Rechner gefunden hatte, wurde ich vorsichtig und habe nichts mehr auf meinem Rechner zurückgelassen. Ich besitze zwar eine Backup-Festplatte, aber die liegt in der Firma.«

Er schwieg und beugte sich wieder vor. Sie sah, dass seine Nasenflügel zuckten.

»Aber du hast die Daten doch auf dem Rechner«, sagte Mark.

»Da muss ich dich leider enttäuschen«, sagte Iliana. »Er hat sie gestern gelöscht.«

»Scheiße.«

Er dachte nach. »Scheiße«, wiederholte er und knetete seine Finger. Sie knackten leise. Damit hatte er offenbar nicht gerechnet.

Mark erhob sich und begann nervös im Zimmer auf und ab zu laufen.

»Ich habe eine Idee …«, sagte sie.

Mark schritt weiter auf und ab, als hätte er sie nicht gehört. Dabei murmelte er vor sich hin.

»Mark!«, rief sie.

»Was?«, fragte er, ohne seine hektischen Schritte zu unterbrechen.

»Nach deiner sogenannten Kündigung hat Freimuth mich zur Forschungsleiterin ernannt.«

»Gratuliere.«

Sie überhörte seine Bemerkung. »Freimuth will, dass ich am Dienstag Projekt P präsentiere … vor dem Aufsichtsrat.«

Mark hielt inne und schaute sie aufmerksam an.

»Ich könnte versuchen, dich einzuschleusen. Dann kannst du den Rat von deinem Vorhaben überzeugen.«

Er überlegte kurz. Dann schüttelte er den Kopf.

»Sie werden mir nicht glauben. Ich muss ihnen Beweise präsentieren.«

Sie schwieg.

Plötzlich setzte er sich wieder hin.

»Was hast du am Wochenende vor?«, fragte Mark.

»Die Präsentation von Projekt Parkinson vorbereiten, wie du weißt.«

»Nein. Wir werden eine kleine Reise unternehmen.«

Sie schaute ihn verwirrt an.

»Da ich nicht gekündigt habe, bin immer noch ich dein Vorgesetzter«, sagte Mark und lächelte.

6

Der Flug war lediglich zur Hälfte besetzt. Mark war neben ihr eingeschlafen, direkt nachdem sie in Frankfurt die Maschine nach Neu-Delhi bestiegen hatten. Acht Stunden Luftreise lagen vor ihnen. Ihr Ziel war Patna, eine Stadt in Nordindien, von der Iliana bis vor wenigen Stunden noch nie etwas gehört hatte.

Sie war viel zu aufgeregt, um schlafen zu können. Um sich sah sie nur dunkelhäutige Gesichter. Es waren überwiegend ältere indische Männer mit Schnurrbärten. Manche trugen Anzüge, andere lang geschnittene Hemden über den Hosen. Die wenigen Frauen waren fast alle in Saris gekleidet und hatten kleine Kinder bei sich.

Patna. Dort betrieb Astrada eine der Blutfarmen. Mark war dort schon einmal gewesen, weswegen er sie ausgewählt hatte.

Iliana beobachtete die Stewardessen dabei, wie sie Getränke verteilten, und konnte einfach nicht fassen, dass all diese unfassbaren Dinge der Realität entsprachen. Alles war kurz zuvor noch normal, friedlich, gut gewesen – sie hatte Alzheimer geheilt, ihr Vater war wieder gesund, sie würde Parkinson bekämpfen, sie wollte sich freuen und stolz sein. Nun wusste sie, dass an ihrer Arbeit Blut klebte. Kinderblut. Bimini heilte Kranke auf Kosten gesunder Kinder.

Der schlaff herabhängende dünne Arm, die Hand, die einen Kuschelengel festhält.

Wie betäubt war sie nach der denkwürdigen Unterhaltung mit Mark ins Bett gefallen, hatte am nächsten Morgen nur schnell das Nötigste gepackt und Marie wie verabredet zu ihrem Vater gebracht, natürlich ohne ihm zu sagen, dass sie nach Indien aufbrach. Sie hatte ihn außerdem gebeten, Marie den Montag über bei sich zu behalten. Ihre Tochter hatte ein Riesentheater veranstaltet, aber es musste sein. Danach war Iliana sofort zum Flughafen gefahren.

Während sie nun in ihrem Sitz saß und die Stewardessen beobachtete und Mark neben ihr schlief, fragte sie sich, ob sie wirklich das Richtige tat. Bei seinem Plan mitzuspielen bedeutete, endgültig Mitwisserin und Teil des Ganzen zu sein.

Aber gab es eine Alternative? Würde die Wahrheit ans Licht kommen, wäre Astrada erledigt. Mit Bimini wäre es aus. Millionen Alzheimer-Kranke stünden ohne Medikament da. Auch ihr Vater. Da hatte Mark durchaus recht. Damit hatte er sie gekriegt. Vielleicht würde es irgendwann ein sauberes Bimini geben.

Die Frage war nur: Wann? Mark und sie würden es nicht mehr herstellen können, denn sie wären wissenschaftlich erledigt. In der Gemeinde der Forscher und Akademiker zählte Reputation alles. Jemand, der solche unethischen Dinge verantwortete, war Geschichte. Ebenso alle, die sich daran beteiligten oder darin verwickelt waren.

Patna war zeitlich dreieinhalb Stunden voraus. Sie würden am Sonntag in der Frühe landen, zur Blutfarm jagen, Beweise sammeln und zurück zum Flughafen hetzen, und wenn sie abends wieder in die Maschine stiegen, würden sie irgendwann Dienstagmorgen zurück in Hamburg sein. Gerade noch rechtzeitig für die Aufsichtsratssitzung.

Ein Wahnsinn. Aber ein lächerlicher Klacks verglichen mit der Reise, die die Mädchen in den Schiffscontainern angetreten hatten.

Sie presste die Augen zusammen, um die Bilder der Kinderleichen aus ihrem Hirn zu vertreiben. Ihr Ohr klingelte und fiepte und rauschte seit gestern Abend ununterbrochen, und sie rechnete angesichts der stressigen Reise, die vor ihr lag, nicht mit Besserung.

Sie las den Wikipedia-Eintrag über Patna. Es war die Hauptstadt des indischen Bundesstaates Bihar im Nordosten des Landes, eine der ärmsten Gegenden Indiens, noch ärmer, noch übler als alles, was man vom Rest des Landes kannte. Hier waren die Abtreibungszahlen weiblicher Föten besonders hoch. So hoch, dass sich das Geschlechterverhältnis bereits dramatisch verschoben hatte: Auf 1000 Männer kamen nur noch 916 Frauen. Sie schauderte, als sie das las. Nicht ohne Grund hatte Astrada diese Gegend für den Bau einer Blutfarm gewählt.

Zwei Millionen Mädchen wurden jedes Jahr in Indien abgetrieben, ermordet oder vernachlässigt. Minderjährige Mädchen wurden als Sexsklavinnen verkauft. Die Behörden unternahmen nichts dagegen. Es war abscheulich.

»Den Mädchen geht es auf den Internaten besser als zu Hause.«

Das war ja das Schlimme: Wahrscheinlich lag Mark damit sogar richtig. Die eigenen Eltern hatten diesen Mädchen weniger zu bieten als ein gieriger Pharmakonzern, der sie mehrmals die Woche aussaugte.

Mark pfiff eine Motorrikscha herbei und verhandelte mit dem Fahrer, einem spindeldürren Inder mit mehr Zahnlücken als Zähnen. Dann fuhren sie los, durch dieses fremdartige Universum.

Die Stadt war eine Kakophonie von Hupen, Fahrradklingeln, bettelnden Kindern, umherstreunenden Hunden, meterhohen Müllbergen, grellen Farben und Gestank. Ein Füllhorn an Sinneseindrücken prasselte auf Ilianas übermüdetes Gehirn ein. Aber selbst der Lärm, das grelle Licht und das harte Rumpeln der Rikscha konnten nicht verhindern, dass sie immer wieder wegdämmerte.

Als sie erwachte, wusste sie im ersten Moment nicht, wo sie sich befand. Luft streichelte ihr über die Wangen. Sie lag in einem fremden Bett und hatte keine Erinnerung daran, wie sie in diesen Raum gekommen war. Es herrschte Hitze, und ein muffiger Geruch lag in ihrer Nase. Ein Mix aus Abgasen, Reinigungsmittel und etwas Süßlichem, vielleicht Mottenkugeln.

Über ihr drehte sich ein goldener Deckenventilator. Lichtflecken fielen durch ein mit einem Bastrollo unvollständig verhülltes Fenster in den Raum. Die Einrichtung bestand aus einer orientalisch bemusterten Tapete, einem fleckigen Spiegel, abgenutzten Ledersesseln und einer Art Altar mit dunklen Figuren darauf. Immer wieder hörte Iliana ein scharfes Summen. Dann erkannte sie, was es war. Fliegen, gefangen zwischen Fensterscheibe und Rollo, die wütend ihre kleinen Leiber gegen die Grenzen zur Freiheit stürzten. Immer und immer wieder.

Sie erinnerte sich. Sie war in Indien. Sie hatte eine Mission zu erfüllen. Astrada molk indische Kinder. Deswegen waren sie hier. Um Beweise zu sammeln.

Das Bett neben ihr war leer.

Wo war Mark?

Feine Klänge ertönten zwischen dem Straßenlärm, der von draußen hereindrang. Sie hörte ein Kichern. Stimmen, die aus irgendeinem Nachbarzimmer drangen. Sie horchte, um etwas zu verstehen, aber die Klangmelodie war ihr so fremd wie die hiesigen Landessprachen. Jemand sagte etwas, aber es hörte sich an wie Singsang.

Eine Toilettenspülung rauschte, und Mark trat ins Zimmer. Er sah ihre geöffneten Augen und lächelte ihr zu. Es tat gut, ihn zu sehen. Er war ihr vertrauter Anker in dieser Fremde. Mark hatte es verlässlich geschafft, ihr ein Gefühl von Stabilität zu vermitteln, auch in chaotischen und belastenden Zeiten. Sie fühlte sich in seiner Gegenwart wohl. Auch jetzt. Trotz der Umstände, trotz seiner Heimlichkeiten. Für einen Moment spürte sie, dass sie sich zu ihm hingezogen fühlte. Die Empfindung befremdete sie. Durfte sie das? Er war ihr Kollege, ihr Freund. Dann hatte er sie auch noch in diese Lage gebracht und ihr schlimme Dinge verschwiegen.

»Ich dachte schon, du würdest gar nicht mehr aufwachen«, sagte er. »Du hast geschlafen wie ein Stein.«

Jetzt erst sah sie, dass sie noch ihre Straßensachen trug. Mark sah seinerseits nicht besonders wach aus. Jetzt, als er da im Sonnenlicht vor ihr stand, fiel ihr auf, dass er dennoch irgendwie frischer wirkte als sonst. Etwas war anders an ihm, aber sie konnte nicht bestimmen, was.

»Wie spät ist es?«, fragte sie. Ihre Stimme war kaum mehr als ein Krächzen, sie hustete und merkte, wie erschöpft sie war.

»Es ist schon nach Mittag. Wir müssen los.«

Er sah sie prüfend an.

»Es wird nicht schön werden, Iliana.«

»Ich weiß.«

Inzwischen war Iliana wacher als bei ihrer Ankunft und nahm alles nicht mehr verschwommen, wie durch einen Nebel wahr. Sie kannte Indien nur aus Erzählungen. Das Land polarisierte. Manche liebten, manche hassten es. Sie war sich bereits einigermaßen sicher, zur letzteren Fraktion zu gehören.

Das Chaos, der Lärm, der Abfall, der Gestank, die Menschenmassen. Sie sah Leiber im Straßengraben liegen, von denen sie nicht hätte sagen können, ob sie schliefen oder tot waren. Streunende Hunde kläfften und sprangen um Kühe herum, schnüffelten an Unrat, der auf der Straße lag, neben Händlern, die Essen feilboten.

Ihr Hotel hieß Patliputra Exotica. Sie fand es schäbig und laut. Aber verglichen mit der Welt da draußen auf Patnas Straßen war es eine Oase der Stille.

Sie nahmen ein Taxi. Sie reisten mit Handgepäck und würden nicht noch mal ins Hotel zurückfahren.

»Wir müssen zum Stadtrand«, sagte Mark.

Die Stadt veränderte sich. Das Gewusel nahm ab, je näher sie der Außengrenze kamen, faserte aus zu Slums, die nach ihnen zu greifen schienen, als das Taxi sich durch sie hindurchwand. Iliana war fasziniert und abgeschreckt zugleich.

Sie fuhren fast eine Dreiviertelstunde. Irgendwann hielten sie an. Durch die schmutzige Scheibe des Taxis sah sie in einiger Entfernung einen Gebäudekomplex, den ein hoher Zaun rahmte.

Sie waren am Ziel.

Die Einrichtung, die vor ihnen lag, hätte alles Mögliche sein können. Nichts deutete darauf hin, was sich hinter den Mauern abspielte. Nichts stand mit den Vorstellungen in Deckung, die durch das Wort »Blutfarm« aufgerufen wurden.

Iliana zückte ihr Smartphone und prüfte, ob ihr Akku noch ausreichend Energie hatte. Sie wollten Fotos machen und filmen. Nichts wäre ärgerlicher, als wenn die Technik versagte.

Wo genau waren sie? Sie rief Google Maps auf und erblickte für einen Moment die Karte von Hamburg auf dem Display, gespeichert von ihrer letzten Ortung. Aber sofort verschwamm die Karte, als das Handy sie neu lokalisierte. Dann erschien Patnas labyrinthisches Straßengewirr, und die Karte zoomte auf den blauen Punkt, der sie selbst markierte, irgendwo im Nichts, umgeben von Namen, die ihr nichts sagten.

»Mach so viele Fotos und vor allem Videos, wie du kannst«, schärfte Mark ihr ein. »Es ist egal, ob sie Verdacht schöpfen, Hauptsache, wir haben etwas in der Hand.«

Sie war irritiert. »Moment. Kommst du etwa nicht mit rein?«

»Nein. Freimuth hat die Farmen garantiert über mein Verschwinden informiert. Wenn sie mich entdecken, könnte das Alarm auslösen. Du musst alleine gehen. Du bist stellvertretende Forschungsleiterin, dein Ausweis wird genügen. Du hast vier Stunden Zeit.«

Sie sah ihn an und spürte Wut in sich aufsteigen. Abermals hatte er ihr etwas verschwiegen. Er schickte sie vor, um die Drecksarbeit zu machen. Aber sie hatte weder Kraft noch Lust, mit ihm zu diskutieren, und stieg wortlos aus dem Taxi.

Als sie sich dem Gebäude näherte, erkannte Iliana, wie weitläufig die Anlage war. Sie sah mehrere Häuser, Rasenflächen und einen Spielplatz. Jetzt hörte sie auch die Rufe. Sie kamen von spielenden Kindern.

Nein, es würde nicht schön werden.

Der Pförtner betrachtete ihren Firmenausweis, als wüsste er nicht, was er damit anfangen sollte. Mit seinem stark von indischem Akzent durchsetzten Englisch bat er sie um Geduld und telefonierte. Sie blickte durch die Scheibe des Pförtnerhäuschens, während sie ihn auf Hindi – jedenfalls vermutete sie, dass es sich um Hindi handelte – am Telefon sprechen hörte. Mehrere Minuten lang geschah nichts, und sie befürchtete schon, aufgeflogen zu sein. Aber dann beobachtete Iliana, wie sich ein kleiner Mann in einem weißen Kittel dem Häuschen näherte. Er trat ein und stellte sich ihr als Rakesh Goel vor,

Leiter dieser ›Donation Facility‹, wie er in ebenfalls schwer verständlichem Englisch erklärte. Goel trug einen Schnurrbart, sein Haar war gescheitelt, und er lächelte viel. Sein Alter war schwer zu schätzen, aber Iliana hielt ihn für etwa Mitte fünfzig.

Goel war sichtlich überrascht über ihr Erscheinen, stellte aber keinerlei Fragen bezüglich des Zwecks ihres Besuchs. Mehrfach betonte er, was für eine Ehre und welche Freude es sei, diesen hochrangigen Besuch aus Deutschland empfangen zu dürfen. Man habe von dem Wechsel an der Spitze der Forschungsabteilung gehört. Sehr bedauerlich, sehr schade, dass Mark Jacobs gekündigt habe, er sei ein exzellenter Forscher gewesen und er, Goel, erinnere sich noch gut an seine Visite damals. Iliana erzählte ihm, dass sie nun die neue Forschungsleiterin sei und sich persönlich ein Bild von den Produktionsbedingungen machen wolle. Goel betonte etliche Male, wie sehr er sich freue, sie kennenzulernen. Iliana war irritiert, dass er so dick auftrug. War das einfach seine Art? War es die indische Durchschnittshöflichkeit? Zudem war sie mit indischer Gestik und Mimik nicht vertraut. Immer wieder wackelte Goel mit dem Kopf nach rechts und links – die indische Geste für Ja.

»Was möchten Sie zuerst in Augenschein nehmen?«, fragte er. »Die Anlage? Oder die medizinische Abteilung?«

»Ich denke, es wäre angesichts meiner knappen Zeit das Beste, wenn wir zunächst die medizinische Abteilung besichtigen.«

Goel wackelte mit dem Kopf und schritt voran. Er steuerte nicht auf den Eingang zu, sondern führte sie zu einer Tür, die mit einem Notausgangsymbol gekennzeichnet war. Sie wunderte sich, sagte aber nichts, weil sie mit ihren Fragen keinen Verdacht erregen wollte. Sie liefen durch einen schmalen Gang, der nur von Notlampen beleuchtet wurde. Es wirkte nicht wie der Weg zu einer medizinischen Einrichtung, aber Iliana folgte ihm wortlos. Es ging eine Treppe hinunter, und dann standen sie in einem geräumigen Lager mit Regalen, in denen Essensvorräte und Schulmaterial verstaut waren. Goel schritt geradewegs auf eine unauffällige, aber schwere Metalltür am hinteren Ende des Lagers zu. Dahinter standen sie mit einem Mal in einem riesigen, hell erleuchteten Raum ohne Fenster. Alles war in Weiß gehalten, und Iliana sah Dutzende von Liegen nebeneinander aufgereiht. Auf den ersten Blick sah es ähnlich aus wie in einer westlichen Blutspende-Einrichtung, aber die Liegen waren kleiner, und an den Wänden hingen unzählige von Kindern gemalte Bilder. Überall stand Spielzeug: Musikinstrumente, Bücher, Bauklötze, Spielzeugautos, Puppen und … jede Menge Kuscheltiere.

Ein halb voller Blutbeutel schaukelt neben ihr, ihre Faust knetet einen Schaumstoffball, ein Schmerz in ihrer Armbeuge, in der eine Kanüle steckt.

Alte Gefühle überkamen sie, als sie sich umblickte. Sie hatte als Studentin selbst öfters Blut gespendet, um sich ein bisschen Geld zu verdienen.

Goel zeigte ihr die Plasmapherese-Maschinen, die neben den Liegen standen. In diesen Geräten wurde das Blut in rote Blutkörperchen und das Blutplasma aufgetrennt. Jedes war ungefähr so groß wie ein Backofen. Sie wirkten sehr neu, und er betonte, dass es sich um die besten Geräte auf dem Markt handelte und sie tadellos funktionierten. Iliana zog ihr Smartphone aus der Tasche und sah, dass noch immer Google Maps aktiv war. Sie aktivierte die Kamera. Als sie zu fotografieren begann, stutzte er.

»Entschuldigen Sie bitte, Dr. Kornblum.« Seine Miene war eine Wand professioneller Freundlichkeit. »Ist das wirklich nötig?«, fragte er mit gequältem Lächeln.

Iliana tat ahnungslos. »Verzeihung, ich wusste nicht, dass das ein Problem darstellt. Ja, leider besitze ich ein schlechtes Gedächtnis und würde gerne ein paar Fotos schießen, wenn es Ihnen nichts ausmacht. Sie sind nur für den internen Gebrauch.«

Bis auf das schlechte Gedächtnis war das nicht mal gelogen.

Goel wackelte zögerlich mit dem Kopf, während er ununterbrochen lächelte. »Okay. Vielleicht könnten Sie allerdings davon absehen, mich ins Bild zu nehmen. Ich bin nicht sehr fotogen.«

Sie nickte und richtete das Smartphone so aus, dass es schien, als sei Goel nicht im Fokus – in Wahrheit aber knipste sie auch ihn. Nun startete sie außerdem eine Videoaufnahme, um seine Erläuterungen zu protokollieren.

Goel zeigte ihr die Innereien des Apparats. Sein Herzstück war die kleine Zentrifuge. Das Blut, das aus dem Körper in den Apparat floss, wurde darin herumgeschleudert wie in einer Waschtrommel, durch die Fliehkraft sammelten sich die roten Blutzellen am Rand, das Plasma floss innen ab und wurde in einer Flasche gesammelt, die am Rand des Apparats hing. Die Blutzellen leitete die Maschine wieder zurück in den Körper. Der Entnahmezyklus wurde mehrfach wiederholt, meist drei- bis viermal, bis schließlich etwa 800 Milliliter Plasma in der Flasche landeten. Jedenfalls war das die Menge, die man Erwachsenen normalerweise entnahm. Aber diese besaßen insgesamt rund sechs Liter Blut. Durch den Körper eines zehnjährigen Kindes strömten nur etwa drei Liter.

Eine Plasmapherese dauerte aufgrund der Verfahrensschritte länger als eine Vollblutentnahme, aber sie war für den Körper verträglicher, weil dieser die für den Sauerstofftransport notwendigen roten Blutzellen behielt. Dafür waren Plasmapherese-Apparate teurer. Aber aus ökonomischer Sicht war es sicher lohnender, mehr in die Gerätschaften zu investieren und dafür den Kindern öfter Plasma entnehmen zu können. Iliana schauderte, als sie sich bei solchen Gedanken ertappte.

»Wie viel Plasma entnehmen Sie bei einem Vorgang?«, fragte sie Goel. Sie versuchte, dabei möglichst sachlich zu klingen.

»Im Schnitt etwa 500 Milliliter. Bei den jüngeren Mädchen etwas weniger.«

»Ist das nicht zu viel? Einem Erwachsenen entnimmt man 800 Milliliter.«

Goel zuckte mit den Schultern und lächelte.

»Ihre Firma gibt die Produktionsziele vor, Frau Kornblum. Wenn wir die nicht erfüllen, bekommen wir Schwierigkeiten. Übrigens …«, er sah auf die Uhr, »jeden Moment beginnt eine Entnahme.«

Kurze Zeit später hörte sie auch schon Kinderstimmen und Getrampel. Sie brachte die Kamera in Stellung und filmte, wie durch die schwere Metalltür Dutzende von Mädchen hereingelaufen kamen. Sie turnten um die Liegen herum. Viele trugen Stofftiere im Arm. Alle waren völlig aufgedreht.

Als sie Iliana sahen, hielten die Kinder inne und betrachteten sie mit neugierigen Blicken. Goel erläuterte etwas auf Hindi. Sie verstand ihren Namen. Goel sagte Iliana-ji. Das nachgehängte ji war eine indische Höflichkeitsform, wie Mark ihr im Flugzeug erzählt hatte. Wahrscheinlich erklärte er den Kindern, wer sie war und was sie hier wollte. Die Mädchen nickten. Sie sprachen ihn mit Goel-ji an.

Während er redete, betrachtete sie die Mädchen. Es war schrecklich, in diese Gesichter zu sehen, diese schmalen, bleichen Gesichter. Sie sah an ihren Unterarmen Verdickungen. Ausnahmslos allen von ihnen waren Shunts implantiert worden.

Maries grüne Augen sahen sie an. Dünne, ausgemergelte Gesichter mit strähnigen schwarzen Haaren sahen sie an.

Die Mädchen waren sehr dünn. Ihr Alter war nicht leicht zu schätzen. Iliana tippte auf eine Bandbreite von sechs bis zwölf Jahren.

Sie presste die Lippen aufeinander und rang sich ein Lächeln ab, um sich nichts anmerken zu lassen. Fünf dieser Mädchen hatten lieber eine lebensgefährliche und letztlich tödliche Flucht angetreten, um einem Ort wie diesem zu entfliehen. Mark hatte sicher recht mit seiner perversen Logik, dass es ihnen hier in der Blutfarm besser ging als bei ihren Familien, wo sie ohne Respekt und ohne Perspektive aufwuchsen. Aber wie viel besser hatten sie es wirklich? Erhielten sie eine Schulbildung? Wie lange blieben sie in dieser Einrichtung? Ab welchem Alter ließ man sie wieder fallen, weil sie zu alt waren und ihr Plasma nicht mehr genügend Bimini-Proteine besaß?

Die Mädchen verloren rasch ihre Scheu und umringten sie. Iliana spürte ihre kleinen Hände an ihren. Dabei riefen sie immer wieder: »Gora!«, »Gora!«

Goel lächelte etwas verschämt. »Gora bedeutet blond auf Hindi«, erklärte er Iliana. »Die Mädchen sehen hier selten Menschen mit hellen Haaren.«

Iliana ließ es zu, dass die Mädchen ihr Haar streichelten. Sie kicherten und sprachen auf Hindi durcheinander. Dabei sahen sie Iliana mit großen Augen an. Sie riefen immer wieder photo, photo und zeigten auf Ilianas Smartphone. Iliana stoppte die Aufnahme und machte ein paar Selfies mit den Mädchen, bis eines von ihnen ihre Hand ergriff.

»You are very beautiful«, sagte das Mädchen zu Iliana.

Sie besaß ein zartes, einnehmendes Gesicht. Ihr langes Haar war zu einem Zopf gebunden. Ihre großen Augen nahmen

Ilianas Blick gefangen. In ihrem rechten Arm hielt sie einen der Astrada-Kuschelengel. Iliana stockte für einen Moment der Atem. Das Mädchen hatte den Engel geschmückt, er trug ein kleines Kleid aus dunkelblau verziertem Stoff, es sah aus wie ein Sari. Damit die Flügel hindurchpassten, hatte jemand auf der Rückseite Löcher hineingeschnitten.

Iliana lächelte. »And you are a very beautiful girl.«

Das Mädchen kicherte.

»Wie heißt du?«, fragte Iliana auf Englisch.

»Nidhi.«

»Nidhi. Was für ein schöner Name!«

»Er bedeutet Schatz.«

»Ich habe keinen Zweifel daran, dass du auch einer bist.«

Nidhi lachte, doch plötzlich begann sie zu husten, und Iliana betrachtete sie besorgt. Es klang bedrohlich. Aber Nidhi fing sich schnell wieder und fragte, als sei nichts gewesen: »Und was heißt Ijana?«

Das Mädchen versuchte, ihren Namen richtig auszusprechen. Iliana verbesserte sie, und nach mehreren Versuchen konnte Nidhi ihren Namen korrekt betonen.

»Was bedeutet Iliana?«

»Illi, du trägst einen sehr alten Namen. Schon die alten Griechen haben kleine Mädchen wie dich so genannt.«

Sie erinnerte sich, wie sie als Mädchen, nur wenig jünger als Nidhi, ihrem Vater genau diese Frage gestellt hatte. Sie sah ihn vor sich knien und zu ihr sprechen. Sie war beeindruckt gewesen, auch wenn sie erst viel später verstanden hatte, wer die alten Griechen eigentlich gewesen waren.

»Iliana heißt die Sonnige«, erklärte sie dem Mädchen.

Nidhi lachte erneut. »Das stimmt. Deine hellen Haare sind wie Sonnenstrahlen!«

»Wo hast du so gut Englisch gelernt, Nidhi?«

»Hier in der Engelsschule. Wir alle hier sind Devaduta. Wir sind Engel.«

Iliana erwiderte nichts. Sie spürte, wie sie eine Gänsehaut bekam. Sie sah Goel kurz an, der ihr kurz zublinzelte und ein Lächeln bemühte. Er wirkte, als sei ihm das alles unangenehm. Warum wirkte er unsicher? Hatte er etwa ein schlechtes Gewissen wegen der Dinge, für die er maßgeblich verantwortlich war?

Goel wandte sich ab und sprach mit einigen Frauen, die nun in den Raum kamen. Sie trugen blaue Hemden und weiße Hosen. Auch ihnen erklärte Goel, wer Iliana war. Die Frauen blickten immer wieder ehrfürchtig und nervös zu ihr herüber.

»Sie können gerne bei der Plasmaentnahme zusehen, Dr. Kornblum. Die Schwestern wissen Bescheid.«

Dann klatschten die Frauen in die Hände und riefen etwas auf Hindi. Die Mädchen wurden still und reihten sich an einem Wasserspender auf. Nach und nach zapften sich alle einen Becher und begannen, daraus zu trinken. Iliana begriff: Sie sollten auf diese Weise dem Flüssigkeitsverlust vorbeugen. Dann ging jedes Mädchen zielstrebig zu einer Liege und legte sich darauf. Nidhi nahm Iliana bei der Hand.

»Komm mit!«, rief das Mädchen und zog sie hinter sich her. Eine der Frauen sagte etwas in strengem Ton, aber das Mädchen antwortete nur knapp.

»Was hat sie gesagt?«, fragte Iliana.

»Ach, sie will, dass ich etwas trinke. Aber ich habe das schon längst gemacht.«

Die Frau schimpfte nun mit Nidhi, und das Mädchen lenkte ein und holte sich wie die anderen einen Becher Wasser. Demonstrativ trank sie ihn vor den Augen der Frau in einem Zug aus. Dann legte sich Nidhi auf ihre Liege und blickte Iliana an. Als die Schwester an ihrem Plasmapherese-Apparat alles vorbereitete und sie nicht sehen konnte, rollte Nidhi die Augen. Iliana konnte ein Grinsen nicht unterdrücken.

Wieder begann Nidhi plötzlich stark zu husten. Der Stoffengel fiel ihr aus der Hand. Die Schwester, die Nidhi zurechtgewiesen hatte, fragte sie etwas auf Hindi. Nidhi hustete weiter und nickte. Die Frau brachte ihr einen Inhalator, von dem Nidhi hastig einen Zug nahm. Aber das Husten wurde nicht besser.

Die Schwester schaute sie skeptisch an und wollte sie von der Liege ziehen, aber Nidhi schüttelte den Kopf und wehrte sich. Die Frau gab schließlich mit einem Seufzer auf und holte Goel.

Iliana filmte die Szene.

Goel kam und sprach auf das Mädchen ein. Nidhi schüttelte immer wieder den Kopf und blickte entschlossen. Zwischendurch hustete sie immer wieder, aber sie versuchte, es zu unterdrücken.

»Was ist mit ihr, Herr Goel?«, fragte Iliana.

Als er sah, dass Iliana filmte, trat er schnell aus dem Bild.

»Nidhi hat Asthma und ist infektanfällig. Ich habe sie gefragt, ob sie heute aussetzen möchte. Aber sie will nicht. Manchmal ist sie schrecklich starrsinnig.«

Nidhi schüttelte den Kopf. »Bin ich nicht«, sagte sie mit entschlossener Miene.

Hastig fügte Goel noch hinzu: »Die Qualität des Plasmas ist für uns von höchster Priorität. Wir achten darauf, dass die Mädchen fit sind, bevor sie Plasma spenden.«

»Und, ist sie fit?«

»Ja, ich bin fit«, sagte Nidhi zu Iliana und Goel. »Können wir jetzt anfangen?«

Goel seufzte und nickte der Schwester zu, die grimmig dreinschaute. Sie bereitete weiter das Gerät vor.

Iliana wollte Nidhi ein paar Fragen stellen, aber vor Goel fühlte sie sich unfrei.

»Herr Goel, ich denke, ich werde ein bisschen bei Nidhi bleiben. Sie haben ja sicher zu tun.«

Goel sah sie leicht überrascht an, wackelte dann aber mit dem Kopf.

»Wenn Sie mich brauchen, ich bin im Labor nebenan.«

Er wies auf eine Tür mit einer Milchglasscheibe. Iliana hatte sie gar nicht bemerkt. Neben der Tür befand sich ein Pin-Schloss.

»Dort können Sie nicht hinein. Sagen Sie am besten einer Mitarbeiterin Bescheid, sie wird mich dann rufen.«

Er ging, und Iliana setzte sich auf einen Stuhl neben Nidhis Liege.

»Ist wirklich alles in Ordnung mit dir?«, fragte sie das Mädchen.

Nidhi nickte und lächelte.

»Mir geht's gut. Kannst du mir meinen Engel geben?«, bat sie Iliana.

Iliana hob den Kuschelengel auf. Sein Sari war ein Stückchen verrutscht, und sie zog ihn gerade.

»Das ist ganz normal, dass ich huste«, sagte Nidhi leise. »Aber ich bemühe mich, nicht zu husten, jedenfalls nicht vor den Schwestern. Sonst lassen sie mich nicht zaubern. Und dann bin ich nicht mehr die beste Devaduta.«

Nidhi zeigte auf das Bild über der Liege. »Guck mal, Ijana-ji«, sie sprach ihren Namen wieder falsch aus, »das habe ich gemalt!«

Iliana sah auf dem Bild ein Mädchen mit Engelsflügeln, dem ein Schlauch aus dem Arm ragte. Neben ihr stand ein Erwachsener, der ebenfalls einen Schlauch am Arm hatte. Die Schläuche waren miteinander verbunden. Nidhi hatte die Erwachsenenfigur dunkel gemalt, mit krummem Rücken, Tränen rannen ihr aus den Augen.

»Das bin ich«, sagte sie und zeigte auf das Mädchen mit den Engelsflügeln. »Eine Devaduta.«

»Nidhi, wie zauberst du?«, fragte Iliana, während sie das Mädchen filmte. Sie achtete dabei darauf, dass sie die Schwester und die Vorbereitungen mit im Bild hatte. »Wie geht Zaubern?«

»Nicht jeder kann zaubern, sondern nur Devaduta«, sagte Nidhi. Sie war stolz, dass Iliana sie filmte. »Aber alle Mädchen, die hier sind, sind Devaduta. Wobei manche besser als andere sind, weil sie mehr zaubern und mehr helfen. Na ja. Also es ist so, dass in uns Zaubertrank ist. In unserem Blut. Deswegen sollen wir aufpassen und uns nicht beim Spielen verletzen, sagt Goel-ji. Sonst verschwenden wir unseren Zaubertrank.«

»Was passiert mit dem Zaubertrank?«

»Der heilt kranke Menschen. Guck, so wie auf dem Bild! Unser Engel-Zaubertrank ist kostbar, weil er Kranke heilen kann.«

Die Schwester hatte den Plasmapherese-Apparat jetzt angeschaltet. Sie hörten mehrere Piepsgeräusche.

»Iliana-ji, kann ich dich etwas fragen?«

»Natürlich.«

»Ich würde es gerne selbst sehen, wie jemand wieder gesund wird. Goel-ji sagt, dass die Kranken, denen wir helfen, weit weg von hier leben. Kennst du einen kranken Menschen, der meinen Zaubertrank bekommen hat und wieder gesund geworden ist?«

Ihr Vater im Pyjama. Seine Augen sind vor Angst weit aufgerissen. Er erkennt sie nicht.

Heißer Druck baute sich in Ilianas Augenhöhlen auf. Sie spürte einen Kloß im Hals und musste plötzlich gegen Tränen ankämpfen.

»Ja, ich kenne jemanden. Mein Vater. Er war …« Ihre Stimme versagte ihr. »Er war sehr krank.«

Eine Träne löste sich aus ihrem Auge und rollte über die Wange.

Nidhi bemerkte es und berührte sie mit ihrem Kuschelengel.

»Nicht weinen, Iliana-ji. Bitte nicht. Geht es ihm denn jetzt besser?«

Iliana nickte.

»Ja, er ist wieder gesund. Dein Zaubertrank hat ihn geheilt. Und darüber bin ich sehr, sehr glücklich.«

Nidhi lächelte.

»Wie schön. Ich habe dir doch gesagt, ich besitze Zauberkräfte.«

Für einen kurzen Augenblick dachte Iliana, ob das, was an diesem Ort geschah, vielleicht doch nicht so falsch war.

»Willst du zusehen, wie ich zaubere?«

Iliana atmete tief durch. Sie musste sich beherrschen. Sie war gekommen, um Beweise zu sammeln. Um dieser grausamen Ausbeutung kleiner Kinder ein Ende zu bereiten.

»Ja, gerne, Nidhi. Darf ich dich weiterhin dabei filmen?«

»Jaaaaa! Filmen! Ich werde berühmt!«

Nidhi lächelte stolz. Mittlerweile hatte die Schwester alles vorbereitet und wollte Nidhi die Kanüle setzen. An den anderen Geräten standen ebenfalls Schwestern. Das Mädchen links von Nidhi rief etwas herüber, und Nidhi antwortete auf Hindi und kicherte.

»Das ist meine Freundin Aryala«, sagte Nidhi. Auch sie sah schrecklich dünn aus.

»Hallo Aryala!«, sagte Iliana, und das Mädchen winkte ihr zu.

»Aryala und ich sind die besten Devaduta in der ganzen Engelsschule«, sagte Nidhi.

Beide Mädchen streckten bereitwillig ihre linken Arme aus, in der rechten Hand hielten sie ihre Kuschelengel. Iliana sah die implantierten Shunts unter der Haut. Sie ging näher mit der Kamera an Nidhis Arm heran unter den misstrauischen Blicken der Schwester. Die Frauen hatten bereits Gummihandschuhe übergezogen, nun sprühten sie Desinfektionsmittel auf die Unterarme der Mädchen. Dann pikte Nidhis betreuende Schwester mit der Nadel in den Shunt und befestigte die Kanüle mit einem Klebestreifen. Nidhi beobachtete den Vorgang entspannt und ruhig. Rotes, dickflüssiges Blut erschien im Schlauch und bahnte sich langsam seinen Weg hindurch, unaufhaltsam in Richtung des Plasmapherese-Apparats. Die Schwester ließ sie alleine. Es war eine gute Gelegenheit, ungestört Fragen zu stellen – obwohl Iliana unsicher war, ob die Schwestern überhaupt Englisch verstanden.

»Warum seid ihr die besten Devaduta, Nidhi?«, fragte Iliana, die die ganze Zeit über gefilmt hatte.

»Weil wir am häufigsten zaubern. Viel öfter als die anderen Devaduta. Wir führen die Rangliste an.«

»Wie oft zaubert ihr?«

»Jeden zweiten Tag. Wir würden gerne noch öfter, aber Goel-ji erlaubt es nicht.«

Iliana war entsetzt. Kein Wunder, dass die Mädchen so dünn waren.

»Aber ich will die beste Devaduta sein, solange ich noch kann. So wie Deepali.«

»Was meinst du mit: solange du noch kannst? Wer ist Deepali?«

»Deepali war die beste. Sie hatte die größte Menge Zaubertrank. Aber jetzt ist sie weg.«

»Wo ist sie?«

Nidhi zuckte mit den Schultern.

»Das weiß ich nicht. Vielleicht ist sie zu alt. Wenn man zu alt ist, hat man keinen Zaubertrank mehr, sagt Goel-ji. Vielleicht ist sie auch davongeflogen. Die besten Devaduta fliegen in den Himmel.«

Iliana schnürte es die Kehle zu.

»Aber ich habe Deepalis Kuschelengel bekommen.«

Nidhi drückte den Engel in ihrer Hand ein wenig fester an sich.

»Er wird mir Glück bringen.«

»Wie alt bist du, Nidhi?«

»Elf.«

Sie hätte das Mädchen auf höchstens acht Jahre geschätzt. Für eine Elfjährige war sie zu klein und zu zierlich.

»Und wie alt ist Aryala?«

Aryala hatte zugehört und krähte »auch elf« herüber.

Nun begannen sich einige Räder am Plasmapherese-Apparat zu drehen. Es war die Pumpe, die das Blut in die Zentrifuge drückte. Leuchtdioden zeigten den Status des Zyklus an. Noch leuchteten sie rot, aber sobald die Zentrifuge ausreichend mit Blut gefüllt war, würde sie auf Grün umspringen und Nidhis Blut in rote Blutzellen und das Plasma auftrennen.

»Jetzt holt die Maschine den Zaubertrank aus meinem Blut heraus«, sagte Nidhi. Sie zeigte auf die Plastikflasche, die an dem Plasmapherese-Gerät hing.

»Da kommt gleich der Zaubertrank.«

Der Apparat klackte. Dann ertönte ein Summen.

»Jetzt«, sagte Nidhi. »Pass auf. Gleich!«

Die Räder stoppten ihre Bewegung, und die ersten Tropfen goldgelber Flüssigkeit sickerten in die Plastikflasche.

»Das ist er«, flüsterte Nidhi. »Das ist mein Zaubertrank, Iliana-ji.«

Iliana filmte, wie die erste Charge des Plasmas in die Flasche strömte, gleichzeitig flossen die konzentrierten roten Blutzellen zurück in den Schlauch und Nidhis Körper.

»Wie viel Trank zauberst du, Nidhi?«

»Oh, manchmal fast die ganze Flasche voll. Aber nur an guten Tagen. Zaubern ist anstrengend.«

Iliana betrachtete die Flasche genauer. Sie war mit Maßangaben versehen und fasste 800 Milliliter. Wenn das Mädchen die Wahrheit sagte, bedeutete das, dass Goel sie belogen und den Mädchen mehr Plasma entnommen wurde, als er behauptet hatte.

Iliana filmte Nidhi. Filmte ihren Stolz, ihre Freude. Während sie das Handy vor Nidhi hielt, rann ihr eine weitere Träne aus dem Auge, und schnell wischte sie sich mit der linken Hand über die Wange. Nidhi war es nicht entgangen.

»Warum weinst du wieder, Iliana-ji? Bist du traurig?«

Iliana versuchte, sich zu fangen. Sie gefährdete die Mission.

»Ich freue mich, Nidhi. Weißt du, ich habe eine kleine Tochter, sie ist etwas jünger als du. Ich glaube, du würdest sie mögen. Und sie dich.«

»Bestimmt! Wie heißt sie?«

»Marie.«

»Marie wäre bestimmt auch eine gute Devaduta. Bin ich eine gute Devaduta, Iliana-ji?«

Weitere Tränen rannen Iliana aus den Augen. Sie konnte nicht länger dagegen ankämpfen.

»Ja, Nidhi. Das bist du. Du bist eine gute Devaduta. Ein wunderschöner kleiner Engel.«

Nidhi lächelte sie an.

»Möchtest du, dass Marie auch einmal eine Devaduta wird? Wärst du dann stolz auf sie?«

Iliana konnte kaum atmen. Sie nickte. »Ja, das wäre ich. Deine Mama ist ganz bestimmt sehr stolz auf dich, Nidhi-Devaduta.«

»Glaubst du, sie ist wirklich stolz? Ich habe meine Mama so lange nicht mehr gesehen. Sie wohnt weit weg und hat nicht viel Geld und kann mich nicht besuchen kommen.«

Iliana ergriff Nidhis freie Hand. »Sie ist sehr stolz auf dich, Nidhi. Das weiß ich.«

Der Apparat klackte abermals. Die zweite Charge Blut strömte nun aus Nidhis Körper in die Maschine.

Nidhis Augenlider senkten sich leicht.

»Ich vermisse meine Mama. Und meine Geschwister.«

Ihre Stimme war leiser geworden, ihre Sprache schleppender. Iliana wurde hellhörig.

»Sie fehlen mir so.«

Der Atem des Mädchens wurde flacher.

»Nidhi, was ist mit dir? Ist alles in Ordnung?«

»Ich bin nur ein bisschen müde. Siehst du meinen Zaubertrank, Iliana-ji?«

Die zweite Charge war durch. Mehr gelbe Flüssigkeit tropfte in die Flasche.

»Irgendwann schaffe ich die ganze Flasche … irgendwann. So wie Deepali. Sie war … die beste … Deva …«

Nidhis Sprache war zu einem Flüstern geworden. Iliana musste genau hinhören, um das Mädchen zu verstehen.

»Die beste Devaduta. Deepali. Sie ist fort …«

Dann murmelte sie etwas auf Hindi, ihre Augenlider klappten zu, und ihr Kopf neigte sich zur Seite.

Iliana war unsicher, was sie tun sollte. Sollte sie Goel rufen? Oder war es normal, dass ein Mädchen während einer Plasmaspende einschlief?

Sie sah zu Aryala. Das Mädchen hatte mitbekommen, was vor sich ging.

»Das passiert manchmal«, sagte Aryala zu Iliana. »Nidhi ist in letzter Zeit dauernd müde. Sie hustet viel.«

In diesem Moment vibrierte Ilianas Smartphone in ihrer Hand. Die Videoaufzeichnung unterbrach während des Anrufklingelns. Auf dem Display sah sie einen Namen. Erik Freimuth.

»Scheiße«, flüsterte Iliana. Ihr erster Impuls war: wegdrücken. Aber sie wusste: Ein Erik Freimuth würde sich nicht einfach wegdrücken lassen. Er würde wieder und wieder anrufen. Sollte sie rangehen, bevor er misstrauisch wurde und nachforschte, wo sie war?

Sie blickte sich um. Konnte sie es riskieren? Gab es um sie herum verräterische Geräuschquellen? Sie sah die Gesichter der Mädchen, die an ihre Maschinen angeschlossen waren. Die Krankenschwestern hatten sich zurückgezogen oder saßen auf Stühlen und warteten, bis die Flaschen gefüllt waren. Im Moment schien alles ruhig. Nidhi schlief.

Sie drückte auf die grüne Hörertaste.

»Kornblum?«

Sie merkte, wie ihre Hand, mit der sie das Gerät ans Ohr hielt, zu schwitzen begann.

»Erik Freimuth. Wie weit sind Sie mit der Präsentation, Frau Kornblum?«

»Ich bin dran. Die Ergebnisse der Mausstudien sind sehr …«

»Was ist mit der Leitung los? Ich höre Sie so schlecht.«

»Wie bitte?«

»Die Verbindung. Ich habe eine sehr starke Verzögerung. Wo sind Sie?«

»Ich kann Sie gut verstehen. Warten Sie, ich ändere meinen Standort, vielleicht wird es besser.«

Natürlich war die Verbindung schlecht. Sie war Tausende Kilometer entfernt, in der indischen Provinz. Zudem in einem Kellerraum. Sie ging hinter die Liegen, nahe der Wand. Hier war es etwas ruhiger, und von hier aus hatte sie auch die Labortür gut im Blick – falls Goel herauskam.

»Ist es jetzt besser?«

Freimuth schnaufte.

»Nein. Aber was soll's. Also, wie werden Sie die Präsentation aufbereiten?«

Was sollte sie ihm sagen? Sie hatte sich keine einzige Minute mehr mit der bescheuerten Präsentation beschäftigt und ganz andere Sorgen. Sie musste sich zum Beispiel soeben anschauen, wie kleine indische Mädchen gemolken wurden und diesen Vorgang filmen, um genügend Beweise zu haben, die am Dienstag für seinen Sturz sorgen würden.

»Ich denke, ich werde erzählen, dass wir schon bei den Alzheimer-Studien Neurogenese nicht nur im Neocortex, sondern auch in der Substantia …«

»Halt. Das ist genau das, was ich befürchtet habe. Sie können den Aufsichtsrat nicht mit wissenschaftlichen Details bombardieren. Natürlich müssen Sie die Daten referieren. Aber machen Sie das bitte nicht am Anfang. Es ist entscheidend, wie die Marktchancen von Bimini bei Parkinson liegen. Wie viele Parkinson-Therapeutika gibt es? Wie gut sind sie? Was …«

In diesem Moment begann einer der Plasmapherese-Apparate laut und durchdringend zu jaulen. Die Schwester, die den Platz betreute, schreckte von ihrem Stuhl hoch und hechtete zu dem Apparat. Aber es war zu spät. Iliana sah, wie eine rote Fontäne durch den Raum spritzte. Dann hörte sie einen spitzen Schrei.

»Was ist das für ein Lärm, Frau Kornblum?«, sagte Freimuth. »Wo zum Teufel sind Sie?«

Eine Befestigung war von der Maschine abgeplatzt, und nun schoss Blut aus dem Ende des Schlauchs, der aus dem Arm eines Mädchens ragte. Es sprang erschrocken auf und zerrte den Schlauch hinter sich durch den Saal, während weiter Blut aus ihr heraussprudelte – über die weißen Phereseapparate, die Liegen und über die Gesichter anderer Mädchen, die hysterisch zu schreien begannen und sich schützend die Hände vors Gesicht hielten.

Mehrere Schwestern stürmten zu dem Mädchen und versuchten, es festzuhalten. Noch mehr Hindi-Geschrei ertönte. Darunter mischten sich plötzlich andere Schreie. Sie klangen anders, viel höher, wie von Babys.

»Frau Kornblum! Hallo?«

Scheiße, dachte Iliana. Scheiße, Scheiße, Scheiße.

»Sorry, ich bin gerade mit meiner Tochter unterwegs, und wir haben hier einen Notfall«, sagte sie möglichst laut in den Hörer, um das Geschrei und vor allem das Hindi zu übertönen. »Ich rufe Sie später zurück, Herr Freimuth.«

»Nein, Moment, warten …«

Sie legte auf. Ihr Herz pumpte, und ihr Atem ging flach.

Hatte er das Hindi erkannt?

Wieder hörte sie ein Baby kreischen, es setzte sich klar von den Schreien der Mädchen ab. Laut und deutlich. Sie blickte sich verwirrt um, auf der Suche nach der Quelle. Das Babyschreien schien von weit her zu kommen, wie aus einem anderen Raum. Aber sie sah nur die völlig aufgekratzten Mädchen und die umhereilenden Schwestern, die das Blut wegputzten und die Mädchen beruhigten. Kein Baby, nirgends.

Hatte eine der Schwestern ihr Baby mitgebracht? Bevor sie dem weiter nachgehen konnte, begriff sie, dass der Anruf ihre Videoaufzeichnung unterbrochen hatte. Hektisch startete sie ihre Smartphone-Kamera aufs Neue und filmte das blutige Chaos im Raum.

Nach wenigen Momenten vibrierte ihr Smartphone erneut.

Erst dachte sie, dass Freimuth es wieder versuchte. Aber sie erblickte einen anderen Namen im Display: Klaus Merten, DER SPIEGEL.

»Nicht jetzt, Merten«, dachte sie ärgerlich und drückte den Anruf weg. Was der Reporter wohl sagen würde, wenn er das jetzt sehen könnte, dachte sie und musste fast grinsen, während sie die Aufnahme fortsetzte.

Wieder klingelte es. Wieder Merten. Okay, er würde nicht lockerlassen, und sie konnte es nicht gebrauchen, dass ihre Aufnahme permanent gestört wurde. Sie entschloss sich, abzunehmen und ihn abzuwimmeln.

»Merten, ich kann jetzt nicht«, blaffte sie in den Hörer.

»Frau Kornblum«, rief er, »bitte, ich muss dringend …«

»Ich habe Ihnen doch schon mitgeteilt, dass ich Ihnen nichts zu sagen habe.«

»Frau Kornblum …«

»Es spielt ja sowieso keine Rolle, ob ich etwas sage oder nicht, Sie drehen es ohnehin so, wie Sie wollen.«

»Sie sind sauer wegen des Beitrags auf SPIEGEL ONLINE«, sagte er. »Ich kann Ihnen nur anbieten: Reden Sie mit mir, schildern Sie mir Ihre Sicht der Dinge …«

Mittlerweile hatten mehrere Schwestern das Mädchen beruhigt, während eine den Blut spritzenden Schlauch abklemmte. Das Mädchen weinte, und sie war nicht die Einzige.

Während Merten sprach, blickte Iliana zu Nidhi. Sie hatte noch immer ihre Augen geschlossen und schien eingeschlafen zu sein. Komisch, dass sie das ganze Geschrei nicht aufgeweckt hatte. Sollte Iliana den Schwestern Bescheid geben? Aber die waren gerade alle beschäftigt mit Mädchenberuhigen und Blutwegwischen.

»Hallo? Frau Kornblum? Sind Sie noch da? Was ist das für ein Krach im Hintergrund? Höre ich da Hindi?«

Merten schien auf Zack. Es war zu riskant zu telefonieren. Iliana überlegte fieberhaft, wie sie mit dem Reporter umgehen sollte. Wenn sie weiter dichtmachte, würde er die Negativberichterstattung fortführen. Vielleicht war es besser, Merten einen Happen hinzuwerfen, um ihn gewogen zu halten. Vielleicht könnte er ihr noch nützlich sein.

»Lassen Sie uns reden. Nächste Woche?«

Der Journalist war hörbar überrascht von ihrer plötzlichen Kehrtwende.

»Oh, okay. Wann?«

»Ich melde mich bei Ihnen. Bis dann.«

Sie legte auf.

Goel war aus seinem Labor geeilt und schimpfte nun mit den Schwestern. Dann fuhr sein Blick im Raum herum, offensichtlich suchte er Iliana. Mit schnellen Schritten kam er auf sie zu.

Er wirkte verlegen.

»Frau Kornblum, es tut mir sehr leid, was gerade passiert ist. Ein Materialdefekt. Ich kann Ihnen versichern, dass so etwas normalerweise nicht vorkommt. Wir legen größten Wert auf Professionalität und Hygiene.«

»Ich verstehe«, sagte sie, um irgendetwas zu sagen.

Er druckste herum, dann sagte er: »Ich hätte es besser gefunden, wenn Sie das Ganze nicht gefilmt hätten.«

Er schwieg, während sie weiterfilmte. Als er immer noch nichts sagte, begriff sie, was er wollte. Sie stoppte die Aufnahme.

»Vielleicht … könnten Sie die Aufnahme vernichten?«, fragte er mit einem verdrucksten Lächeln.

Sie ignorierte seine Bemerkung, und er beharrte nicht weiter darauf.

»Wie wäre es, wenn ich Ihnen jetzt die Anlage zeige?«, sagte Goel. Sie nickte, woraufhin sie gemeinsam den Entnahmeraum verließen.

Goel führte sie zuerst in den Schulbereich. Es gab insgesamt sechs Klassenzimmer, die Stühle waren ordentlich an die Tische gestellt, auf den Tafeln waren teilweise noch Notizen der letzten Unterrichtsstunde zu lesen. Sie sah Reste von Mathematik- und Englischunterricht. Goel erzählte stolz, dass die Mädchen Unterricht nach westlichem Standard bekamen und eigens Lehrer dafür angestellt worden waren.

Dann präsentierte er ihr die Kantine, in der jetzt gähnende Leere herrschte. Drei Mahlzeiten bekamen die Mädchen pro Tag. Sie musste zugeben: Die Anlage war sauber und gepflegt. Für die Mädchen musste es der Himmel auf Erden sein. Sie wehrte sich dennoch gegen diesen Gedanken. Dass hier auf Ordnung und Sauberkeit Wert gelegt wurde, lag sicherlich wesentlich daran, dass man keinen Verdacht erregen wollte. Der Spendebereich war im Keller gelegen, bei einer oberflächlichen Visite würde ihn niemand finden.

Dann kamen sie in die Wohnbereiche. Die Mädchen waren auf insgesamt vier Stockwerken untergebracht. Auf jedem befanden sich zwanzig Zimmer, ein gemeinsamer Waschraum und zwei Toiletten.

»Wie viele Mädchen wohnen hier, Herr Goel?«

»Gegenwärtig sind es 154. Wir haben immer eine leichte Fluktuation.«

»Die beste Devaduta. Deepali. Deepali. Sie ist fort …«

So viele Mädchen – fiel es da überhaupt auf, wenn zwischendurch eines verschwand? War Deepali eines der geflüchteten Mädchen gewesen? Allerdings war ja keineswegs gesagt, dass die toten Mädchen, die in Hamburg gefunden worden waren, aus dieser Einrichtung stammten. Mark hatte erwähnt, dass es zahlreiche Blutfarmen in Indien gab.

Sie ging mit Goel durch das leere Stockwerk. »Hier wohnen die Mädchen, die sich gerade im Entnahmeraum befinden«, sagte Goel. Die Zimmer waren spartanisch ausgestattet, mit jeweils einem Doppelhochbett und einem Schrank. Es lagen Bücher und Spielzeug herum.

»Wir achten darauf, dass immer ein älteres mit einem jüngeren Mädchen zusammengelegt wird«, erläuterte Goel.

Er blickte auf die Uhr. »Die Mädchen müssten jetzt gleich durch sein. Wie Sie gesehen haben, finden nur etwa vierzig im Spendenraum Platz. An einem Entnahmetag schleusen wir die gesamte Farm in vier Sitzungen durch, verteilt über den ganzen Tag.«

Iliana überschlug die Zahlen im Kopf. Wenn jedes der 154 Mädchen zweimal die Woche 800 Milliliter Plasma spendete, ergab das rund 1000 Liter im Monat. Die gesamte Blutfarm generierte also monatlich Plasma im Wert von über 200 000 Euro. Alleine das wäre schon ein pervers lohnendes Geschäft gewesen. Aber Astrada hatte eine noch bessere Wertschöpfung kreiert: Es verwandelte das Kinderplasma in ein Medikament, das noch viel wertvoller war. An jedem Alzheimer-Patienten verdiente Astrada jährlich rund 50 000 Euro. Das war in etwa so viel wie die Pflege eines Kranken jährlich kostete. Den Preis für Bimini hätte Astrada noch viel höher ansetzen können, aber Freimuth war geschickt. Er wollte ihn auf dem gleichen Niveau wie die herkömmliche Therapie halten, damit die Krankenkassen mitspielten und Bimini finanzierten. So erlangte Bimini noch größere Marktdurchdringung.

50 000 Euro für Betreuung waren gesundheitsökonomisch betrachtet verlorenes Geld, denn die Patienten wurden lediglich verwahrt. Investierte man die gleiche Summe in ihre Gesundung, konnten sie wieder aktiv am Leben teilnehmen. Sie konnten wieder arbeiten, konsumieren und Steuern zah-

len. Bimini war alternativlos, und Astrada hatte damit ein Monopol geschaffen. Die Krankenkassen zahlten. Sie hätten auch 100 000 Euro gezahlt, dessen war sich Iliana sicher. Das würden sie vielleicht auch bald tun, denn Astrada konnte die Preisschraube hochdrehen, wann immer dem Konzern danach war.

Aber auch im gegebenen Rahmen fuhr Bimini schon sagenhaft viel Geld ein: Bei rund zwei Millionen Alzheimer-Kranken alleine in Deutschland betrug der Umsatz Milliarden. Bei fünfzig Millionen Kranken weltweit war Bimini nichts weniger als ein Billionengeschäft.

»*In uns allen ist ein Zaubertrank.*«

»Die Mädchen sehen sehr dünn aus, Herr Goel. Wie oft entnehmen Sie ihnen Plasma?«

»Zweimal die Woche.«

Nidhi hatte von jedem zweiten Tag gesprochen, also dreimal die Woche. Sie war erstaunt, wie gut er lügen konnte.

»Zweimal die Woche? Scheint Ihnen das nicht ein bisschen viel?«

»Nein. Das stellt keinerlei Problem dar. Der Körper ersetzt die fehlende PlasmaFlüssigkeit innerhalb von vierundzwanzig Stunden. Die Proteine werden innerhalb von achtundvierzig Stunden regeneriert.«

Von wegen keinerlei Problem, dachte sie. Es sind Kinder. Sie stecken mitten in der Entwicklung. Ihren Körpern werden wichtige Wachstumsfaktoren und Abwehrstoffe entzogen. Sie dachte an Nidhi und ihre Freundin Aryala, wie dünn sie waren und wie jung sie für ihr Alter wirkten. Sie musste sich beherrschen, Goel gegenüber nicht die Stimme zu erheben. Sie wollte nicht kurz vor Schluss noch ihre Deckung riskieren.

»Nidhi sieht nicht besonders gesund aus.«

»Ich sagte Ihnen doch, dass sie an Asthma leidet. Wir überwachen die Gesundheit der Mädchen sehr intensiv und gewissenhaft, Frau Kornblum. Alleine schon, um die Plasmaqualität nicht zu gefährden.«

Sie durchwanderten den Außenbereich. Es gab eine Art Schulhof mit Spielplatz und Rasenflächen. Einige Mädchen spielten. Sie lächelten und wirkten glücklich.

Als sie durch die Anlage schritten, konnte Iliana sich die Frage nicht verkneifen, obwohl sie wusste, dass sie riskant war.

»Was zahlen Sie den Eltern für ein Mädchen, Herr Goel?«

Er sah sie verwundert an.

»Warum interessiert Sie das?«

»Es ist eine betriebswirtschaftliche Größe, die für unsere weitere Planung relevant ist.«

»50 000 Rupien. Das sind etwa 800 Euro.«

»800 Euro?«, entfuhr es ihr, und sie schalt sich unverzüglich für ihren empörten Ton.

Goel schien irritiert. Er dachte offenbar, sie empöre sich über einen zu hohen Preis. »Was sollen wir machen? Die Preise legen nicht wir fest, sondern die Sexhändler.«

Iliana blickte ihn verständnislos an.

»50 000 Rupien ist das, was Sexhändler den Eltern üblicherweise für ein minderjähriges Mädchen zahlen«, sagte Goel. »Wir bieten den gleichen Preis, garantieren aber, dass die Mädchen ordentlich behandelt werden und eine Schulbildung erhalten. Das ist überaus fair, und wir bekommen mehr Angebote, als wir annehmen können. Schließlich wollen wir nur junge, gesunde Mädchen mit Blutgruppe AB.«

»Wie lange bleiben die Mädchen?«

»Die meisten kommen im Alter von sechs bis acht Jahren. Es hängt vom Gehalt an GRF6009-Proteinen ab. Wir testen jedes Mädchen diesbezüglich. Viele müssen wir wegen zu niedriger Konzentrationen ablehnen. Manche sind seit vier

Jahren hier. Wir überprüfen den Proteingehalt regelmäßig. Sobald er unter einen gewissen Bereich sinkt, was zumeist ab einem Alter von zwölf Jahren eintritt, entlassen wir das Mädchen.«

Iliana schluckte. »Sie entlassen es?«

»Ja, es lohnt sich dann nicht mehr. Das Mädchen verursacht dann im Verhältnis zum Ertrag zu hohe Kosten. Aber eigentlich müssten Sie das alles doch wissen, Frau Kornblum?«

»Ich bin noch nicht lange Forschungsleiterin. Mit den Details der Herstellung habe ich mich bislang nicht beschäftigt.«

Goel wackelte mit dem Kopf.

»Was passiert mit einem Mädchen, wenn es entlassen wird?«, fragte Iliana.

Er zuckte mit den Schultern. »Die Familie nimmt das Kind zurück.«

»Aber Sie müssen doch davon ausgehen, dass das Mädchen dann weiterhin unerwünscht ist.«

Goel sah sie an und lächelte.

»Ich wundere mich ein wenig über Ihre Fragen, Doktor Kornblum. Sagten Sie nicht, dass Sie vor allem an den Produktionsabläufen interessiert sind? Zum Beispiel die Kühlkammer, wo wir das Plasma einfrieren und sofort verschiffen?«

»Ja, das bin ich natürlich. Aber ich möchte gerne …«

Ihr Handy vibrierte erneut. Sie hatte die ganze Zeit über gefilmt und das Gespräch mit Goel aufgezeichnet. Die Aufnahme stoppte nun. Es war Freimuth. Sie drückte ihn weg. Vor Goel konnte sie nicht frei reden.

»Nehmen Sie das Telefonat ruhig an«, forderte Goel sie mit erstaunter Miene auf, denn er hatte Freimuths Namen auf dem Display gesehen. »Vielleicht hat Herr Freimuth ein wichtiges Anliegen? Sie könnten ihm auch gleich sagen, wie gut es Ihnen hier gefällt.«

»Das kann ich auch noch auf dem Rückweg erledigen. Ich möchte die knapp bemessene Zeit mit Ihnen lieber voll nutzen.«

»Aber vielleicht wollte er Sie auf gewisse Dinge hinweisen, die Sie überprüfen sollen?«

Goel blieb hartnäckig, und das machte sie nervös.

»Herr Freimuth weiß doch, dass Sie hier sind, oder etwa nicht?«, fragte Goel.

»Ja, natürlich weiß er das. Wir hatten vorhin schon kurz miteinander gesprochen. Ich werde ihm später berichten, keine Sorge.«

Goel wackelte mit dem Kopf. Sie konnte sich einfach nicht an das indische Ja gewöhnen. Dann verschwand sein Lächeln.

»Da wir gerade bei Herrn Freimuth sind – ich habe von der Angelegenheit gehört. Ich hoffe, er ist nicht mehr ungehalten deswegen. Wir waren selbst schockiert.«

Sie musste einen Moment überlegen, bevor sie begriff, was er meinte. Goel sprach über die toten Mädchen im Container.

»Oh. Das. Ja, die Sache war groß in der deutschen Presse, es war sehr unangenehm …«

»Wissen Sie, diese Mädchen stammten aus einer Einrichtung, in der es leider zu einer Verkettung unglücklicher Umstände kam. Ich kann Ihnen versichern, dass so etwas bei uns undenkbar wäre. Wir arbeiten seit Jahren gut mit Astrada zusammen, wie Sie wissen.«

Schlagartig begriff Iliana, warum Goel die ganze Zeit über so nervös gewesen war und weswegen er so darauf drängte, dass sie Freimuth positiv berichtete. Er hatte Angst vor möglichen negativen Konsequenzen durch die Sache mit den toten Mädchen. Er sorgte sich schlicht um seinen Job.

»Ich kann Ihnen versichern, Doktor Kornblum, dass wir entsprechende Maßnahmen eingeleitet haben. Das habe ich auch Herrn Freimuth versichert.«

In diesem Moment wurde ihr bewusst, dass ihr Handy gerade wieder nicht aufzeichnete, weil der Anruf die Aufnahme unterbrochen hatte. Ausgerechnet jetzt, da er entscheidende Sachen sagte. Aber wenn sie jetzt die Aufnahme startete, würde Goel wahrscheinlich misstrauisch werden. Blitzschnell überlegte sie, was sie tun sollte. Dann hatte sie eine Idee.

»Moment bitte, es klingelt. Ich glaube, ich gehe nun doch mal ran.«

Bevor Goel nachdenken konnte, zückte sie das Handy und täuschte einen Anruf vor.

»Ja, hallo, Herr Freimuth?«, sagte sie auf Deutsch. Sie achtete darauf, den Namen deutlich auszusprechen, damit Goel es mitbekam. »Ich bin in Patna. Herr Goel zeigt mir gerade die Einrichtung.«

Weil sie nicht davon ausging, dass Goel Deutsch verstand, fügte sie noch ein paar Belanglosigkeiten an, in die sie einige Schlagwörter einflocht: Projekt Parkinson, Alzheimer, Plasma. GRF6009. Sie bemerkte, dass Goel angestrengt lauschte. Augenscheinlich hoffte er, heraushören zu können, ob sie irgendetwas Schlechtes über seine Einrichtung zu vermelden hatte.

Iliana ließ das vorgetäuschte Gespräch schnell zum Ende kommen, um endlich das tun zu können, was sie eigentlich vorhatte: auf dem Display ihres Smartphones die App »Audio Rekorder« zu starten.

»Entschuldigen Sie, Herr Goel. Ich wollte Erik Freimuth nicht noch einmal abwimmeln«, sagte sie, während sie das Display ihres Smartphones deaktivierte und das aufzeichnende Gerät in ihre Jackentasche gleiten ließ. Sie hoffte, dass das Mikrofon sensibel genug sein würde, um das Gespräch in hörbarer Qualität aufzunehmen.

»Ist alles in Ordnung?«, fragte Goel.

Sie sah die Anspannung in seinem Gesicht und begriff, was er hören wollte.

»Keine Sorge, ich habe ihm berichtet, wie professionell Sie arbeiten und in welch hervorragendem Zustand sich Ihre Einrichtung befindet.«

Er schien erleichtert.

»Entschuldigen Sie, Herr Goel. Wir waren gerade mitten im Gespräch. Sie sagten, die fünf geflüchteten Mädchen stammten aus einer der Einrichtungen von Devaduta Pharma?«

Er blinzelte hektisch, wackelte dann aber mit dem Kopf.

»Ja. Aber ich kann Ihnen versichern, dass so etwas noch niemals zuvor geschehen ist. Wir bedauern es sehr, und ich hoffe, dass auch der dumme Vorfall von vorhin Ihren positiven Eindruck nicht trüben konnte. Vielleicht könnten Sie das Herrn Freimuth mitteilen? Er war leider sehr ungehalten nach der Sache.«

»Ich bin sicher, Herr Freimuth weiß, welch gute Qualität Sie hier produzieren.«

Sie erschrak heftig darüber, wie leicht sie bereits in diesen kalten Sprachduktus verfiel. Aber Goel schien beruhigt.

»In welcher Einrichtung ist es denn passiert?«, fragte sie und gab sich Mühe, es beiläufig klingen zu lassen.

»Es war eine Blutfarm in Kalkutta.«

Er sagte tatsächlich Blutfarm, blood farm auf Englisch. Unglaublich, dachte Iliana. Er hat wirklich keinerlei Skrupel. Wahrscheinlich dachte er tatsächlich, dass er den Mädchen etwas Gutes tat, schließlich bewahrte er sie vor den Sexhändlern.

»Es hatte dort schon zuvor Berichte über mögliche Schwierigkeiten gegeben«, sagte Goel.

»Welche Schwierigkeiten meinen Sie?«

Goel druckste etwas herum, die Frage war ihm offenbar

unangenehm. »Offenbar wurden einige der Mädchen … ausgebeutet.«

Goel benutzte das englische Wort »exploited«. In seinem Gesicht stand Scham.

»Ausgebeutet? Wie meinen Sie das?«, fragte Iliana.

»Wir haben Grund zu der Annahme, dass einige Mädchen sexuell missbraucht wurden. Von dem Personal, aber auch von Fremden.«

Ilianas Mund wurde trocken.

»Und dann?«

»Wir Einrichtungsleiter stehen in engem Austausch untereinander und versuchen, Probleme zu lösen. Die Verantwortlichen wurden sofort entlassen. Wir bedauern den Vorfall. Ich bin sicher, dass sich so etwas nicht wiederholen wird.«

»Meines Wissens wurde in der Presse nichts über sexuellen Missbrauch bei den Mädchen berichtet.«

Goel überlegte kurz.

»Oh, wir wissen nicht genau, ob die geflüchteten Mädchen auch diejenigen waren, die missbraucht wurden oder von Missbräuchen erfahren und dann Angst bekommen hatten.«

Iliana betrachtete Goel mit prüfendem Blick, als er das sagte. Er war ein guter Lügner, das war ihr klar. Log er auch jetzt? Sie wollte nicht weiterbohren, seine Erklärung lag im Bereich des Möglichen.

»Nidhi erwähnte ein Mädchen namens Deepali. Sie sagte, dass sie nicht mehr da sei. Wo ist sie jetzt?«

Als Iliana den Namen des Mädchens fallen ließ, zuckte Goel zusammen. Mit dieser Frage hatte er offenbar nicht gerechnet.

»Oh, Deepali. Wir mussten sie entlassen, weil ihre Werte zu schlecht wurden.«

»Irgendwann schaffe ich die ganze Flasche … irgendwann. So wie Deepali. Sie war die beste Devaduta.«

»Aber war Deepali nicht eine der eifrigsten Plasmaspenderinnen? Verwunderlich, dass ihre Werte dann irgendwann so stark abfielen.«

Goel bemühte sich, stärker zu lächeln.

»Ja, dergleichen kommt vor. Die Mädchen starten früh in die Pubertät, Hormone, es kann allerlei Gründe geben, von denen die wenigsten uns bekannt sind.« Er schaute auf die Uhr. »Doktor Kornblum, ich denke, wir sind nun mit der Besichtigung der Räumlichkeiten durch. Ich müsste noch einmal zurück ins Labor. Möchten Sie mich begleiten?«

Als sie in den medizinischen Bereich zurückkamen, sah sie, dass die Liegen leer waren. Offenbar war gerade Entnahmepause. Sie suchte den Platz von Nidhi und sah, dass auf ihrer Liege noch ihr Kuschelengel lag. Iliana nahm ihn an sich. Er wies kleine Blutflecke auf, wahrscheinlich stammten sie von dem Vorfall vorhin. Wieso hatte Nidhi ihn liegen lassen?

Eine Schwester kam zu Goel. Sie war sehr aufgeregt und sprach auf ihn ein. Iliana verstand nur ein Wort, das mehrfach fiel: Nidhi. Goel herrschte die Frau an und blickte nervös zu Iliana. Dann wandte er sich mit ernster Miene an seine Besucherin.

»Doktor Kornblum, ich müsste langsam wieder an die Arbeit, wenn Sie gestatten …«

»Vielen Dank, Herr Goel. Ich muss jetzt auch zurück zum Flughafen.«

Er wackelte mit dem Kopf und streckte ihr die Hand zum Abschied entgegen.

»Eine Sache noch«, sagte Iliana. »Ich würde mich gerne von Nidhi verabschieden. Wir haben uns so nett unterhalten.«

Seine Miene zeigte keinerlei Regung, als er ihr antwortete: »Ich fürchte, das ist im Moment nicht möglich. Nidhi schläft. Wir sollten sie nicht stören, sie schien etwas angeschlagen.«

Iliana schaute ihn an. Goel hielt ihrem Blick stand. Es war nicht einzuschätzen, ob er die Wahrheit sagte oder log. Die Schwester hingegen vermied es, ihr in die Augen zu sehen.

Iliana nickte. Sie merkte, wie sich ihre Hand fester um das Stofftier schloss. Nidhis Kuschelengel, der zuvor Deepali gehört hatte. Iliana verspürte mit einem Mal ein ganz schlechtes Gefühl.

»Soll ich Sie hinausgeleiten?«, fragte Goel.

»Nein, das ist nicht nötig. Ich finde den Weg.«

Sie verabschiedete sich von ihm. Als sie das Hauptgebäude verließ, sah sie ein paar Mädchen auf dem Hof. Sie erkannte eins von ihnen. Es war Aryala. Das Mädchen wirkte verschreckt, als Iliana sich näherte.

»Aryala, was ist los?«

Das Mädchen sah sie mit starrem Blick an. Ihre Augen schimmerten feucht.

Iliana ging in die Hocke. »Was ist mit dir, Aryala?«

»Nidhi.«

»Was ist mit Nidhi?«

»Nidhi ...«

Dann schlug sie langsam mit beiden Armen auf und ab. Als hätte sie Flügel.

7

»Meine Damen und Herren, ich darf Sie ganz herzlich zur Sitzung des Aufsichtsrats von Astrada begrüßen.«

Erik Freimuths amerikanischer Akzent war ausgeprägter als sonst. Alles saß – der eng geschnittene, petrolfarbene Zegna-Anzug, die frisch frisierten Haare, die blitzenden Manschetten. Freimuth sah perfekt aus.

Im Gegensatz zu Iliana. Der Rückflug hatte sich verzögert, sie war erst vor zwei Stunden gelandet. Ein kurzer Zwischenstopp daheim, eine schnelle Dusche, frische Kleidung, ein hektisch heruntergestürzter Kaffee – mehr war nicht drin gewesen, bevor sie zu Astrada gefahren und zur Sitzung gehetzt war.

Während des Flugs hatte sie mit Mark zusammen die Bilder und Videos sortiert und aufbereitet. Sie konnte nur hoffen, dass alles so klappte, wie sie es sich vorstellten.

Mark wartete unten im Auto, während sie übermüdet von ihrem Wochenendtrip mit dröhnendem Tinnitus angespannt in Astradas Konferenzsaal saß und den sagenhaften Rundblick über Hamburgs Hafencity und die Elbphilharmonie nicht genießen konnte. Sie war viel zu aufgeregt.

Durch den Konferenzraum waberte eine irritierende Mischung von Düften. Da war Freimuths abstoßender Eigengeruch, das Holz der Möbel, der metallisch-verbrannte Dampf des laufenden Beamers. Dann die ganzen Dünste der Aufsichtsratsmitglieder, die sie noch nie gesehen hatte. Neben Freimuth und ihr waren sechs Personen anwesend, vier Männer und zwei Frauen.

Iliana blickte in ernste, hochmütige Gesichter, die Menschen gehörten, die ihr ganzes Leben nichts anderes getan hatten, als um Geld und Macht zu kämpfen. Würden sie sich für ein paar arme Mädchen in Indien interessieren?

»Wie Sie sehen, können wir ein neues Mitglied in unserer Runde begrüßen. Ich darf Ihnen Dr. Iliana Kornblum vorstellen. Sie ist unsere neue Forschungsleiterin und wird uns …«

»Freimuth«, fiel ihm einer der Männer ins Wort. »Wollen Sie uns nicht vielleicht erst einmal erklären, was mit Markus Jacobs los ist?«

Der Mann, der die Worte eher gebellt denn gesprochen hatte, trug einen dunkelgrauen Anzug mit Fliege und wirkte mit seinen kurzgeschnittenen weißen Haaren sehr preußisch.

»Herr Jacobs hat die Firma verlassen«, antwortete Freimuth knapp.

Er hasste es, unterbrochen zu werden, aber diese Leute waren offenbar zu mächtig, als dass er seinen Ärger zeigen konnte.

»Frau Kornblum ist seit vielen Jahren stellvertretende Forschungsleiterin und war an der Entwicklung von Bimini maßgeblich beteiligt.«

Ilianas Kiefer pressten sich zusammen.

Maßgeblich beteiligt. Bimini ist mein Baby.

Der Preuße blickte Freimuth ungerührt an. Er war mit der Antwort nicht zufrieden.

»Das wissen wir. Was wir nicht wissen, ist, warum Jacobs gekündigt hat.«

Der Mann besaß die Angewohnheit, nach jedem seiner Sätze Anerkennung heischend mehrfach in die Runde zu blicken.

»Hat Jacobs' Weggang mit den toten Mädchen zu tun?«, warf eine der beiden Frauen ein. Alles an ihr war zu dick aufgetragen – ihr zu brauner Teint, die zu hell getönten Haare, die zu großen Perlohrringe.

»Ich nehme an, er wurde abgeworben«, sagte Freimuth. Er verspürte keinerlei Lust, über Mark zu reden, das war deutlich. Gemurmel unter den Aufsichtsratsmitgliedern.

»Der Mann, der unser wichtigstes Medikament erfunden hat, wird abgeworben? Das ist nicht gerade eine Lappalie, Herr Freimuth«, schaltete sich ein Mann mit hoher Stimme und weißem Haarkranz ein. Er schüttelte den Kopf. »Ich teile Frau Benders Vermutung. Möglicherweise ist er vor dem immensen Imageschaden geflohen, den diese Indien-Geschichte uns zugefügt hat.«

»Herr Andreesen, ich kann es gerne wiederholen: Astrada hat damit nichts zu tun. Wir wissen nicht, wie die Merchandise-Engel in den Besitz dieser Mädchen gelangt sind.«

»Haben Sie nicht mit Jacobs gesprochen?«, fragte der Preuße mit der Fliege.

»Herr Depfner«, sagte Freimuth, dessen Akzent nun restlos verschwunden war, »Herr Jacobs ist seit Tagen nicht zu erreichen. Er hat sich einfach aus dem Staub gemacht, und ich habe ehrlich gesagt Wichtigeres zu tun, als ihm hinterherzutelefonieren. Ich würde gerne, wenn Sie erlauben, zum Inhaltlichen kommen. Wir haben heute eine wichtige Sache zu besprechen. Projekt P, die Bekämpfung von Morbus Parkinson mit Bimini.«

Freimuth leitete zu ihrem Vortrag über, und Ilianas Magen zog sich zusammen. Gleich würde sie die Katze aus dem Sack lassen müssen. Es gab kein Zurück mehr. Besaß sie wirklich eine Chance, vor diesen Haien ihren intriganten CEO zu demontieren?

»Bimini ist eine Goldgrube. Schon jetzt hat es die Einnahmen aller Therapeutika in der Geschichte Astradas weit übertrumpft«, fuhr Freimuth fort. »Sogar die von Duloxetin.«

Duloxetin war ein Antidepressivum, wusste Iliana. Es war lange vor ihrer Zeit bei Astrada entwickelt worden und ein sehr erfolgreiches Medikament.

»Es fehlt nicht mehr viel, und Bimini wird das Insulinanalogon Lantus von Sanofi-Aventis von Platz fünf der erfolgreichsten Medikamente der Welt verdrängt haben.«

Depfner schnaubte verächtlich und rückte seine Fliege zurecht.

»Freuen Sie sich da mal nicht zu früh, Herr Freimuth. Das hier ist nicht Silicon Valley. Im Pharma-Business braucht man einen langen Atem. Medikamente können noch Jahre später wegen schwerer Nebenwirkungen aus dem Verkehr gezogen werden. Einen Longseller wie Duloxetin hat man alle paar Jahrzehnte mal. Ob Bimini in die gleiche Liga gehört, wird sich noch zeigen müssen. Das werden *Sie* noch zeigen müssen.«

Freimuth gelang es inzwischen deutlich schlechter, seine Verärgerung zu verbergen.

»Meines Wissens ist Bimini das erste Medikament in der Geschichte Astradas und meines Wissens auch das erste überhaupt, das die Heilung einer Volkskrankheit ermöglicht«, sagte Freimuth.

Depfner schüttelte den Kopf. Er schien Freimuth nicht besonders zu mögen.

»Die Ursache der Alzheimer-Krankheit bekämpft auch Bimini nicht. Es dreht nur seine Auswirkungen zurück, indem es neue Nervenzellen und neue Synapsen wachsen lässt. Aber streng genommen ist es kein Heilmittel.«

Freimuth seufzte. »Bimini bewirkt das Wachstum neuer Nervenzellen und neuer Synapsen, wie Sie sagten, Herr Depfner. Das prädestiniert es für den Einsatz auch bei anderen Demenzerkrankungen. Wir wollen uns als Nächstes Parkinson vorknöpfen.«

Freimuth trat an seinen Rechner und tippte auf eine Taste. Der Beamer sprang an, und eine Weltkarte erschien. Sie war teilweise in rote und blaue Bereiche eingefärbt. Russland, die USA und Westeuropa waren blau. Kanada, China und Indien waren rot dargestellt.

»Diese Karte stammt aus einer Veröffentlichung von 2007. Die Forscher haben darin die Zunahme der weltweiten Parkinson-Fälle bis zum Jahr 2030 extrapoliert. Parkinson ist eine Alterserkrankung wie Alzheimer, die Fallzahlen steigen an, da die Lebenserwartung weltweit zunimmt. Blau bedeutet eine Zunahme der Fälle zwischen 50 und 100 Prozent, rot eingefärbt ist alles darüber. Ich mache es kurz: Die Parkinson-Fälle werden sich nach Meinung der Wissenschaftler auf zehn Millionen verdoppeln. Zehn Millionen. Die wollen wir mit einem bereits völlig ausentwickelten Medikament behandeln, das uns nichts mehr kostet.«

Freimuth legte eine dramatische Pause ein, für Ilianas Geschmack ein wenig zu dramatisch.

»Das ist nicht so einfach, wie Sie sich das vorstellen«, warf die Perlenohrring-Trägerin ein. Frau Bender – ihren Namen hatte Iliana sich gemerkt. »Für eine Zulassungserweiterung müssen wir neue klinische Studien an Parkinson-Kranken vorlegen. Das kostet viel Zeit und Geld.«

»Sie haben recht, das wäre der Weg, wenn wir eine offizielle Zulassungserweiterung bei den europäischen Behörden beantragen würden. Aber müssen wir das? Wir wissen aus vielen Beispielen in der Medizin, dass Medikamente oft für eine andere Krankheit verschrieben werden als die, für die sie ursprünglich hergestellt wurden. Der sogenannte Off-Label-Use kommt in der Praxis bei Ärzten sehr häufig vor. Ärzte sind unsere Waffe in diesem Fall. Sie sammeln Erfahrungen mit Medikamenten, sie probieren Neues aus, sie kriegen Rückmeldung von ihren Patienten. Das ist vollkommen legal. Wenn viele Ärzte über einen längeren Zeitraum ein Medikament für einen Off-Label-Use verschreiben, bürgert sich diese neue Anwendung irgendwann ein – ohne Studien, ohne Zulassungserweiterung.«

»Ist das Ihr Plan?«, fragte Frau Bender spitz. »Wir bringen einfach ein paar Ärzte dazu, Bimini an ihren Parkinson-Patienten auszuprobieren, und – schwups – haben wir zehn Millionen User mehr?«

Sie blickte nervös in die Runde, offenbar auf Unterstützung hoffend. Aber selbst der Preuße, Herr Depfner, schwieg.

»Ja, Frau Bender, genau das ist mein Plan«, sagte Erik Freimuth. »Ich hege nicht den geringsten Zweifel, dass Bimini bei Parkinson große Erfolge verzeichnen wird. Ich habe die Ergebnisse der Tierstudien gesehen, die Ihnen Frau Kornblum gleich präsentieren wird. Wir sollten mit Projekt Parkinson nicht länger warten. Der Patentschutz auf Bimini läuft ab. Von den üblichen zwanzig Jahren exklusiver Vermarktung sind bereits sieben verstrichen. Bleiben noch dreizehn Jahre, bevor Generikahersteller unser Wundermedikament in billiger Massenproduktion auf den Markt schmeißen werden. Wollen Sie denen das Geschäft mit Parkinson und anderen Demenzkrankheiten überlassen?«

Freimuth legte abermals eine dramatische Pause ein und sah durchdringend in die Runde. Iliana erkannte, dass seine Argumentation offenbar bei den meisten verfing.

»Denken Sie perspektivisch. Es gibt noch zahlreiche weitere Demenzerkrankungen, die mit Bimini möglicherweise behandelt werden könnten. Wie groß diese Patientenzielgruppe ist, muss ich Ihnen sicherlich nicht erläutern.«

Iliana war aufrichtig erstaunt darüber, wie diese Leute tickten. Für Freimuth war ein Medikament ein gewöhnliches Produkt, wie Shampoo oder Smartphones. Und Patienten waren Kunden. Es war eine eiskalte Welt, mit der sie nur selten in Kontakt kam.

Ihr Sitznachbar ergriff überraschend das Wort. Er hatte bislang geschwiegen und war ihr überhaupt nicht aufgefallen. Er trug ein kleines freundliches Gesicht zur Schau und schien aus dem Ausland zu stammen. Möglicherweise war er Iraner.

»Die Situation bei Parkinson ist eine ganz andere als bei Alzheimer, Herr Freimuth«, sagte er mit sachlicher Stimme. »Parkinson ist gut behandelbar. Mit L-Dopa kann man die Krankheit aufhalten. Es gibt des Weiteren Hirnschrittmacher, die Patienten implantiert werden und das Leiden erheblich lindern.«

Der Mann schien gut informiert zu sein.

Freimuth nickte. Er wirkte angespannt, während Ilianas Sitznachbar redete.

»Danke für Ihren Einwand, Herr Rahmanian. Es stimmt, was Sie sagen.«

Rahmanian. Iliana kannte diesen Namen. Ihr unscheinbar wirkender Sitznachbar war Kian Rahmanian, der Aufsichtsratsvorsitzende von Astrada.

»Im Fall von Alzheimer, meine Damen und Herren, trafen wir quasi auf eine therapeutische Wüste«, fuhr Freimuth fort. »Es gab nichts, das die Menschheit dieser Krankheit entgegenzusetzen hatte. Als wir Bimini einführten, hatten wir keinerlei Konkurrenz zu befürchten. Herr Rahmanian spricht einen wichtigen Punkt an. Bei Parkinson wird sich Bimini gegen etablierte Medikamente und Therapien bewähren müssen. Aber, meine Damen und Herren, können wir denn nicht alle die unglaubliche Wirkung dieses Präparats bei den Alzheimer-Patienten bezeugen? Bei L-Dopa treten Nebenwirkungen auf, und dieses Präparat und etliche andere kompensieren nur, was bei

Parkinson-Patienten verloren gegangen ist. Welcher Patient lässt sich gerne eine Elektrode ins Gehirn einpflanzen? Besonders für ältere Menschen ist das ein riskanter Eingriff. Ich bin überzeugt: Wenn wir ihnen etwas bieten, das man sich leicht spritzen kann und das nicht nur Symptome bekämpft, dann werden wir auch den Parkinson-Markt im Nu erobern.«

»Wie sehen die bisherigen Resultate aus?«, fragte Rahmanian unbeeindruckt.

Iliana merkte, wie Freimuths Mundwinkel zuckten. Der sonst so beherrscht und souverän auftretende CEO war außerordentlich nervös.

»Damit kommen wir nun zu jenem TOP, auf den ich mich besonders freue. Frau Doktor Kornblum hat mit Mark Jacobs hierzu viele Vorarbeiten geleistet und wird Ihnen die Ergebnisse nun vorstellen.«

Freimuth deutete mit einer Geste in ihre Richtung. Alle Augen lagen nun auf ihr.

»Frau Kornblum, Sie haben das Wort.«

Jetzt galt es. Alles oder nichts.

Sie stand auf und griff nach ihrem Rechner. Ihre Beine waren Gummi, als sie sich auf den Weg zum Rednerpult machte.

Hast du alles bedacht?

Wut mischte sich in ihre Angst. Freimuth hatte sie betrogen und belogen, deswegen war sie hier. Sie versuchte, sich an diese Wut zu hängen, denn sie half gegen die Angst. Sie sah noch einmal zu Freimuth hinüber, um Wut zu tanken, sah in sein selbstzufriedenes Gesicht, sah ihn die Manschetten zurechtrücken.

Du Arschloch.

Sie lud sich auf mit Verachtung für diese Selbstzufriedenheit, für die Skrupellosigkeit, für die fehlende Empathie.

Sie stöpselte Freimuths Rechner aus und ihren an. Das Bild

des Beamers wechselte und projizierte groß ihren Desktop an die Leinwand. Ein Sammelsurium voller Dateien erschien. Sie sah einige der Aufsichtsräte grinsen, als sie das Chaos auf ihrem Desktop sahen.

Iliana rückte das Mikrofon zurecht, tippte leicht mit dem Zeigefinger darauf, hörte ein Kratzen und Pochen und wusste: Alle Rituale waren durchexerziert. Jetzt war der Moment gekommen.

Sie blickte auf, sah in die Augenpaare, die auf ihr lagen, sah Depfners militärische Miene, sah Bender an ihren Ohrringen spielen, sah Rahmanians neugieriges Gesicht. Sie sah Freimuth, der sich hingesetzt hatte und sie fixierte wie ein Reptil. Seine Miene war ausdruckslos, aber sie wusste, was er dachte: Mach jetzt bloß nichts falsch.

Nein, ich werde alles richtig machen. Phillips Gesicht. Seine dunklen Augen. Sein Lächeln.

Für einen Moment war sie irritiert. Warum dachte sie ausgerechnet jetzt an ihren Ex-Mann?

»Meine Damen und Herren, was ich Ihnen mitteilen werde, wird Sie verstören.«

Sie hielt einen Moment inne. Sie sah Freimuth die Stirn runzeln. Sie fixierte seinen Blick, während sie weitersprach:

»Bimini wird aus dem Blut indischer Kinder gewonnen. Die toten Mädchen im Hamburger Hafen waren sogenannte Blutkühe. So nennt Erik Freimuth diese Kinder, denen zu Hunderten mehrmals die Woche Blutplasma abgezapft wird, um daraus Bimini herzustellen.«

Sie sah Freimuths Gesichtszüge entgleisen. Schnell startete sie eins der Videos auf ihrem Desktop.

»Sie sehen hier eine der Blutfarmen genannten Institute, die für Astrada Kinderplasma produziert. Diese Einrichtung befindet sich in Patna, einer Stadt im Nordwesten Indiens. Ich bin am Wochenende dort gewesen und habe diese Aufnahmen machen können.«

Das Video begann direkt im Plasma-Raum, man sah die Mädchen auf den Liegen, die Arme angestochen während der Entnahme.

Freimuth stürmte von seinem Sitz.

In schneller Folge waren verschiedene Szenen zu sehen. Nidhi auf der Liege mit dem Astrada-Kuschelengel im Arm, während ihr Shunt angestochen wurde. Direkt im Anschluss die grässliche Sequenz, die dokumentierte, wie der Schlauch vom Arm des Mädchens abplatzte und der gesamte Raum mit Blut besudelt wurde.

Dann war Freimuth bei Iliana angelangt und schlug ihren Laptop zu. Die Beamerprojektion erlosch.

»Es gibt etliche dieser Blutfarmen in Indien«, rief sie ins Mikro. »Sie wurden von Erik …«

Freimuth drängte Iliana beiseite.

»Meine Damen und Herren«, sprach er ins Mikrofon, »es handelt sich hier um einen Irrtum. Doktor Kornblum hat offenbar die Vorträge verwechselt. Die Bilder, die Sie soeben gesehen haben, stammen von einem wohltätigen Projekt, das Astrada kürzlich in Patna initiierte. Ich hatte vor, es Ihnen am Ende der Sitzung vorzustellen.«

Iliana sah in verstörte, fragende Gesichter. Unruhe brach aus, alle redeten durcheinander, während Freimuth fortfuhr.

»Es handelt es sich um eine Pro-bono-Behandlung von bluterkranken Kindern in Indien …«

»Bimini wird aus dem Plasma von Kindern gewonnen!«, rief Iliana so laut sie konnte in den Saal. Ihre Worte mussten gegen seine mikrofonverstärkten ankämpfen. »Normales Plasma enthält nicht genügend Bimini-Proteine!«

Freimuth redete lauter ins Mikrofon.

»Astrada unterhält verschiedene wohltätige Programme in Indien ... Dies ist eines davon, wir haben es vor einigen Jahren gestartet, um Kindern aus armen Familien zu helfen.«

»Freimuth hat diese Blutfarmen einrichten lassen, um Bimini ...«, rief sie weiter dagegen an. Aber sie war kaum zu verstehen, weil er einfach weitersprach. Dann bedachte Freimuth sie mit einem Blick, der ihr eine Gänsehaut über den Rücken jagte. »Sei still«, sagte dieser Blick. »Sei still, oder du wirst es bereuen.«

»Frau Kornblum sollte eigentlich die Ergebnisse der Mausstudien zum Projekt Parkinson referieren«, sagte er. »Offenbar hat sie die Vorträge verwechselt. Ich bin sicher, dass ...«

»Ruhe!«

Das Stimmengewirr erstarb. Es war Andreesen mit seiner hellen Stimme, der laut gerufen hatte. Er war verärgert.

»Lassen Sie die Forschungsleiterin ausreden«, sagte er nun ruhiger, aber in einem Ton, der keinen Widerspruch duldete.

Freimuth zögerte einen Moment, trat dann aber vom Mikrofon zurück.

»Frau Kornblum, bitte, fahren Sie fort«, sagte Andreesen und nickte ihr mit seinem fast kahlen Kopf und dem weißen Haarkranz zu.

Iliana schluckte schwer. Ihr Herz raste, und ihr Körper war voller Adrenalin. Sie holte noch einmal tief Luft, bevor sie ansetzte. »Ja, ähm, also, in normalem Plasma ...«

»Bitte sprechen Sie in das Mikrofon, Frau Kornblum«, forderte Andreesen sie auf. In ihrer Aufgeregtheit hatte sie daran nicht mehr gedacht. Sie trat vor. Freimuth war lediglich so weit zur Seite gewichen, dass sie Platz hatte, aber keinen Millimeter darüber hinaus. Offenbar hoffte er, sie mit seiner bedrohlich nahen Präsenz zu verunsichern. Sie roch seinen aufdringlichen Geruch und versuchte, ihn auszublenden.

Iliana berichtete zusätzliche Einzelheiten von der Blutfarm und zeigte weitere Videos, unter anderem auch die Erläuterungen Goels. Sie redete mehrere Minuten lang.

»Blutfarmen! Was für ein schreckliches Wort!«, rief schließlich Frau Bender, und ihre Perlenohrringe wackelten, als sie hin und her blickte. Ihre Sitznachbarin, die bislang noch gar nichts gesagt hatte, nickte wortlos, mit empörter Miene.

»Die Mädchen gleichen in ihrer Funktion Melkvieh oder Kühen«, sagte Iliana. »Kühen, die keine Milch, sondern ihr Blut geben. Die Mädchen haben eine Art Wettbewerb entwickelt, wer am meisten und häufigsten Plasma spendet. Die Folge sind Mangelerscheinungen und Infekte, was man den Mädchen auch deutlich ansieht. Das Mädchen, das Sie eben im Video gesehen haben, ist noch während meiner Anwesenheit gestorben.«

Iliana hatte einen Kloß im Hals, als sie an Nidhis halb geschlossene Augen dachte.

»Zaubern ist anstrengend.«

»Ihr Name war Nidhi. Sie war erst elf Jahre alt.«

Im Raum herrschte betretenes Schweigen. Iliana atmete tief durch. Sie fühlte sich erleichtert. Jetzt war es raus. Sie hatte alles gesagt.

»Wie furchtbar.« Frau Bender schüttelte den Kopf.

Dann ergriff Rahmanian das Wort. »Wer weiß davon?«, fragte er.

Die Frage irritierte Iliana.

»Freimuth, Jacobs und jetzt Sie.«

Rahmanian nickte.

»Haben Sie Kontakt zu Herrn Jacobs?«

»Ja. Er sitzt unten im Auto.«

»Holen Sie ihn rauf.«

Rahmanian und Depfner nahmen Mark regelrecht ins Kreuzverhör. Sie stellten ihm ungefähr die gleichen Fragen, die Iliana ihm an jenem Abend in ihrer Wohnung gestellt hatte.

Seit wann er von den Blutfarmen wusste. Warum er nichts unternommen hatte. Wieso er den Aufsichtsrat nicht informiert hatte. Warum er nach dem Fund der toten Mädchen einfach untergetaucht war. Iliana kannte die Antworten, trotzdem ging es ihr durch Mark und Bein, sie abermals aus seinem Mund zu hören.

Er wirkte nicht viel aufgewühlter als sonst auch, wenn er Vorträge hielt. Wie machte er das nur? Sie war völlig fertig, körperlich wie emotional. Der Trip nach Indien hatte sie geschlaucht, ihr Tinnitus war mittlerweile zu einem gellenden Pfeifkonzert angeschwollen. Er hingegen war völlig cool. Dies hier war ein Putsch, es ging um ihre berufliche Existenz. Wie konnte er nur so gelassen sein? Wieder erstaunte sie, wie frisch und ausgeruht er aussah. Etwas war anders an ihm.

Dann startete Freimuth seinen Gegenangriff.

»Meine Damen und Herren, ich habe geduldig zugehört, als Herr Jacobs seine Sicht der Dinge dargelegt hat. Nun kann ich nicht mehr länger mit ansehen, wie schamlos er Sie anlügt.«

»Haben Sie etwa nicht gelogen, als Sie sagten, dass es sich um ein Wohltätigkeitsprojekt handelt?«, warf Depfner ein. Er schüttelte seinen stoppelbehaarten Kopf.

Freimuth hielt einen Moment inne, bevor er fortfuhr.

»Ich gebe zu, es war meine Idee, die Plasmafilialen einzurichten – den Begriff Blutfarmen lehne ich entschieden ab, er stammt auch nicht von mir. Es stimmt, dass aufgrund der Forschungsergebnisse ersichtlich war, dass das Plasma Erwachsener für eine industrielle Produktion von Bimini nicht ausreichen würde. Aber es ist keinesfalls so gewesen, dass Mark Jacobs keine Kenntnis über die Existenz der Plasmafilialen besaß. Er war von Anfang an damit einverstanden gewesen, Plasma indischer Kinder zu verwenden. Die Synthese von Bimini war damals eine Option, aber laut seiner eigenen Einschätzung hätte das die Markteinführung von Bimini um mindestens zwei Jahre verzögert. Jacobs selbst wollte nicht so lange warten, auch wenn er das jetzt anders darstellt. Die Kinder waren ihm egal. Das Einzige, was ihn interessierte, war sein wissenschaftlicher Erfolg.«

Mark schwieg. Iliana sah die Gesichter der Aufsichtsratsmitglieder. Sie konnte nicht einschätzen, wem sie eher glaubten. Mark oder Freimuth.

»Ich hatte stets das Wohl der Firma und der Patienten im Blick. Übrigens auch das der Mädchen. Die Kinder werden dort nicht einfach ausgesaugt, wie Frau Kornblum und Herr Jacobs Ihnen suggerieren wollen. Sie erhalten Unterkunft, eine Schulbildung, es geht ihnen in den Plasmafilialen sehr viel besser als in ihren Familien. Das ist nun mal die traurige Realität Indiens: Mädchen sind dieser Gesellschaft nichts wert. In den Filialen bleibt ihnen ein schlimmes Schicksal als Sexsklavin erspart. Den Mädchen geht es dort gut, meine Damen und Herren.«

Iliana wurde übel. Sie dachte an die vielen Liter Blutplasma, die täglich in den Blutfarmen aus den Armen dieser Mädchen gezapft wurden.

Dünne Arme, die von einer Liege herabhängen. Eine Hand, die einen Engel hält.

Sie wollte ansetzen, um Freimuth zu unterbrechen. Aber Mark, der ihren Ärger bemerkte, warf ihr einen warnenden Blick zu. Lass ihn reden, sagten seine Augen.

»Ihr Plasma heilt Menschen, die ihre Erinnerungen und ihr Leben verlieren«, fuhr Freimuth fort. »Meine Damen und Herren, es ist ziemlich offensichtlich, was Herr Jacobs gerade versucht: Er will die Schuld auf mich abwälzen, weil er plant, selbst CEO von Astrada zu werden. Mit seinem plötzlichen Abtauchen hat er versucht, sich aus der Schusslinie zu bringen. Herr Jacobs ist nicht fähig und nicht willens, Verantwortung zu übernehmen. Es ist mir ein Rätsel, warum Frau Kornblum sich von ihm instrumentalisieren lässt. Sie, deren eigener Vater alzheimerkrank ist und Bimini seine Heilung verdankt.«

Iliana ärgerte Freimuths Schönfärberei der unfasslichen Tatsachen und die schamlose Instrumentalisierung ihres Vaters. Aber sie musste sich eingestehen, dass Freimuth einen Schwachpunkt getroffen hatte. Auch sie fand es schwer zu glauben, dass Mark so lange so ahnungslos gewesen sein sollte.

»Ich weiß es nicht mehr genau. Kurz vor dem Start von Bimini, glaube ich.«

Das waren seine Worte an dem Abend bei ihr gewesen. Dann erst hatte er angeblich von den Blutfarmen erfahren – kurz vor dem Start von Bimini. Wirklich, Mark? Wusstest du wirklich nichts als Forschungsleiter von Astrada? Sie rief vor ihrem inneren Auge die Plasma-Vergleichsstudie auf, die sie in den Bimini-Daten aufgespürt hatte.

»Du hast die Analysen offenbar gefunden.«

Er hatte ziemlich komisch reagiert, als sie ihn darauf angesprochen hatte. Sie dachte an die drei Ausrufezeichen, mit denen jemand die hohen Proteinwerte des Plasmas von Devaduta Pharma markiert hatte. War es Mark gewesen? Oder Freimuth? Falls es Mark gewesen war – wann hatte er diesen Kommentar getätigt? Sie verfluchte sich, die Datei nicht genauer untersucht zu haben.

Freimuth war fertig mit seinem Plädoyer. Niemand sagte ein Wort. Auch Mark schwieg. Was war das für eine beschissene Strategie? Alles stoisch ertragen und sich nicht wehren?

Plötzlich wusste sie, was anders an ihm war. Er wirkte …

kräftiger. Er besaß mehr Konturen, sein Oberkörper war breiter, seine Schultern eckiger, sein Gesicht markanter. Seit wann trainierst du, Mark? Noch etwas hatte sich verändert. Seine Haare. Sie erschienen ihr dichter. Mark hatte ausgeprägte Geheimratsecken, und seine blonden Haare waren wie bei vielen Männern über die Jahre immer dünner und lichter geworden, auch ein paar graue Strähnen hatten sich breitgemacht. Nun wirkte es, als wäre sein Haaransatz vorwärts in Richtung Stirn gewandert. Hatte er sich einer Haartransplantation unterzogen?

Depfner war der Erste, der die Stille durchbrach.

»Und jetzt?«, blaffte er in die Runde.

»Jetzt? Jetzt sind wir geliefert!«, rief Frau Bender mit hysterischer Stimme. »Stellen Sie sich doch nur vor, was los ist, wenn die Behörden das erfahren! Dann wandern wir alle ins Gefängnis!«

»Geht's auch ein bisschen weniger dramatisch?« Es war die erste Wortmeldung von Frau Benders Sitznachbarin. »Wenn hier jemand ins Gefängnis wandert, dann diese beiden Herren dort«, sagte sie und zeigte auf Mark und Freimuth.

»Ja, aber glauben Sie nicht, dass das nicht auch Auswirkungen auf uns haben wird, Frau Hansen«, schnappte Frau Bender zurück. »Spätestens jetzt sind wir Mitwisser!«

»Was schlagen Sie vor?«, fragte Frau Hansen. »Sollen wir zur Polizei gehen?«

»Ich weiß es doch auch nicht.« Frau Bender schien den Tränen nahe.

»Eine schöne Scheiße ist das«, sagte Depfner und schüttelte den Kopf.

»Schluss jetzt«, sagte Rahmanian. »Könnten wir bitte konstruktiv und prospektiv denken? Wie gewährleisten wir die künftige Produktion von Bimini?«

Iliana wurde nervös. Ihre Befürchtungen drohten sich zu

bewahrheiten. Mark und sie hatten soeben offenbart, welche Schweinereien seit Jahren getrieben wurden, und diese Typen interessierten sich nur für sich. Sie hatte Rahmanian anfangs noch für sympathisch gehalten. Wo war nur ihr Bauchgefühl hin?

»Können wir Bimini wirklich nicht mit normalem Plasma herstellen?«, fragte Andreesen, an Mark gewandt.

Mark schüttelte den Kopf. »Selbst wenn wir die gesamten globalen Vorräte an Blutplasma aufkauften, es würde gerade einmal für ein Drittel der jetzigen Bimini-Produktion reichen. Wie wollen Sie zwei von drei Kranken erklären, dass sie nun leider nicht mehr ihr Bimini bekommen können?«

»Wir hätten außerdem ein Erklärungsproblem«, sagte Rahmanian. »Die Presse würde nachforschen. Diese Andrea Parka und ihre fanatischen Aktivisten warten doch nur darauf, uns endgültig fertigzumachen.«

»Nicht nur das, Rahmanian«, warf ein Mann ein, der sich bislang nicht zu Wort gemeldet hatte. Er sah wie Günther Jauch mit dicker Brille aus. »Auch unsere Umsätze würden auf ein Drittel einbrechen. Wollen wir das? Ich nicht.«

Rahmanian wandte sich wieder an Mark.

»Was ist mit Tierblut? Könnten wir Bimini daraus herstellen?«

Mark wog den Kopf hin und her.

»Das wäre theoretisch denkbar. Die GRF-Proteine sind in Mäuseblut enthalten, und es ist anzunehmen, dass dies auch für Schweineblut gilt, was die umfassendste und billigste Quelle für tierisches Plasma wäre. Aber wir müssten es erst erforschen und sicherstellen, dass die Proteinfraktionen wirklich identisch sind. Das wird dauern. Aber das größte Problem sehe ich im Risiko von artfremden Abstoßungsreaktionen, selbst wenn wir die Proteine hoch aufreinigen.«

Freimuth ergriff wieder das Wort. »Meine Damen und Herren, wir überdramatisieren die Lage. Aber warum? Was ist denn Schlimmes passiert? Wir produzieren ein Medikament, das Millionen von Kranken vor einem schrecklichen Schicksal bewahrt. Den Spenderinnen ermöglichen wir ein behütetes Leben …«

»Wie bitte?«, unterbrach ihn Iliana. »Fünf Mädchen sind tot! Sechs, wenn wir Nidhi hinzuzählen. Das sind nur die Fälle, die uns bekannt sind. Das nennen Sie ein behütetes Leben?«

Freimuth bedachte sie mit einem eiskalten Blick, dem sie jedoch standhielt.

»Frau Kornblum, diese fünf Mädchen sind geflohen, weil ein Mitarbeiter einer Blutfarm sexuell übergriffig geworden ist. Das ist bedauerlich, aber es hatte mit den Plasmaspenden nichts zu tun. Der Zwischenfall lag in der Verantwortung unseres Zulieferers. Es handelt sich um einen Einzelfall, der Mann wurde entlassen, das Problem ist behoben.«

Iliana wurde für einen Moment unsicher. Freimuth hatte also die ganze Zeit über gewusst, was es mit den toten Mädchen auf sich hatte.

Er fuhr fort. »Wir tun nichts Unethisches. Wir helfen Kranken. Wenn es ihre eigenen Großeltern wären, die ihr Blut benötigten, diese Kinder würden es sofort freiwillig spenden. Wer würde es nicht aus Nächstenliebe tun? Lassen Sie sich von Mark Jacobs nicht manipulieren. Er verfolgt eine ganz andere Agenda.«

Iliana sah zu Mark hinüber, aber der schien immer noch die Ruhe selbst zu sein. Wollte er nicht endlich zum Angriff übergehen?

Rahmanian holte tief Luft. Dann sagte er. »Ich bin grundsätzlich gegen Panikmache. Mir widerstrebt es, unnötige Risiken einzugehen. Aber ich glaube nicht, dass wir diese Geschichte der breiten Masse verkaufen können. Ich bezweifle außerdem, dass die Zulassungsbehörden mitspielen werden. Ich fürchte, uns bleibt nichts anderes übrig, als uns etwas Neues zu überlegen.«

»Was wird aus den Mädchen?«, rief Frau Bender. »Entlassen wir sie einfach aus den Blutfarmen? Überlassen wir sie ihrem Schicksal?«

»Uns kümmert zunächst einmal das Schicksal dieses Konzerns«, sagte Depfner.

Vor allem kümmert dich deines.

»Jetzt gilt es, die Produktion von Bimini umzustellen, ohne die Qualität zu gefährden und Aufsehen zu erregen«, sagte Rahmanian. »Die Presse beobachtet uns, wir können froh sein, dass sie bis jetzt noch keine Beweise für eine Verbindung der toten Mädchen zu Astrada gefunden hat. Das ist garantiert nur noch eine Frage der Zeit.«

»Was machen wir mit Freimuth?«, sagte Depfner. »Schmeißen wir ihn raus?«

Iliana sah, wie Freimuth erstarrte. Sie redeten im Beisein von Freimuth über ihn, als wäre er eine Schachfigur. Sie war unfreiwillig beeindruckt von dieser Kaltschnäuzigkeit.

»Ich sage, wir schmeißen beide raus«, sagte der Mann, der aussah wie Günther Jauch. »In meinen Augen sind Freimuth und Jacobs gleichermaßen für diese Misere verantwortlich, wer auch immer nun was wann gewusst hat oder nicht. Sie haben genug Schaden angerichtet. Weg mit ihnen.«

Andreesen nickte zustimmend. »Sehe ich genauso wie Herr Begemann.«

Iliana lief es kalt über den Rücken. Das hier entwickelte sich gerade in eine gänzlich falsche Richtung. Sie sah erneut zu Mark hinüber, aber auch jetzt schien er nicht die Ruhe zu verlieren.

Rahmanian schüttelte den Kopf.

»Mir persönlich ist die Zukunft von Herrn Jacobs und auch von Herrn Freimuth reichlich egal. Aber schon Jacobs' Ausscheiden aus dem Konzern war ein Pressethema und hat den Aktienkurs noch weiter in die Tiefe gerissen. Wenn wir jetzt Freimuth entlassen, wird es aussehen wie ein Schuldeingeständnis. Nein, ich fürchte, wir müssen an ihm festhalten. Vorläufig.«

»Wenn ich einen Vorschlag machen dürfte?«, sagte Mark.

Alle Gesichter wandten sich ihm zu.

»Als ich von den Blutfarmen erfuhr, war mir klar, dass das keine dauerhafte Praxis sein konnte. Also habe ich mit Hochdruck an der Identifizierung der Schlüsselproteine für die Wirkung von Bimini gearbeitet. Es braucht nicht mehr viel Forschung, dann hätte ich ihre Gensequenzen, ich könnte diese in Bakterien einschleusen und die Bimini-Proteine in Bioreaktoren produzieren. Das wäre schnell und einfach, zudem weitaus kostengünstiger als die bisherige Methode.«

Bewegung bei den Ratsmitgliedern. Begemann und Depfner tuschelten miteinander. Rahmanian hatte nach wie vor sein Pokerface aufgesetzt.

»Die Kostenersparnis wäre ein einleuchtendes Argument, weswegen wir auf eine synthetische Produktion umsatteln. Das könnten wir der Presse und der Öffentlichkeit gut vermitteln«, sagte Mark. »Wir könnten die Blutfarmen schließen, ohne Aufsehen zu erregen und die Produktion von Bimini zu gefährden. Die Existenz von Astrada wäre gesichert.«

»Er blufft!«, rief Freimuth. »Ich war in die Forschung von Anfang an involviert. Er kennt die Proteine nicht. Jacobs lügt!«

Iliana versuchte, sich nichts anmerken zu lassen. Mark bluffte tatsächlich. In der Nacht hatte er ihr gegenüber zugegeben, dass ihm die Proteine noch nicht bekannt waren. Was für ein Spiel spielte er?

»Das klingt doch nicht schlecht.« Frau Bender schien erleichtert.

Rahmanian nickte langsam.

»Wie lange würde die Umstellung auf synthetische Produktion dauern?«, fragte er.

»Vielleicht ein halbes Jahr. Wir würden schrittweise vorgehen.«

Iliana hielt die Luft an. Das war völlig aberwitzig, selbst wenn sie ihre gesamte Forschungsabteilung auf die Proteinidentifikation ansetzen würden. Aber sie schwieg. Sie wollte Mark nicht in den Rücken fallen.

»Aber das ist sicher nicht alles, Jacobs«, sagte Depfner. »Oder?«

Mark zuckte mit den Schultern. »Sie haben die Positionen gehört. Ich biete Ihnen eine praktikable Lösung an. Zudem brauche ich Ihnen sicherlich nicht zu sagen, dass zwischen mir und Erik Freimuth kein Vertrauensverhältnis mehr besteht. Er hat mich und Sie getäuscht und den Konzern in eine extrem heikle Lage gebracht. Er ist meiner Ansicht nach für dieses Amt ungeeignet. Für die Umstellung der Produktion wäre er ein Hindernis.«

»Herr Jacobs«, sagte Rahmanian. »Mit Verlaub. Sie überschreiten gerade Ihre Kompetenzen.«

»Herr Rahmanian, mit Verlaub, ich bin es, der Ihnen eine Lösung anbietet. Die einzige, die wir bislang gehört haben. Oder?«

Er lächelte.

Iliana spannte unwillkürlich ihre Rückenmuskeln an. Mark pokerte hoch. Warum setzte er Rahmanian derart unter Druck? Das war äußerst riskant.

Rahmanian lächelte versonnen. Es war kein warmherziges Lächeln, eher ein anerkennendes, von Tiger zu Tiger.

»Ich darf Sie daran erinnern, dass Sie ein Angestellter dieses Konzerns sind, Herr Jacobs. Wenn Sie die Bimini-relevanten Proteine kennen, dann ist diese Erkenntnis ein intellektuelles Eigentum des Konzerns, und Sie sind ohnehin verpflichtet, uns diese Daten auszuhändigen. Ich rate Ihnen davon ab, Ihren Wissensstand als Druckmittel zu nutzen.«

Iliana wurde kalt.

»Ich fürchte, dass Sie mich darauf verklagen müssen, Herr Rahmanian.«

Einen Moment lang sagte niemand etwas.

»Aber dafür wäre der Zeitpunkt denkbar ungünstig, nicht wahr? Jetzt, da alle Augen auf Astrada gerichtet sind. Es wäre doch zu dumm, wenn die Videos, die Frau Kornblum Ihnen vorhin gezeigt hat, im Fernsehen zu sehen wären«, sagte Mark.

Ein Raunen ging durch den Saal. Empörung unter den Ratsmitgliedern.

Depfner lachte laut auf. »Der hat Nerven.«

Günther Jauch alias Begemann zischte: »Was glauben Sie eigentlich, wer Sie sind?«

Es war erstaunlich. Kinder ausbluten zu lassen löste bei diesen Leuten keinerlei Empörung aus. Aber ein Forschungsleiter, der sie unter Druck setzte, stellte offenbar ein Sakrileg dar. Sie verstand nicht, wieso Mark ein so gefährliches Spiel trieb. Sie wollten das schmutzige Geschäft mit den Blutfarmen stoppen, dazu hatte Rahmanian sich bereits bekannt. Ob mit oder ohne Freimuth war doch wohl nachrangig? Mark, was hast du vor? Sie suchte seinen Blick, wollte ihn zur Räson rufen. Aber er sah sie nicht an. Stattdessen hielt er Augenkontakt mit Rahmanian. Es war ein stilles Duell zwischen zwei Raubtieren.

»Was habe ich Ihnen gesagt?«, rief Erik Freimuth. »Jetzt haben Sie es selbst gehört. Das ist Jacobs' eigentlicher Plan: Er will Boss von Astrada werden. Dafür ist ihm jedes Mittel recht.«

Rahmanian verzog sein freundlich wirkendes Gesicht für einen Moment, als hätte er auf etwas Unappetitliches gebissen.

»Was schlagen Sie vor, Jacobs?«, sagte Rahmanian mit eisiger Miene.

»Ich kann verstehen, dass Sie Freimuth aus PR-Gründen halten wollen«, sagte Mark. »Ernennen Sie mich zum zweiten CEO.«

Begemann schnaubte und schüttelte den Kopf. Depfner lachte.

»Sie könnten es der Presse so verkaufen, dass Astrada sich dazu entschlossen hat, die wissenschaftliche Forschung in den Mittelpunkt zu stellen, um neue Projekte voranzubringen«, fuhr Mark ungerührt fort. »Als renommierter Wissenschaftler und Nobelpreis-Anwärter kann ich die medizinischen Ziele von Astrada viel glaubwürdiger vertreten als der Silicon-Valley-Hai Erik Freimuth. Gerade jetzt hätte der Konzern ein positives Image dringend nötig. Sie werden mir in einer Zusatzvereinbarung zusichern, dass ich das alleinige operative Geschäft verantworte und nur an Sie berichte. Nach einem Jahr, wenn sich die Wogen um die Indien-Geschichte geglättet haben und es nicht mehr wie ein Schuldeingeständnis wirkt, entlassen Sie Erik Freimuth.«

Marks Worte hatten gesessen. Die Aufsichtsratsmitglieder sahen einander erstaunt an. Wahrscheinlich konnten sie einfach nicht glauben, dass ihnen jemand in Sachen Abgebrühtheit das Wasser reichen konnte.

Niemand achtete auf Freimuth, als der explodierte:

»Du verlogenes Aas! Du hast von Anfang an gewusst, was wir taten!«, brüllte er. »Du wolltest Bimini genauso schnell wie ich. Ohne mich wärst du nichts. Ich habe dir geholfen, deine Forschung zu finanzieren, als du nichts auf die Reihe gekriegt hast und Stanford dich hängen ließ. Ohne mich wärst du niemand! Kein Alzheimer-Medikament, kein Nobelpreis, auch kein Projekt 150!«

Mark blickte ihn kurz an. Dann lächelte er. »Ich danke dir für alles, Erik.«

Freimuth stürzte sich auf ihn, und beide gingen zu Boden. Iliana sah die Szene wie in Zeitlupe ablaufen. Freimuths Faust holte aus und traf den unter ihm liegenden Mark ins Gesicht. Immer wieder ging die Faust auf und nieder, wie der Kolben eines Motors. Mark wehrte sich nicht gegen die Schläge. Er lag einfach regungslos da.

Frau Bender begann zu schreien. Andreesen und Begemann sprangen auf und versuchten, den durchgedrehten CEO von Mark wegzuziehen, was ihnen nicht gelang. Freimuth war trainiert und kräftig. Schließlich kamen Depfner und Rahmanian zu Hilfe. Gemeinsam gelang es ihnen schließlich, die beiden zu trennen.

Freimuths Atem ging schnell, er war voll auf Adrenalin. Mark rappelte sich mühsam auf und hielt sich die Nase. Blut strömte über sein Gesicht und seinen Anzug. Freimuth hatte ihm die Nase gebrochen.

Als Freimuth sich wieder einigermaßen beruhigt hatte, ließen ihn die Männer los. Sein erster Reflex war, seinen Anzug zu kontrollieren. Er fluchte darüber, dass ein paar Blutspritzer von Mark darauf gelandet waren. Er zückte ein Taschentuch und versuchte, sie zu entfernen, aber er verschmierte das Blut nur und drückte es tiefer in den Stoff hinein.

Iliana wusste nicht, was sie heftiger schockierte: Freimuths plötzlicher Gewaltausbruch oder Marks Verhalten. Er hatte den Rat erpresst, um selbst CEO zu werden. Das war nicht abgesprochen gewesen, Mark.

»Ohne mich wärst du niemand!«

Freimuths Wut und Empörung hatten aufrichtig gewirkt.

Hatte Mark ihn wirklich so eiskalt benutzt? Hatte er womöglich auch sie benutzt? Konnte sie ihm noch trauen?

Sie betrachtete Mark, wie er blutend dastand und trotzdem lächelte. Er sah aus wie der Mann, mit dem sie seit Jahren zusammenarbeitete, und war ihr dennoch mit einem Mal völlig fremd.

Was war Projekt 150?

Jemand reichte Mark ein Taschentuch, mit dem er sein Gesicht säuberte. Die Blutung war bereits gestoppt. Unerwartet schnell.

Mark hatte sich nicht gewehrt, kein noch so winziges Anzeichen von Angst gezeigt, als Freimuth ihn angriff. Hatte er Freimuth absichtlich provoziert und ihn explodieren lassen – um sich nun als blutendes Opfer zu gerieren und als moralisch Überlegener dazustehen?

»Idiot«, zischte Rahmanian Freimuth leise zu, ohne dass die anderen es mitbekamen. Aber Iliana hatte es gehört. Dann verließ Freimuth den Saal.

Rahmanian sagte in die Runde: »Lassen Sie uns weitermachen. Wir haben noch einige wichtige Entscheidungen zu treffen.«

Stühle wurden gerückt, Mineralwasser eingeschenkt, alle setzten sich wieder. Nach einigen Momenten war Ruhe eingekehrt.

»Herr Jacobs«, setzte Rahmanian an, »Sie werden verstehen, dass wir nicht zulassen können, dass Sie dem Aufsichtsrat Ihre Bedingungen diktieren. Wir werden uns erst beraten müssen, ob …«

»Schon gut, Rahmanian. Sparen Sie sich Ihren Vortrag«, sagte Mark näselnd. Seine gebrochene Nase war deutlich angeschwollen, sein Lächeln verschwunden, seine Stimme abgekühlt.

»Ich werde Ihnen jetzt einen Grund geben, mich zum CEO zu ernennen, den auch Sie mit Ihren Spatzenhirnen verstehen werden.«

Die Ratsmitglieder waren erstaunt über den plötzlichen Wechsel seiner Tonlage.

»Welcher Grund sollte das sein, Jacobs?«, fragte Begemann höhnisch.

Mark tupfte noch einmal mit einem Taschentuch an seiner Nase herum, vielleicht um zu prüfen, ob die Blutung wirklich zum Stillstand gekommen war.

»Der Grund ist, dass ich euch Arschlöchern die Möglichkeit gebe, 150 Jahre alt zu werden.«

8

Bis vor wenigen Wochen hatte er sich gefragt, ob all das noch einen Sinn hatte. Laborarbeit bis tief in die Nacht, die kompetitiven Kollegen, der enorme Druck, die frustrierenden Ergebnisse, das Bewusstsein, dass die letzten drei Jahre komplett für die Katz gewesen waren. Er war sich außerdem nicht sicher, was ihm nun dieses Experiment einbringen sollte – außer den geballten Hass der Tierschützer und die Verachtung der Kollegenschaft.

Aber Mark hatte so ein Gefühl. Er spürte, dass da etwas war. Nur auf ihn wartete. Er spürte ein Jucken. Es war ihm schon alles egal gewesen. Diese ganze Wissenschaft. Er war drauf und dran gewesen, alles hinzuschmeißen.

Aber er hatte auf seinen Instinkt gehört. Dieser hatte ihm eingeflüstert, das Parabiose-Experiment durchzuführen.

Mark brachte mit der Chirurgenzange – er hatte keine Ahnung, wie die Dinger eigentlich hießen – vorsichtig die feine Nadel in Position. Er sah die feine Spitze unter dem Stereoskop metallisch im Licht der Lampe glitzern. An der Operationsnadel hing ein Gewebefaden. Mit der anderen Hand hielt er eine Pinzette, die das kleine Stück der rasierten Haut umklammerte. Offen klaffte die kleine Wunde, die er zuvor mit dem Skalpell geschnitten hatte. Darunter sah er rohes Fleisch glänzen. Es zitterte leicht. Er versuchte, seine Hand ruhig zu halten. Mit der anderen führte er die Nadelspitze an das Fleisch heran und stach durch die Haut hindurch. Er fühlte den Widerstand und widerstand der Versuchung, zu viel Kraft aufzuwenden, weil er die Wunde nicht weiter aufreißen wollte. Unter seinem Mundschutz legte sich die Feuchtigkeit seines warmen Atems auf sein Gesicht und beschlug seine Brille. Scheiße, ausgerechnet jetzt, da er die Hände voll hatte. Gleich würde er nichts mehr sehen können.

Als er die Nadel durch den Rand der Wunde am Hinterleib hindurchstach, spürte er das Tier leicht zucken. Mark zögerte einen Augenblick. Die feine Bewegung hatte sich über die Pinzette auf seine gummibehandschuhten Hände übertragen. Es war nur eine minimale Reaktion, aber eigentlich durfte sie gar nicht vorkommen. Die Mäuse waren mit Isofluran betäubt. Wachten sie etwa schon auf? Dann musste er jetzt einen Zahn zulegen.

Er griff mit der Zange um und zog auf der anderen Seite des Fells den Faden durch. Dann hob Mark das Hautstück wieder an, stach wieder zu, zog die Nadel mit dem Faden durch. Wieder und wieder. Es war ein bisschen wie Socken stopfen, nur dass das hier keine Socken waren, sondern Mäuse, und er die beiden Tiere an ihren Flanken zusammennähte. Bis ihre Körper miteinander verbunden waren wie siamesische Zwillinge.

Er brauchte etwa eine halbe Stunde. Als er fertig war, lehnte er sich zufrieden zurück. Er schwitzte. Operieren fiel ihm nicht leicht. Aber: Fleisch lag nun an Fleisch. Die beiden Körper würden an der Wunde in den nächsten Tagen zusammenwachsen, und ihre Blutkreisläufe würden sich verbinden. Ab dem dritten Tag würde das Blut der jungen Maus nicht mehr nur durch ihren eigenen Körper, sondern auch durch den der alten Maus strömen – und umgekehrt.

Mark betrachtete sein Werk. Die beiden Mäuse lagen reglos nebeneinander in ihrem Käfig, einer Art Wanne aus Plexiglas mit einem Metallgitter darüber.

Er hatte ein paar Anläufe gebraucht, bis er die Parabiose-

Operation beherrschte. Zum Glück hatte der alte Wissenschaftler, dessen Vortrag ihn hellhörig gemacht hatte, ihm die Technik beigebracht. Aber Mark hatte dennoch ein paar Versuche gebraucht. Das erste Mauspaar hatte sich voneinander losgerissen, die Wunden hatten sich entzündet. Das zweite Paar blieb zusammen, aber Mark hatte sie nicht sauber aneinandergenäht, weswegen die alte Maus permanent Schmerzen litt und schließlich der anderen vor lauter Stress den halben Kopf weggefressen hatte. Beim dritten Versuch ging dann alles gut.

Er hoffte, dass auch dieses Paar gut miteinander auskommen würde. Eine Abstoßungsreaktion zwischen den beiden Körpern war nicht zu erwarten. Diese Mäuse waren eine spezielle Züchtung, sie besaßen kein funktionierendes Immunsystem mehr. Daher mussten alle Krankheitserreger von ihnen ferngehalten werden. Jeder, der in diesen Raum wollte, durchlief mehrere Schleusen, musste ausgiebig duschen und Schutzkleidung tragen.

Die Tiere würden in spätestens einer Stunde aus ihrer Narkose erwachen und sich dann hoffentlich schnell aneinander gewöhnen. Per Kamera würden Mark und seine Mitarbeiter sie die ersten drei Tage – von insgesamt vier Wochen – nahtlos überwachen. Das war die kritische Phase.

Ein Automat, der ihnen Futterpellets ausspuckte, hing in ihrer Nähe, damit sie sich in diesen drei Tagen nur minimal bewegen mussten. Es war erstaunlich, wie schnell sich die Mäuse an diesen neuen Zustand gewöhnten. In der Regel übernahm die alte Maus die dominante Rolle. Mäuse und Menschen waren gar nicht so verschieden.

Mark stellte den Käfig vorsichtig unter die Infrarotleuchte. Die Mäuse sollten nicht auskühlen. Im Raum standen insgesamt fünf Käfige. Mark kontrollierte rasch die Verfassung der anderen Tiere. Bis auf Käfig Nummer eins waren alle Tiere zusammengenäht. Mark ging hinüber zu diesem Käfig und beugte sich hinunter.

»Na, Maude?«, sagte er leise durch seinen Mundschutz zu der Maus, die ihn nun neugierig beschnupperte. Ihr dunkelbraunes Fell glänzte seidig. Maude sah ihn aus neugierigen Knopfaugen an, bis sie sich wieder ihrer Streu zuwandte.

Mark hatte die beiden Mäuse seines ersten geglückten Parabiose-Experiments Harold und Maude genannt, in Anlehnung an den berühmten Film, in dem eine 79-Jährige einen 20-Jährigen verführt. Dabei war Harold streng genommen auch ein Weibchen – es war besser, Tiere gleichen Geschlechts aneinanderzunähen, sonst kamen sie noch auf dumme Gedanken.

»Gut siehst du aus, meine Kleine.«

Die Reste ihrer Narbe an ihrem rechten Hinterlauf waren kaum noch zu sehen. Dort war bis vor wenigen Wochen noch Harold angenäht gewesen. Längst überdeckten nachgewachsene Haare die Stelle.

Maude war eigentlich eine Maus-Greisin. Als er sie bekommen hatte, war sie dicklich und träge, ihr Fell stumpf und struppig gewesen. Maude war über vier Jahre alt, Harold hingegen nur wenige Monate, ein Mäuse-Teenager. Sein Blut war in Maudes alten Körper geströmt und hatte dort in diesen wenigen Wochen eine unglaubliche Verwandlung eingeleitet.

Als er Maude von Harold abgekoppelt hatte, hatte Mark sie einen Parforceritt absolvieren lassen. Er hatte sie durch das Labyrinth geschickt und gestoppt, wie lange sie brauchte, um hinauszufinden. Er hatte sie Hebel drücken und Gewichte stemmen lassen. Er hatte ihre Blutwerte gecheckt, sie gewogen, ihren Fettgehalt vermessen, ihre Knochenstruktur analysiert, er hatte sie sogar in ein MRT gesteckt und ihr Hirn gescannt.

Das Fazit: Sie hatte sich in sämtlichen Disziplinen verbes-

sert. Diese wenigen Wochen hatten aus ihr ein anderes Wesen gemacht. Maude war schneller, stärker, wacher und gesünder. Sie, die vierjährige Greisin, zeigte die Körperwerte einer einjährigen Maus. Sie war verjüngt worden – und es gab keine andere Erklärung als die, dass Harolds junges Blut die Ursache für diese sensationelle Verwandlung bildete.

Mark betrachtete Maude fasziniert. Er konnte es kaum abwarten, dass sie endlich starb. Doch es sah im Moment nicht danach aus, dass dieser Todesfall so bald eintreten würde.

»Bald, Maude, bald mache ich auch noch dein kleines Köpfchen auf«, sagte Mark zu ihr, während sie herumschnupperte. »Dann schneide ich dein kleines Gehirn in Scheiben und sehe mir deinen Hippocampus an.«

Mark ging jede Wette ein, dass Maude in der für Erinnerungen zuständigen Hirnregion neue Nervenzellen gewachsen waren. Im MRT war das leider nicht so gut zu erkennen.

Maude war im Labyrinth deutlich schneller geworden. Das lag nicht nur an ihrer erhöhten Körperfitness. Nein, sie konnte sich den Weg hinaus besser merken.

Sollte es wirklich wahr sein, dass junges Blut einen derartigen Verjüngungseffekt auf das Gehirn hatte? Das wäre der Durchbruch. Die Alterung des Gehirns aufzuhalten oder, er wagte es kaum zu glauben, sogar rückgängig zu machen. Er spürte, dass er etwas ganz Großem auf der Spur war.

Niemand in seiner Arbeitsgruppe hatte verstanden, weswegen er jetzt noch mit diesen ekligen Parabiose-Experimenten anfing. Jahrelang hatten seine Leute und er Blut von Alzheimer-Kranken analysiert und mit dem von Gesunden verglichen. Irgendwo musste eine Spur der Krankheit im Blut zu sehen sein. Irgendwo. Er war sich sicher gewesen. Aber er hatte nie etwas gefunden. Alle hatten ihn, das große Talent und einstige Wunderkind, schon abgeschrieben.

Jetzt fühlte er einen Urknall in sich. Er spürte, dass sich seine Karriere und sein Leben verändern würden. Dies würde sein Durchbruch sein.

Junges Blut macht Alte jung.

Maude tapste weiter im Käfig herum. Dabei ignorierte sie Harold völlig, der apathisch an die Käfigwand gelehnt lag. Maude lief einfach über ihn hinüber, als wäre er ein Stück Holz.

Harold war die Parabiose nicht besonders gut bekommen.

»Hey, Harold«, sagte Mark leise zu der anderen Maus. Keine Reaktion. Er tippte sie leicht mit dem behandschuhten Finger an, woraufhin Harold zusammenzuckte.

»Du siehst nicht gut aus.«

Harold blickte ihn an. Seine Augen schauten stumpf, hilflos. Er war sehr passiv geworden, kaum wiederzuerkennen. Harold fraß nicht mehr viel. Sie mussten ständig darauf achten, dass er überhaupt noch etwas abbekam, Maude schnappte ihm sonst sämtliche Pellets weg.

Trotzdem hatte er mehr Fett angesetzt, dafür jedoch Muskeln abgebaut. Seine Körperwerte hatten sich verschlechtert. Vor allem sein Herz war schwach geworden. Es sah nicht danach aus, als würde Harold noch lange leben.

Altes Blut macht Junge alt.

»Tja, Harold. Wo es Gewinner gibt, da gibt es auch Verlierer.«

9

Iliana saß in einer Show, für die sie kein Ticket gekauft hatte. War dies das wahre Gesicht von Mark? Des Mannes, von dem sie dachte, er sei ihr vertraut? Der sich vor den Aufsichtsratsmitgliedern in Szene setzte, nachdem er ihnen erst Bedingungen gestellt und sie dann erpresst hatte und nun von einem abenteuerlichen Projekt erzählte, dessen Pläne er Iliana bislang verschwiegen hatte?

»Die Lebenserwartung ist im letzten Jahrhundert drastisch gestiegen«, sagte Mark. Seine Stimme klang unfreiwillig komisch, die Nase musste schmerzen.

»Eine Frau, die heute geboren wird, kann sich darauf freuen, etwa 83 Jahre alt zu werden. Wir Männer schaffen 78 Jahre. Aber manche haben noch mehr Glück.«

Er holte seinen Rechner heraus, stöpselte ihn an den Beamer und startete eine Präsentation – was Iliana irritiert zur Kenntnis nahm. Mark hatte das alles offenbar minutiös vorbereitet, schon vor ihrer Fahrt nach Indien. Ohne ihr Wissen.

Auf der Leinwand erschien das Porträt einer sehr alten Frau. Iliana versuchte, die Merkmale dieses Gesichts zu erfassen: die vielen Runzeln, Altersflecken, die spitze Nase und die eingefallenen Lippen, gegen die kaum noch Zähne zu drücken schienen. Die Frau war eine wahre Greisin und wirkte nahezu geschlechtslos, nur die krausen weißen Haare wiesen sie als weiblich aus.

»Das ist Jeanne Louise Calment«, sagte Mark. »Sie ist der älteste Mensch, der je auf diesem Planeten gelebt hat – jedenfalls unter denen, deren Alter wir sicher verbürgt wissen. Jeanne Calment wurde 1875 geboren und starb 1997. Ihr langes Leben dauerte 122 Jahre und 164 Tage. Sie hat einiges erlebt. Als 14-Jährige traf sie den Maler Vincent van Gogh, sie sah den Bau des Eiffelturms, und als der Erste Weltkrieg ausbrach, war sie schon 39 Jahre alt. Den Zweiten Weltkrieg erlebte Madame Calment als Rentnerin.«

Mark hielt kurz inne und betrachtete die Gesichter der Aufsichtsratsmitglieder. Sie fragten sich unverkennbar, worauf er hinauswollte.

»Leute wie Jeanne Calment suggerieren, dass Menschen immer länger leben. Wie ich bereits sagte, ist die Lebenserwartung auch stetig gestiegen, seit 1840 hat sie sich fast verdoppelt. Das liegt vor allem daran, dass wir immer besser darin geworden sind, zu verhindern, dass wir vorzeitig an Schicksalsschlägen sterben. Das fängt schon bei der Geburt an. Bessere Hygiene hat die Kindersterblichkeit gesenkt. Bis in die 1940er-Jahre konnte eine Lungenentzündung das Todesurteil bedeuten. Seitdem wir Antibiotika besitzen, haben Infektionskrankheiten ihren Schrecken verloren. Tuberkulose, Cholera, Ruhr waren Geißeln der Menschheit. Die Killer von heute sind Herz-Kreislauf-Erkrankungen und Krebs, jedenfalls in den Industrienationen. Ja, wir werden älter, aber es ist nicht so, dass es in der Antike oder im Mittelalter keine alten Leute gegeben hätte. Alte Menschen gab es schon immer. Karl der Große starb vor 1200 Jahren mit 66 Jahren. Hildegard von Bingen wurde im 11. Jahrhundert 81 Jahre alt. Die Chancen standen damals jedoch schlechter, die natürliche Lebenserwartung auszuschöpfen. Bessere Medizin, Lebensumstände und Technologie haben die Chancen erheblich verbessert. Aber an der natürlichen Lebenserwartung, der Grenze, die uns unser Körper setzt, haben wir nie gerüttelt.«

Iliana verfolgte Marks Vortrag mit zunehmendem Erstaunen. Der Rat hatte bereits das Ende der Blutfarmen beschlossen. Sie hatten ihm signalisiert, dass er die Firmenleitung übertragen bekommen würde. Warum jetzt dieser Vortrag über das Altern und die Lebenserwartung?

»Moment mal«, sagte Depfner. »Da war doch was mit dieser Calment. Ich meine gelesen zu haben, dass ihr Alter angezweifelt wird.«

Mark nickte. »Sie haben recht. Es gibt Wissenschaftler, die vermuten, dass Calments Tochter die Identität ihrer Mutter angenommen haben könnte.«

»Wieso sollte sie so etwas tun?«, fragte Frau Bender irritiert.

»Ihr Motiv könnte gewesen sein, dass sie Erbschaftssteuern sparen wollte«, sagte Mark. »Die Forscher glauben, die Frau, die 1997 starb, könnte in Wahrheit Yvonne Calment sein, Jeanne Calments einzige Tochter.«

»Jetzt verstehe ich gar nichts mehr«, sagte Frau Bender.

»Das brauchen Sie auch nicht«, sagte Mark, »denn ich weiß, dass es nicht so war. Die Frau, die in Arles begraben liegt, wurde 122 Jahre alt.«

»Ach ja? Woher wollen Sie das wissen?«, rief Depfner angriffslustig.

»Jacobs«, schaltete sich Rahmanian ein. »Was soll das hier? Kommen Sie zum Punkt. Sie sagten etwas von 150 Jahren. Wollen Sie uns weismachen, dass Sie die Lebensspanne eines Menschen verlängern können?«

Mark zog kurz seine Augenbrauen zusammen. Er mochte Unterbrechungen genauso wenig wie Freimuth.

»Ich möchte Ihnen etwas demonstrieren.«

Mark ging zu seiner Tasche und holte etwas heraus. Es waren kleine Boxen aus dunklem Plastik, in etwa so groß wie

Zigarettenschachteln. Er reichte jedem außer Iliana eine. Iliana sah ihn stumm an. Sie hatte eine vage Ahnung, um was es sich handelte. Wollte er wirklich die Horvath-Uhr bei ihnen anwenden?

»Meine Damen und Herren, ich will einen kleinen Test mit Ihnen machen. Es ist ganz einfach. Sehen Sie hier an der oberen Ecke? Ziehen Sie dort bitte das Proben-Stäbchen heraus …«

Mark demonstrierte es. Er zog an der Ecke vorsichtig einen kleinen Plastikstab heraus und hielt ihn in die Höhe. Er ähnelte einem Ohrstäbchen. Mark wirkte ein wenig wie eine Stewardess, die nach dem Start den Gebrauch der Schwimmwesten vorexerziert.

Die Aufsichtsratsmitglieder untersuchten ihre Schachteln wie außerirdische Artefakte. Depfner schüttelte skeptisch den Kopf und murmelte: »Was für ein Quatsch.«

»Jacobs, was soll das?«, sagte Rahmanian, und nun sah er nicht mehr besonders freundlich aus. »Wir haben für alberne Experimente keine Zeit …«

»Tun Sie es!«, fiel ihm Mark mit lauter Stimme ins Wort.

Einen Moment lang herrschte Stille. Iliana hielt die Luft an. Wie konnte Mark nur so mit dem Aufsichtsratsvorsitzenden reden? Rahmanian schaute verblüfft, normalerweise machte er die Ansagen. Aber dann tat er wie geheißen und zog das Stäbchen heraus.

Begemann und Andreesen beobachteten abwartend, was die anderen taten. Perlenohrring-Trägerin Frau Bender und ihre Sitznachbarin Frau Hansen schienen neugierig geworden zu sein und zogen ihre Stäbchen aus den Testkits.

»In jedem Kit steckt ein Probenstäbchen. Bitte folgen Sie meinen Anweisungen. Stecken Sie sich das Stäbchen vorsichtig in den Mund«, sagte Mark und schob sich die Spitze des

Stäbchens in die rechte Backe. Es sah aus, als ob er einen Lolli lutschen wollte. Dabei verzog er leicht das Gesicht, vermutlich weil seine ohnehin schmerzende Nase davon in Mitleidenschaft gezogen wurde.

Aufgrund des Stabs in seinem Mund klang Marks Stimme undeutlich, als er seine Anweisungen fortsetzte.

»... und dann fahren Sie mit der Spitze leicht mehrmals an der Innenseite Ihrer Wange entlang. So ...«

Frau Bender und Frau Hansen folgten seinen Anweisungen. Dann zog Mark den Stab heraus und hielt ihn kurz in die Höhe: »Danach schieben Sie ihn vorsichtig zurück in das Kästchen. Achten Sie bitte darauf, dass Sie die Spitze des Stäbchens nicht berühren. Es muss ganz einrasten, bis das Bestätigungssignal erklingt.«

Mark steckte den Stab ein und drückte mit dem Daumen auf die Ecke, bis die Schachtel ein leises Piepsignal vernehmen ließ.

Rahmanian nahm ebenfalls eine Probe mit seinem Stäbchen.

»Was haben Sie vor, Jacobs? Wollen Sie uns vergiften?«, fragte Depfner, das Stäbchen noch untätig in der Hand. Wieder blickte er Beifall heischend in die Runde. Diesmal fand Depfner Fans. Frau Bender kicherte, sogar Frau Hansen verzog ihren Mund gequält zu einem Grinsen. Sie schoben gerade ihre Stäbchen zurück, und es piepte auch bei ihnen.

Mark ignorierte den Kommentar und schaute die Ratsmitglieder auffordernd an.

»Meine Herren. Legen Sie los.«

Andreesen und Begemann folgten seiner Aufforderung widerwillig. Depfner biss bei der Probenentnahme fast seinen Stab ab. Als alle fertig waren, sammelte Mark die Kästchen ein, nicht ohne sie entsprechend mit Namen zu beschriften.

»Gut. Sie haben soeben alle eine Probe Ihrer Mundschleimhautzellen entnommen. Das Testkit analysiert jetzt Ihr Epigenom.«

Die Ratsmitglieder schauten Mark verständnislos an, aber er hüllte sich in Schweigen. Iliana hatte nicht geahnt, dass er sich so effektvoll inszenieren konnte.

Die Horvath-Uhren würden in Bälde einen QR-Code ausspucken, der eine Matrix aus 353 Zahlen enthielt.

Mark zückte sein Smartphone und tippte darauf herum.

»Herr Jacobs …«, rief Depfner ungeduldig in seinem preußischen Militärton. »Was ist das für ein Firlefanz, den Sie mit uns veranstalten?«

»Einen kleinen Moment noch«, sagte Mark. Es piepte wieder, diesmal länger.

»Ah, meins ist schon fertig«, sagte Mark. Er hob sein Testkit auf und drehte es um. An seiner Unterseite befand sich ein LED-Display, das einen QR-Code anzeigte.

Mark scannte ihn mit seinem Smartphone ein. Dann sah er auf seine App und schien zufrieden. Iliana wusste, dass die Horvath-Kits und die dazugehörige Software für Forschungszwecke gedacht waren. Das, was Mark gerade tat, war nicht im Sinne des Erfinders.

Nun begannen auch die restlichen Kits nacheinander zu piepen und QR-Codes anzuzeigen. Mark scannte alle ein.

»Gut«, sagte er. »Ich lese Ihnen nun die Werte vor. Herr Rahmanian. Ihr Alter beträgt 64 Jahre. Stimmt das?«

Mark blickte ihn an. Rahmanian sagte mit freundlichem Pokerface: »Stimmt.«

Dann scannte Mark die nächste Schachtel. »Frau Bender, Sie sind 59.«

Frau Bender blickte überrascht. »Nein, das stimmt nicht«, sagte sie.

»Okay, merken Sie sich bitte die Abweichung«, sagte Mark.

»Herr Andreesen: Sie sind 71. Herr Begemann: 63 Jahre. Herr Depfner: 67 Jahre. Frau Hansen – Ihr Alter beträgt 58.«

Mark blickte in die Runde und grinste. Mit dem verkrusteten Blut an seinen Nasenhöhlen sah er etwas unheimlich aus. Aber davon abgesehen wirkte er bewundernswert vital.

»Und? Stimmen die Werte?«

Frau Hansen schüttelte den Kopf. »Völlig falsch. Ich bin 54.«

»Die Herren?«

Depfner schüttelte energisch seinen bestoppelten Kopf: »Ich bin 68, nicht 67.«

Günther-Jauch-Begemann sagte: »Bei mir lagen Sie zwei Jahre zu niedrig.«

»Herr Andreesen?«, fragte Mark.

Andreesen zögerte, dann sagte er: »Ich bin ein Jahr jünger. 70.«

»Frau Bender, wie groß war die Abweichung bei Ihnen?«

»Ich bin jünger. Ich bin keine 59 Jahre alt.« Mark schaute sie fragend an, aber sie schwieg. Offenbar wollte sie ihr wahres Alter nicht verraten.

»Okay. Vielen Dank. Wenn Sie mir jetzt noch Ihre genauen Geburtstage verraten würden, sind wir durch.«

Er fragte reihum die Geburtsdaten ab und tippte sie in seine App ein. Frau Bender zierte sich zunächst, verriet ihr Geburtsdatum dann aber doch.

Iliana ahnte, was Mark vorhatte. Sie fand es alles andere als gut.

»Gut, meine Herrschaften. Ich werde nun erläutern, was ich getan habe. Dieser Test bestimmt den Zeitpunkt Ihres Todes. Auf den Tag genau.«

Depfner lachte auf. »Jetzt ist er völlig übergeschnappt!«, rief er.

Mark ignorierte den Einwand. »Ich darf Ihnen Folgendes verkünden: Herr Andreesen, Sie werden am 03.11.2029 sterben. Herr Begemann, bei Ihnen ist es schon am 11.7.2025 so weit. Genießen Sie die Zeit. Herr Rahmanian, Sie liegen ziemlich im Schnitt, Sie werden am 25.4.2030 sterben. Herr Depfner, auch bei Ihnen wird die Zeit knapp: Am 13.5.2023 geht Ihr Leben zu Ende.

Gute Nachrichten für Sie, Frau Bender. Ihre Werte sind gut, Sie haben noch Zeit bis zum 24.12. 2045. Oh, Heiligabend, das wird ja eine schöne Bescherung. Frau Hansen, für Sie habe ich leider nicht so gute Nachrichten. Sie altern sehr schnell, laut meiner Berechnung haben Sie nur noch zwei Jahre zu leben. Um genau zu sein: Am 12. Juni 2021 ist es für Sie vorbei. Tut mir leid.«

Iliana war entsetzt, mit welcher Kälte Mark den Ratsmitgliedern ungebeten solche Informationen an den Kopf knallte. Fast alle reagierten auf die Verkündung ihres Todesdatums geschockt. Depfner und Begemann schüttelten nur die Köpfe, sie nahmen Mark nicht ernst. Frau Hansen wurde kreidebleich.

»Jacobs!«, blaffte Depfner. »Was für ein Psychospielchen ziehen Sie hier ab?« Er blickte in die Runde. »Wie lange wollen wir uns das Gequatsche dieses Clowns noch anhören?«

Begemann pflichtete ihm bei. Die anderen schwiegen, sie waren offenbar damit beschäftigt, ihre jeweiligen Todestage zu verarbeiten.

Mark lächelte. Ihm machte das Ganze offensichtlich Spaß. Der Test war nicht für Privatpersonen freigegeben. Man konnte einfach nicht absehen, was es in einem Menschen auslöste, wenn er sein Todesdatum erfuhr.

»Ich habe soeben mit der Horvath-Uhr Ihr biologisches Alter bestimmt. Dieser Test ist außerordentlich genau.«

»Von wegen«, warf Begemann ein. Jetzt sah er wirklich aus

wie der von den dummen Antworten seiner Gäste gelangweilte Günther Jauch bei »Wer wird Millionär«. »Die Werte waren doch bei allen außer Herrn Rahmanian falsch.«

»Ich sprach vom biologischen Alter, Herr Begemann, nicht vom chronologischen. Das ist ein Unterschied, den ich Ihnen erläutern möchte. Sie haben selbst festgestellt, dass es bei Ihnen allen vom chronologischen Alter abwich.«

Rahmanian schüttelte den Kopf: »Meines war korrekt.«

»Nicht ganz«, sagte Mark. Er blickte kurz in seine App. »Laut Horvath-Uhr sind Sie 64 Jahre und 30 Tage alt. Chronologisch gesehen haben Sie 64 Jahre und 67 Tage gelebt. Ihr Körper ist also 37 Tage jünger, als er sein sollte.«

»Warum ist das wichtig?« Begemann hatte sichtlich keine weitere Lust mehr auf Marks Demonstration. Niemand nahm Notiz von Frau Hansen, deren Schultern leicht zu zucken begannen. Sie vergrub das Gesicht in den Händen. Sie weinte. Frau Bender blickte ihre Sitznachbarin irritiert an.

»Die Horvath-Uhr misst, wie alt Ihr Körper ist. Ist er jünger, als er Ihrem chronologischen Alter zufolge sein sollte, dann bedeutet das, dass Sie langsamer altern als der Durchschnitt. Das war bei Ihnen der Fall, Herr Rahmanian, wenn auch nur geringfügig. Bei Herrn Andreesen betrug der Unterschied immerhin rund ein Jahr«, sagte Mark mit einem kurzen Blick in seine App.

»Wenn Ihr biologisches Alter höher ist als Ihr chronologisches, Ihr Körper also älter ist, als er sein dürfte, dann heißt das, dass Sie schneller altern. Das war bei allen übrigen der Fall. Die größte Abweichung weist Frau Hansen auf. Ihr Körper ist vier Jahre älter, als er sein sollte. Je höher das biologische Alter im Vergleich zum chronologischen ist, desto schneller altert man.«

Mark blickte Frau Hansen kurz an, und obwohl er sah, dass sie weinte, fuhr er ungerührt fort.

»Vier Jahre Abweichung sind viel, Frau Hansen. Ich vermute, dass Sie rauchen. Wahrscheinlich trinken Sie auch regelmäßig Alkohol.«

Jetzt blickte Frau Hansen verstört auf. Ihr Make-up war von Tränen verschmiert. Sie sagte nichts.

Iliana konnte dem grausamen Treiben einfach nicht länger zusehen. »Mark, hör auf damit«, sagte sie laut. Was war los mit ihm? Ja, die Aufsichtsratsmitglieder waren Unsympathen, aber hatten sie eine so grausame Behandlung verdient?

Mark starrte sie nur verärgert an.

»Aus der Differenz des biologischen und des chronologischen Alters haben Sie das Sterbedatum errechnet?«, fragte Rahmanian, interessiert wie ein Student in einer Vorlesung und völlig ungerührt von Frau Hansens Schluchzen.

»Genau. Die Horvath-Uhr funktioniert über einen Algorithmus, der aus der Abweichung des biologischen vom chronologischen Alter die Lebenserwartung berechnet.«

»So ein Unsinn«, sagte Depfner. »Wenn ich jetzt hier aus dem Fenster springe, ist mein Leben sofort beendet, nicht am 13.5.2023.«

»Das können Sie natürlich tun, Herr Depfner. Wobei es schade wäre, denn dann würden Sie nie erfahren, ob der Algorithmus richtiglag oder nicht und das alles wirklich Unsinn ist, wie Sie behaupten. Aber Spaß beiseite. Natürlich könnten Sie vor Ablauf der Zeit überfahren oder erschossen werden, oder jemand steckt Sie mit Ebola an. Verstehen Sie, hier geht es nicht um Unfälle oder andere Schicksalsschläge. Die Horvath-Uhr ist keine Glaskugel. Es geht hier um Ihre Biologie, darum, wie lange Ihr Körper im Normalbetrieb durchhält. Betrachten Sie das berechnete Datum als eine Art Verfallsdatum Ihres Körpers.«

Mark schaute selbstzufrieden in die Runde.

»Wie funktioniert dieser Test?«, fragte Rahmanian. Er war sichtlich fasziniert von dem Thema.

»Er nutzt Epigenetik. In jeder Zelle Ihres Körpers steckt bekanntlich eine vollständige Kopie Ihres gesamten Erbguts – so auch in Ihren Mundschleimhautzellen, die Sie vorhin mithilfe des Plastikstäbchens entnommen haben. Der Inhalt des Erbguts bleibt über die Zeit in allen Zellen gleich, von Mutationen mal abgesehen. Aber die Zellen nehmen gewisse äußere Veränderungen am Erbgutmolekül vor. Sie heften an einigen Stellen chemische Markierungen an, womit sie die Aktivität der Gene regulieren. Über die Jahre entsteht so ein spezielles und sehr individuelles Muster auf dem Erbgut, das sogenannte Epigenom. Der Wissenschaftler Steve Horvath fand vor einigen Jahren heraus, dass dieses Muster im Prinzip mit dem Zifferblatt einer Uhr vergleichbar ist. Man kann daran das biologische Alter eines Menschen ablesen.«

»Das Zifferblatt einer Uhr?«, fragte Frau Bender. »Das verstehe ich nicht.«

»Jede Uhr misst die Zeit, indem sie parallel physikalische Veränderungen vollführt. Eine mechanische Uhr besteht aus Zeigern, die von Zahnrädchen gedreht werden. In einer Sanduhr fallen Sandkörner von oben nach unten. Eine Sonnenuhr zeigt die vergehende Zeit anhand der Erdrotation und des sich verändernden Schattens an.«

Begemann seufzte und lehnte sich zurück. »Ich komme mir vor wie in einer Quarks-&-Co-Sendung.«

»Es ist wichtig, dass Sie verstehen, dass es sich hierbei nicht um eine rein akademische Übung handelt«, sagte Mark gelassen. »Sie erinnern sich an die alte Frau, die ich Ihnen vorhin zeigte, Jeanne Calment, und die Debatte, ob sie wirklich 122 Jahre alt wurde … Man hat eine Exhumierung ihrer Knochen veranlasst, DNA aus ihnen extrahiert und einen Horvath-Test mit ihr gemacht. Er hat eindeutig ihr Todesalter bestätigt. Jeanne Calment war der älteste Mensch der Welt.«

»Wen interessiert diese alte Schachtel, Jacobs«, sagte Begemann. »Ich habe keine Lust mehr, Ihren endlosen Ausführungen noch länger zu folgen.«

»Die Horvath-Uhr ist ein sehr wertvolles Werkzeug, um die Geschwindigkeit des Alterns zu messen«, fuhr Mark unbeeindruckt fort. »Wir können mit ihr überprüfen, ob und womit wir das Altern aufhalten können. Und genau das habe ich vor.«

Einen Moment herrschte Stille. Die Ratsmitglieder verdauten das Gesagte.

»Warum altern manche Menschen denn nun schneller und manche langsamer?«, fragte Rahmanian.

»Den Hauptfaktor bilden die Gene. Wenn Sie langlebige Eltern hatten, stehen Ihre Chancen sehr gut, dass auch Sie langsam altern. Ein Sechser im Lotto ist es, wenn Leute wie Jeanne Calment oder andere Hundertjährige zu Ihren Vorfahren zählen.«

»Aber das ist nicht alles, oder?«, hakte Rahmanian nach. »Sie haben Frau Hansen gefragt, ob Sie raucht und trinkt.«

»Durch eine gesunde Lebensweise können Sie das Ticken der Horvath-Uhr etwas verlangsamen. Es sind die wohlbekannten Dinge. Nicht rauchen, wenig Alkohol trinken, wenig Zucker essen, sich regelmäßig bewegen, ausreichend schlafen und nicht dick werden. Das ist aber bislang alles, was wir tun können, um den Alterungsprozess aufzuhalten und länger zu leben. Mehr als fünf bis zehn Jahre können Sie auf diesem Wege aber nicht herausholen. Ziemlich bescheiden, wie ich finde.«

»Was ist eigentlich mit Ihnen?«, fragte Andreesen. »Wie steht es um Ihr Alter und Todesdatum?«

»Oh, stimmt. Meine Werte fehlen noch.«

Mark zückte sein Smartphone und las vor: »Mein biologisches Alter beträgt 37 Jahre.«

Iliana schreckte auf. Was? Mark war 53!

Sie schaute sich um und sah in ungläubige Gesichter.

»37?«, sagte Depfner. »Nie im Leben, Jacobs. Sie sind doch über 50.«

Mark lächelte nur, ging aber nicht darauf ein. Er tippte wieder auf seinem Smartphone herum. Dann sagte er:

»Laut Horvath-Uhr werde ich am 13. September 2101 sterben. Mist, das ist knapp vor meinem 136. Geburtstag.«

Ein Raunen ging durch den Saal. In Ilianas Kopf ratterte es.

»Als ich das erste Mal den Horvath-Test gemacht habe, erhielt ich ein deprimierendes Ergebnis«, sagte Mark. »Es war nicht ganz so schlimm wie bei Ihnen, Frau Hansen, aber vor einem Jahr, als ich 52 Jahre alt war – chronologisch gesehen –, maß die Horvath-Uhr bei mir ein biologisches Alter von 55 Jahren. Mein Körper war also drei Jahre älter, als er sein durfte, ich alterte schneller als der Schnitt. Kein schönes Gefühl. Meine Lebenserwartung schnurrte laut Algorithmus auf 71 Jahre herunter. Dabei rauche ich nicht, trinke wenig, ich ernähre mich anständig, ich habe kein Übergewicht. Ich könnte mehr Sport machen, mehr schlafen und weniger arbeiten, ich weiß, aber nur 71 Jahre? Das hieße, in achtzehn Jahren wäre für mich Schluss. Ich hatte offenbar Pech in der großen Lebenslotterie der Gene. Das wollte ich so nicht akzeptieren. Deshalb habe ich Projekt 150 gestartet. Mein Ziel sind 150 Jahre. Ich will älter werden als Madame Calment. Wie Sie sehen, bin ich auf dem besten Weg. Vor vier Wochen habe ich den letzten Horvath-Test absolviert. Da lag ich noch bei 43 Jahren.«

»Ich glaube Ihnen kein Wort, Jacobs«, sagte Andreesen mit seiner hellen Stimme. Auch Begemann schüttelte energisch den Kopf.

Iliana verstand gar nichts mehr. Wenn alles stimmte, was Mark sagte – und es klang einfach unglaublich –, dann bedeutete dies, dass er seit Monaten ein Geheimprojekt verfolgt hatte. Projekt 150, die Verlängerung des Lebens. Wieder fühlte sie sich hintergangen. Ihr Kopf schwirrte. Sie war mit völlig anderen Vorstellungen in diese Sitzung gegangen. Sie dachte, dass es um das Ende der Blutfarmen gegangen wäre. Dann hatte Mark den alten Chef weggeputscht und sich selbst in den Chefsessel erpresst. Nun enthüllte er auch noch dieses völlig verrückte Geheimprojekt. Sie kam sich benutzt vor. Ihre Zuneigung zu Mark Jacobs hatte sich verflüchtigt.

Alle sprachen durcheinander. Depfner schnaubte: »Lächerlich.« Er stand auf und wollte gehen. Auch Begemann machte Anstalten, die Konferenz zu verlassen.

»Meine Herren!«, rief Rahmanian die Anwesenden zur Ruhe.

»Ich weiß, diese Konferenz hat einen völlig anderen Verlauf genommen, als wir alle vermutet hätten. Aber lassen wir Herrn Jacobs doch sein kühnes Projekt in Ruhe zu Ende vorstellen. Wir sind …«, er sah kurz auf die Uhr, »deutlich über der Zeit. Vielleicht machen wir eine kurze Pause? Fünf Minuten?«

Allgemeine Zustimmung. Rahmanian stand auf und verließ den Saal. Offenbar hatte er die Pause am dringendsten nötig gehabt.

Iliana stürmte von ihrem Sitz und zog Mark zur Seite.

»Was soll das?«, zischte sie, damit die anderen sie nicht hörten. »Nichts davon war abgesprochen.«

Er war überrascht von ihrer heftigen Reaktion. Zumindest tat er so.

»Iliana, Freimuth ist weg. Ist das nicht großartig?«

»Ja, wirklich großartig. Ich habe das nur getan, um die Blutfarmen zu stoppen und die Bimini-Produktion zu retten. Warum spielst du solch ein riskantes Spiel? Ich erkenne dich nicht wieder.«

Er blickte sich um, ob sie beobachtet wurden. Aber die Ratsmitglieder diskutierten eifrig miteinander, niemand nahm Notiz von ihnen. Nur Frau Hansen saß reglos an ihrem Platz. Ihre Miene war versteinert.

»Iliana, glaubst du, wir hätten denen trauen können, sich an irgendwelche mündlichen Versprechungen zu halten? Sobald die den Bimini-Proteincocktail haben, sägen sie mich ab. Du hast doch gesehen, wie sie Freimuth fallen gelassen haben. Das kümmert die nicht. Ich brauchte ein Druckmittel. Und außerdem etwas, um mich dem Aufsichtsrat unersetzbar zu machen.«

»Warum hast du mir nichts von Projekt 150 erzählt? Ich fühle mich betrogen.«

Mark blickte sich wieder misstrauisch um. Ihm war es sichtlich unangenehm, wie sie sich verhielt.

»Lass uns später in Ruhe über alles reden. Wir haben so viel erreicht. Wir können noch so viel mehr schaffen.«

»Wir? Ich habe eben immer nur das Wort ›Ich‹ gehört …«

»Jetzt beruhige dich doch mal. Wir haben viel vor uns. Wir beide. Wir sind ein tolles Team. Wieso nur Alzheimer und Parkinson bekämpfen? Das sind nur zwei Gesichter der einen ultimativen Krankheit.«

Sie schüttelte den Kopf, irritiert. »Mark, wovon redest du?«

»Ich rede vom Tod. Ich will den Tod besiegen.«

Sie sah ihn an, sah in seine blauen Augen, diese Augen, die sich immer voll und ganz in eine Aufgabe versenken konnten, ohne sich jemals ablenken zu lassen. Sie wusste: Mark Jacobs meinte es ernst. Absolut ernst.

»Wollen wir weitermachen?«

Rahmanian war von der Toilette zurück. Mark wandte seinen Blick von ihr ab.

»Gerne«, sagte er zu Rahmanian. Alle setzten sich wieder. Auch Iliana kehrte auf ihren Platz zurück.

»Ich will versuchen, es kompakt zu halten«, sagte Mark.

»Ich bin durch meine Parabiose-Experimente auf die Bimini-Proteine gestoßen.«

Mark sagte nicht wir, er sagte ich. Iliana fühlte einen Stich in ihrer Brust.

»Ich habe alte Mäuse mit jungen gekoppelt, anschließend schnitten die alten Mäuse in Erinnerungs- und Verhaltenstests deutlich besser ab als vorher. Mein Ziel damals bestand darin, Alzheimer zu erforschen, also hatte ich mich auf Veränderungen in ihren Gehirnen konzentriert. Wie wir wissen, ließen die Bimini-Proteine neue Nervenzellen sprießen – was wir nun therapeutisch nutzen, um Alzheimer zu heilen. Aber das war nicht alles, was das Blut der jungen Mäuse in den alten Tieren bewirkte.«

Mark klappte seinen Laptop wieder auf und klickte ein wenig in seiner Präsentation herum. Schließlich erschien das Foto zweier Mäuse auf der Leinwand.

»Das sind die Mäuse vor dem Parabiose-Experiment. Links, unschwer zu erkennen, das alte Tier. Rechts daneben das junge.«

Der Unterschied zwischen beiden Mäusen war deutlich. Die alte Maus war größer und dicker, ihr braunes Fell war struppig. Das Jungtier war schlanker, und unter dem glatten, seidigglänzenden Fell zeichneten sich Muskeln ab.

»Die Maus links, ein Weibchen, ist etwa vier Jahre alt. Normalerweise werden Mäuse zwei bis maximal drei Jahre alt. Sie entstammt einer speziellen Züchtung – es ist Forschern gelungen, wahre Maus-Methusaleme zu erzeugen. Wäre sie ein

Mensch, wäre sie über 110 Jahre alt. Also quasi die Jeanne Calment der Mäuse.«

Jemand lachte.

»Die Bilder von der Parabiose erspare ich Ihnen. Wir hielten die Tiere insgesamt vier Wochen lang aneinandergenäht. Das hier ist dieselbe alte Maus, nach dem Experiment.«

Ein Raunen ging durch den Rat, als Mark das Bild projizierte. Das Tier hatte sich stark verändert. Die Maus war schlanker geworden, ihr Fell glänzte wieder, nicht ganz so stark wie das des Jungtiers, aber die Entwicklung war unübersehbar.

Mark projizierte nun ein Vorher-Nachher-Bild der alten Maus.

»Das junge Blut hat den Körper dieser Maus verjüngt. In den vier Wochen der Parabiose hat sie 30 Prozent Fett verloren und im Gegenzug 20 Prozent Muskelmasse aufgebaut. Entzündungswerte, Zucker, Puls und Blutdruck gingen runter. Ihr Herzmuskel war kräftiger. Wenige Tage nach diesen Aufnahmen wurde die steinalte Maus sogar trächtig und gebar drei Wochen später einen Wurf gesunder Mäusebabys. Das ist einem so alten Tier eigentlich nicht mehr möglich. Das Spannende aber kommt jetzt. Ich habe ihr Alter mit der Horvath-Uhr gemessen.«

»Sie wollen uns erzählen, dass dieser Test auch bei Mäusen funktioniert?«, fragte Frau Bender ungläubig.

»Tatsächlich hat Steve Horvath eine Uhr entwickelt, die bei allen Säugetieren funktioniert. Die Maus war biologisch gesehen anderthalb Jahre alt.«

Abermals hatten die Ratsmitglieder etwas zu verdauen.

»Äußerst faszinierend«, sagte Rahmanian. »Das heißt, Bimini heilt nicht nur Alzheimer, es verlängert auch das Leben.«

»Nein, Herr Rahmanian, leider nicht«, sagte Mark. »Im

Blutplasma befinden sich über 10 000 Proteine. Bimini ist nur ein Bruchteil davon. Es wirkt gegen das beschleunigte Absterben von Nervenzellen, ja. Aber es ist kein Jungbrunnen. Für die lebensverlängernde Wirkung müssen andere Proteine im Blutplasma verantwortlich sein. Proteine, die wir noch nicht kennen.«

»Warum nehmen wir nicht einfach das gesamte Plasma junger Menschen?«, fragte Andreesen. »Wir spritzen es den alten und verjüngen sie. Wie Sie es bei Ihrer Maus getan haben.«

Iliana glaubte, nicht richtig zu hören. Würde der Aufsichtsrat jetzt etwa alles wieder rückgängig machen?

»Bevor Sie auf die Idee kommen, die Blutfarmen weiterzuführen, Herr Andreesen …«, Marks Mundwinkel zuckten. »Es ist nicht so einfach. Mäuse sind kleiner als Menschen. Wir stehen aufs Neue vor einem Konzentrationsproblem. Um diesen Effekt bei einem alten Menschen zu erzielen, bräuchte man Unmengen an Blutplasma. Sie müssten ihn quasi mit einem Studenten zusammennähen.«

Er lachte, aber niemand fiel in das Lachen ein.

»Die P150-Proteine müssen wir noch identifizieren. Aber, meine Damen und Herren, stellen Sie sich vor, was für einen Schatz wir mit ihnen in Händen halten werden. Wir werden das ultimative Heilmittel besitzen. Die Pille gegen das Altern.«

»Jetzt kommen Sie mal runter«, bellte Depfner. »Sie haben uns versprochen, dass wir 150 Jahre alt werden können. Sie selbst haben sich ja offenbar bereits verjüngt. Also, machen Sie uns nichts vor. Sie wissen doch offenbar schon, wie es geht, oder?«

Mark grinste, und Iliana überkam ein Gruseln.

»Sagen wir es so: Ich habe an mir Dinge ausprobiert, die zu funktionieren scheinen.«

10

Ihr Ohr klingelte ununterbrochen. Ihr Körper stand unter Stress. Sie fühlte sich elend. Was konnte sie noch glauben? Wem noch vertrauen?

In den Tagen nach der Sitzung hatte Iliana mehrfach versucht, mit Mark zu sprechen. Er hatte sie jedes Mal abgewimmelt. Aber eine Sache hatte er verlangt: Sie sollte die Videos und Fotos aus Indien löschen. Da er nun CEO sei, müsse er sichergehen, dass dieses Material nicht in die falschen Hände fiel. Er hatte sie aufgefordert, es vor seinen Augen zu tun. Der Klang seiner Stimme hatte ihr eine Gänsehaut verursacht. Es war, als säße nicht Mark vor ihr, sondern Erik Freimuth.

»Traust du mir etwa nicht?«, hatte sie gefragt.

Keine Antwort. Doch sein Blick bedeutete ihr unmissverständlich: Fordere mich nicht heraus.

Als sie die Ordner mit den Fotos und Videos aus der Blutfarm löschte, war Nidhi endgültig verschwunden.

In diesen Tagen war Mark kaum noch in der Firma. Und wenn doch, vergrub er sich in seinem Büro. Wahrscheinlich besiegelte er gemeinsam mit dem Aufsichtsrat den neuen Kurs und seine neue Rolle als CEO.

Wie war es ihm gelungen, sie so lange im Ungewissen zu halten? Diese Frage stellte sie sich immer wieder. Sie war viel zu passiv gewesen. Treudoof. Es war ihr wunder Punkt. Phillip hatte ihr das immer wieder vorgeworfen.

»Du erledigst die ganze Arbeit, und er erntet den Ruhm.«

Phillip hatte Mark nie über den Weg getraut, hatte ihr immer wieder gesagt, dass Mark sie ausnutzte und sie es bereitwillig zuließ.

Iliana hatte diese Bemerkungen nie ernst genommen, weil sie Phillips Eifersucht auf Mark dahinter vermutet hatte. Jetzt zeigte sich, dass ihr Ex-Mann richtiggelegen hatte.

Sie hatte sich in eine Situation manövriert, in der ihre Optionen schwanden. Es fühlte sich an, als zöge sich eine Schlinge um ihren Hals zusammen. Langsam, sehr langsam, aber spürbar.

Nun hatte sie nicht einmal mehr die Indien-Videos. Sie konnte ihn nicht mehr unter Druck setzen.

Aber war es wirklich eine reale Option? Hätte sie diese Beweise wirklich dem SPIEGEL übergeben? Es war die nukleare Karte, welche die Firma und auch ihren Vater zerstören würde. Nun konnte sie nicht mal mehr diese Karte spielen.

Eine andere Frage war, wie lange sie überhaupt noch im Spiel sein würde. Sie hatte gesehen, wie Mark Freimuth aus dem Weg geräumt hatte. Gut möglich, dass sie die Nächste wäre. Er brauchte sie nicht mehr. Ein tolles Team – von wegen. Er hatte im Grunde alles im Alleingang veranstaltet. Jetzt besaß er alle Macht, die er brauchte. Sie war nur noch die lästige Mitwisserin. Eine, die ihm mit ihren ethischen Skrupeln im Weg stand bei seinem neuen Projekt. Dem Sieg über den Tod.

Sie dachte an Nidhi, das kleine indische Mädchen, das in der Blutfarm gestorben war. Sie hatte ihr Leben gegeben im Glauben, etwas Gutes zu tun. Nidhis Blut und das all der anderen Mädchen hatte ihren Vater und Millionen weitere Alzheimer-Kranke geheilt. Aber wer heilte diese Mädchen? Was war Bimini – Segen oder Fluch? Iliana wusste darauf keine Antwort. Konnte sie einfach so weitermachen und darauf vertrauen, dass Mark sein Wort halten und Bimini synthetisieren würde?

Sein aberwitziges Jungbrunnenprojekt – was kümmerte sie das? Sollte er doch machen, was er wollte. Wichtig war, die Produktion von Bimini zu sichern. Millionen Menschen waren darauf angewiesen. Ohne diese Substanz würde sich ihr Vater vor ihren Augen auflösen. Ein zweites Mal würde sie diesen Zerfallsprozess nicht ertragen. Nur dafür musste sie weitermachen. Aushalten. An Bord bleiben. Und wenn sie noch so sehr das Bedürfnis verspürte, alles hinzuschmeißen, davonzulaufen, den ganzen Laden hochgehen zu lassen.

»Ich will den Tod besiegen.«

Mark meinte es todernst. Er hatte sich einen neuen Gegner gesucht, dieser Verrückte. Wie sie Mark kannte, würde er jetzt all sein Engagement, all seine Zeit auf dieses Ziel verwenden – und nicht auf eins von gestern. Die synthetische Herstellung von Bimini würde er bestenfalls nachrangig verfolgen. Wenn überhaupt. Das war *ihr* Ziel. Dabei würde ihr niemand helfen. Sie war nun alleine. Mark war nicht länger ihr Verbündeter. Er war ihr Gegner.

Sie musste handeln.

Sie holte ihr Smartphone heraus. Der SPIEGEL-Reporter hatte nicht aufgegeben, sie ständig angerufen und ihr Nachrichten geschrieben.

Sollte sie sich ihm anvertrauen? Falls ja, was dann?

Sie musste sich absichern. Sie musste einen Weg finden, Merten und die Presse zu nutzen, um ihre Ziele zu erreichen.

Iliana schloss die Augen.

Denk nach. Denk nach!

Es klopfte an ihrer Tür. Sie schreckte auf. Noch bevor sie »Herein« sagen konnte, ging die Tür auf, und ein brauner Lockenkopf mit runder Brille schaute herein.

»Iliana? Hast du einen Moment?«

Es war Céline, eine ihrer Forscherinnen. Das hatte ihr jetzt gerade gefehlt. Schuldbewusstsein erfasste Iliana, weil sie das Team vernachlässigt hatte.

»Komm rein, Céline.«

Céline war etwa einen Meter sechzig groß. Mit ihrem rundlichen Gesicht und der Nickelbrille sah sie aus wie eine 25-Jährige. Tatsächlich war sie Anfang vierzig. Man unterschätzte sie leicht, auch weil sie eher introvertiert war und wenig redete. Céline war hochintelligent, man konnte ihr nichts vormachen. Sie war sehr direkt. Davor hatte Iliana jetzt gerade angesichts ihres schlechten Gewissens Angst.

Céline arbeitete an den Parkinson-Versuchen. Sie war für die Mausreihen, die Hirnschnitte, die ganze Basisarbeit verantwortlich. Nach der Aufsichtsratssitzung war dieses Projekt fortgesetzt worden. Nur schien es jetzt niemanden in der Führungsetage mehr zu interessieren. Am allerwenigsten Mark.

»Ich wollte mit dir über das Studienprotokoll sprechen, Iliana. Wir müssten noch klären, ob …«

Iliana hob abwehrend die Hände.

»Céline, sorry. Kann das noch warten? Ich bin momentan sehr beschäftigt.«

Iliana wusste, dass sie eine schlechte Lügnerin war. Sie bemerkte Célines kritischen Blick. Sie bemerkte auch, dass Céline auf ihrem Monitor die Online-Seite des SPIEGEL gesehen hatte. Wenn Iliana beschäftigt war, sah das anders aus.

»Die Human-Studien sollen in vier Wochen starten«, sagte Céline. »Wir müssen unsere Protokolle bis spätestens Ende nächster Woche bei der Prüfkommission einreichen, sonst verzögert sich die Rekrutierung der Probanden. Das wird teuer.«

Célines ansonsten nur leichter französischer Akzent verstärkte sich – ein Zeichen dafür, dass sie emotional wurde.

»Ja, ich weiß. Wir reden später, okay?«

Sie sagte es mit einer Bestimmtheit, die sie viel Kraft kostete. Sie wimmelte Céline genauso ab, wie Mark sie die ganze Zeit über abgewimmelt hatte. Sie versuchte, sich ein Lächeln abzuringen, aber es fiel schief aus.

»Gut.« Céline stand ruckartig auf. Sie war sichtlich enttäuscht.

Bevor sie zur Tür schritt, zögerte sie und drehte sich noch einmal zu Iliana um.

»Ist alles in Ordnung?«, fragte sie unvermittelt.

Iliana wandte sich ihr zu, etwas zu hastig. Diese direkte Frage hatte sie kalt erwischt.

»Was meinst du?«, sagte Iliana.

»Man sieht kaum noch etwas von dir oder von Mark. Langsam beginnen wir uns zu wundern. Fragen zu stellen.«

»Fragen? Was für Fragen?« Iliana rutschte unruhig auf ihrem Stuhl herum.

»Ob an den Vorwürfen gegen Astrada nicht doch etwas dran ist. Diese täglichen Demonstrationen der Pharmagegner vor dem Gebäude. Manche aus dem Team haben auch schon privat Ablehnung und Hass zu spüren bekommen. Sie fragen sich, was eigentlich los ist. Manche haben einfach Angst um ihren Job.«

Sie wusste, was Céline meinte.

»Mama. Muss ich jetzt auch sterben?«

In Maries Kita war Astrada auch schon Thema. Einige der Mütter, zu denen Iliana bislang ein gutes Verhältnis gepflegt hatte, zeigten sich nun reserviert. Auch die Betreuer waren nicht mehr so entgegenkommend wie früher. Sie konnte sich vorstellen, wie es ihren Mitarbeitern ergehen musste, wenn Freunde sie ansahen, mit diesem Blick, der die stille Frage stellte: Wie kannst du es nur mit deinem Gewissen vereinbaren, in solch einem Konzern zu arbeiten? Wenn sie auf Facebook oder Twitter angepöbelt wurden. Vergessen waren die Meriten, die man sich mit Bimini erarbeitet hatte. Jetzt musste man sich schämen, für Astrada tätig zu sein. Jeden Morgen durch die trötende, schreiende Menge der Anti-Pharma-Protestler zu gehen, glich einem Spießrutenlauf und erinnerte einen an die Scham.

Was sollte sie Céline sagen? Dass Astrada indische Mädchen aussaugte, bis sie starben? Grundsätzlich wollte sie ihre Mitarbeiter nicht anlügen, aber sie konnte ihr jetzt nicht die Wahrheit sagen.

»In der Firma läuft derzeit ein intensiver Prozess, der sich mit den Vorwürfen auseinandersetzt. Mehr kann ich im Moment nicht sagen. Ich kann nur um dein Vertrauen bitten.«

Sie fühlte sich elend. Sie klang wie Mark. Es war keine Lüge, aber es war auch nicht die Wahrheit, noch nicht mal die halbe. Vertrauen war eine schwindende Währung in diesem Konzern. Sie hatte Mark vertraut. Was hatte es ihr eingebracht?

Célines Stirn lag noch immer in Falten.

»Kannst du mir versichern, dass Astrada nichts mit den toten Mädchen zu tun hat?«, fragte sie.

Céline sprach langsam, und ihre Stimme zitterte leicht. Es war genau die Frage, die Iliana befürchtet hatte.

»Céline …« Sie stockte und rang nach den richtigen Worten. »Ich kann diese Frage jetzt nicht beantworten. Die Dinge werden sich klären, so viel kann ich dir versichern. Sobald es Neuigkeiten gibt, werde ich euch davon in Kenntnis setzen.«

Es war ein schwaches Statement. Aber es war alles, was sie jetzt geben konnte.

Als Céline das Zimmer verlassen hatte, spürte Iliana eine unglaubliche Anspannung in ihrem Körper. Ihre Kiefer waren zusammengepresst, ihre Schultern verspannt. Sie musste handeln. Sie musste etwas unternehmen. Sie lief den Gang runter zu Marks Büro und klopfte. Nichts. Er war nicht da. Iliana zückte ihr Smartphone und wählte seine Nummer. Besetzt. Sie war wütend. Sehr wütend. Sie hackte eine Nachricht in ihr Telefon: »Ich will mit dir reden. Sofort.«

Sie wollte von ihm ebenjene Klarheit, die Céline von ihr eingefordert hatte. Sie wollte klipp und klar wissen, ob er noch zu ihrem ursprünglichen Vorhaben stand, Bimini zu synthetisieren.

Sie dachte über die vergangenen Tage nach. In dieser kurzen Zeit war ihre Welt auf den Kopf gestellt worden.

Projekt 150. Was genau hatte er vor? Was für Dinge hatte er an sich ausprobiert? Sie brauchte Informationen. Nur so war sie handlungsfähig.

Aber wie konnte sie ihre Wissenslücken schließen? Sie überlegte. Ihr fotografisches Gedächtnis sprang vor ihrem inneren Auge an. Es spulte zurück zu dem Abend, als Mark bei ihr gewesen war.

Sie sah ihn im Halbdunkel in ihrem Wohnzimmer sitzen, ein Glas Wein in der Hand. Sie spulte das Video von Mark noch einmal in ihrem Gedächtnis ab. Er hatte viel erzählt. Die Daten. Es ging um die Daten, hatte er gesagt. Er kam nicht mehr an seine Daten. Deswegen hatte er sie gebraucht und sie zur Blutfarm bei Patna in Indien geschickt.

Aber da war noch etwas, das er gesagt hatte. In ihrem Erinnerungs-Videoarchiv war sie jetzt an der richtigen Stelle angelangt.

»Ich besitze zwar eine Back-up-Festplatte, aber die liegt in der Firma.«

Eine Festplatte. Mark speicherte seine Daten auf einer Festplatte. Vielleicht lag sie irgendwo in seinem Büro herum? Klar, er war paranoid. Aber wer weiß? Er hatte viel zu tun in diesen Tagen. Eventuell war er nachlässig geworden?

Es war einen Versuch wert.

Alle Türen bei Astrada waren mit Digitalschlössern gesichert. Mit dem Dienstausweis kam man nur in jene Bereiche hinein, für die man autorisiert war.

Diese Autorisierung besaß sie. Schließlich war sie die Forschungsleiterin. Freimuth hatte sie befördert. Sie zückte den Dienstausweis. »Iliana Kornblum, Forschungsleiterin« stand darauf. Sie hatte ihn umgehend nach der Beförderung erhalten.

Hätte Mark ihre Rechte beschnitten und sie heimlich degradiert, hätte sie sicherlich eine neue Karte erhalten.

Wenn sie sich also nicht schwer irrte, müsste sie damit Zugang zu seinen Räumlichkeiten haben.

Sie sprang auf und verließ ihr Büro. Auf dem Gang war niemand. Es war Mittagszeit, die meisten Mitarbeiter befanden sich in der Kantine.

Jetzt oder nie.

Als sie vor seiner Tür stand, blickte sie sich noch einmal um. Wie ein Dieb, dachte sie, und hob den Ausweis hoch. Sie zögerte einen Moment, bevor sie ihn an das Lesegerät hielt. Natürlich würde Mark nachverfolgen können, dass sie die Tür geöffnet hatte. Man brauchte nur die Daten des Kartenlesers auszuwerten. Selbst den reinen Öffnungsversuch würde man erkennen können. Aber ohne konkreten Anlass oder Verdacht würde Mark sich die Daten nicht ansehen. Wenn sie vorsichtig war und keine Spuren hinterließ, würde er es nicht merken.

Sie hatte keine andere Wahl. Als sie die Karte an den Scanner führte, hielt sie die Luft an. Es summte, dann klackte das Schloss.

Bingo.

Sie drückte die Türklinke hinab und schlüpfte in sein Büro.

Marks Geruch hing im Raum. Er war linear, leicht, trocken,

dezent, durchzog den Raum wie Licht. Marks Geruch war ganz anders als der von Phillip. Seltsam, dass sie jetzt an Phillip denken musste.

Mit schnellen Blicken scannte sie den Raum. Marks Büro war zweckmäßig eingerichtet, er hatte nicht viel übrig für Statusgehabe. Das Zimmer war hell, weil es zur Sonnenseite lag. Ein dicker dunkelbrauner Teppich schluckte jedes Geräusch. Ein kleiner Tisch mit vier Stühlen, eine Couch, ein Schreibtisch. Das war alles. Die Wände waren vollgestellt mit Regalen, bis zum Rand voller Fachbücher.

Auf den Tischen stapelten sich Ausdrucke wissenschaftlicher Veröffentlichungen. Iliana sah einen externen Monitor und ein Keyboard, seinen Rechner hatte er mitgenommen. Aber keine Festplatte. Was hatte sie erwartet? Dass er sie einfach auf dem Tisch herumliegen lassen würde?

Neben dem Tisch stand ein Rollcontainer. Er war tatsächlich unverschlossen. Sie zog die Schubladen auf, eine nach der anderen. Noch mehr Papers. Kabel. Eine Zahnpastatube mit Zahnbürste. Schokolade. Gummibärchen. Keine Festplatte.

Oft waren die unscheinbarsten Orte die besten Verstecke. Sie hüpfte in die Höhe, um einen Blick auf die Oberseite der Regale zu erhaschen. Sie kroch hinter die Konferenzcouch, zog das Kissen zur Seite, das darauf lag. Schaute auf die Unterseite der Tischplatten. Nichts.

Dann suchte sie seine Regale ab, überflog die Rücken der Fachbücher. Zellbiologie, Genetik, Epigenetik, Physiologie, Medizin, Neurologie, Hirnanatomie. Sporadisch zog sie ein paar Bücher heraus. Vielleicht lag dahinter ja ein Geheimfach? Aber sie fand nichts.

In einem der Regale standen auch gewöhnliche Bücher. Sie sah Werke von Peter Thiel, Elon Musk, Steve Jobs – die Silicon-Valley-Visionäre, von denen sie wusste, dass Mark sie verehrte.

Sie sah auch einige Romane. Mark las gerne Thriller, trotzdem war es sonderbar, dass er sie an seiner Arbeitsstätte deponiert hatte. Sie zog stichprobenhalber ein paar hervor. Es waren Werke von Robert Harris, Stephen King, John Grisham, Lee Child. Bücher mit Titeln wie »One Shot«, »Killing Floor«, »Fear Index«, »Fatherland«. Mark las ausschließlich englische Originale.

Plötzlich blieb ihr Blick an zwei Büchern hängen. The Holy Bible und The Holy Quran. Sie standen zwischen »Fatherland« von Robert Harris und »The Boys from Brazil« von Ira Levin. Iliana wurde stutzig. Die Bibel und der Koran? Im Thriller-Regal? Sie nahm den Koran heraus. Eine englische Übersetzung, schön aufgemacht, mit goldener Kalligrafie. Es war ihr neu, dass Mark sich für den Islam interessierte. Auch die Ausgabe der Bibel war edel angefertigt, mit dunkelbraunem Ledereinband. Aber etwas stimmte nicht damit. Das Buch fühlte sich seltsam an. Leichter, als sie erwartet hatte. Sie klappte es auf und wäre fast in Gelächter ausgebrochen.

Es war kein echtes Buch, sondern eine Geheimbox, ein Versteck so klischeehaft wie in einem alten Agententhriller. Darin lag – eine 2,5-Zoll-Festplatte. Das USB-Kabel war sogar noch eingesteckt.

»Mark, Mark, Mark«, sagte sie leise und schüttelte den Kopf.

Plötzlich hörte sie Stimmen draußen auf dem Flur. Sie erkannte die von Céline. Die andere gehörte Han, der vietnamesischen technischen Assistentin, die wahnsinnig gut präparieren konnte und ein sehr gutes Auge für Feinarbeit unter dem Stereoskop hatte. Vor allem für die Hirnschnitt-Studien war Han Gold wert.

Vorsichtig öffnete Iliana Marks Tür einen Spaltbreit. Céline und Han standen im Flur vor der Kaffeeküche und unterhielten sich.

Mist. Sie konnte jetzt nicht mit der Bibel in der Hand aus Marks Büro spazieren.

Céline und Han plauderten, die Kaffeetassen in der Hand. Iliana wurde nervös. Sie musste die Platte kopieren, was sicher eine Weile dauern würde. Dann musste sie sie auch noch zurückbringen.

Wieder lugte sie durch den Spalt. Jetzt hatten sich noch mehr Mitarbeiter zu den beiden gesellt. Mittagsplausch. Sie hatte an ihrem Team immer geschätzt, wie gut sich alle miteinander verstanden. Es war fast wie eine Gruppe von Freunden. Keine Intrigen, keine Neidereien, keine Ego-Shows. Jetzt wünschte sie sich, ihre Leute wären etwas weniger sozial.

Das konnte noch eine Weile dauern. Jeden Moment könnte Mark zurückkommen.

Dann kam ihr eine Idee. Sie holte ihr Smartphone heraus und tippte auf Célines Kontakt.

Céline ging sofort ran.

»Ja?«

Sie hörte die Verwunderung in der Stimme der Französin.

»Céline, ich bin's, Iliana. Sorry noch mal wegen vorhin. Eine Sache ist dringend reingekommen. Könntest du bitte das Team in Konferenzraum 3 versammeln und einen Zwischenbericht zu Projekt Parkinson anfertigen lassen?«

Sie sprach mit gesenkter Stimme, weil sie Angst hatte, dass man sie durch die Tür hören konnte.

»Was?«

Es war eine unsinnige Idee, aber die einzige, die ihr in dieser Situation einfiel. Sie würde ihren Leuten überflüssige Arbeit aufbürden. Dennoch, sie musste raus hier. Und zwar schnell.

»Ich habe die Anweisung selbst eben erst bekommen. Projekt Parkinson soll noch einmal evaluiert werden. Wegen irgendwelcher Budgetzuteilungen.«

»Aber das ist doch alles schon längst durch?«

Céline war clever. Sie kaufte es nicht ohne skeptischen Widerstand.

»Céline, bitte, tut es einfach. Jetzt. Der Bericht muss nicht lang werden. Maximal drei Seiten, ein Status Update, wer gerade an was arbeitet, welche Schritte nun anstehen, ein kurzer Zeitplan. Fertig. Irgendwas, was ich heute Abend weiterreichen kann.«

»Warum rufst du deswegen an?«

»Ich bin gerade draußen und wollte, dass ihr keine Zeit verliert«, log sie. Sie musste vorsichtig sein, wenn sie in ihr Büro zurückschlich, damit sie nicht aufflog. »Bis später!«

Sie legte auf. Kurze Zeit später hörte sie das leise Klirren von Geschirr. Es klappte. Durch den Spalt sah sie ihre Mitarbeiter abziehen. Wahrscheinlich fluchten sie über ihre Anweisung. Es war unwillkommene Mehrarbeit, und alle hatten schon genug zu tun.

Sie erwartete, dass Mark seine Festplatte geschützt hätte, aber als sie den Hardware-Datenträger an ihren Rechner stöpselte, konnte sie ohne Weiteres auf seine Daten zugreifen.

Mark war digital vorbildlich organisiert. Es gab nur zwei Ordner: »Bimini« und »Projekt 150«. Projekt Parkinson war ihm offenbar nicht einmal einen eigenen Ordner wert.

Wo sollte sie anfangen? Sie klickte mit der rechten Maustaste auf den Projekt-150-Ordner und dann auf Eigenschaften. Er hatte ein Volumen von 176 Gigabyte.

Der Bimini-Ordner war 133 Gigabyte schwer.

Sie checkte, wie viel Platz noch auf ihrer Platte war.

192 Gigabyte.

Scheiße. Warum war sie nicht so gut organisiert wie er? Sie löschte viel zu wenig.

Projekt 150 war wichtiger. Sie startete den Kopierprozess.

»Verbleibende Zeit: 22 Minuten«, zeigte der Rechner an.

Sie lehnte sich zurück. So lange würden ihre Mitarbeiter sicher im Konferenzsaal sein.

Ihr Smartphone vibrierte in ihrer Kitteltasche, und sie hörte einen Bing-Ton. Sie hatte vergessen, es auf lautlos zu stellen. Als sie die Nachricht las, erstarrte sie.

»Bin in fünf Minuten im Office. Dann können wir reden. Mark.«

O nein.

Sie starrte auf den Bildschirm. »Verbleibende Zeit: 20 Minuten.« Wenn er fünf Minuten sagte, meinte er auch fünf.

Sie würde es unmöglich schaffen, alles zu kopieren. Konnte sie es riskieren, die Festplatte einfach nicht zurückzubringen?

Sie entschied sich dagegen. Mark war Sicherheitsfanatiker. Wahrscheinlich nutzte er die Platte sehr oft. War sein Misstrauen erst geweckt, würde er die Scanner-Daten der Tür auswerten und ihr auf die Schliche kommen. Sie musste die Platte zurückbringen. Sie durfte keine Zeit verlieren.

Iliana klickte auf »Abbrechen«. Sie hatte die Hand schon am USB-Stecker der Platte und wollte sie abziehen, aber der Rechner brach den Kopiervorgang nicht ab. Stattdessen verschwand der Mauszeiger, und das Warterad erschien.

»Nun komm schon«, fluchte sie. »Komm schon!«

Sie wusste, es war nicht gut, Sticks und Platten einfach so abzuziehen. Es konnte Datenverlust erzeugen oder kryptische Ordnerreste. All das konnte sie verraten.

Also wartete sie. Die Sekunden verstrichen, und sie wurde immer nervöser. Wie viele der fünf Minuten hatte dieser unselige Rechner schon vergeudet? Sie hasste Computer.

Dann schloss sich das Kopierfenster endlich, und sie riss den USB-Stecker förmlich aus ihrem Rechner heraus. Sie stopfte die Platte zurück in die Bibel-Hülle und rannte auf den Flur hinaus.

Und prallte mitten in Céline hinein.

Der Aufprall war dumpf. Iliana war nicht groß, aber immer noch größer als die zierliche Französin. Céline fiel, und gleichzeitig registrierte Iliana, wie ihr die falsche Bibel aus der Hand glitt und durch die Luft segelte, über Céline hinweg. Filmreif, dachte sie noch. Dann knallten Französin und Bibel fast im selben Augenblick zu Boden. Célines Ordner mit den Papieren verteilte sich über den Flur, die falsche Bibel sprang auf, und die Festplatte mit dem USB-Kabel schlitterte ein paar Meter über den Boden.

Mit großen Schritten hechtete Iliana hinterher, raffte Datenträger und Buch an sich und stopfte die Platte so schnell wie möglich wieder in den Hohlraum des heiligen Buches, bevor Céline es bemerkte. Nur das Kabel wollte sich nicht einfügen. Sie riss es aus der Platte und stopfte es in ihre Kitteltasche, gerade noch in letzter Sekunde, bevor Céline sich berappelte und langsam aufstand.

War ihr die Platte aufgefallen? Iliana konnte es nicht sagen. In den entscheidenden Momenten hatte sie nicht sehen können, wohin Célines Blick gewandert war. Aber sie hielt es für unwahrscheinlich. Die Französin war zu sehr mit sich selbst beschäftigt, sammelte auch jetzt nach und nach ihre Papiere wieder ein. Wahrscheinlich wunderte sie sich, weswegen Iliana zuerst an ihre Sachen dachte und erst dann daran, ihr zu helfen.

Iliana stand daneben, das falsche Buch fest an ihren Körper gepresst, damit Céline nicht sah, dass es sich um eine Bibel handelte. Sie kam sich idiotisch vor, vor allem weil sie Céline nicht beim Aufheben der Blätter helfen konnte. Sie wollte nicht riskieren, dass die Französin das Buch in den Blick bekam.

»Tut mir leid, Céline«, sagte Iliana. »Ich habe nicht aufgepasst. Bist du in Ordnung?«

Céline nickte.

»Bin in fünf Minuten im Office.«

Er konnte jeden Moment aufkreuzen. Wie wurde sie Céline jetzt nur los?

»Tut mir wirklich leid. Ich bin sehr in Eile. Wir reden nachher, okay? Danke, dass ihr den Bericht verfasst.«

Sie ging – demonstrativ unbeirrt – den Flur entlang und hielt auf Marks Büro zu. Sie würde sich noch einmal umdrehen müssen, um sicherzugehen, dass Céline sie nicht dabei beobachtete, wenn sie eintrat. Um es unauffällig wirken zu lassen, holte sie ihr Smartphone heraus und hielt es sich ans Ohr. Während sie einen Anruf fakte, blickte sie aus den Augenwinkeln zu Céline hinüber. Die blickte ihr tatsächlich noch nach und ging dann kopfschüttelnd davon.

Der Scanner piepte, als Iliana ihre Karte davorhielt. Sie huschte in Marks Büro. Ihre Muskeln waren vor Nervosität angespannt.

Fünf Minuten. Fünf Minuten. Fünf Minuten.

Wie viel Zeit hatte sie noch? Zwei Minuten? Eine? Sie ging gerade ein hohes Risiko ein. Was, wenn Mark sie hier drin erwischte? Er würde sie sofort rausschmeißen. Dann war ihre Mission, die Existenz der Blutfarmen zu beenden, endgültig gescheitert. Den spärlichen Rest Gestaltungsspielraum, der ihr geblieben war, um den künftigen Kurs von Astrada mitzugestalten, setzte sie soeben aufs Spiel.

Sie suchte den Koran. Da war er. Sie klappte die falsche Bibel noch einmal auf, holte das USB-Kabel aus ihrer Tasche und verstaute es darin. Dann stellte sie die Bibel zurück ins Regal.

Plötzlich kam ihr siedend heiß ein Gedanke. Wie herum hatte die Festplatte darin gelegen? Hatte das Kabel zur Unterseite gezeigt oder nach oben? Sie holte die Bibel erneut heraus und öffnete sie. Das Kabel zeigte nach unten. Sie überlegte kurz, kramte in ihrem Gedächtnis.

Sie hörte die letzte Minute förmlich in ihrem Geist ticken.

Die Festplatte lag richtig herum. Sie stellte das Buch zurück.

Plötzlich hörte sie Stimmen auf dem Flur. Sie wurden lauter. Eine davon gehörte Mark.

Ilianas Gedanken rasten in Lichtgeschwindigkeit. Gleich war er hier. Sie musste sich verstecken. Aber wo? Unterm Tisch? Hinter der Couch? Würde sie dort dann stundenlang hocken und einen Nieser nach dem anderen unterdrücken müssen?

Oder sollte sie einfach ganz souverän tun und eine Ausrede erfinden?

»Oh, hallo Mark. Ich wollte mir nur kurz dein Epigenetik-Buch ausleihen.«

Eher nicht.

Verzweiflung und Hilflosigkeit durchströmten sie. Sie war geschlagen. Sie war am Ende.

»Ein Status-Update? Wofür das denn? Wer hat das angeordnet?«, hörte sie ihn zu jemandem auf dem Flur sagen.

Sie hielt die Luft an.

Eine andere Stimme antwortete mit der Lautstärke des Untergebenen. Möglicherweise gehörte sie Stephen, dem Briten aus ihrem Team, aber sie war nicht sicher.

In diesem Moment vibrierte das Smartphone in ihrer Hosentasche. Sie fuhr vor Schreck zusammen. Ihr nächster Gedanke: Der Ton war noch angeschaltet. Jede Sekunde würde laut »Every Breath You Take« von The Police im Raum erklingen, und Mark, auf der anderen Seite der Tür, würde es hören und in sein Büro gestürmt kommen. Und dann: Game over.

Sie drückte schnell auf den Knopf an der Seite, der das Klingeln unterdrückte, just in dem Moment, als der erste Schlagzeugton des Liedes ertönte. Sie zuckte zusammen und hielt den Atem an. Zugleich sah sie im Display den Namen des Anrufers: Mark Jacobs. Darunter pulsierte die Telefonanimation.

Im Bruchteil einer Sekunde traf sie ihre Entscheidung.

Sie huschte ein paar Schritte von der Tür weg, das vibrierende Telefon in der Hand. Der Teppichboden in Marks Büro half ihr, sich völlig lautlos zu bewegen.

Als sie der Ansicht war, weit genug entfernt zu sein, nahm sie den Anruf an.

»Hallo Mark«, sagte sie mit gedämpfter Stimme. Sie versuchte, möglichst gelassen zu klingen.

Er war sauer, sein Ton harsch.

»Stephen sagt, du hättest das Team mit einem wahnsinnig dringenden Status-Update beauftragt. Stimmt das?«

Sie hörte seine Stimme durch die Tür und im Hörer gleichzeitig.

»Ja.«

»Was soll das?«

»Ich dachte, es wäre gut, wenn wir uns nochmals sortieren. Projekt P steht an, wir müssen …«

»Iliana, wir haben jetzt anderes zu tun als Projekt P. Wo bist du? Ich habe dich eben in deinem Büro gesucht.«

»Ich bin in der Cafeteria. Ich komme. Warte in meinem Büro«, sagte sie. Dann hatte er aufgelegt. Sie hörte Schritte und betete, dass er wirklich in ihr Büro gehen würde und nicht etwa in seines.

Ihr Herz klopfte bis zum Hals.

Sie huschte zurück zur Tür und öffnete sie einen winzigen Spalt. Sie sah Mark gerade noch am anderen Ende des Ganges durch ihre Tür treten. In ihr Büro.

Stephen war offenbar schon abgezogen. Es war alles frei.

Jetzt.

Sie schlüpfte aus seinem Büro. Auf den Gang. Schloss die Tür hinter sich. Leise.

Ihr Herz pochte.

Geschafft.

Sie bemühte sich, gleichmäßig zu atmen. Ihren Herzschlag zu beruhigen. In diesem Moment fiel ihr ein, dass sie den Bildschirm ihres Rechners nicht abgeschaltet hatte. Wenn Mark einen Blick darauf warf, würde er sehen, dass sie seine Daten kopiert hatte. O Gott. Sie war so leichtsinnig. Aber jetzt konnte sie es nicht mehr ändern.

Sie lief ein paar Schritte, so souverän, so gelassen, so normal wie möglich. In diesem Moment kam er wieder heraus. Gut, das war zu kurz, als dass er den Monitor hätte studieren können.

Von den Verletzungen, die Freimuth ihm an der Nase zugefügt hatte, war nichts mehr zu sehen.

»Iliana, was soll das?«

Er wirkte gehetzt und genervt. Seine blauen Augen waren verengt. Er trug keine Brille. Komisch. Hatte er inzwischen Kontaktlinsen?

»Ich habe viel zu tun. Warum hast du das Team mit diesem Update beauftragt? Und warum bombardierst du mich mit Nachrichten?«

»Ich wollte mit dir reden.«

»Worüber?«, fragte er ungehalten.

»Worüber wohl?«

Das während ihrer dramatischen Geheimaktion ausgestoßene Adrenalin kochte noch immer in ihr. Sie versuchte, ihre Wut auf ihn zu reaktivieren, um überzeugend zu klingen. »Ich will über Projekt 150 reden. Über die Aufsichtsratssitzung. Und du weißt genau, worüber noch.«

Sein Blick erstarrte. Er sah sich um, ob jemand im Gang war und sie womöglich hören konnte.

Er zog sie in ihr Büro und schloss die Tür. Sie sah, dass ihr Monitor angeschaltet war. Sie sah die Kopie des Ordners auf ihrem Schreibtisch: »Projekt 150«.

Er stand mit dem Rücken zu ihrem Monitor.

Bitte dreh dich nicht um. Bitte, bitte.

Er sah sie scharf an und sagte mit gesenkter Stimme.

»Wir reden. Aber nicht jetzt und nicht hier. Wo bist du heute Abend?«

Das überraschte sie. Sie überlegte. Sie hatte keinerlei Vertrauen mehr in ihn. Sie wunderte sich selbst über dieses Gefühl. Aber sie fürchtete diesen Mann, der bis vor Kurzem ihr Freund gewesen war. So fremd war er ihr geworden, dass sie nicht mal mehr mit ihm alleine sein wollte.

Aber das sagte sie nicht.

»Ich hole Marie bei meinem Vater ab. Gegen 20.30 Uhr bin ich zu Hause.«

Als sie die Tür ihres Büros hinter sich schloss, atmete sie mehrfach tief durch. Sie zitterte. Ihr Ohr fiepte laut und schrill.

Sie schloss die Tür ab. Für heute hatte sie genügend Überraschungen erlebt.

Sie fiel in ihren Stuhl wie in ein Loch. Das Adrenalin hatte sie erschöpft. Sie konnte nur hoffen, dass Mark nichts bemerkt hatte.

Ein ungutes Gefühl blieb. Hatte sie etwas übersehen? Er war technisch höchst versiert. Vielleicht hatte er eine unsichtbare Überwachungssoftware laufen, die jeden Festplattenzugriff protokollierte. Falls ja, würde sie es wahrscheinlich heute Abend erfahren – auf die eine oder andere Weise.

Aber hatte sich die riskante Aktion wenigstens gelohnt? Sie

untersuchte den Ordner, den sie kopiert hatte. In der kurzen Zeit hatte sie nur einen Bruchteil der Projekt-150-Daten kopieren können.

Sie fand vier Unterordner in »Projekt-150«: »Parabiose«, »Plasma«, »Protein-Fraktionierung« und einen weiteren Ordner mit kryptischen Zeichen im Namen. Er war kaputt, weil sie den Kopiervorgang abgebrochen hatte.

Sie war frustriert über ihre magere Ausbeute und öffnete zuerst »Parabiose«. Darin fand sie unzählige Unterordner. Sie war überrascht von der Fülle an Experimenten. Mark hatte ihr gegenüber seine »schmutzige« Vergangenheit mit den abstoßenden Versuchen an zusammengenähten Mäusen immer wieder kleingeredet. Offenbar waren diese Versuche viel zahlreicher durchgeführt worden, als er zugegeben hatte.

In jedem Unterordner steckten Video- und Fotodateien, dazu Excel-Tabellen, die vermutlich Auswertungen der physiologischen Daten und der Verhaltens- und Reaktionstests enthielten.

Sie wunderte sich. Warum hatte Mark bloß noch einmal die Daten der alten Parabiose-Experimente hier hineinkopiert?

Hatte er diese Daten schlicht erneut ausgewertet?

Sie untersuchte die Erstellungszeiträume der Ordner. Einige waren alt, mitunter zwölf Jahre.

Aber es gab zwei Ordner, die erst vor drei Monaten angelegt worden waren.

Sie klickte hinein und fand ein Video. Es zeigte das, was sie erwartet hatte: zwei Mäuse, von oben gefilmt, aneinandergenäht. Die Fotos waren Vorher-Nachher-Bilder. Ähnlich denen, die Mark bei seinem Vortrag präsentiert hatte.

Sie prüfte kurz die Excel-Tabellen. Sie enthielten physiologische Daten. Der Zustand der alten Maus hatte sich deutlich verbessert, in allen Kategorien. Es war immer wieder aufs

Neue faszinierend, was für einen Energiecocktail das Blut der jungen Mäuse für die alten Tiere bildete.

In dem Ordner stolperte sie über ein Dokument, das sie zunächst nicht zuordnen konnte. Es hieß »Clock« und hatte eine Nummer dahinter. Das Datum dieser Datei war ebenfalls neu. Sie öffnete es. Es war die Horvath-Auswertung der Mäuse. Mark hatte offenbar alte Gewebeproben der Mäuse aufbewahrt und rückwirkend deren biologisches Alter datieren lassen. Als er die Parabiose-Experimente einleitete, hatte es die Horvath-Clock noch nicht gegeben.

Ihre Neugier trieb sie zu den Ordnern jüngeren Datums.

Auch sie enthielten Videodateien. Als sie die Bilder sah, vergaß sie zu atmen.

11

Flehend blickten die dunklen Augen in die Kamera, suchten immer wieder Blickkontakt mit der Person, die filmte. Unten im Video eingeblendet sah Iliana die Angabe »Day 7«.

»… haben wir hier Parabiose-Paar Nummer 4«, hörte sie Marks Stimme aus dem Off sagen. Er sprach Englisch. »Nach anfänglichen Schwierigkeiten haben wir mittlerweile die Methodik in den Griff bekommen. Wir müssen die Affen in den ersten beiden Wochen fixieren und leider auch mit Beruhigungsmitteln dauersedieren. Ich sage leider, weil das Beruhigungsmittel möglicherweise die Rejuvenierung stört. Aber wir müssen es tun. Affen sind keine Mäuse, sie haben mehr Kraft. Ohne Sedierung würden die Tiere sich voneinander losreißen. Nach der Eingewöhnungsphase können wir die Tiere dann aber aus dem Fixierstuhl entlassen, sie haben sich an ihren Partner gewöhnt. Meistens jedenfalls.« Er lachte.

Iliana saß fassungslos vor ihrem Rechner. Sie sah zwei Rhesusaffen nebeneinander auf einer Art Doppelstuhl sitzen. Die Körper der Tiere waren mit Gurten festgeschnallt, berührten sich aber an den Seiten. Der Stuhl war umgeben von einer Art Kasten aus durchsichtigem Plexiglas. Er war außerdem nach oben hin geschlossen, nur für die Köpfe der Affen waren Löcher ausgespart. Sie befanden sich dicht nebeneinander. Immer wieder fauchten sie sich an. Das Tier links war das jüngere der beiden. Das Fell des älteren Affen wies bereits graue Strähnen auf. Iliana vermutete, dass die Affen an den Hüften oder an den Oberschenkeln zusammengenäht worden waren.

»Wir messen täglich alle relevanten Werte«, hörte sie Marks Stimme sagen. »So wie bei den Maus-Parabiose-Experimenten auch. Doch dieses Mal interessiert uns vor allem die Entwicklung des biologischen Alters, weswegen wir täglich einen Horvath-Test bei den Affen durchführen. Wir können so erstmals eine zeitliche Dynamik der Verjüngung erfassen.«

»Können Sie dazu schon Näheres sagen, Professor Jacobs?«, fragte die Person, die filmte. Es war eine Iliana unbekannte Frauenstimme, die mit einem russisch klingenden Akzent sprach. Wo hatten sie das gedreht? Keine deutsche Ethikkommission hätte solch ein Experiment erlaubt. Auch keine amerikanische.

»Die Daten sind noch vorläufig. Der Verjüngungseffekt scheint nicht linear zu erfolgen. Wir sehen, dass er in der ersten Woche stark ist und dann abschwächt. Warum das so ist, wissen wir noch nicht. Es könnte ein Gewöhnungseffekt sein. Vielleicht liegt es auch an der gleichzeitigen Alterung des Jungtiers durch das alte Blut. Anschließende Transfusions-Experimente ohne Seneszenz-Effekte werden das klären.«

»Seneszenz müssen Sie erläutern, Professor …« Die Kamera schwenkte von den Affen auf Mark. Er sah müde aus. Und älter. Dieses Video war vor seiner eigenen Verjüngung gedreht worden.

Mark lachte. »Entschuldigung, ich vergaß. Dieses Video ist schließlich für potenzielle Investoren gedacht. Seneszenz bedeutet Alterung. Rejuvenierung ist klar, oder?«

Die Kamera hielt weiter auf ihn, und er fügte hinzu: »Na, ich sage es lieber noch mal: Rejuvenierung bedeutet schlicht Verjüngung.«

»Wie steht es um das Alter der Tiere?«

»Richtig, das hatte ich vergessen zu erwähnen. Wir haben dieses Mal eine extreme Spanne gewählt. Dieses Tier hier«, er deutete auf den alten Affen auf der rechten Seite, der auf Marks Hand reagierte und ihn verängstigt ansah, »ist 29 Jahre alt. Rhesusaffen leben etwa 20 bis 30 Jahre, dieses Tier hat also nicht mehr viel Zeit – eigentlich. Das Jungtier links ist gerade einmal ein Jahr alt.«

»Das ist wirklich ein extremer Unterschied.«

»Je jünger, desto besser. Nur so erzielen wir einen starken Rejuvenierungseffekt.«

Je jünger, desto besser.

Ihr wurde schlecht, als sie ihm zuhörte.

»Methodisch stellt es eine Herausforderung dar, weil Tiere mit einer solchen Altersdifferenz sich in der Parabiose aggressiv verhalten. Aber es lohnt sich. Die Rejuvenierung ist massiv, und das nach nur sieben Tagen.«

»Was hat der Horvath-Test ergeben?«

»Die Daten sind, wie bereits erwähnt, vorläufig und dementsprechend mit Vorsicht zu genießen. Aber was sie nahelegen, ist aufregend. Das alte Tier hat am siebten Tag der Parabiose ein biologisches Alter von 25 Jahren erreicht. 25. Das heißt, das Blut des Jungtiers hat es bereits um vier Jahre verjüngt. Vier Jahre in nur einer Woche, das ist sensationell. Bei einem Menschen wäre das eine Rejuvenierung um etwa zehn Jahre. Natürlich kann man das nicht eins zu eins übertragen, Rhesusaffen haben einen schnelleren Stoffwechsel als wir – aber sie sind uns weitaus ähnlicher als Mäuse.«

»Deswegen führen Sie die Experimente ja auch mit Affen durch«, warf die Frauenstimme ein.

»Ja, diese Ergebnisse sind sehr viel aussagekräftiger als die der Mausexperimente. Aber wie ich schon sagte: Die Geschwindigkeit der Verjüngung wird in den kommenden Wochen abfallen.«

»Was schätzen Sie, wie der weitere Verlauf sein wird?«

Mark wog einen Moment ab. »Also, wenn alles optimal läuft, dann könnte das alte Tier am Ende der sechswöchigen Parabiose vielleicht insgesamt um 15 Jahre verjüngt worden sein. Es wäre dann halb so alt wie zuvor.«

»Aber das wäre doch sensationell, Professor Jacobs.«

»Ja, absolut.«

»Was ist mit dem Jungtier?«

»Tja. Das Jungtier. Bei ihm verläuft das Ganze fast spiegelbildlich.«

»Wie meinen Sie das?«

»Es altert. Im Rekordtempo. Am Ende der Parabiose wird es ein kleiner Greis sein. Ich bin gespannt darauf, wie viele Lebensjahre es verloren haben wird.«

»Woran liegt das?«

»Im Blut junger Tiere – und auch Menschen – sind Verjüngungsfaktoren enthalten, also Proteine im Plasma, die auf die Zellen des Körpers wirken und sie zu mehr Teilungen anregen, ihre Funktionen aktiv halten. Diese Rejuvenierungsproteine sind in alten Tieren und Menschen in weitaus geringerer Konzentration vorhanden, oder möglicherweise auch gar nicht mehr – das müssen wir noch genauer untersuchen. Umgekehrt gibt es auch Alterungsstoffe im Blut alter Menschen. Diese Seneszenzfaktoren sind wahrscheinlich einfach Abfallprodukte des Körpers, Müll, der sich über die Jahre ansammelt, den der Körper nicht mehr ausreichend entsorgen kann. Wenn das der Fall ist, und dafür spricht vieles, wäre es ein weiterer aussichtsreicher Ansatz, diese Seneszenzfaktoren aus dem Blut alter Menschen herauszufiltern und die Rejuvenierung noch weiter zu verstärken.«

Iliana brach die Wiedergabe ab.

Mein Gott, war das alles schmierig. Sie hatte kürzlich erst herausgefunden, dass Astrada Blutfarmen mit kleinen Kindern betrieb. Nun diese widerwärtigen Affenexperimente. Wie konnte Mark nur so etwas tun? Affen zusammennähen! Was mochte als Nächstes kommen?

Sie öffnete den Ordner »Plasma«. Dort fand sie mehrere Excel-Tabellen und klickte gleich die erste an. Es handelte sich anscheinend um eine Vergleichsanalyse, ganz ähnlich der, die sie in den Bimini-Daten gefunden hatte. Mark hatte die Rejuvenierungsfaktoren offenbar schon identifiziert und suchte sie im Menschenblut.

Ein ungutes Gefühl beschlich Iliana, als sie die Tabellen und Kurven betrachtete. Im Bimini-Ordner hatte sie den Hinweis auf die Blutfarmen gefunden. Was erwartete sie wohl hier?

Je jünger, desto besser.

Sie sah zahlreiche Diagramme, manche waren betitelt mit GRF6009, also den Bimini-Proteinen. Aber sie fand auch andere GRF-Fraktionen, die ihr nichts sagten: GRF7221, GRF9005, GRF430. Die, auf die es offenbar ankam, hatte Mark GRF150 genannt, und mit diesen hatte er die meisten Analysen vorgenommen. Das mussten die Verjüngungsfaktoren sein.

Sie sah unzählige Balken, Konzentrationsangaben von GRF150 in verschiedenen Blutplasmaproben unterschiedlicher Hersteller. Sie sah die ihr schon bekannten Namenskürzel: Oct, Haem, Gri, Ked und so weiter. Und wieder Dev wie Devaduta Pharma.

Mark hatte alle kommerziell verfügbaren Plasmahersteller auf ihren GRF150-Gehalt analysieren lassen. Hatte er wirklich geglaubt, in normalem Plasma hohe Gehalte dieser Proteine zu finden? Mark wollte es eben immer ganz genau wissen.

Erwartungsgemäß waren die GRF150-Werte bei den Produkten der normalen Plasma-Firmen sehr niedrig. Spannend wurde es bei dem Balken, der mit Dev gekennzeichnet war – dem Plasma der Mädchen aus den indischen Blutfarmen.

Der Balken war größer als die anderen, aber nicht sehr viel.

Für Iliana war das eine gute Nachricht. Hieß es doch, dass es keinen Grund gab, für Marks aberwitziges Projekt 150 weiterhin Kinder zu melken.

Doch als sie im Plasma-Ordner weiterscrollte, verlor sich ihre Erleichterung schnell wieder. Sie fand ein Excel-Sheet, das »GRF150-Optimierung von Dev-Plasma« hieß.

Sie klickte es auf und stieß auf mehrere Balken, die allesamt nur noch GRF150-Konzentrationen anzeigten. Offenbar handelte es sich um verschiedene Proben von Devaduta-Plasma. Unter den Balken standen kryptische Angaben: <4000d, <3000d, <2000d, <100d und <30d.

Der 4000d-Balken war der niedrigste, der von 30d am höchsten. Mark hatte Plasma aus den indischen Blutfarmen auf ihren GRF150-Gehalt hin untersucht. Offensichtlich war eines der Plasmen aus Goels Blutfarm besonders potent. 30d-Plasma.

30d.

Was hieß 30d?

Das Fiepen in ihrem linken Ohr quälte sie, als sie still auf den Bildschirm starrte. Es war nie weg gewesen, aber ihre Aufmerksamkeit war gebunden, und ihr Gehirn hatte den Tinnitus ausgeblendet. Jetzt schob sich der Ton wieder voll in ihr Bewusstsein.

Sie wusste, dass d für days stand. Aber das ergab keinen Sinn. 30 Tage altes Plasma?

Plasma wurde in der Regel tiefgefroren gelagert und transportiert. Bedeutete das, dass die Proteine je nach Lagerungsdauer geringer wurden?

Aber wieso sollte Mark 4000 Tage altes Plasma untersuchen? Das waren elf Jahre. Bei minus 65 Grad Celsius tiefgefrorenes Plasma hielt maximal sieben Jahre. Die Blutfarmen existierten auch nicht seit elf Jahren. Das ergab alles überhaupt keinen Sinn.

Je jünger, desto besser.

Iliana wurde eiskalt.

Was, wenn sich die Tage nicht auf das Alter des Plasmas bezogen … sondern auf das Alter der Spender?

Sie dachte an Nidhi. Sie war elf Jahre alt gewesen. So wie ihre Freundin. Elf Jahre, oder 4000 Tage. Einige der Mädchen waren jünger als Nidhi gewesen, 3000 Tage waren acht Jahre. Was hatte Goel gesagt, wann die Mädchen in die Blutfarm kamen? Mit sechs bis acht Jahren?

Wie verhielt es sich mit den Angaben 100d, 30d, also weniger als 100 Tage? Das war Säuglingsalter.

Iliana ließ die Bilder noch einmal vor ihrem geistigen Auge ablaufen. Nidhi, wie sie an der Plasmapherese-Maschine hing, und die rote Flüssigkeit, die langsam ihrem Arm entströmte. Die gemalten Bilder an der Wand. Der stets höfliche Goel, wie er mit dem Kopf wackelte. Die ständig umherhuschenden Schwestern. Goels Labor hinter der Tür mit der Milchglasscheibe, gesichert durch ein Pin-Schloss.

Töne spielten in Ilianas Fotogedächtnis eine untergeordnete Rolle. Aber auch sie tauchten wieder auf, wenn sie in den Räumen ihres Geistes umherlief, um nach etwas zu suchen.

Da war dieses rätselhafte Schreien gewesen. Sie war abgelenkt worden durch das Chaos, das ausbrach, als das Blut des Mädchens den gesamten Raum besudelte. Und durch den Anruf von Freimuth. Aber sie hatte Babygeschrei gehört. Sie erinnerte sich, dass sie sich gefragt hatte, ob eine der Schwestern möglicherweise ihr Kleinkind mit zur Arbeit gebracht hatte.

Sie stieg noch einmal tief in ihre Erinnerung hinein und versuchte, die Herkunft des Babygeschreis zu lokalisieren.

Es war aus Goels Labor gekommen.

30 Tage.

Hatte Mark das Blut von Säuglingen verwendet?

Das konnte nicht sein. Das durfte einfach nicht sein.

Aber das Gleiche hätte sie vor wenigen Tagen auch noch über die Tatsache gesagt, dass Mark mit dem Blut von Kindern arbeitete.

Ihr Smartphone läutete. Sie war wie benommen und reagierte nicht. Aber es hörte nicht auf.

Es war Klaus Merten.

Wie betäubt nahm sie ab.

»Frau Kornblum. Sie hatten versprochen, sich bei mir zu melden. Ich möchte jetzt einfach …«

»Was haben Sie morgen Abend um sieben vor?«, unterbrach sie ihn.

Sie fuhr wie in Trance. Es regnete. Hamburg, Hauptstadt des Regens. Aber anders als sonst war ihr das vollkommen gleichgültig.

Als sie vor der Tür ihres Vaters stand und bei »Kornblum« klingelte, kreisten ihre Gedanken wild umher. Ihr Vater hatte angeboten, Marie abzuholen, was ihr sehr entgegengekommen war.

Iliana befand sich in einer miserablen Situation. Was Mark da trieb, konnte sie alle in den Abgrund reißen – einschließlich ihres Vaters und Millionen von Kranken. Sie war sich sicher, auf der Abschussliste zu stehen.

Sie fühlte sich wie gelähmt, hatte keine Ahnung, was sie machen sollte. Sie musste einen Hebel finden, um Mark unter Druck zu setzen. Er hatte nie vorgehabt, das schmutzige Blutgeschäft zu beenden. Ganz im Gegenteil. Er brauchte noch mehr Blut. Babyblut.

Je jünger, desto besser.

»Illi! Hallo, mein Schatz!«

Sie spürte die Bartstoppeln ihres Vaters an ihrer Wange, als er sie küsste. Sie schnupperte seinen Duft, Anton-Kornblum-Duft, Papa-Duft. Als er krank gewesen war, hatte er anders gerochen, was sie sehr verstört hatte. Alzheimer raubte den Menschen nicht nur die Erinnerungen und die Persönlichkeit, sondern auch ihren charakteristischen Duft.

»Mami!«

Marie kam auf sie zugestürmt wie ein Wirbelwind. Sie gluckste vor Freude, vergrub ihren Kopf in Ilianas Jacke und presste ihren Körper fest an den ihrer Mutter, mit all ihrer bedingungslosen, kindlichen Liebe.

»Marie wollte die ganze Zeit, dass ich dich anrufe«, sagte Anton. »Nicht wahr, Marie?«

Ihre Tochter nickte.

»Aber ich wusste, Mama würde gleich da sein.«

Iliana löste sich behutsam aus der Umarmung ihrer Tochter.

»Hast du Hunger?«, fragte Anton. »Wir haben gerade gegessen, es ist noch was da.«

Jetzt fiel Iliana ein, dass sie den ganzen Tag über so gut wie nichts gegessen hatte. Kein Wunder angesichts der unappetitlichen Neuigkeiten. Umso nachdrücklicher meldete sich nun ihr Magen.

Ihr Vater hatte Maries Lieblingsgericht gekocht: Kartoffelpüree mit Fischstäbchen. Iliana überfiel mit jedem neuen Bissen ein regelrechter Heißhunger.

Sie sah auf die Uhr. In einer Stunde würde sie Mark treffen. Unbehagen breitete sich in ihr aus. Wie sollte sie sich ihm gegenüber verhalten? Welche Strategie anwenden? Sie hatte das Gefühl, dass sie ihre Lage nur verschlimmern konnte. Sollte sie ihm absagen? Sie konnte Marie als unverdächtigen Grund angeben.

Sie bemerkte, dass ihr Vater sie beim Essen beobachtete. Er hatte diesen Blick, der sie schon als Kind nervös gemacht hatte. Wohlmeinend besorgt wirkend, aber in Wahrheit nach Bestätigung einer These suchend. Sie wusste, was er dachte: Er hielt sie für zu ehrgeizig, für perfektionistisch, arbeitssüchtig. Ihr Vater glaubte, dass sie mit diesen Eigenschaften ihre Ehe ruiniert hatte. Es machte sie wütend, dass er die Verantwortung für das Ende ihrer Ehe bei ihr suchte. Phillip war es gewesen, der sie betrogen hatte. Ihr Vater war außerdem der Ansicht, dass sie unglücklich war und Angst hatte, sich neu zu binden. Zum Glück versuchte er nicht, sie zu verkuppeln.

Wenn sie schonungslos ehrlich mit sich selbst war, musste sie sich eingestehen, dass er mit seinen Thesen nicht ganz falschlag.

»Papa, ich weiß. Ich arbeite zu viel und sollte mal wieder einen Mann kennenlernen«, sagte sie zwischen zwei Bissen. »Aber im Moment habe ich andere Probleme.«

Ihr Vater machte eine abwehrende Handbewegung. »Illi, ich habe doch gar nichts gesagt?«

»Aber ich kenne diesen Blick. Komm schon, Papa.«

Sie beobachtete Marie, die vor ihrem Buch saß. »Ferien auf dem Bauernhof« – sie durchlief gerade eine intensive Tierphase. Im Arm hielt sie den Astrada-Teddy, während sie die Namen der Tiere aussprach und dann ihre charakteristischen Laute imitierte.

»In der Kita gibt es Ärger«, sagte ihr Vater unvermittelt.

Ilianas Gabel stoppte in der Luft.

»Was für Ärger?«

»Einige der Eltern wollen ihre Kinder nicht mehr in Maries Gruppe schicken.«

»Wuff!«, bellte Marie plötzlich durch den Raum. »Hund!« Sie zeigte auf das Bild in ihrem Buch. »Wuff, wuff!«

Iliana legte ihr Besteck beiseite.

»Das ist nicht wahr, oder?«, fragte Iliana. Wut kochte in ihr hoch. Jene Wut, die sich seit Tagen in ihr aufgestaut hatte. Auf Mark. Auf ihre Situation. Auf ihre Hilflosigkeit.

Ihr Vater nahm ihre Hand und bedeutete ihr mit einem Seitenblick auf Marie, nicht so laut zu sein.

»Tut mir leid. Ich weiß, das kannst du jetzt überhaupt nicht gebrauchen.«

»Was sagt die Kita-Leitung? Das können die doch nicht einfach so machen?«

Ihr Vater sah sie mit sorgenvollem Blick an.

»Ich habe vorhin versucht, mit der Leiterin zu sprechen. Sie hat mich abgewimmelt. Sie lässt dir ausrichten, dass es für alle besser sei, wenn du eine neue Kita für Marie suchst. Ich glaube, es bringt nichts, sich mit denen anzulegen.«

»Diese verdammten Arschlöcher.«

Anton Kornblum nickte. »Sie haben einfach Angst. In der Kita sind Kinder sehr einflussreicher Eltern.«

Iliana ballte die Fäuste zusammen, während sie Marie ansah. Ihre Tochter saß so friedlich da, voller Glück.

Ihr Vater drückte ihre Hand.

»Wir finden eine neue Kita, Illi. Mach dir keine Sorgen. Ich helfe dir bei der Suche.«

Tränen liefen ihr die Wangen herab. Sie merkte, wie sie sie nicht mehr zurückhalten konnte. All der Druck der letzten Tage – es war einfach zu viel.

Ihr Vater sah es und reagierte umgehend. Er ging zu Marie hinüber und sagte:

»Marie, du warst heute so ein tolles, braves Mädchen, du darfst jetzt ein bisschen Fernsehen schauen. Hast du Lust?«

Iliana wischte sich verstohlen die Tränen aus dem Gesicht und sah zu ihnen hinüber.

»Jaaaa!«, krähte Marie. »Mama, darf ich Mumins gucken?«

»Ja, das darfst du, mein Schatz«, sagte Iliana und bemühte sich dabei, ihre Stimme nicht zittern zu lassen.

Anton ging mit Marie ins Nebenzimmer und legte ihr die DVD ein. Iliana hörte, wie er mit ihr verhandelte, welche Folge sie schauen wollte. Sie einigten sich auf »Die Mumins auf Kometenjagd«.

Sie schluchzte und hielt sich die Faust vor den Mund.

Ihr Vater kam zurück und nahm Iliana in die Arme.

»Illi, ist ja gut. Ist ja gut, mein Schatz.«

Er strich ihr mit seiner großen Hand über den Kopf, so wie sie es immer geliebt hatte. Er hatte kräftige Hände, Hände, die ein Leben lang gearbeitet, etwas geschaffen hatten. Als kleines Mädchen war sie besonders von seinen rauen Handinnenflächen fasziniert gewesen. Eines Tages hatte Anton ihre Hände in seine genommen, sie nach oben gedreht und dann ganz leicht darüber gepustet. Ein feiner weißer Staub wirbelte dabei auf und ließ Iliana staunen.

»Hast du gesehen, wie er weggeflogen ist?«

»Was war das, Papa?«

»Na, Engelsstaub. Du hast so schöne zarte Hände, dass Engel gerne darauf landen. Das merkt man gar nicht, weil sie so leicht sind. Man kann sie auch nicht sehen. Aber sie tun es manchmal. Meine Hände sind viel zu hart, da legen die Engel eine Bruchlandung hin. Aber auf deinen ist es schön weich.«

Iliana brauchte eine Weile, bis sie dahinterkam, dass er immer etwas Babypuder auf seinen Händen verteilt hatte, bevor er gepustet hatte.

Engelsstaub.

Wir sind alle Engel.

»Papa, ich muss dir etwas erzählen.«

Bevor sie wirklich wusste, was geschah, rannen die Worte

unter Tränen aus ihr heraus. Sie erzählte ihrem Vater die ganze Geschichte, erzählte ihm von der Wahrheit hinter Bimini, von Nidhi und den Blutfarmen, von Marks Verhalten, von ihrem Dilemma, Bimini bewahren, aber die Blutfarmen beenden zu wollen, von Marks neuem Projekt, von ihrer Angst um ihren Vater und seine Versorgung mit Bimini.

Iliana sprach ohne Unterbrechung. Sorgenfalten legten sich auf sein für gewöhnlich gelassenes Gesicht. Nachdem sie geendet hatte, schwieg er eine Weile.

»Was denkst du?«, fragte sie schließlich.

Er schüttelte den Kopf.

»Ich weiß nicht. Das ist eine schlimme Geschichte. Glaubst du tatsächlich, dass es das Blut von kleinen Mädchen ist, das ich mir jede Woche spritze?«

»Papa. Ich war dort. Ich habe die Mädchen mit eigenen Augen gesehen. Sie werden mehrmals die Woche gemolken wie Kühe. Elfjährige Mädchen.«

»Aber vielleicht ist es nur eine Schweinerei irgendwelcher lokaler Geschäftemacher. Das hört man doch immer wieder von Bekleidungsfirmen oder Handyherstellern. Die haben häufig gar keine Ahnung, wie die Leute vor Ort behandelt werden. Vielleicht wissen Mark und der Astrada-Chef, wie heißt er noch … Fried …«

»Freimuth«, warf sie ein.

»Genau. Vielleicht wissen die nichts davon. Das wäre doch möglich.«

Hatte er ihr überhaupt zugehört? Sie hätte ihm das alles nicht erzählen sollen.

»Papa, sie wussten davon. Freimuth hat es zugegeben. Ich war mit Mark zusammen in Indien, er hat mich zu der Farm gebracht. Er hat mir versprochen, alle Blutfarmen zu schließen.«

»Aber Illi, ich kenne Mark. Er ist anständig. Vielleicht wusste er nicht, was dort vor sich ging.«

»Ja, das hat er auch behauptet. Zumindest zu Anfang.«

»Vielleicht war es so. Man hat oft keine Wahl und ist nur der Spielball höherer Mächte.«

»So wie die KZ-Aufseher, die deine Eltern getötet haben?«

Ihre Bemerkung tat ihr schon in dem Moment leid, als sie sie aussprach.

Anton Kornblum sah seine Tochter einen Moment lang verstört an. Dann zog Verärgerung über seine Miene.

»Was soll das?«

Alte Trotzreflexe griffen. Jetzt wollte sie nicht mehr zurückrudern.

»Du solltest am besten wissen, was Schuld bedeutet.«

Sie klang belehrend, was ihr selbst missfiel. Warum ließ sie sich jetzt auf einen Streit mit ihm ein? Sie hatte andere Dinge zu tun. Aber da war diese große Wut in ihr, die sich ein Ziel suchte – und es jetzt in ihrem Vater fand.

»Wir hatten diese Diskussion oft genug. Ich war ein Baby. Selbstverständlich war das, was die Deutschen den Juden antaten, furchtbar. Aber ich war froh, hier eine neue Heimat zu finden, endlich ein friedliches Leben aufbauen zu können.«

Als Ilianas Vater zwei Jahre alt gewesen war, hatten Freunde seiner Eltern ihn und seinen Bruder aus Polen nach Russland geschmuggelt. Seine Eltern waren im Konzentrationslager Treblinka ermordet worden. Als Jugendlicher war Anton Kornblum dann vor dem Antisemitismus der Sowjetunion nach Deutschland geflohen.

Sie hatten oft über dieses Thema gestritten. Ihre jüdischen Wurzeln hatten nie eine größere identitätsstiftende Rolle für sie gespielt, denn ihr Vater war kein religiöser Mensch gewesen. Sie hatte sich nie Gedanken darüber gemacht, dass sie anders sein könnte als ihre Klassenkameraden. Erst als Teenager hatte sie sich eingehender mit ihrer Familiengeschichte und der Nazizeit befasst. Das neu gewonnene Wissen veränderte sie.

Sie hatte ihren Vater, der ein obendrein unpolitischer Mensch war, mehr und mehr für seine unreflektierte Haltung gegenüber dem einstigen Tätervolk kritisiert. Aber jetzt war nun wirklich der falsche Zeitpunkt, ihn deswegen erneut zu attackieren.

»Schon gut. Lass uns nicht wieder darüber streiten. Es ist nur so: Hier geschieht gerade ein großes Unrecht, und ich weiß nicht, was ich tun soll. Ich hatte mir von dir mehr Verständnis erhofft. Vielleicht sollte ich einfach alles diesem Reporter erzählen.«

»Tu nichts Unüberlegtes. Du hast so hart für deinen Erfolg gearbeitet, das kannst du nicht einfach so wegwerfen. Du trägst eine Verantwortung den Kranken gegenüber. Was heißt das denn: großes Unrecht? Ich bin gesund. Du und Mark, ihr habt mich geheilt. Ihr habt dieses wunderbare Medikament entwickelt, das mir und vielen anderen Menschen das Leben zurückgegeben hat. Diese indischen Mädchen tun etwas sehr Gutes. Sie sind wirklich Engel.«

»Papa!«

Jedes seiner Worte tat ihr weh. Er war so naiv. So verdammt naiv. Er sah nur das, was er sehen wollte. Holocaust? Sechs Millionen Tote? Beide Eltern ermordet? Ja, aber was ist mit all dem Guten? Den Jobs, den Schulen, dem Sozialstaat? Jetzt tat er es wieder. Verharmloste, relativierte. Hunderte kleiner Mädchen bluteten aus. Aber er wollte nur das Positive sehen.

»Ich habe auch eine Verantwortung diesen Mädchen gegenüber. Sechs sind bereits gestorben. Wahrscheinlich noch viel mehr, von denen ich gar nichts weiß.«

»Aber ich wäre auch gestorben.«

Anton Kornblum war froh, wieder er selbst zu sein. Es war nachvollziehbar, dass er die Dinge sah, wie er sie sah. War ihre moralische Empörung billig? Sie hatte nie Alzheimer gehabt. Sie hatte leicht reden.

»Iliana, du bist erschöpft. Leg dich schlafen. Morgen sieht alles anders aus, ja?«

Sie wusste, dass er es gut mit ihr meinte, aber sie ärgerte sich dennoch, als er das sagte. Er hielt ihre Empörung für eine Folge ihrer Erschöpfung. Vielleicht dachte er, dass sie die Dinge überdramatisierte. Sie bereute, dass sie ihm alles erzählt hatte. Was hatte sie erwartet? Er war ihr Vater. Er konnte ihr in dieser Sache nicht helfen.

Aber in einem Punkt hatte er recht. Sie war schrecklich müde. Sie musste schlafen.

»Komm«, sagte er und stand auf, »ich mache dir das Bett bereit.«

Sie war in einem dunklen Raum, aber da war ein Schimmer, ganz schwach, wie von einer Kerze. Die Lichtquelle schien vor ihr davonzulaufen, egal wie schnell sie war. Sie rief ihr nach, beschwor sie zu warten, um sie aus dieser Dunkelheit zu erlösen, aber ihre Stimme verhallte ungehört. Wo war sie? Warum war sie hier? Sinnlose Fragen. Ein Traum ist ein Traum, dachte sie. Genau wie ein Stein ein Stein ist.

Sie glaubte, Stimmen zu hören. Aber etwas in ihr sagte, dass sie diese Stimmen nicht beachten musste, denn sie waren Teil der Mechanik des Traums, und sie musste nicht darauf reagieren, wenn sie nicht wollte.

Dann sah sie das Gesicht ihres Vaters vor sich.

»Schön, dass du wieder gesund bist, Papa«, sagte sie, und er lächelte sie an.

Dann veränderten sich seine Gesichtszüge, vor ihren Augen glätteten sich seine Falten, zog sich die Haut auf seinen Wangen straff, zugleich spross sein Haar, wurde dichter, und das Grau und das Weiß färbte sich zu Braun. Nun sah sie ihren Vater als jungen Mann vor sich. So kannte sie ihn nur von alten Fotografien.

»Wie schön du bist.«

Sein Gesicht veränderte sich erneut. Wurde schmaler, hübscher. Phillip lächelte sie an.

»Phillip«, rief sie. Er nickte und schloss die Augen.

Ein Traum ist ein Traum, dachte sie. Genau wie ein Stein ein Stein ist.

Wieder veränderte sich das Gesicht. Die Augen wurden blau, die Haare blond. Es war Mark – als junger Mann. Er sah sehr gut aus.

»Ganz ruhig, Iliana. Alles wird sich richten.«

Ein Ziehen, ganz fein. Dann ein Stich. Eine Biene an ihrem Arm. Sie wischte mit ihrer rechten Hand über ihre linke Armbeuge, wollte das Insekt verscheuchen, bevor es noch mehr Gift in sie spritzen konnte.

Aber da war kein Insekt, sondern etwas Hartes, das in ihrem Arm steckte. Etwas Rundes. Etwas Kaltes.

Ein Traum ist ein Traum …

Ein brennender Schmerz breitete sich nun in ihrer linken Armbeuge aus. Schlagartig wusste sie: Es war kein Traum. Es war real.

»Ganz ruhig, Iliana«, sagte die Männerstimme. »Es ist gleich vorbei.«

Sie öffnete die Augen. Marks Gesicht war über ihr.

»Mark«, entfuhr es ihr. Dann spürte sie wieder diesen Schmerz.

Sie war noch benommen vom Schlaf. Ihre Augen suchten

die Quelle des Schmerzes, sahen auf ihren linken Arm hinunter. Ihr Ärmel war hochgekrempelt. In ihrer Armbeuge steckte die Nadel einer Spritze. Mark hielt sie fest und drückte auf den Kolben. Er injizierte ihr etwas. Es brannte.

»Schsch, Iliana. Alles gut«, sagte Mark. Hinter ihm sah sie ein zweites Gesicht im Halbdunkel. Es war ihr Vater. Er sah besorgt aus.

Sie wollte schreien, aber sie konnte nicht. Sie wollte den Arm wegziehen, aber sie konnte nicht. Sie war nicht richtig wach. Es war der Zwischenzustand, in dem der Wille zur Bewegung nicht zur Bewegung werden kann, sondern nur Wille bleibt.

Sie gab sich den Befehl zu schreien, aber ihrem Mund entfuhr nur ein Keuchen.

»Alles ist gut, Iliana«, sagte nun ihr Vater. »Mark ist hier. Du bist völlig überarbeitet. Er gibt dir ein Beruhigungsmittel für deine überreizten Nerven.«

Jetzt kehrte ihre Orientierung zurück. Sie lag im Bett ihres Vaters. Sie erinnerte sich, dass er sie dort gebettet hatte. Sie war unglaublich müde gewesen.

Wo war Marie? Sie blickte sich um, suchte ihre Tochter, aber sie konnte sie nirgends sehen.

Die Flammen loderten nun in ihrem ganzen Arm. Krochen weiter, hinauf in ihren Brustkorb, umzüngelten ihr Herz. Panik ergriff sie. Sie versuchte, den Arm wegzuziehen, und er bewegte sich auch, aber sie spürte, wie sich Marks Hand um ihr Handgelenk krallte und es festhielt, mit einer unglaublichen Kraft. Woher hat er nur diese Kraft? Mit der anderen Hand drückte er den restlichen Inhalt der Spritze in ihren Arm.

Sie schrie auf.

Mark drehte sich zu ihrem Vater um und nickte. Anton setzte sich auf die Bettkante und begann sie zu streicheln.

»Illi, ganz ruhig. Wir meinen es nur gut mit dir. Wir wollen dir helfen.«

Mark zog die Nadel aus ihrem Arm. Das Brennen breitete sich weiterhin in ihrem Körper aus, aber seine Intensität nahm ab. Nun folgte eine Schwere. Ihr Arm fühlte sich an, als wäre er aus Stein und würde tiefer und tiefer in das Bett einsinken. Die Schwere breitete sich in ihrem Körper aus, erreichte ihre Augenlider.

»Was hast du mit mir gemacht?«, fragte sie mit heiserer Stimme. »Marie?«

»Marie geht es gut, Illi«, sagte ihr Vater. »Sie schläft. So wie du auch gleich. Du bist ganz kalt. Ich bringe dir eine Wärmflasche.« Ihr Vater stand auf und verließ das Zimmer.

Sie war nun mit Mark alleine. Mit aller Macht hielt sie ihre Augen offen.

Mark lächelte. Er sah gut aus, dachte sie. Für einen Augenblick wurde sein Gesicht zu Phillips. Sie erschrak. Sie halluzinierte. Was war mit ihr? Was hatte er ihr gespritzt?

Mark beugte sich vor, immer noch lächelnd, so weit, dass sein Mund dicht neben ihrem Kopf war.

Dann flüsterte er leise in ihr linkes Ohr: »Die Bibel steht rechts vom Koran, Iliana.«

12

Iliana erwachte mit schrecklichen Kopfschmerzen. Ihr Schädel hämmerte, unaufhörlich. Der Tinnitus war so laut, dass sie sich fragte, ob sie wohl davon wach geworden war. Tageslicht drang durch die Jalousien in das Zimmer ihres Vaters. Mit schmerzenden Augen betrachtete sie seinen braunen Kleiderschrank, der gegenüber dem Bett stand. An den Türen hingen längliche Spiegel, sie konnte sich selbst darin sehen, im Bett verkrochen, die Haare zerzaust. Sie schloss die Augen.

Was war mit ihr? War sie krank? Hatte sie einen Kater? Sie hatte doch gestern gar nichts getrunken.

Sie versuchte, sich in Erinnerung zu rufen, was am Vorabend geschehen war. Marie, die in ihrem Buch las. Sie und ihr Vater beim Essen. Fischstäbchen. Dann waren die Bilder wieder da, diffus und düster: Mark als junger Mann. Marks brillenloses Gesicht im Halbdunkel. Die Spritze in ihrem Arm.

War das wirklich passiert? Sie zog ihre Arme unter der Decke hervor und besah sich die linke Armbeuge. Da war ein kleines rotes Loch. Darum ein schwach blauer Fleck.

Was hatte dieses Schwein ihr gespritzt?

Sie war wütend, und sie hatte Angst.

Iliana versuchte aufzustehen und fühlte überall in ihrem Körper Schmerz. Sie überwand sich und tapste durch die Wohnung. In der Küche fand sie ihren Vater und Marie. Er lächelte ihr zu, Marie strahlte sie über ihren Teller an, auf dem – natürlich – Fischstäbchen lagen. Es schien keine Frühstückszeit mehr zu sein. Wie spät war es?

»Wie fühlst du dich? Du hast bestimmt Hunger.« Sie verkniff sich ein »beschissen« und erwiderte seinen Kuss.

»Mama, bist du krank?«, fragte Marie.

Iliana zog ihren Vater zur Seite, damit ihre Tochter nicht hören konnte, was sie zu ihm sagte. »Was ist gestern passiert? Wieso war Mark hier?«

»Du bist eingeschlafen, und dein Handy klingelte ununterbrochen. Ich habe gesehen, dass es Mark war, also bin ich rangegangen. Er sagte, dass ihr verabredet seid und er vor deinem Haus wartet. Dann habe ich ihn hergebeten.«

»Warum hast du das getan?«

»Na ja, er hat sich Sorgen um dich gemacht. Und ich mir auch. Du warst gestern so niedergeschlagen, so … verbittert und verzweifelt. Ich wollte ihn außerdem selbst fragen, was da wirklich los ist mit diesen indischen Mädchen.«

»Wie bitte?«

Schlagartig empfand sie heftige Angst. Mark wusste nun, dass sie ihrem Vater alles erzählt hatte. Jetzt war auch Anton in Gefahr.

»Er hat mir alles erklärt. Irgendjemand in Indien hat einen Fehler begangen. Nun ist alles wieder geregelt. Viel mehr Sorge bereitet mir, dass Mark meinte, du hättest einen Burn-out.«

Sie schüttelte ihren dröhnenden Kopf. Es fiel ihr schwer, sich auf seine Worte zu konzentrieren. Der Tinnitus war unglaublich laut. Wenn das Fiepen nicht bald besser wurde, würde sie durchdrehen.

»Er hat mir gestern etwas gespritzt. Was war das?«

»Ein Angstlöser. Mark ist Arzt, er weiß, was er tut. Schön, dass du so lange schlafen konntest.«

Ihr Blick wanderte zum Küchenwecker. Sie zuckte zusammen. Es war fast 13 Uhr.

»Warum hast du mich nicht geweckt?«

Er griff ihre Hand. »Illi, heute ist Samstag. Du kannst übrigens die ganze nächste Woche zu Hause bleiben, sagte Mark. Du brauchst eine Auszeit. Jetzt iss erst mal was, und dann leg dich gerne wieder hin.«

Sie fühlte sich wie gerädert und wäre tatsächlich am liebsten wieder direkt ins Bett gegangen. Aber sie war alarmiert. Sie hatte die Verabredung mit Mark völlig vergessen. Sie war so müde gewesen. Tatsächlich hatte er gestern Abend mehrfach angerufen, wie sie auf ihrem Smartphone sah. Der erste Versuch war um 20.37 Uhr gewesen. Auch Klaus Merten hatte versucht, sie anzurufen. Sie fand einen Namen in der Anruferliste, der sie erstaunte: Phillip, ihr Ex-Mann. Normalerweise kommunizierten sie per Messenger oder E-Mail, und dann ging es nur darum, wann er Marie holen konnte.

Sie drückte auf Marks Nummer, und das Telefon wählte. Mark, du Schwein. Was hast du mit mir gemacht? Sie glaubte nicht, dass er ihr nur ein Beruhigungsmittel gespritzt hatte. Dafür fühlte sie sich viel zu mies. Sie fühlte sich missbraucht und schäumte vor Wut, auch auf ihren Vater. Er hatte keine Ahnung, in welche Situation er sie gebracht hatte und auch sich selbst.

Sie ließ es klingeln, fünfmal, sechsmal, siebenmal … Nach dem zwölften Klingeln legte sie auf.

»Die Bibel steht rechts vom Koran, Iliana.«

Mark hatte sie erwischt. Natürlich hatte er sie erwischt.

Jetzt waren die Fronten immerhin geklärt. Sie waren jetzt Gegner.

Ihr Vater kam mit einer Pfanne zu ihr. »Ich habe Rührei gemacht.«

Sie sah die gelblichen verquirlten Strukturen in der Pfanne, roch den Geruch heißer Butter. Dann spürte sie, wie sie sich übergeben musste, und rannte ins Badezimmer.

Er fragte sich, ob er trainierte. Oder nahm er Anabolika? Für einen Mann seines Alters war sein Muskelbau ungewöhnlich, dachte Erik Freimuth.

Stanton Pepperman hatte ihn geschlagene dreißig Minuten warten lassen. Reine Machtdemonstration. Es war Samstag. Was sollte er heute schon groß zu tun haben?

Freimuth saß dem Chef von Lilly Pharma gegenüber und musste zu ihm aufsehen. Peppermans Besuchercouch lag tiefer als der Sessel, auf dem er selbst Platz genommen hatte. Ein alter Trick.

»Erik, was ist denn da los bei euch?«, sagte Pepperman mit einer Mischung aus gespielter Anteilnahme und Herablassung. Sie sprachen Englisch miteinander. »Parka treibt euch ja ganz schön vor sich her.«

Er hatte den rechten Fuß lässig auf das linke Knie abgelegt und wippte mit dem Schuh. Er trug keine Socken, was Freimuth entsetzte. In der Hand hielt er ein Glas mit einer bernsteinfarbenen Flüssigkeit. Vermutlich Whisky, Pepperman pflegte gerne Klischees. Freimuth trank Wasser.

»Hast du wirklich einen zweiten CEO an die Seite gestellt bekommen? Brauchst du einen Aufpasser?«

Pepperman lachte. Es klang zu laut, zu gepresst.

Freimuth sah ihn nur ausdruckslos an, so lange, bis Pepperman verstummte.

»Also. Was kann ich für dich tun, Erik?«

»Ich will raus«, sagte Freimuth. »Sofort.«

Pepperman nickte.

Er wartete. Er wollte, dass Freimuth um einen Job bettelte. Aber Freimuth trank entspannt einen Schluck Wasser.

»Was stellst du dir vor?«, fuhr Pepperman schließlich fort, leicht verärgert, weil Freimuth ihm nicht den gewünschten Gefallen erwiesen hatte.

»Ich will Co-CEO von Lilly werden.«

Pepperman entglitt kurz die Mimik. Aber er fing sich sofort und lachte erneut sein künstliches Lachen.

»Natürlich. Was sonst. Doch bevor wir hier weitermachen – was lässt dich annehmen, dass ich dich bei Lilly haben will? Astradas und dein Ruf sind ramponiert. Warum sollten wir uns dein PR-Problem ins Haus holen?«

Erik Freimuth kontrollierte kurz den Sitz seiner Manschetten. Die rechte war etwas zu sehr in den Ärmel seines Zegna-Jacketts gerutscht, was er umgehend korrigierte.

»Wie würde es euch gefallen, wenn ich eine kleine Mitgift im Gepäck hätte?«

Pepperman rutschte nervös auf seinem Sessel herum.

»Meines Wissens hattet ihr nach Bimini keine größeren Sachen in der Pipeline?«

Erik Freimuth ruckelte erneut an seiner Manschette. Vielleicht saß der Anzug nicht richtig?

»Wie würde es dir gefallen, wenn Lilly ein Mittel auf den Markt brächte, welches das Leben verlängert?«

Stanton Pepperman grinste. »Nice!«

»Ein Mittel, das einen Menschen 150 Jahre alt werden lässt. Natürlich müsste man es das ganze Leben lang einnehmen. Das ganze lange, lange Leben lang. Bis zum Tod.«

Pepperman nickte. »Das nenne ich Kundenbindung.«

Erik Freimuth lächelte zufrieden. Pepperman hatte angebissen. »Es heißt nicht umsonst: Bis dass der Tod uns scheidet.«

Er fühlte sich gut, verdammt gut. Gestern war er aufgewacht, und wie jeden Tag war sein erster Griff reflexartig zum Nachttisch gewandert, zu seiner Brille. Aber die brauchte er seit Neuestem nicht mehr.

Mark hatte zuerst gedacht, dass es eine unerwünschte

Nebenwirkung der Proteine sei, als er alles nur noch verschwommen sah. Er rechnete mit allem, schließlich betrat er mit der Einnahme von GRF150 Neuland. Aber dann hatte er die Brille einfach abgesetzt und wieder scharf gesehen. Phänomenal! Seine Augen, die seit Jahrzehnten die Welt nur noch durch geschliffenes Glas scharf gesehen hatten, waren verjüngt worden.

Jetzt saß er in seinem Büro, es war herrlich leer im Konzern an diesem Samstag, und er wartete auf Rahmanians Anruf.

Nach der Sitzung und Freimuths Absetzung hatte Rahmanian in sämtliche seiner Forderungen eingewilligt. Aber Mark konnte das Gefühl nicht loswerden, dass Rahmanian ihn bei der nächsten Gelegenheit bekämpfen würde. Es hatte ihm sicher nicht gefallen, wie Mark ihn und den Rat unter Druck setzte. Rahmanian würde so etwas nicht vergessen.

Gestern hatte Rahmanian ihm zu seiner Überraschung unmissverständlich zu verstehen gegeben, dass er eine Rejuvenierung wollte. Sofort.

Heute sollte ihm die erste Injektion verabreicht werden. Das bereitete Mark Probleme. Er besaß nur sehr wenig GRF150, es genügte gerade mal für den Pilotversuch am eigenen Leib. Eigentlich hätte er ablehnen müssen, denn jede Transfusion, die er Rahmanian zuteilwerden ließ, bedeutete eine weniger für ihn selbst. Aber er konnte nicht ablehnen – Nein war ein Wort, das Kian Rahmanian nicht gerne hörte. Außerdem war diese Anfrage gewissermaßen das Beste, was Mark passieren konnte. Er würde den Aufsichtsratsvorsitzenden von Astrada anfixen, im unmittelbaren Wortsinn. Damit hatte er den gesamten Aufsichtsrat in der Tasche.

Mark ballte die Faust vor Freude. Er saß an seinem Schreibtisch und sah zum Fenster hinaus, sah den Dönerturm mit der Chefetage, wo gerade sein neues Büro eingerichtet wurde.

Endlich. Nach vielen Jahren harter Arbeit und zahllosen Rückschlägen lief alles perfekt für ihn. Er war für den Nobelpreis im Gespräch. Er hatte die Firmenleitung inne. Vor allem bestand die Aussicht, dass er einen uralten Menschheitstraum verwirklichte: Menschen länger leben zu lassen.

Sein Handy vibrierte. Die Nummer war unterdrückt, aber es bestand kein Zweifel, wer es war. Mark entging bei einem schnellen Blick auf das Display außerdem nicht, dass Iliana versucht hatte, ihn anzurufen.

»Ja?«

»Kommen Sie in fünf Minuten in die Tiefgarage«, sagte eine ihm fremde Stimme. Es musste ein Assistent von Rahmanian sein, möglicherweise sein Fahrer.

Mark legte auf und zog sein Jackett an, das über der Stuhllehne hing. Als er schon zur Tür hinauswollte, sah er die Festplatte auf seinem Tisch. Er ließ Dinge nicht gerne herumliegen, also ging er noch mal zurück und packte sie zurück in die falsche Bibel. Als er das Buch wieder ins Regal stellte, rechts vom Koran, musste er schmunzeln. Er hätte Iliana nicht zugetraut, dass sie ihn ausspionieren würde. Wäre ihr dieser kleine Fehler nicht unterlaufen, er wäre ihr nicht auf die Schliche gekommen.

Sie stand nun gegen ihn. Schade. Aber dieses Problem würde sich schon sehr bald von selbst erledigt haben.

Rahmanian wirkte angespannt. Als sein Maserati aus dem Astrada-Eingang herausrollte, sahen sie die noch immer protestierenden Leute von Pharmatransparency. Selbst am Wochenende waren sie hier, wenn auch in geringerer Zahl als unter der Woche.

»Wann hört das nur endlich auf?«, sagte Rahmanian und seufzte. Die Polizei hatte mittlerweile einen permanenten

Beobachtungsposten vor der Astrada-Zentrale errichtet, um dafür zu sorgen, dass die Mitarbeiter ungestört Zugang zum Firmengelände hatten. Sperren hielten die Protestler auf Abstand.

Rahmanians Nobelkarosse zog ihre Blicke sofort an. Die Demonstranten begannen wütend zu rufen und schwenkten die Fäuste.

»Astrada beutet Kinder aus!«

»Kinderschänder!«

»Schweinekonzern!«

Mark schwieg. Sie ahnten nicht, wie recht sie hatten.

Er sah, wie einige Leute ihre Handys zückten. Rahmanian war für Pharmatransparency der Inbegriff des eiskalten Pharmamanagers – was er ja auch war. Mark hatte keine Lust, mit ihm zusammen auf Twitter zum Abschuss freigegeben zu werden. Aber sie waren schon vorbei, bevor die Demonstranten Fotos schießen konnten. Zudem waren die Scheiben des Maserati verdunkelt.

»Sie sehen gut aus, Jacobs«, sagte Rahmanian. »Sehr gut sogar. Wo ist Ihre Brille?«

»Brauche ich nicht mehr«, sagte Mark und grinste. Er genoss, wie beeindruckt Rahmanian war. Mark spürte dessen Anspannung unter der stets freundlich wirkenden Miene. Man durfte sich nicht täuschen lassen: Dahinter steckte ein kalter Geist. Mark gab mit keiner Regung preis, die innere Unruhe seines Gegenübers registriert zu haben. Er wollte nicht, dass Rahmanian sich von ihm bedroht oder ihm ausgeliefert fühlte. Er brauchte ihn auf seiner Seite.

Sie fuhren zu Marks Wohnung. Es war die beste Option für ihr Vorhaben, denn Rahmanian hatte ihn um absolute Geheimhaltung gebeten. Wahrscheinlich hatte er Angst, dass der Aufsichtsrat davon Wind bekam. Rahmanian machte sich angreifbar. Der Aufsichtsratsvorsitzende war dazu da, den CEO zu kontrollieren, nicht, um sich von ihm anfixen zu lassen.

»Wie viele Transfusionen werden nötig sein?«, fragte Rahmanian, als sie schließlich in Marks Wohnzimmer saßen.

»Wir starten fürs Erste mit einer und schauen, wie Sie die Rejuvenierung vertragen. Ich habe bislang kaum Erfahrungswerte, außer meinen eigenen. Jeder Organismus ist anders. Das ist eine experimentelle Therapie, wir sollten vorsichtig sein.«

Rahmanian sah ihn ungerührt mit seiner freundlich dreinschauenden Miene an. Freute er sich? Hatte er Angst? Überlegte er gerade, wie er Mark loswerden konnte? Alles war möglich bei diesem Mann.

»Ich schlage vor, dass wir nach zwei Tagen ein Blutbild erstellen, damit wir jegliche Abstoßungsreaktionen sofort erkennen und gegebenenfalls reagieren können. Außerdem werde ich Sie einem Horvath-Test unterziehen, um zu sehen, ob die Therapie anschlägt. Die Blutproben werde ich am besten selbst nehmen, damit niemand Verdacht schöpft. Die Analysen kann ich in der Firma machen lassen.«

»Gut.«

»Wie fühlen Sie sich? Sind Sie gesund? Irgendwelche Infekte? Allergien? Unverträglichkeiten?«

Rahmanian schüttelte den Kopf.

»Schön. Dann wollen wir mal.«

Mark ging zu seinem Kühlschrank und holte vorsichtig eines der Fläschchen mit dem GRF150 heraus. Es war nicht mehr viel drin. Er betrachtete den kostbaren Stoff im Licht. Alles sah gut aus. Keine Verfärbungen, keine Verklumpungen. Der Gedanke, diesen schmalen Rest mit Rahmanian teilen zu müssen, schmerzte ihn. Aber es würde ihm nützen.

Er würde Marija Druck machen, die Produktion zu erhöhen.

Ein Baby besaß lediglich 300 Milliliter Blut, man konnte nicht viel abzapfen. Bisher entnahm sie immer nur zwanzig Milliliter. Das reichte einfach nicht.

Mark zog einen Milliliter der konzentrierten Eiweißlösung auf. Er würde Rahmanian die gleiche Dosis verpassen wie sich selbst. Es war wichtig, dass Rahmanian die Wirkung der ersten Spritze voll zu spüren bekam. Er musste sofort angefixt sein. Mark wusste, wie machtvoll dieses Gefühl war, sich wieder jung und stark zu fühlen. Es machte auf der Stelle süchtig.

Er bat Rahmanian, sein Jackett auszuziehen und den Hemdärmel hochzurollen.

»Links oder rechts?«

»Links.«

Als er die Nadel in Rahmanians Armbeuge stach, verzog dieser keine Miene.

»Auf welche Menge an Präparat können Sie zurückgreifen?«, fragte Rahmanian, während die Proteine aus dem Babyblut in seine Vene strömten. Diese Frage hatte Mark befürchtet.

»Ich habe noch genügend. Aber die Produktion ist schwierig. Viel schwieriger als die von Bimini.«

Rahmanian blickte ihn neugierig an.

»Schwieriger? Weswegen?«

Vorsicht, sagte er sich, erzähle ihm nicht zu viel. Plötzliche Skrupel seitens Rahmanian konnte er gar nicht gebrauchen.

»Die Proteinextraktion ist komplizierter.«

Das war nicht gelogen, aber es war weniger als die halbe Wahrheit.

»Verwenden Sie dafür das gleiche Plasma wie für Bimini?«

Mark überlegte, was er darauf antworten sollte. Er konnte Rahmanian nicht verraten, dass er Babys molk. Jedenfalls nicht jetzt. Rahmanian zu täuschen war allerdings auch nicht ratsam. Sollte Rahmanian nur den leisesten Verdacht schöpfen, dass Mark ihn belog, würde er ihn fallen lassen. Das konnte und wollte Mark nicht riskieren.

Er drückte den Kolben der Spritze bis zum Anschlag und entleerte den Rest der Substanz in Rahmanians Arm.

»Nein, das Plasma, das wir für Bimini verwenden, ist nicht gehaltvoll genug. Wir bauen gerade eine neue Produktion in Russland auf.«

Rahmanian schwieg. Ihm musste klar sein, dass damit auch andere Bedingungen verknüpft waren. Aber er fragte nicht weiter. Wahrscheinlich wollte er es nicht wissen.

Mark zog die Nadel aus der Vene. Das Ganze hatte nur wenige Sekunden gedauert.

»Das war's schon?«, fragte Rahmanian.

Mark nickte.

»Wann werde ich …«

»Die ersten Wirkungen spüren? Bei mir ging es sehr schnell.«

Rahmanian nickte. Mark sah, dass er aufgeregt war. Er zog sich wieder an.

»Wegen des Blutbilds melde ich mich, Jacobs.«

Dann verschwand Rahmanian und ließ Mark alleine zurück.

Er hielt noch immer die leere Spritze in der Hand und wollte sie gerade entsorgen. Als er in den Mülleimer blickte, sah er, dass darin noch die Spritze von gestern Nacht lag.

Wie nachlässig von ihm. Sie war ein Beweismittel. Er nahm die Spritze heraus und legte sie vorsichtig auf die Kommode. Er würde sie in einem öffentlichen Mülleimer entsorgen.

Dann sah er noch einmal auf die leere Spritze in seiner Hand, die er soeben in Rahmanians Arm entleert hatte, und überlegte kurz. Die DNA des Aufsichtsratsvorsitzenden klebte an der Kanüle, Reste von GRF150 würden in der Spritze nachweisbar sein. Die Spritze bewies, dass Astradas Aufsichtsratschef sich Proteine aus einer äußerst unethischen Quelle hatte injizieren lassen. Auch wenn Rahmanian behaupten würde, von nichts gewusst zu haben, konnte es zumindest einen hässlichen Verdacht auf ihn werfen. Mark holte einen Plastikbeutel und wickelte die Spritze ein. Vielleicht war sie ihm noch nützlich?

Ilianas Gedanken kreisten zäh und schwer, als sie von ihrem Vater nach Hause fuhr. Marie hatte sie bei ihm gelassen. Sie brauchte jetzt Ruhe, musste sich erholen, sich sammeln. Alles, jede Kleinigkeit strengte sie gerade an.

Sie würde sich hinlegen und, wenn es nicht besser wurde, zum Arzt gehen müssen. Sie musste vor allem die Angelegenheit mit der Kita klären. Wo konnte sie Marie sonst unterbringen? Vielleicht könnte auch Phillip sich darum kümmern. Sie würde ihn zurückrufen, bald, aber jetzt musste sie schlafen. Schlafen. Schlafen.

Das Geräusch der Türklingel ließ sie hochschrecken. Es war dunkel. Im ersten Moment war sie orientierungslos. Hatte sie geschlafen? Wie lange? Wo war Marie? Dann erst fiel ihr ein, dass sie ihre Tochter bei ihrem Vater gelassen hatte. Sie machte Licht. Es klingelte wieder. Mehrfach. Sie stand auf. Es fiel ihr schwer, sie war völlig entkräftet. Sie bemerkte, dass auf ihrem Kopfkissen Haare lagen. Haarausfall? Was war nur los mit ihr? Es klingelte erneut. Hektisch suchte sie ihren Bademantel, den sie über ihren Schlafanzug schwang.

Die Kopfschmerzen waren etwas besser geworden. Aber nicht der Tinnitus. Er pfiff unentwegt. Sie glaubte nun sogar auch auf dem rechten Ohr etwas zu vernehmen.

Sie aktivierte die Gegensprechanlage. »Hier ist Klaus Merten«, sagte eine Männerstimme.

Klaus Merten? Sie überlegte.

Kurzes Schweigen in der Leitung.

»Klaus Merten«, sagte die Männerstimme erneut. »Vom SPIEGEL. Wir sind verabredet.«

Dann fiel es ihr ein. Das war der Journalist, der sie seit Tagen mit Anrufen und Nachrichten bombardierte. Sie waren verabredet? Wieso wusste sie davon nichts? Sie drückte auf den Öffner.

Merten war groß und hager und hatte lange dunkle Haare, die er zu einem Zopf gebunden trug. Er hatte ein freundliches Gesicht mit einem wachen Blick und einer auffallend spitzen Nase. Gekleidet war er in Jeans und ein dunkelblaues Cordjackett.

»Wir sind verabredet?«, sagte sie und zog den Bademantel enger zusammen.

Merten sah sie verwirrt an. »19 Uhr. Jetzt ist es Viertel nach. Sie wollten reden – über Indien, Devaduta Pharma ...«

Sie wusste es nicht mehr. Jetzt war *sie* verwirrt. Was sollte sie ihm sagen?

»Kommen Sie rein.«

»Sind Sie okay? Sie sehen krank aus«, sagte Merten und musterte sie mit prüfendem Blick.

»Ich ... ich weiß nicht. Ich fühle mich komisch. Kopfschmerzen, Gliederschmerzen. Vielleicht eine Grippe?«

»Eine Grippe? Mitten im Sommer?«

Er hatte recht. Es war Sommer.

Sie setzten sich. Merten begann auf sie einzureden. Über seine Artikel, Astrada, die toten Mädchen. Es fiel ihr schwer, sich zu konzentrieren und wieder in die Ereignisse der letzten Tage einzufinden. Es fühlte sich an, als wäre ihr Geist zugeschneit, und sie müsse erst einmal alles freischaufeln, Zug um Zug, damit das Verschüttete zum Vorschein kam.

»Iliana, was ist los mit Ihnen?«

Sie schüttelte den Kopf, rieb sich die schmerzende Stirn, die trockenen Augen. Ihr fiel auf, dass Merten sie mit ihrem Vornamen ansprach. War das seine Art, Anteilnahme zu zeigen?

Nach und nach kamen Bilder. Nidhi mit dem Kuschelengel in der Hand. Die Kinderbilder an der Wand. Das spritzende Blut. Die Aufsichtsratssitzung.

»Ich weiß es nicht. Irgendwie ist … alles weg«, sagte sie.

Die Bibel steht rechts vom Koran, Iliana.

»Sie wollten mit mir reden«, sagte Merten. »Also: Verantwortet Devaduta Pharma im Auftrag Ihrer Firma Studien an indischen Kindern?«

Er blickte sie fest an. Sie hielt seinem Blick stand, aber es kostete sie alle Kraft. Ihr moralisches Dilemma zerriss sie förmlich.

»Ich kann verstehen, wenn Sie nicht namentlich genannt werden möchten«, sagte Merten. »Ich versichere Ihnen, Informantenschutz hat für uns oberste Priorität. Niemand wird erfahren, dass Sie die Quelle sind.«

»Wir sind alle Engel«, murmelte Iliana.

Klaus Merten sah auf. »Was haben Sie gesagt?«

Sie holte Luft. Sie wollte ihm alles sagen. Sie brauchte jetzt Hilfe. Warum sollte sie immer alleine kämpfen?

Sie fasste sich an den Kopf, der wieder mit voller Wucht hämmerte. Sie hörte das Fiepen, dieses schreckliche, unerbittliche Fiepen in ihrem Kopf. Ihr Herz raste. Sie schnappte nach Luft. Sie hatte das Gefühl zu ersticken.

»Iliana, was stimmt nicht mit Ihnen?«

Merten sprang auf und griff ihren Arm.

»Nidhi war die beste Devaduta«, sagte Iliana atemlos. »Sie bluten Kinder aus.«

Merten sah sie versteinert an.

»Was reden Sie da? Was ist eine Devaduta? Meinen Sie Devaduta Pharma? Führt Devaduta Pharma Studien an Kindern durch? Für Astrada? Bitte, Iliana, Sie müssen es mir sagen.«

»Es ist noch schlimmer«, sagte sie mit monotoner Stimme. »Viel schlimmer. Bimini wird aus dem Blut von Kindern hergestellt. Sie werden in großen Farmen gehalten wie Melkvieh.«

Sie erzählte ihm alles. Von der Blutfarm, von der Aufsichtsratssitzung, von Projekt 150 und dem Säuglingsblut. Von der Spritze in ihrem Arm. Sie hatte keine andere Wahl mehr. Mark hatte ihr irgendetwas gespritzt. Sie hatte irgendein unbekanntes Gift in sich. Er wollte sie kaltstellen. Er hatte den Aufsichtsrat hinter sich, niemand würde ihn jetzt noch stoppen können. Sie brauchte Hilfe von außerhalb, wenn sie ihn bekämpfen wollte.

Merten stellte viele Fragen, wollte jedes Detail wissen. Dann ließ er das Gesagte eine Weile sacken. Iliana sah, dass er betroffen war.

»Ihr Vater war dabei. Er hat gesehen, wie Jacobs Sie vergiftet hat. Es gibt einen Zeugen. Das könnten wir schreiben.«

Sie schnaubte. »Mein Vater hat Mark gerufen. Er glaubt, dass es ein Beruhigungsmittel war. Ich habe keinerlei Beweise.«

»Wo sind die Aufnahmen, die Sie in Indien gemacht haben?«, fragte Merten.

»Ich habe sie nicht mehr.«

Merten klatschte mit der Hand auf die Lehne seines Sessels. »Verdammt. Wissen Sie noch, wo diese Blutfarm lag?«

Sie überlegte. Sie erinnerte sich an die Straßen von Patna, an die Fahrt mit der Motorrikscha zum Hotel. Wie hieß es noch gleich? Irgendwas mit Exotica. Patli, Patli … Sie war müde gewesen. Dann waren sie mit dem Taxi gefahren. Sie versuchte, sich an den Namen des Ortes zu erinnern, aber Mark hatte sehr schnell gesprochen, und sie war schlaftrunken gewesen. Sie ließ das Video der Fahrt vor ihrem geistigen Auge ablaufen, aber sie war damals immer wieder eingenickt. Keine Chance, sie würde den Ort nicht mehr finden.

Iliana schüttelte den Kopf. »Es war irgendwo am Stadtrand.«

Er überlegte.

»Hatten Sie bei Ihrem Smartphone die GPS-Ortung angeschaltet, als Sie in Indien waren?«, fragte er.

Iliana überlegte. Hatte sie? Ein Bild tauchte in ihrer Erinnerung auf. Bevor sie in die Blutfarm gegangen war, hatte sie ihr Smartphone auf dessen Akkuleistung geprüft. Sie hatte sichergehen wollen, dass es nicht beim Filmen den Geist aufgeben würde. Sie erinnerte sich, dass sie kurz Google Maps aufgerufen hatte und der blaue Ortungspunkt geleuchtet hatte. Warum hatte sie den Ort nicht markiert? Sie hatte Mark vertraut und nicht weiter darüber nachgedacht. Sie ärgerte sich über ihre Nachlässigkeit.

»Ja, sie war aktiviert. Aber ich habe mir keine Straßennamen gemerkt. Ich habe den Ort nicht gespeichert.«

Es war ihr fast peinlich, einem Recherche-Profi wie Klaus Merten gegenüber dieses Geständnis ablegen zu müssen.

»Klasse!«, rief er.

Sie sah ihn verständnislos an.

»Wieso ist das klasse? Ich habe den Ort nicht gespeichert.«

»Sie nicht. Aber Google. Würden Sie mich mal Ihren Rechner benutzen lassen?«

Iliana holte ihren Laptop und gab ihn dem Reporter. Er rief eine Seite auf. Iliana las im Titel die Worte »Standortverlauf verwalten«, dann bat Merten sie, sich in ihr Google-Konto einzuloggen.

»Manchmal haben diese Datenkraken auch ihr Gutes«, sagte er. »Wenn Sie den Standortverlauf aktiviert haben – was bei den meisten Leuten der Fall ist, da man ihn aktiv ausschalten muss –, dann zeichnet Google all Ihre Bewegungen auf, Tag für Tag, Woche für Woche, Monat für Monat. Darf ich?«

Er klickte in Ihrem Konto herum, bis er schließlich eine Übersicht angezeigt bekam, in der man nach Jahr, Monat und Tag suchen konnte.

»Wann waren Sie in Patna?«

Sie überlegte und rechnete nach. Es war erst am vorigen Wochenende gewesen. Es kam ihr vor, als sei es eine Ewigkeit her. Sie waren Samstagmorgen losgeflogen. War es noch Samstag gewesen, als sie die Blutfarm besucht hatten? Oder schon Sonntag? Durch den langen Flug, die Zeitverschiebung und ihren Jetlag war die Chronologie verschwommen.

»Nur ungefähr, Iliana. Wir werden den richtigen Tag schon finden.«

Wieder wurde ihr bewusst, dass Merten sie die ganze Zeit mit ihrem Vornamen ansprach. Aber es machte ihr nichts aus. Irgendetwas an ihm flößte ihr Vertrauen ein.

Sie nannte ihm das Datum, und er suchte nach gespeicherten Routen für diesen Tag. Auf einer Karte sah sie die Strecke von ihrer Wohnung bis zum Hamburger Flughafen eingezeichnet. Dann sah sie Frankfurt. Dann nichts. Klar, in der Luft hatte sie das Handy auf Flugmodus geschaltet.

»Mal sehen«, sagte Merten und rief den folgenden Tag auf. Jetzt erschien eine völlig andere Karte. Es war Patna. Sie sah mehrere Strecken auf der Karte übereinander. Die Strecke vom Flughafen zum Hotel. Dann vom Hotel aus der Stadt hinaus. Und wieder zurück zum Hotel. Im Ganzen bildeten sie ein Oval – offenbar waren sie nicht denselben Weg zurückgefahren.

Merten zeigte mit dem Finger auf die äußerste Spitze des Ovals.

»Da muss die Blutfarm sein.«

13

In dieser Nacht fand sie kaum Schlaf. Merten war unverzüglich nach Indien aufgebrochen.

Eigentlich hatte Iliana noch mit ihm darüber verhandeln wollen, welche konkreten Konsequenzen die Enthüllungen nach sich ziehen sollten. Sie war nach wie vor fest entschlossen, die Produktion von Bimini nach Möglichkeit nicht zu gefährden. Dafür war es wichtig, dass ihr der Journalist eine zeitliche Frist einräumte. Sie überlegte, ob eine synthetische Herstellung von Bimini möglich wäre. Sie könnte eine internationale Forschungskollaboration initiieren, bevor sie an die Öffentlichkeit gingen. Aber darum würden sie sich dann später kümmern.

Jetzt musste sie erst einmal ihre Lage sondieren. Der Kita-Boykott war das drängendste Problem. Wohin mit Marie? Das musste sie zuallererst lösen. Phillip war froh, als sie zurückrief. Iliana fragte ihn, ob sie sich treffen könnten. Er war Arzt, und sie hatte entschieden, sich ihm anzuvertrauen. Sie verabredeten, dass Iliana mit Marie bei ihm vorbeikommen würde.

Iliana holte Marie bei ihrem Vater ab und fuhr mit ihrer Tochter ins noble Hamburg-Nienstedten, wo Phillip wohnte. Seit ihrer Trennung war Iliana erst zweimal bei ihm gewesen. Für gewöhnlich holte Phillip seine Tochter an seinen Vater-Wochenenden bei ihr ab.

Das Haus war protzig. Phillip hatte es nach der Trennung gekauft. Ein großes Grundstück erstreckte sich dahinter. Iliana sah Bäume und die Ecke eines Wintergartens. Zwei weiße Säulen im neoklassizistischen Stil flankierten die Eingangstür aus schwerem dunkelbraunem Eichenholz. In der Einfahrt standen ein Porsche Carrera und daneben ein kleinerer Wagen, der wohl Phillips Freundin gehörte. Auch er sah nicht billig aus.

Als Iliana vor seinem Haus vorfuhr, wurde ihr noch einmal bewusst, was sie an ihm immer gestört hatte: seine Abhängigkeit von Status sowie sein Drang, diesen Status zur Schau zu stellen. Da erfüllte er leider zur Gänze ein verbreitetes Männerklischee. Es war noch schlimmer geworden, wie sie nun erkannte. Als sie zusammen in Ottensen gewohnt hatten, war sein Lebensstil bescheidener gewesen.

Auf dem goldenen Klingelschild stand »Schmiedekampf / Behring«. Für einen Moment wirkte der Name fremd für sie. Schmiedekampf. Sie erinnerte sich an die Diskussionen mit ihm, weil sie seinen Nachnamen nicht hatte annehmen wollen. Schmiedekampf. Er klang nach wie vor nicht gut.

Sie klingelte. Als die Tür aufging, stand nicht Phillip vor ihr, sondern eine groß gewachsene blonde Frau. Im ersten Moment sah Iliana in ihrer Miene Erschrecken. Sie war überrascht von Ilianas schlechter Verfassung, aber höflich genug, es nicht allzu deutlich zu zeigen.

Iliana und Phillips Freundin waren sich noch nie persönlich begegnet. Marie erzählte oft von ihr, wenn sie von einem Wochenende bei ihrem Vater zurückkehrte. Da diese Freundin auch der Grund für die Trennung gewesen war, hatte ihr Name in Diskussionen und Streitereien mit Phillip sehr viel Raum eingenommen.

Aber wie lautete ihr Name doch gleich? Er fiel Iliana partout nicht mehr ein.

»Hallo, Iliana«, begrüßte die Frau sie und streckte ihr die Hand entgegen.

Iliana hatte damit gerechnet, von Phillips neuer Freundin

abschätzig und distanziert empfangen zu werden. Aber zu ihrer Überraschung wirkte die Miene der Frau aufrichtig offen und freundlich.

»Schön, dass wir uns endlich kennenlernen.«

Iliana wurde rot vor Verlegenheit, so unangenehm war ihr die Tatsache, die Ziehmutter ihrer Tochter nicht mit Namen ansprechen zu können.

Die Hand der Frau fühlte sich schlank und glatt an. Während sie sie schüttelte, versuchte Iliana intensiv, sich zu erinnern – vergeblich.

Iliana schätzte die Frau auf Mitte dreißig und damit um zehn Jahre jünger als Phillip. Sie war unzweifelhaft attraktiv, und ihr Körper sah aus, als würde sie täglich Yoga oder Pilates praktizieren. Iliana fragte sich, wie sie es schaffte, so auszusehen, angesichts ihres sicherlich sehr anstrengenden Jobs als Krankenschwester. Sie und Phillip hatten sich in der Klinik kennengelernt. Auch diesbezüglich hatte Ilianas Ex-Mann Klischeesicherheit bewiesen, sich als Chef der Klinik mit einer deutlich jüngeren blonden Krankenschwester einzulassen.

Iliana roch nun ihr Parfüm. Es weckte schmerzliche Erinnerungen in ihr.

Du warst bei einer anderen Frau! Du betrügst mich!

Es war dieser Duft gewesen, der Phillip verraten hatte. Sie hatte die fremde Note an ihm wahrgenommen und sofort gewusst, dass er fremdging. Nun weckte der Duft Assoziationen von Alarm, Angst und Enttäuschung.

Iliana verzog unwillkürlich das Gesicht. Die Frau ohne Namen bemerkte es einen unangenehmen Moment lang.

»Da ist die kleine Marie«, sagte die Frau und beugte sich zu Ilianas Tochter hinab. »Na? Wie geht es dir?«

»Gut«, krähte Marie. Sie mochte Phillips Freundin. Iliana

hoffte, dass Marie sie vielleicht mit Namen ansprechen würde, aber Marie tat ihr diesen Gefallen nicht.

»Bekomme ich eine Umarmung?«, fragte die Frau, und Marie fiel ihr um den Hals. Marie kannte sie von den Wochenenden bei Phillip gut. Die beiden waren außerdem schon mit Marie zusammen in Urlaub gefahren.

Iliana beobachtete ihre Tochter, wie sie die neue Frau ihres Ex-Manns umarmte, und ein Schmerz durchfuhr sie.

»Na, wo ist mein kleiner Schatz?«, rief eine Männerstimme aus dem Hintergrund. »Wo ist mein Schatz?«

Marie lachte, als sie Phillips Stimme hörte. Sie versteckte sich hinter der Frau, und Phillip tat im ersten Moment, als würde er Marie nicht sehen.

»Hm. Wo ist der Schatz nur? Ich finde ihn nicht.«

Er suchte, ging an seiner Freundin und Marie vorbei, blickte demonstrativ Richtung Einfahrt und zwinkerte Iliana dabei zu. Als er ihr ins Gesicht sah, meinte sie, auch in seiner Miene leises Entsetzen zu erkennen.

Dann griff Phillip sich Marie und hob sie hoch. Sie gluckste vor Vergnügen.

»Da ist ja mein Schatz! Mein Marie-Schatz.«

»Hallo Iliana«, sagte Phillip in weichem Ton, während er seine Tochter an sich drückte. Er ließ Marie wieder runter und umarmte Iliana. Sie fühlte sich überrumpelt. Seit der Trennung gaben sie sich nur noch die Hand. Warum umarmte er sie jetzt? Etwa aus Mitleid?

Sein Geruch ließ sie kurz die Gegenwart vergessen. Für einen Moment fühlte sie sich aufgehoben, geborgen, sicher. Sie schloss die Augen und hoffte, dass seine Freundin es nicht bemerken würde.

Phillip sah sie besorgt an. »Hey, du siehst nicht gut aus. Bist du krank?«

Er hingegen sah gut aus wie immer. Glatt rasiert. Geschmackvoll angezogen. Seine dunkelbraunen Augen musterten sie. Er befand sich im Arztmodus. Sie wusste nicht, was sie sagen sollte. Ihre Lippen zitterten, und sie nickte. Phillip begriff und wandte sich an seine Freundin: »Christiane, magst du mit Marie vielleicht schon mal vorgehen?«

Christiane. Natürlich. Iliana registrierte den Namen mit Erleichterung. Wie hatte sie ihn nur vergessen können?

»Marie, was hältst du davon, wenn wir beide ein bisschen Arztpraxis spielen?«, sagte Christiane. »Mit deinem neuen Arztkoffer. Hast du Lust?«

Marie nickte heftig. Iliana musste trotz ihrer Verfassung kurz grinsen. »Arztkoffer?«, sagte sie und schaute Phillip an. »Was hast du vor? Willst du, dass deine Tochter deine Klinik übernimmt?«

Er zuckte mit den Schultern. »Man kann nicht früh genug rekrutieren.«

Christiane gab Phillip einen flüchtigen Kuss auf die Wange und nickte Iliana noch einmal freundlich zu. »Bis später, Iliana«, sagte sie und ging mit Marie ins Haus.

Iliana und Phillip standen wortlos voreinander. Ihr fehlten die Worte. Sie fühlte sich krank und nun auch noch klein, weil sie sich vorkam wie ein Eindringling in ein Leben, das viel glücklicher als ihres zu sein schien.

»Komm rein«, sagte Phillip. »Lass uns reden.«

Sie ließ sich auf dem großen Ledersofa im Wohnzimmer nieder. Ihr Tinnitus pfiff ein wenig leiser, aber das Geräusch blieb ständig präsent. Sie hörte die Stimme ihrer Tochter im oberen Stockwerk. Marie hatte ihr eigenes Zimmer in Phillips Haus, immerhin war sie fast jedes zweite Wochenende hier. Sie rechnete es Phillip hoch an, dass sie sich immer auf ihn verlassen konnte, obwohl bei ihm oft kurzfristig Arbeitseinsätze dazwischenkamen. Er war der Klinikchef. Eigentlich musste sie Christiane danken, denn sie war es, die das meistens auffing.

»Das mit diesen toten Mädchen ist wirklich schlimm«, begann Phillip und setzte sich neben sie. »Aber auch der ganze Presserummel und die Attacken auf Astrada. Ich kann mir vorstellen, dass das momentan alles andere als angenehm für dich ist.«

Ihre Enttäuschung über ihn war verschwunden und der Wunsch, sich ihm anzuvertrauen, plötzlich übermächtig. Aber würde sie ihn dadurch nicht gefährden?

»Es ist nicht leicht. Meine Mitarbeiter werden schon privat belästigt. Und ich auch. Maries Kita boykottiert uns.«

»Was?« Sein Gesicht verdunkelte sich. »Das ist nicht dein Ernst.«

»Die Kita-Leiterin hat Angst um ihren Ruf. Du weißt ja, was da für eine High-Society-Klientel verkehrt. Tja, so tief ist Astradas Ansehen gesunken. Die Mutter deiner Tochter wirkt geschäftsschädigend.«

Phillip ballte die Fäuste. »Was für Arschlöcher. Ich werde mit ihnen reden. Das geht so nicht.«

Sie schüttelte den Kopf. »Nein, Phillip, lass das. Marie wird es letzten Endes ausbaden müssen, und das will ich nicht. Wir suchen eine neue Kita. Nur: Ich schaffe es im Moment nicht. Ich habe andere Probleme.«

Phillip sah sie an. Er spürte, dass ihr etwas schwer auf der Seele lastete. Abermals hatte sie den Drang, ihm alles zu erzählen.

»Ich wollte dich um einen Gefallen bitten«, fuhr sie fort. »Könntest du Marie für eine Weile nehmen? Und vielleicht eine neue Kita für sie suchen? Ich werde in den nächsten Tagen sehr beschäftigt sein.«

»Ja, natürlich. Ich möchte, dass du weißt, dass ich für dich und Marie da bin. Immer. Trotz allem, was gewesen ist.«

Er drückte ihren Arm, um seine Worte zu bekräftigen. Sie legte ihre Hand auf seine. Das alte Band zwischen ihnen war noch immer da.

»Danke. Ich weiß das sehr zu schätzen.«

»Iliana, jetzt mal ehrlich. Was ist los? Wieso siehst du so fertig aus?«

Phillip war immer sehr direkt gewesen. Wenn er sich einmal festgebissen hatte, ließ er nicht mehr los. Leider hatte er das auch in Bezug auf Mark getan. Sie erinnerte sich an unzählige Diskussionen, in denen sie ihm versicherte, dass wirklich nichts zwischen ihnen lief.

»Ich kann es dir nicht sagen.«

»Warum nicht?«

»Phillip, bitte.«

»Was ist los?«

»Ich habe Angst. Ich möchte dich und Marie nicht gefährden.«

Seine Miene gefror. Phillip war ein Draufgänger, er suchte ständig die Konfrontation, Eigenschaften, die ihn im hierarchischen Krankenhaussystem bis ganz nach oben gebracht hatten. Er war furchtlos. Aber nun sah sie Besorgnis in seinem Gesicht.

»Wow.«

Sie nickte und spürte, wie seine Hand nun ihre Hand hielt – warm und kräftig. Iliana atmete tief ein und aus.

»Illi, was kann ich tun?«

»Nimm Marie für ein Weilchen. Ich werde vielleicht für ein paar Tage aus Hamburg verschwinden müssen. Ich weiß es noch nicht genau.«

»In Ordnung.«

»Du kannst noch etwas für mich tun. Könntest du mich untersuchen?«

Er war erstaunt. Bestimmt war er der Meinung, dass sie einen Arzt brauchte – nur wäre er nicht darauf gekommen, dass er es sein sollte.

»Klar kann ich das. Was ist los? Was fehlt dir?«

»Ich weiß es nicht.«

»Ist dir etwas zugestoßen?«

Sie rang mit sich. Die Spritze in ihrem Arm. Das unheimliche Gefühl, das sich danach in ihrem Körper breitgemacht hatte. Diese Nacht und diese Bilder kamen ihr unwirklich vor. Aber sie konnte ihm unmöglich sagen, was Mark getan hatte. Phillip mochte ihn nicht, hatte ihn nie gemocht. Er würde Amok laufen.

»Bitte frag nicht.«

Er seufzte. »Okay. Wann soll ich dich untersuchen?«

»Am besten sofort.«

In die Elbkliniken kamen betuchte Patienten aus Blankenese, Nienstedten und den anderen Pfeffersack-Vororten. Es fühlte sich sonderbar an, in seinem Porsche vorzufahren. Sie, die in Barmbek groß geworden war als Tochter eines Arbeiters, hatte sich seit jeher unwohl gefühlt in der Welt der Reichen und Phillips Status-Gehabe befremdlich gefunden. Er stammte nicht aus Hamburg, umso mehr war er darauf bedacht, der höheren Gesellschaft zu beweisen, dass er dazugehörte.

Phillip unterzog sie zahlreichen Tests. Er horchte ihre Lunge ab, er maß ihren Blutdruck, nahm Blut-, Urin- und Stuhlproben, prüfte Gehör und Sehfähigkeit, erstellte ein Ruhe- und Belastungs-EKG. Als sie ihm von ihren Körperschmerzen und ihren Gedächtnislücken berichtete, folgten darüber hinaus Hirnscans.

Die Tests dauerten über zwei Stunden. Iliana hielt sich danach nur noch mit Mühe auf den Beinen.

Er ließ Iliana in einem Behandlungszimmer der Elbklinik ausruhen. Es war still, niemand störte sie.

Wie sehr sie Krankenhäuser verabscheute. Negative Erinnerungen an Krankenhaus-Besuche mit ihrem Vater kamen ihr in den Sinn, als sie auf der Liege lag und an die Decke starrte. Oder die Hirnblutung ihrer Mutter, nach der sie ins Koma gefallen war. Iliana erinnerte sich an die schrecklichen Stunden des Bangens, als nicht klar war, ob sie überleben würde. Kurz darauf war sie gestorben.

Es klopfte, und Phillip trat ein. In den Händen hielt er einige Ausdrucke. Sein Blick war ernst.

»Möchtest du ein Glas Tee?«, fragte er.

Sie ahnte, dass er schlechte Nachrichten für sie hatte.

»Ich glaube, ich werde eher einen Wein brauchen.«

Er lachte. »Warum nicht?«, sagte er und holte aus der Küche eine Flasche Wein und zwei Gläser. Wortlos stießen sie an. Dann fragte sie unvermittelt, ohne zu wissen, warum:

»Liebst du sie?«

Die Frage brachte ihn sichtlich aus der Fassung. Iliana hatte sich angewöhnt, bei Menschen immer auf die erste unwillkürliche Reaktion zu achten. Viele konnten sie nicht oder kaum kontrollieren. In diesem ersten Bruchteil einer Sekunde erhielt man zumeist eine ehrliche Antwort.

Phillips Mundwinkel zuckten, nur ganz leicht. Dann lächelte er. Sie konnte nicht sagen, ob sein Lächeln eine Reaktion auf ihre Frage war oder seine Gefühle zu Christiane demonstrierte.

»Du warst schon immer sehr direkt.«

Sie antwortete nicht und sah ihn unverändert an. Auch sie konnte sich festbeißen.

»Ja, ich denke, ich liebe sie. Auch wenn du mir das vielleicht nicht glaubst. Es ist anders mit ihr als mit uns. Aber es ist gut.«

»Bist du glücklich, Phillip?«

Wieder ließ er sich Zeit, bevor er antwortete.

»Ich denke schon.«

»Und du?«, fragte er nach kurzem Schweigen. »Was ist mit dir?«

»Bis vor Kurzem ging es mir ganz okay.«

»Ganz okay?«

»Meinem Vater geht es wieder gut. Das ist eine unglaubliche Erleichterung. Marie entwickelt sich und ist mein Sonnenschein. Bimini ist ein Mega-Erfolg. Mark ist ein heißer Nobelpreiskandidat.«

Ihre Miene verdüsterte sich, als sie seinen Namen aussprach.

»Was ist mit dir? Wo bleibst du?«, fragte er

»Ich komme klar. Mach dir keine Sorgen um mich.«

Aber er machte sich Sorgen, das konnte sie sehen.

»Wir haben nie darüber geredet, warum es so gelaufen ist«, sagte er. »Es ging alles so schnell, damals. Da war so viel Wut und Enttäuschung.«

Sie nickte. »Es war alles zu viel. Papas Krankheit. Mamas Tod. Marie. Der berufliche Druck. Ich war einfach unglaublich verletzt und enttäuscht von dem, was du getan hast.«

Es war jetzt nicht der richtige Zeitpunkt – sie war zu schwach, um mit ihm über ihre Trennung zu reden.

»Phillip, ich möchte, dass wir reinen Tisch machen. Noch vor der Scheidung.«

Er nickte. »Das werden wir. Versprochen.«

Dann seufzte er und blickte auf seine Ausdrucke. Seine Miene wurde ernst.

»Aber jetzt müssen wir erst mal über diese Ergebnisse hier reden. Ich habe leider keine guten Nachrichten, Iliana. Du hast dramatisch schlechte Werte. Dein Blutdruck ist zu hoch. Dein Herz zu schwach. Du hast vermutlich beginnenden grauen Star in beiden Augen, aber das müsste ein Spezialist abklären. Was ich vor allem nicht verstehe: Dein Hormonspiegel ist völlig verändert. Du hast so gut wie keine Geschlechtshormone mehr.«

Sie hatte damit gerechnet, dass Mark ihr irgendein Gift gespritzt hatte, weswegen sie sich so schlecht fühlte. Aber Geschlechtshormone? Das hatte sie nicht erwartet.

»Wie bitte?«

Er zückte eins der Blätter und reichte es ihr.

»Ich habe die Messung wiederholen lassen, weil ich es selbst nicht glauben konnte. Dein Östradiol liegt nur bei rund sieben Nanogramm pro Liter und der Progesteron-Wert bei 0,5 Mikrogramm. Darf ich fragen, wann du deine letzte Regelblutung hattest?«

Sie überlegte.

»Ich hätte sie gestern bekommen müssen.«

Sie hatte überhaupt nicht bemerkt, dass sie ausgeblieben war, so sehr war sie mit Mark und den Vorgängen in ihrer Firma beschäftigt gewesen.

»Kann das nicht einfach stressbedingte Ursachen haben? Ich habe ein paar harte Tage hinter mir.«

Er schüttelte den Kopf. »Das erklärt trotzdem nicht diese Hormonwerte. Du bist 39, so ein Blutbild habe ich noch nie bei einer Frau deines Alters gesehen. Das ergibt überhaupt keinen Sinn.«

»Vielleicht bin ich ja schon in den Wechseljahren?«, sagte sie und lachte. Sie meinte es als Witz, aber Phillip blieb ernst.

»Laut deinem Blutbild bist du nicht mal mehr in den Wechseljahren. Du bist schon in der Menopause.«

Iliana schwieg einen Moment lang betroffen.

»Weil ich das selbst nicht glauben konnte, habe ich zur Sicherheit auch dein FSH gecheckt. Also das follikelstimulierende Hormon ...«

»Ich weiß, was FSH ist«, sagte sie.

»Tut mir leid – ich habe das so intus, meinen Patienten mein Medizinerdeutsch zu übersetzen.«

»Was ist mit meinem FSH-Wert?«

»Er ist ebenfalls sehr niedrig, unter 20 Einheiten pro Liter. Die Werte lassen keinen Zweifel: Du bist in der Menopause.«

Sie schwiegen beide eine Weile. Iliana war völlig verwirrt. Verwirrt und schockiert.

»Das ist leider noch nicht alles«, sagte Phillip.

Sie sah ihn an.

»Ich habe deine Knochendichte messen lassen. Du leidest an beginnender Osteoporose.«

Sie schluckte. Das passte zur Menopause.

»Aber das hier macht mir am meisten Sorgen.«

Er zog ein paar Scans aus dem Ordner. Sie zeigten Aufnahmen ihres Gehirns. Es waren horizontale Schnitte durch ihre beiden Hirnhälften. Auf den dunkelgrau-weißen Aufnahmen erkannte sie ganz vorne die Wölbungen ihrer Augen, in den äußeren Bereichen ihre gefurchte Großhirnrinde und weiter innen die Strukturen der tieferen Hirnregionen.

»Siehst du diese feinen Veränderungen hier?«

Phillip wies mit dem Finger auf einige Bereiche ihrer Großhirnrinde.

»Das sieht für mich wie beginnende Atrophie aus. Die ersten Anzeichen von Demenz.«

Er sah sie an, ernst und verwirrt.

Iliana hatte im Zuge ihrer Alzheimer-Forschungen unzählige solcher Bilder gesehen. Er hatte recht. Jetzt wurde die Sache wirklich unheimlich.

»Hast du Aufnahmen der Hippocampi?«, fragte sie.

Phillip wühlte in seinen Scans, suchte Schnitte durch eine tiefere Ebene, auf denen die im Inneren des Gehirns liegenden Hippocampi klarer hervortraten. Schließlich fand er sie. Er besah sie sich kurz und reichte sie ihr.

»Scheiße«, murmelte sie leise, als sie die bogenförmigen Strukturen studierte. In beiden Hippocampi zeigten sich Verformungen.

»Iliana, was zum Teufel ist mit dir los?«, fragte Phillip. »Du bist in der Menopause. Du hast Alzheimer im Anfangsstadium. Deine Blutwerte sind im Keller. Wenn ich dich nicht vor mir sitzen sähe, würde ich denken, du wärst eine alte Frau. Was hast du in den letzten Tagen gemacht? Urlaub in Fukushima?«

Sie hastete in die Hafencity. Sie hatte einen schrecklichen Verdacht, und sie brauchte Gewissheit.

Es war 18 Uhr. Unwahrscheinlich, dass an einem Sonntag um diese Uhrzeit noch jemand im Labor war.

Auch von den Protestlern war nichts mehr zu sehen. Iliana grüßte den Nachtpförtner. Sie erkannte sein Gesicht, aber sein Name fiel ihr nicht ein. Herr Dengler? Herr Degen? Irgendwas mit D und E.

Na, ihr kleinen Hippocampi? Lasst ihr mich wieder im Stich?

Als sie das ufoartige Forschungsgebäude betrat, hoffte sie inständig, Mark nicht zu begegnen. Sein skrupelloser Ehrgeiz kam möglicherweise auch sonntags nicht zur Ruhe.

Aber alles war still und seine Tür verschlossen.

Die Bibel steht rechts vom Koran, Iliana.

Was hatte Mark ihr angetan?

Die Nachtleuchten waren bereits angeschaltet. Auch die

Putzdienste waren schon durch. Sie kam sich vor wie eine Einbrecherin.

Ihr Ziel war das Hauptlabor. Dort mussten die Horvath-Testkits lagern. Nur wo? Sie suchte sämtliche Regale ab – nichts. Dann ging sie ins Lager. Iliana riss alle Schubladen und Schränke auf. Hier bewahrten sie alles auf: Pipetten, Kanülen, Skalpelle, Blutbeutel. Endlich entdeckte sie ein Fach mit der Bezeichnung »Horvath-Kit«. Sie zog es heraus und fand darin vier der schwarzen Kästchen. Sie wollte erst nur eins nehmen, überlegte es sich dann aber anders und nahm schließlich alle an sich.

Sie eilte damit in ihr Büro. Als sie ihre ID-Karte an den Leser ihrer Tür hielt, rechnete sie einen Moment lang damit, dass sie verschlossen bleiben würde, dass Mark sie bereits aus der Firma geschmissen hatte. Aber nach wenigen Sekunden hörte sie das Klicken.

Als sie ihr Büro betrat, fühlte sie sich erleichtert. Der vertraute Geruch gab ihr Sicherheit.

Es war schon dämmrig, aber sie wagte nicht, das Licht einzuschalten, um keine unnötige Aufmerksamkeit zu wecken. Es war Vollmond. Er warf fahles Licht in ihr Büro.

Iliana fühlte sich plötzlich sehr schwach. Ihr Atem wurde flacher. Sie musste sich hinlegen. Die Horvath-Kits legte sie auf den Tisch, dann streckte sie sich längs auf ihrem Sofa aus, auf dem sie normalerweise in Ruhe Papers las oder in Fachliteratur blätterte. Sie würde sich kurz ausruhen und dann den Test durchführen. Gleich. Nur etwas ausruhen.

Liegend ließ sie den Blick durch ihr Büro schweifen. Sie dachte an die Momente der Aufregung, während der ersten Bimini-Studie, als sie die Daten ihres Vaters ausgewertet hatte, hier in diesem Raum. Ihre Euphorie, als unwiderlegbar klar war, dass sich sein Zustand besserte – mehr, als sie je zu hoffen gewagt hatte.

Ihr Blick wanderte zum Schreibtisch. Sie sah im schummrigen Licht die kleine Darth-Vader-Wackelfigur, die ein Kollege ihr vor Jahren zum Geburtstag geschenkt hatte, noch in den USA. Sie musste grinsen. Die Figur löste einen Anflug guter Laune aus. Die konnte sie jetzt gut gebrauchen.

Sie blickte durch ihr Fenster auf die Lichter der Hafencity und sah die Wellen der Elbphilharmonie glitzern. Sie fühlte sich fremd in ihrem Körper. Er veränderte sich auf eine Weise, die sie nicht verstand und die ihr unheimlich war. Dann die Veränderungen in ihrem Gehirn. Ihre Gedanken fühlten sich chaotischer an als sonst. Es fiel ihr schwerer, Erinnerungen zu greifen. Sie hatte das Treffen mit Klaus Merten völlig vergessen. Christianes Name war ihr nicht mehr eingefallen.

»Wenn ich dich nicht vor mir sitzen sähe, würde ich denken, du wärst eine alte Frau.«

Was geschah mit ihr?

Sie hatte Phillip nichts von Marks Spritze erzählt. Sie wollte zunächst ihren Verdacht überprüfen.

Nur noch etwas ausruhen.

Ilianas Lider wurden schwer. Sie war so erschöpft. Vielleicht würde sie ein kurzes Nickerchen machen.

Als sie erwachte, brauchte sie einen Moment, um sich zu orientieren. Es war dunkel.

Wo war sie?

Sie blickte sich um. Orientierungslos.

Sie sah das Leuchten einiger LEDs in der Dunkelheit. Ein feines Summen lag in der Luft. Sie kannte diesen Raum nicht.

Angst überkam sie.

Wo war sie?

Sie richtete sich auf und suchte nach einer Lichtquelle. Schließlich fand sie eine Lampe und schaltete sie ein.

Jetzt erkannte sie den Raum doch wieder. Es war ihr Büro.

Ihr Puls beruhigte sich.

Sie sah auf die Uhr. Es war fast Mitternacht.

Schon ihr nächster Gedanke alarmierte sie aufs Neue.

Warum war sie hier?

Warum hatte sie geschlafen?

Was tat sie hier, mitten in der Nacht?

Da war nichts in ihrer Erinnerung. Nur dieses unangenehme Gefühl, wie etwas immer weiter weggestoßen wurde, je mehr sie danach zu greifen versuchte.

Sie konzentrierte sich auf ihr inneres Auge, das vor dem Bildschirm ihres fotografischen Gedächtnisses saß. Sie ließ den Film ablaufen, der sich bis vor Kurzem vor ihren echten Augen abgespielt hatte. Aber sie sah nur eine kurze Sequenz: Phillip, der vor ihr stand, mit sorgenvollem Gesicht und einem Ordner in der Hand. Sie war in seiner Klinik gewesen. Er hatte Tests mit ihr gemacht, die Ergebnisse waren schlecht ausgefallen. Danach kam nichts mehr.

Sie blickte umher. Suchte nach einem Halt, nach einem Anker, einem Hinweis, der ihre Erinnerung zurückbrachte. Ihr Blick streifte über die angetrockneten Pflanzen, die sie jeden Tag aufs Neue zu gießen vergaß. Aber deswegen war sie doch nicht hier – um Pflanzen zu gießen?

Verdammt, was hatte sie hier gewollt?

Sie stand auf. Ihr Körper war steif von der ungewohnten Lage auf dem Sofa. Sie war nicht mehr ganz so müde, aber sie spürte noch immer tiefe Erschöpfung in sich.

Sie beugte sich über das Fensterbrett und griff die Gießkanne. Es war ein Rest Wasser darin. Als sie die Pflanzen wässerte, fiel ihr Blick auf den kleinen Darth Vader. Auf dem Schreibtisch sah sie ihr externes Keyboard, das sie an ihren Laptop anschloss, wenn sie hier arbeitete – es tippte sich angenehmer darauf. Sie sah eine Computermaus. Taschentücher. Ein Ladekabel. Ohrstöpsel. Eine Cremedose. Ein Feuerzeug. Vier schwarze Kästchen. Ein Edding. Ein Post-it-Block.

Der Anker für ihr Gedächtnis. Sie spürte, dass er da war. Sie musste ihn nur finden.

Es war wie bei diesem Kinderspiel, bei dem Iliana immer aufgrund ihres fotografischen Gedächtnisses triumphiert hatte. Man ging in einen Raum und sollte sich innerhalb kurzer Zeit alle Dinge gut einprägen. Dann ging man hinaus, während jemand einen Gegenstand umstellte oder entfernte. Den musste man dann finden.

Sie hatte das gleiche Gefühl wie damals. Sie wusste, dass etwas verändert war. Sie spürte es. Der Anker war da.

Die Darth-Vader-Figur. Die externe Maus. Die Taschentücher. Das Ladekabel. Die schwarzen Kästchen. Der Edding. Das Cremedöschen.

Die schwarzen Kästchen.

Sie begutachtete eines der Kästchen. Sie sah die Markierung an der Seite, sah das Display an der Unterseite. Es war ein Horvath-Testkit.

Sie hatte ihr biologisches Alter bestimmen wollen. Sie wollte wissen, warum ihre Körperwerte so schlecht ausgefallen waren.

Sie zog das Proben-Stäbchen heraus und fuhr an der Innenseite ihrer Wange entlang, wie es Mark demonstriert hatte. Dann steckte Iliana das Stäbchen zurück und wartete.

Für die Auswertung brauchte sie noch die App. Mark hatte sie bestimmt irgendwo auf dem Server abgelegt, aber wo? Während das Kit ihr Epigenom analysierte, suchte sie in den Netzlaufwerken, fand aber nichts. Schließlich googelte sie und landete auf der Webseite von Steve Horvaths Labor. Dort konnte man die App tatsächlich herunterladen.

Sie atmete flach, als sie den QR-Code des Kits einscannte.

Mark Jacobs hatte wenig Lust verspürt, nach Russland zu fahren. Aber es half nichts. Er brauchte mehr Plasma. Dringend.

Nur wegen Freimuth war er jetzt hier, im Nirgendwo. Der Fahrer hatte ihn von Nischni Nowgorod hergebracht. Wie hieß dieser gottverlassene Ort doch gleich? Tomskja, Tomskran?

Wenn es nach Mark gegangen wäre, hätte er Devaduta Pharma mit der Produktion des Säuglingsplasmas beauftragt. In Goels Farm hatten sie testweise schon erste Säuglinge gemolken. Doch Freimuth wollte die Pilot-Babyfarm in Russland errichten lassen. Indien war ihm zu weit entfernt, zudem hatte er den Indern nie viel Vertrauen entgegenbringen können. Die Panne mit den geflohenen Mädchen hatte ihm im Nachhinein Recht gegeben.

Während Marija Wolkow ihn durch die Anlage führte, zerrte das Geschrei der vielen Babys an seinen Nerven. Etwa siebzig Säuglinge lagen in kleinen Krippen zusammen in einer riesigen Halle. Der Lärm war ohrenbetäubend.

Das hier war die erste Babyfarm, das Modell für weitere, die folgen würden, um schließlich die Produktion von GRF150-Proteinen für Astrada im großen Stil aufzuziehen.

Mehrere Schwestern hasteten durch den Saal und versorgten die Säuglinge. Mark begutachtete, wie sie mit den Babys umgingen. Er spürte, wie sie ihn nervös ansahen und sich bemühten, einen guten Eindruck zu hinterlassen. Für die Frauen war das ein angenehmer und lukrativer Job. Wussten sie, was mit dem Blut passierte? Er hoffte es nicht.

Marija Wolkow, die Leiterin der Anlage, war Mitte dreißig. Als ausgebildete Kinderärztin war sie für diesen Job eigentlich überqualifiziert. Aber sie hatte keine Wahl. In diesem Land besaßen Akademiker wenig Perspektiven.

Wolkow hatte bislang einen ordentlichen Job gemacht, aber

er war trotzdem gekommen, um ihr Druck zu machen. Der Plan war gewesen, dass er die GRF150-Proteine an sich testete. Nun musste er auch noch Rahmanian versorgen. Vermutlich bald auch noch Rahmanians Frau und Freunde und Gott weiß wen alles. Was hatte er sich da nur eingebrockt?

»Professor Jacobs, ich verstehe den Paradigmenwechsel nicht.« Marija Wolkow war ungehalten. Sein Überraschungsbesuch passte ihr nicht. Sie fühlte sich bevormundet. Sie war sehr stolz, was ihm in seiner gegenwärtigen Lage entschieden gegen den Strich ging.

»Bei dieser Pilotanlage stand bislang Verfahrensoptimierung im Vordergrund. Wieso sollen wir jetzt mehr produzieren?«

»Dr. Wolkow, es haben sich neue Prioritäten ergeben. Ich will die Proteinextraktion optimieren, um die Ausbeute zu erhöhen. Wir brauchen mehr Plasma, um mehr Extraktionen gleichzeitig ausprobieren zu können. Reicht Ihnen das als Antwort? Oder möchten Sie die Entwicklung des neuen Präparats gerne verzögern?«

Seine aggressive Antwort irritierte sie. »Nein, natürlich nicht.«

Seine Begründung klang plausibel. Sie war auch nicht falsch. Aber es war nicht der Hauptgrund, weswegen er mehr Plasma brauchte.

»Aber wie Sie sehen, arbeiten wir bereits am Rande unserer Kapazität. Die Räume sind voll. Was mir besonders große Bauchschmerzen bereitet, ist Ihr Wunsch, die Entnahmemenge hochzuschrauben. Erst waren es zehn Milliliter pro Sitzung, dann zwanzig. Jetzt wollen Sie dreißig. Das ist zu viel. Es würde die Gesundheit der Säuglinge gefährden. Das kann ich nicht verantworten.«

Ihr Stolz machte ihn wirklich wütend.

»Die Verantwortung trage immer noch ich, Dr. Wolkow. Und: Auf welche Evidenz gründen Sie Ihre Aussage? Meines Wissens gibt es keinerlei gesicherte Faktenlage zur Plasma-Entnahmemenge bei Säuglingen.«

Er bemerkte, dass sie sich um Fassung bemühte. Sie war wütend, aber sie war auch abhängig von ihm.

»Ich basiere meine Aussage auf Empirik. Ich bin Kinderärztin, es gibt Erfahrungswerte. Sie wissen genau …« Sie unterbrach sich und holte einmal tief Luft. Sie spürte, dass sie Gefahr lief, sich um Kopf und Kragen zu reden. Wenn sie ihren Job verlor, würde Mark Jacobs schnell Ersatz für sie finden.

»Professor Jacobs, mit Verlaub. Es ist offensichtlich, dass es zu dieser Fragestellung keine Studien geben kann, weil es einfach ethisch nicht vertretbar wäre. Zwanzig Milliliter Blut pro Woche bedeutet, einem Säugling sechs Prozent seines Gesamt-Blutvolumens abzunehmen. Sie wollen nun auf zehn Prozent hochgehen.«

Wolkow sah ihn mit festem Blick an. Sie war mutig, das schätzte er. Trotzdem würde er sie rausschmeißen, wenn sie nicht mitspielte.

»Bei Blutspenden sind es auch zehn Prozent«, sagte Mark knapp.

»Aber das hier sind Säuglinge, keine Erwachsenen. Sie sind hochempfindlich. Wenn wir mehr entnehmen, riskieren wir Entwicklungsstörungen. Oder Schlimmeres.«

Sie waren am Ende des Saals angekommen. Keines der Babys war älter als neun Monate, das war das Auswahlkriterium gewesen. Von seinen Plasmaanalysen wusste er, dass die GRF150-Konzentration ab diesem Alter zu gering wurde – und damit unwirtschaftlich, denn der Betreuungsaufwand war wesentlich höher als bei Zehnjährigen. Immerhin waren die Investitionskosten geringer. Anders als für die indischen Mädchen hatten sie für die Babys nichts zahlen müssen. Sie waren ausgesetzt worden, in Müllcontainern, im Wald, an Bahnhöfen. Die Kliniken und Waisenhäuser waren froh, sie losgeworden zu sein. Nur schade, dass die russische Regierung vor Kurzem Babyklappen hatte verbieten lassen. Als Baby-Quelle waren diese Gold wert.

»Seien Sie nicht päpstlicher als der Papst, Dr. Wolkow. Die meisten dieser Kinder wären ohne uns schon tot.«

Er hörte, wie sie nach Luft rang, aber sie erwiderte nichts. Gut. Er wollte sie ein bisschen provozieren, um ihre Grenzen zu testen.

»Wann findet die nächste Entnahme statt?«, fragte Mark. »Ich möchte gerne dabei sein.«

»Die ersten müssten bereits laufen«, sagte Wolkow, und er meinte, einen resignierten Unterton herauszuhören. Er hatte sich durchgesetzt.

Mark schaute auf die Uhr. Er wollte die Abendmaschine zurück nach Hamburg erreichen. Es war noch Zeit.

Das Licht im Entnahmeraum war gedämmt. Über der Liege waren Mobiles aufgehängt, eine aufziehbare Spieluhr klimperte eine Melodie, um das Baby abzulenken und zu beruhigen, das auf der Liege in seinem weißen Strampelanzug bereitlag. Zwei Schwestern waren mit Vorbereitungen beschäftigt. Die Beruhigungsmethoden griffen jedoch nicht, zumindest nicht bei diesem Baby. Der Säugling schrie wie am Spieß und bog immer wieder das Rückgrat durch. Sein Gesicht war verkrampft und rot. An der Seite der Liege waren mehrere Schnallen angebracht. Eine der beiden Schwestern stand neben dem Baby und redete beschwichtigend auf das Kind ein. Sie wartete einen Moment, ob sich das Baby entspannen würde, was aber nicht geschah. Sie seufzte, holte aus einer der Schnallen einen Gurt heraus, zog ihn über den kleinen Körper und klickte ihn auf der anderen Seite ein. Das machte sie dreimal und ruckelte die Gurte unter dem Jammern des Kindes vorsichtig fest, bis das Baby vollständig fixiert war und sich nicht mehr bewegen konnte. Das Schreien war so durchdringend, dass Mark sich die Ohren zuhalten musste.

Währenddessen bereitete die andere Schwester die Blutentnahme vor. Sie zog sich Handschuhe an und pellte eine Kanüle und ein Probenröhrchen aus den Verpackungen.

Marija Wolkow stand mit Mark vor der Liege, was die Schwestern angespannt registrierten.

»Bei der Entnahme muss jeder Handgriff sitzen«, sagte Wolkow knapp zu Mark, der seine Ohren widerwillig freigab, um ihr zuzuhören. »Babys arbeiten nun einmal nicht freiwillig mit.«

Die Schwester befeuchtete ein Desinfektionspad und nickte der anderen Schwester zu, die den knallroten Kopf des Kindes mit ihren gummibehandschuhten Händen hielt, während das Kind weiter lauthals schrie. Die Schwester, die das Blut abnehmen würde, suchte eine geeignete Stelle am Kopf des Kindes, entschied sich für einen Punkt nahe der rechten Schläfe, desinfizierte ihn und stach die Kanüle in die Stirnvene. Das Baby schrie auf. Es war kaum zu ertragen.

»Man muss leider bei Babys das Blut am Kopf entnehmen, was nicht ganz einfach ist, wie Sie sehen«, sagte Wolkow. »Aber alle anderen Venen sind noch zu weich und würden sofort zusammenfallen.«

Die Schwester musste nun fest zupacken, um den Kopf des Kindes zu stabilisieren. Die Schwester, die die Kanüle gesetzt hatte, versuchte, sie mit einer Hand zu stabilisieren, während sie nach dem Probenröhrchen griff. Sie hielt es seitlich an das Kanülenende, wartete noch einen Moment, dann entfernte sie die untere Schutzkappe der Kanüle. Mark sah einen sich vergrößernden roten Punkt. Die ersten Blutstropfen fielen in das Röhrchen.

»Warum nutzen sie keine Spritze?«, fragte er. »Das wäre doch einfacher.«

»Bei Babys klappt das nicht gut«, sagte Marija. »Man braucht relativ große Kanülen, um die Venen offen zu halten.«

Tropfen für Tropfen gelangte das Blut des Säuglings in das Probenröhrchen. Es dauerte. Dann wurde die Schwester, die das Röhrchen hielt, auf einmal nervös. Sie sagte etwas zu ihrer Kollegin, die den Griff leicht verschob.

Marija fluchte leise auf Russisch, was Mark nicht verstand. Aber er konnte sich denken, was passiert war. Die Nadel war aus der Vene gerutscht. Die Schwester justierte die Kanüle nach, schob sie tiefer, aber der Blutfluss kam nicht wieder in Fahrt. Das Baby strampelte und schrie. Dann entglitt sein Kopf dem Griff, die Schwester erschrak, und das Röhrchen mit dem Blut fiel ihr aus der Hand auf den Boden.

Babyblut spritzte über die Fliesen.

Marija Wolkow fluchte, und auch Mark war wütend. Er wusste, wie kostbar das Blut war. Es war sein Jungbrunnen.

Wolkow herrschte die Schwestern auf Russisch an. Sie sagten nichts, aber ihre Körpersprache war demütig. Sie hatten versagt, und das ausgerechnet vor dem Chef aus Deutschland. Dann wandte sich Wolkow ab, und die beiden Schwestern kümmerten sich darum, das Baby aus der Fixierung zu lösen. Es war mittlerweile völlig entkräftet.

Marija Wolkow seufzte. »Das war das erste Mal, dass so etwas passiert ist. Vielleicht war es der Vorführeffekt«, sagte sie.

»Ich hoffe es. Welche Menge wollten sie dem Kind entnehmen?«

»Zwanzig Milliliter«, sagte Wolkow.

»Ich möchte, dass Sie ab sofort auf dreißig Milliliter erhöhen. Entweder in einer Sitzung pro Woche, oder in zwei mit je fünfzehn. Ihre Entscheidung.«

Sie sah ihn mit funkelnden Augen an. Dann nickte sie.

14

59,7.

Iliana blickte fassungslos auf die Zahl, die ihr die Horvath-App anzeigte.

Ihr Körper war 59,7 Jahre alt. Das waren zwanzig Jahre mehr als ihr chronologisches Alter betrug.

Etwas in ihr veränderte sich rasend schnell. Das erklärte ihre miese Verfassung, die schlechten Testwerte, die Menopause.

Ihr Körper war nicht mehr ihr Partner. Er war jetzt ihr Feind. Die Frage lautete nur: warum?

Mit dröhnendem Kopf versuchte sie zu denken, zu verstehen, was los war.

Mark musste ihr etwas injiziert haben, das sie im Rekordtempo altern ließ.

Sie ahnte, was es war. Seneszenzfaktoren.

Sie versuchte sich zu erinnern. Ihr Gedächtnis funktionierte nicht mehr so, wie sie es gewohnt war. Einen Moment lang lag ein Gedanke vor ihr. Im nächsten war er so flüchtig wie ein glitschiges Stück Seife. Ihn zu greifen und festzuhalten bedeutete Anstrengung.

Sie wusste aus ihrer und Marks Forschung, dass es nicht nur verjüngende Proteine im Blutplasma gab, sondern auch welche, die gegenteilig wirkten. Diese Seneszenzfaktoren waren kaum erforscht – kein Wunder, sie schienen längst nicht so sexy zu sein wie Jungbrunnen-Stoffe. Die Parabiose-Experimente waren unappetitlich, doch wenigstens führten sie zu einem Happy End. Die alte Maus wurde verjüngt. Das war, was sich alle wünschten und was Mark in seinen Veröffentlichungen in den Vordergrund gerückt hatte. Aber die Parabiose hatte noch etwas ergeben. Auch die junge Maus war verwandelt worden – in einen alten Zombie.

Mark hatte sich stets auf die verjüngenden Faktoren im Blut konzentriert – ihre wachstumsfördernde Wirkung schien am vielversprechendsten für die Entwicklung eines Medikaments, welches das Sterben von Nervenzellen zurückdrehen sollte. Mit seinem Projekt 150 hatte er offenbar Jungbrunnenstoffe gefunden, die noch breiter wirkten und Organe und Gewebe wie Muskeln, Haut, Haare erneuerten.

Warum er die alt machenden Faktoren bislang ignoriert hatte, lag auf der Hand. Forschung mit positiv besetzten Zielen und obendrein bildstarken Ergebnissen ließ sich viel besser verkaufen – ob den Vorgesetzten, der Öffentlichkeit oder der Industrie.

Wenn ein Lebewesen alterte, versiegte sein Jungbrunnen im Blut. Das aber war nur die halbe Erklärung. Sein Blut wurde auch nach und nach zu einer Müllhalde. Über die Jahre reicherten sich Stoffe an, die zerstörerisch wirkten wie Sand im Getriebe. Niemand kannte diese sogenannten Seneszenzfaktoren oder wusste, wie sie entstanden. Aber sie waren zweifellos da, das hatte die Parabiose bewiesen. Die junge Maus war durch das alte Blut regelrecht vergiftet worden.

Iliana erinnerte sich, wie sie mit Mark damals darüber diskutiert hatte. Sie wollte die alt machenden Faktoren erforschen.

»Vielleicht benötigen wir irgendwann gar kein Bimini mehr, um Alzheimer zu bekämpfen«, hatte sie ihm einmal gesagt, als sie abends bei einem Bier in ihrer Lieblingsbar in Hamburg saßen. »Vielleicht hat ein Alzheimer-Patient einfach nur zu viel Müll in seinem Blut, den man bloß irgendwie wegschaffen müsste.«

Sie waren beide schon ziemlich angetrunken. Das Gespräch

war während der ersten Bimini-Studie gewesen, als der Erfolg sich bereits abzeichnete. Mark hatte damals abgewunken. Sie waren gerade auf Gold gestoßen, warum sollten sie nach Müll suchen?

Nun war es für sie bitterer, höchst dringlicher Ernst.

Mark hatte offenbar nicht nur ohne ihr Wissen seine Forschung an Jungbrunnenstoffen vertieft, sondern sich auch den Seneszenzfaktoren gewidmet. Vielleicht hatte er dafür gar nicht viel Forschungsenergie aufwenden müssen. Ihr dämmerte, wie er an die Seneszenzfaktoren gelangt sein könnte. Sie hatten allen Alzheimer-Patienten, die an ihren Studien beteiligt gewesen waren, mehrfach Blutproben entnommen – für Routineuntersuchungen, um die Proteinveränderungen zu studieren und als Vorsichtsmaßnahme. Nebenwirkungen der Bimini-Behandlung waren immer möglich, allergische Reaktionen konnten auftreten, dann war eine Eigenblut-Transfusion lebensrettend. Diesen Fall hatten sie zum Glück nie erlebt.

Die Blutproben hatten sie aufbewahrt, sie lagerten tiefgefroren irgendwo bei Astrada. Daraus musste er die zerstörerischen Stoffe gewonnen haben.

Dieses Gift strömte seit vorgestern durch ihre Adern und raubte ihr wertvolle Lebenszeit.

Ihr biologisches Alter betrug 59,7 Jahre. Sie war in zwei Tagen um zwanzig Jahre gealtert. An und für sich war das kein hohes Alter, sie kannte Sechzigjährige, die topfit waren, fitter als sie sich jetzt fühlte. Es musste die rasante Veränderung sein, die ihren Körper so strapazierte.

Wie viel Zeit blieb ihr noch?

Dieser Test bestimmt den Zeitpunkt Ihres Todes. Auf den Tag genau.

Wenn sie so schnell alterte, würde sie sehr viel früher sterben als unter normalen Umständen. Die Frage war, wann.

Sie suchte in der App nach der Funktion, die Mark in der Aufsichtsratssitzung angewendet hatte. Sie fand den Punkt »Life Expectancy«. Als sie ihn antippte, erschien ein Disclaimer. Die App wies darauf hin, dass diese Funktion noch in der Betaphase stecke und fehlerbehaftet sein könne. Die Vorhersage sei darüber hinaus nicht belastbar genug, um daraus klinische Aussagen abzuleiten. Auch sollten mögliche psychologische Konsequenzen bedacht und die Ergebnisse mit einem Arzt besprochen werden.

Oh, sie hatte bereits klinische Aussagen von Phillip gehört. Sie waren alles andere als schön gewesen.

Mit zitterndem Zeigefinger wählte sie das Häkchen bei »Ich habe das gelesen« an und klickte dann auf »Weiter«. Nun sollte sie ihr Geburtsdatum eingeben. Sie tat es.

Plötzlich verschwamm für einen Moment die Schrift vor ihren Augen. Sie kniff sie zusammen, um wieder scharf zu sehen, aber es dauerte einige Sekunden, bis sie wieder lesen konnte. Es war ein erschreckender Moment. Ihre Augen hatten sie für eine kurze Zeit im Stich gelassen, und sie erinnerte sich an Phillips Worte. Er hatte etwas von grauem Star gesagt.

Sie tippte auf »Weiter«, und die Auswertung erschien.

»Ihre Lebenserwartung beträgt: Drei Tage, siebzehn Stunden und dreiundzwanzig Minuten.«

Sie keuchte. Dann musste sie würgen. Im letzten Moment erreichte sie den Mülleimer und erbrach sich.

Sie hatte mit dem Schlimmsten gerechnet. Aber drei Tage?

Je höher das biologische Alter im Vergleich zum chronologischen ist, desto schneller altert man.

Sie dachte an Marks Worte vor dem Aufsichtsrat. Bei ihr war die Abweichung extrem. Zwanzig Jahre. Sie alterte im Rekordtempo.

Es war Sonntagnacht. Am Donnerstag würde sie sterben.

Sie wischte sich den Mund ab. Ihr war heiß und elend zumute. Ihr Kopf hämmerte, und ihr war schwindlig. Nicht zuletzt vor Wut.

Mark hatte ihr eine Zeitbombe eingepflanzt. Hatte sie zum Tode verurteilt. Ihre Hinrichtung fand in drei Tagen statt.

Er hatte es perfekt eingefädelt. Ihr Vater hatte an Alzheimer gelitten, bei dieser Krankheit spielten erbliche Komponenten eine Rolle, manchmal brach sich Alzheimer schon früh Bahn. Auch ihre Mutter war nicht sehr alt geworden. Zusätzlich die privaten Probleme mit der Scheidung.

Es würde alles nach einem tragischen Schicksal aussehen.

Sie wollte schreien vor Wut, aber im letzten Moment beherrschte sie sich und erstickte den Schrei in ihrer Faust, die sie gegen die Zähne presste. Das Smartphone fiel ihr aus der Hand und rutschte unter den Schreibtisch. Es kümmerte sie nicht.

Sie saß alleine in ihrem Büro in der Nacht und hatte soeben ihr Todesurteil entgegengenommen – von einem Algorithmus. Heiße Tränen rannen ihr übers Gesicht.

Sie würde sterben.

Ihr nächster Gedanke galt Marie. Sie musste sich um ihre Tochter kümmern. Sie musste mit Phillip reden, Vorkehrungen für die Zeit danach treffen.

Aber gab es nichts, was sie gegen ihr Schicksal unternehmen konnte? Wirklich gar nichts? Sie überlegte fieberhaft. Suchte nach Möglichkeiten, die zerstörerische Wirkung der Seneszenzfaktoren in ihrem Körper aufzuhalten.

Bimini. Sie könnte sich Bimini verabreichen. Vielleicht würde das helfen.

Wie konnte sie an das Medikament rankommen? Garantiert waren irgendwo auf dem Firmengelände Bimini-Vorräte gelagert, aber wo? Es war keine gute Idee, sich nachts in der Forschungsabteilung auf die Suche zu begeben. Ihr Hirn ratterte. Ihr Vater. Sie könnte ihren Vater bitten, ihr etwas abzugeben. Er würde neues Bimini verschrieben bekommen, wann immer er es benötigte.

Aber etwas ließ sie zögern. Ihr Vater hatte Mark Bescheid gesagt und dabei zugesehen, wie Mark sie vergiftete. Konnte sie ihrem Vater noch vertrauen?

Phillip. Er war Arzt. Er konnte ihr Bimini verschreiben.

Sie fischte ihr Smartphone vom Boden auf und tippte mit fliegenden Fingern eine Nachricht: »Kannst du mir Bimini verschreiben? Frag nicht. Iliana.«

Doch dann kamen ihr Zweifel. Bimini wirkte ausschließlich im Gehirn. Ihr Problem war ein größeres. Phillips Testergebnisse hatten gezeigt, dass ihr gesamtes Organsystem betroffen war.

Trotzdem – es war einen Versuch wert. Womöglich würde sie damit wenigstens die Zerstörung ihres Gehirns aufhalten.

Ihr wurde bewusst, dass sie jetzt eine der Hauptanwärterinnen für Marks Projekt 150 war. Er spritzte sich den unbekannten Stoff, um sich zu verjüngen. Sie bräuchte ihn, um ihren Alterungsprozess wieder zu normalisieren.

Ein ungeheuerlicher Gedanke nahm Gestalt an. Sie könnte sich Plasma von Devaduta Pharma transfundieren – damit die Jungbrunnenstoffe darin ihre Alterung aufhielten. Der Gedanke ekelte Iliana. Auch sie würde dann vom Leid der Mädchen profitieren. Doch sie hatte keine Ahnung, wie sie an die Lieferungen von Devaduta Pharma gelangen sollte. Bimini wurde nicht in Hamburg hergestellt, das Plasma ging direkt an die Produktionswerke, auf die sie keinerlei Zugriff hatte. Schon gar nicht jetzt, da Mark am Ruder war.

Sie war erschöpft und verzweifelt. Sie breitete ihre Arme auf dem Schreibtisch aus und bettete ihren schmerzenden

Kopf darauf. Trotz ihrer Erschöpfung rasten ihre Gedanken im Kreis. Würde Marie ihr Leben ohne ihre Mutter verbringen müssen? In der wenigen Zeit, die Iliana blieb, musste sie sich von ihrer Tochter verabschieden. Phillip würde sie zu sich nehmen. Immerhin: Maries Zukunft war gewiss.

Sie hatte nur noch drei Tage mit ihrer Tochter.

Sie weinte. Minutenlang.

Irgendwann fing sie sich wieder. Sie musste sich zusammenreißen. Sie würde nicht so schnell aufgeben.

Sie hatte noch drei Tage. Die würde sie nutzen. Sie würde ihre Tochter absichern. Und sie würde versuchen, ihr Ziel zu erreichen, das sie sich nach wie vor gesetzt hatte: die Blutfarmen zu stoppen.

Klaus Merten sammelte gerade Beweise, damit würden sie Mark unter Druck setzen, ihn zwingen, eine synthetische Herstellung anzukurbeln.

Aber ihrem Gedächtnis konnte Iliana nicht mehr vertrauen, es wurde zusehends zum Sieb. Das hatte sie vorhin gerade erst wieder erlebt.

Sie brauchte schnellstens eine Gedankenstütze. Aber wie? Zettel schreiben? Die konnte sie verlieren. Ihr fiel ein Film ein, den sie gesehen hatte: »Memento«. Der Hauptdarsteller litt unter anterograder Amnesie, er konnte sich nichts Neues mehr dauerhaft merken. Seine Lösung bestand darin, sich wichtige Dinge auf den Körper zu tätowieren.

Tätowieren war auf die Schnelle natürlich keine Option. Aber sie könnte sich wichtige Dinge auf ihre Haut schreiben.

Iliana griff zum Edding und überlegte. Es musste eine Körperstelle sein, die ihr selbst schnell auffallen würde, anderen hingegen nicht.

Sie suchte ihren Körper ab.

Ihre Oberschenkel? Spätestens beim nächsten Toilettengang

würde sie die Botschaft sehen. Aber vielleicht war es dann schon zu spät?

Die Innenseiten ihrer Hände? Das war gut, barg aber die Gefahr, dass sie die Nachricht schnell abschwitzte oder abwusch.

Die Innenseiten ihrer Arme? Darüber trug sie Kleidung. Das war zu versteckt.

Ihre Unterarme? Die hatte sie in der zweiten Klasse schon zum Spicken verwendet. Da sie Rechtshänderin war, entschied sie sich für den linken.

Sie schrieb:

1. Du bist Iliana Kornblum.

Der Edding war zu dick, sie suchte einen mit schmalerer Spitze und fand ihn schließlich in der Schublade. Wieder hatte sie kostbare Minuten verloren.

Sie schrieb weiter:

2. Du hast Gedächtnisprobleme.

3. Du stirbst am Donnerstag.

Darunter schrieb sie noch:

4. Bimini ist Kinderblut!

5. Mark hat dich vergiftet!

6. Deine Mission: Synthetisches Bimini

Die letzte Zeile musste sie ziemlich quetschen. Sie schrieb »synth. Bimini« und hoffte, dass ihr löchriges Hirn von morgen damit etwas anfangen konnte.

Dann streifte sie den Ärmel ihres Pullovers über ihren Unterarm und packte die restlichen Horvath-Kits ein. Sie wollte aufbrechen, jede Minute zählte.

Ein Geräusch drang an ihre Ohren. Sie realisierte es zunächst nicht, weil es sehr dezent daherkam. Es waren die ersten Klänge eines vertrauten Liedes. Ein wunderschönes Gitarrenriff. Es dauerte einen Moment, bis ihr klar wurde, dass es

»Every Breath You Take« von The Police war. Es war ihr Klingelton. Ihr Smartphone klingelte.

Sie sah Klaus Mertens Namen im Display.

Telepathie, dachte sie.

Die Verbindung war schlecht. Sie hörte Straßenlärm im Hintergrund, und Stimmen. Sie sprachen Hindi. Merten rief aus Indien an.

Seine Stimme klang aufgeregt.

»Iliana, wir haben ein Problem.«

15

Merten stand vor einem leeren Gebäude, als er Iliana kontaktierte. Das Gebäude war offensichtlich noch bis vor Kurzem genutzt worden, er hatte Möbel durch die Fenster gesehen, Müllspuren gefunden, Papier von Süßigkeiten, ein paar Hinweise auf die Anwesenheit von Kindern. Aber nichts, was irgendetwas beweisen würde.

Die Blutfarm war verschwunden.

Sie hatten nichts in der Hand. Iliana rannte die Zeit davon.

Sie war verzweifelt. Merten war enttäuscht. Verständlich. Er war extra nach Indien geflogen in Erwartung eines Mega-Scoops. Ob er ihr überhaupt noch glaubte?

Iliana verließ das Büro und fuhr nach Hause. Es war in den frühen Morgenstunden. Das Autofahren strengte sie an, obwohl die Straßen leer waren. Die Lichter verschwammen vor ihren Augen, deren Sehvermögen sich drastisch verschlechtert hatte. Zwei-, dreimal fuhr sie an den Straßenrand, mit pochendem Herzen, schweißüberströmt und außer Atem.

Ein Gedanke durchfuhr sie. Marie. Wo war ihre Tochter? Sie dachte angestrengt nach. Sie konnte sich erinnern, dass sie mit ihr bei Phillip gewesen war. Hatte sie Marie bei ihm gelassen? Oder war sie bei ihrem Vater? Sie wusste es nicht mehr. Ihr verdammtes Gedächtnis.

Sie fuhr das Auto wieder an die Seite und kramte ihr Smartphone hervor. Phillip nahm nach dem fünfzehnten Klingeln ab. Sie hatte ihn aus dem Bett geholt. Als er bestätigte, dass Marie bei ihm war, fiel ihr ein Stein vom Herzen.

»Illi, komm später noch mal zu mir, okay? Ich habe eine Idee. Dann kriegst du auch dein Bimini.«

Sie fuhr nach Hause. Als sie den Wagen abstellte und zum Eingang lief, hörte sie eine Autotür zufallen. Die Straße war menschenleer. Iliana hörte Schritte. Sie kamen näher. Ihr Puls schnellte nach oben, sie blickte sich um und sah im Licht der Straßenlaterne eine Frau vor sich stehen.

»Frau Kornblum?«

Sie war etwa einen Meter siebzig groß, trug einen Mantel und Hosen. Iliana schätzte sie auf Anfang 50. Ihre langen dunklen Haare trug sie offen, graue Strähnen waren darin zu sehen. Ihr Blick war fest. Sie kam Iliana irgendwie bekannt vor, aber sie konnte sie nicht zuordnen.

»Ja?«, sagte Iliana unsicher. »Was wollen Sie hier? Mitten in der Nacht?«

Die Frau kam näher und streckte ihr die Hand hin. Iliana ergriff sie und wartete, dass die Frau sich ihr vorstellte, was diese aber nicht tat. Verwunderung stand in ihrem Gesicht. Offenbar dachte sie, Iliana würde sie erkennen.

»Ich wusste nicht, wie ich Sie sonst erreichen sollte, Frau Kornblum. Daher habe ich einfach vor Ihrem Haus gewartet.«

»Kenne ich Sie?«, fragte Iliana schließlich.

Die Frau sah sie verwirrt, erstaunt und erschrocken an. Iliana bot in ihrem Zustand keinen schönen Anblick.

»Das hatte ich eigentlich angenommen«, sagte die Frau. »Ich bin Andrea Parka.«

»Oh.« Das war alles, was Iliana erwidern konnte. Jetzt dämmerte es ihr allmählich. Andrea Parka war die Pharmakritikerin, die ihr und ihrer Firma seit Wochen die Hölle heißmachte.

»Woher wissen Sie, wo ich wohne?«

Andrea Parka zuckte mit den Schultern und lächelte.

»Wir haben eine gute Rechercheabteilung. Bitte verzeihen

Sie, dass ich Sie überfalle. Aber ich wusste nicht, wie ich sonst an Sie rankommen sollte. Ich würde gerne mit Ihnen reden, nach all den Ereignissen.«

Was spielte es noch für eine Rolle? Iliana starb. Also konnte sie auch mit Andrea Parka sprechen.

Iliana bat sie hinein. Sie war nicht auf Besuch eingestellt. Maries Sachen lagen überall herum.

»Bitte entschuldigen Sie die Unordnung.«

»Sie haben Kinder?«, fragte Andrea Parka und griff nach Maries Astrada-Teddy, der auf dem Wohnzimmertisch lag.

»Ja, eine Tochter. Sie ist vier.«

»Ich habe zwei Söhne, sechzehn und achtzehn.« Auf Andrea Parkas Lächeln lag ein trauriger Zug.

Erst jetzt wurde Iliana bewusst, wie absurd die Situation war. Sie hatte soeben ihre schärfste Gegnerin in ihre Wohnung gebeten. Die alles dafür tun würde, um zu erfahren, was Iliana seit Tagen an schrecklichen Geheimnissen mit sich herumtrug. Iliana hatte mit eigenen Augen gesehen, dass Andrea Parka mit ihren Vorurteilen gegenüber der Pharmaindustrie ins Schwarze traf, sie sogar noch überboten wurden an Abscheulichkeit. Ihr eigener Chef hatte sie vergiftet, um sie aus dem Weg zu räumen. Und nun standen sie hier und plauderten über ihre Kinder.

»Kann ich Ihnen etwas anbieten?«

»Gerne einen Weißwein, wenn Sie haben.«

Parka betrachtete eins von Maries heiß geliebten Mumins-Büchern. »Ah, die sind toll. Meine Söhne haben die auch geliebt. Wie heißt Ihre Tochter?«

»Marie. Sie ist gerade bei ihrem Vater.«

Andrea Parka nickte verständnisvoll. »Ich bin auch alleinerziehend.«

Iliana holte eine Flasche Wein, öffnete sie und goss ihnen

ein. Dabei schoben sich ihre Ärmel ein wenig hoch. Sie folgte Parkas Blick, der ihr linkes Handgelenk fixierte. Einer der Erinnerungssätze schaute unter dem Ärmel hervor. Verschämt zog Iliana ihren Pullover zurecht, und Andrea Parka wandte den Blick ab. Was hatte sie gesehen?

Iliana nahm einen großen Schluck. Ihre Nerven waren angespannt. Sie hatte nur noch drei Tage zu leben. Sie hatte Angst.

»Also, Frau Parka – was kann ich für Sie tun?«, wollte Iliana wissen und trank ihr Weißwein-Glas leer, was Andrea Parka mit einem Hochziehen der Augenbrauen zur Kenntnis nahm.

»Sie wollten doch sicher nicht mit mir über Kinder plaudern«, sagte Iliana. »Bitte verzeihen Sie meine direkte Art, aber für Small Talk ist meine Lebenszeit zu knapp.«

Sie konnte sich den Galgenhumor nicht verkneifen und goss sich nach.

»Gut. Dann komme ich gleich zur Sache«, sagte Andrea Parka. »Ich möchte Sie bitten, mir zu helfen, Frau Kornblum.«

Sie wartete kurz, bevor sie fortfuhr, vielleicht, weil sie eine entrüstete Reaktion von Iliana erwartete. Die aber schwieg, was Parka sichtlich irritierte. »Ich denke, die Wahrscheinlichkeit ist nicht sehr hoch, dass Sie es tun werden. Aber ich will es wenigstens versuchen. Erik Freimuth hat mich ständig abgewimmelt. Der Aufsichtsrat von Astrada ist unerreichbar. Auch bei Mark Jacobs bin ich auf taube Ohren gestoßen. Er soll der neue CEO von Astrada sein, wie ich hörte.«

Iliana zuckte leicht zusammen, als sie Marks Namen vernahm.

»Deshalb wende ich mich an Sie. Wie Sie wissen, gibt es Hinweise, dass Ihre Firma unredliche Experimente an indischen Kindern durchführt. Sie wissen, dass ich keine harten Beweise in Händen halte, jedenfalls noch nicht, aber ich bin überzeugt, dass es nur noch eine Frage der Zeit ist, bis die Wahrheit ans Licht kommt.«

»Warum sind Sie dann hier, wenn es nur noch eine Frage der Zeit ist?«, fragte Iliana. »Wofür brauchen Sie mich dann?«

Iliana konnte ihre Wut nicht unterdrücken, obwohl sie wusste, dass Andrea Parka im Recht war. Aber ihre selbstgefällige Attitüde mochte sie nicht.

»Solche Dinge können sehr lange dauern, Frau Kornblum. Mir geht es um die Kinder. Jede Sekunde zählt.«

Wieder zuckte Iliana. Auch für sie zählte jede Sekunde.

»Ich appelliere an Ihr Gewissen, als redliche Wissenschaftlerin, als Mutter einer kleinen Tochter. Wenn Sie irgendetwas wissen, dann helfen Sie mir bitte, diese Schweinerei zu beenden.«

Nidhis große dunkle Augen, ihr ausgezehrtes Gesicht. »Wir sind alle Engel.«

Iliana schloss die Augen. Sie konnte die Wahrheit kaum ertragen. Aber sie konnte Parka nichts davon erzählen. Es wäre das Ende von Bimini, von Millionen von Kranken, inklusive ihres Vaters. Der moralische Konflikt zerriss sie.

»Ich verstehe, dass Sie Angst haben, sich selbst zu belasten. Sie sind dem Unternehmen verpflichtet und wollen nicht als Verräterin dastehen. Aber bitte bedenken Sie, dass Sie auch Ihrem Gewissen und dem Wohl dieser Kinder verpflichtet sind. Es kann Ihnen als Wissenschaftlerin nicht egal sein, wenn unethische Experimente an Kindern durchgeführt werden. Denken Sie an Ihre Reputation.«

Parka schwieg einen Moment und sah sie eindringlich an. Iliana hielt ihren Blick kaum aus. Parka sah, dass Iliana etwas auf dem Herzen hatte. Dachte sie, dass sie Angst um ihre Stellung im Konzern hatte? Kaum. Sie hatte Angst um ihr Leben, das in drei Tagen zu Ende gehen würde.

»Seien Sie versichert, es gibt Wege, Informationen weiterzugeben, ohne sich zu kompromittieren. Wir werden Ihre Anonymität wahren und alles dafür tun, damit Sie nicht in Schwierigkeiten kommen.«

Iliana nahm einen weiteren Schluck Wein.

»Frau Parka, das ist rührend. Aber durch Sie und Ihre Protestaktionen bin ich bereits in große Schwierigkeiten geraten. Meine Tochter wurde gestern aus der Kita geworfen.«

Andrea Parka blickte sie fragend an.

»Meine Tochter ist dort unerwünscht. Weil ihre Mutter bei Astrada arbeitet. Ich muss sagen, Ihre Kampagne ist ein voller Erfolg.«

Parkas setzte eine gequälte Miene auf.

»Das tut mir leid, Frau Kornblum. Es ist natürlich nicht unsere Absicht, Leute persönlich anzugreifen und ihren Ruf zu beschädigen. Mir geht es einzig um die Sache. Frau Kornblum, ich will genauso wenig wie Sie, dass diese Protestaktionen weiter andauern. Das Ziel unserer Vereinigung ist es, unethisches Verhalten der Pharmaindustrie aufzudecken und anzuprangern. Wo immer wir können, gehen wir rechtlich vor. Nichts wäre mir lieber, als genau das zu tun, aber dafür brauche ich Beweise. Die kann ich nur von einem Insider bekommen. Von Ihnen. Helfen Sie mir, diesen Ausnahmezustand zu beenden.«

»Und bis Sie Beweise haben, machen Sie eben Stimmung«, sagte Iliana mit bitterer Stimme.

»Wir wollen den öffentlichen Druck erhöhen. Von selbst stoppen Pharmakonzerne ihr Fehlverhalten nicht.«

Iliana fühlte ihr Gewicht auf dem Sofa. Ihr Kopf hämmerte, ihr Ohr klingelte, ihre Glieder schmerzten. Immer wieder wurde ihre Sicht unscharf.

So sehr sie es auch wollte, sie konnte auf Andrea Parka nicht richtig wütend sein. Die Pharmaaktivistin ahnte nicht, wie recht sie hatte, wie schlimm es wirklich war.

Parka hielt inne und sah ihr in die Augen.

»Sie sehen nicht gut aus, Frau Kornblum. Gar nicht gut. Was ist mit Ihnen los?«

Iliana schwieg. Ihr Mund zitterte. Sie spürte Tränen aufsteigen. Jetzt nur nicht weinen. Sie hatte vorhin ihr Todesurteil erhalten. Sie fühlte sich so einsam, so verzweifelt. Die Versuchung, sich Andrea Parka anzuvertrauen, war einen Augenblick lang sehr stark. Aber was half es? Sie hatte nichts in der Hand. Die Blutfarm existierte nicht mehr.

Parka beugte sich vor. »Wissen Sie etwas, Frau Kornblum? Hat Astrada illegale Kinderstudien in Indien vornehmen lassen? Haben Sie irgendwelche Informationen, die uns weiterhelfen könnten? Irgendetwas?«

»Ich kann Ihnen nichts geben, Frau Parka«, sagte Iliana schließlich. Ihre Stimme klang kraftlos.

Parka seufzte. Glaubte sie ihr? Oder hielt sie es für ein Ausweichmanöver?

Sie schwiegen eine Weile. Parka trank ihren Wein. Sie wirkte niedergeschlagen. Gar nicht mehr wie die taffe, abgebrühte Lobbyistin, als die Iliana sie bislang betrachtet hatte. Diese Sache schien ihr wirklich ein Anliegen zu sein.

Schließlich sagte Iliana vorsichtig: »Nehmen wir einmal an, es wäre so, wie Sie sagen.«

Parka blickte auf.

»Nehmen wir mal an, Ihre schlimmsten Befürchtungen würden sogar noch übertroffen.«

Parka saß regungslos da und hielt die Luft an. Sie spürte, dass Iliana jetzt reden würde.

»Nehmen wir weiter an, all das würde publik, und der Skandal wäre so gewaltig, dass er Astrada in den Abgrund risse.

Nehmen wir an, es wäre so schlimm, dass Astrada für alle Zeiten erledigt wäre. Hier begänne das Dilemma, Frau Parka – mein Dilemma. Mein Vater leidet an Alzheimer. Seine Krankheit war meine Motivation, Bimini zu entwickeln. Um ihn zu heilen. Mein Traum ist wahr geworden, was ich nie zu hoffen gewagt hätte. Bimini hat sich als Wundermedikament herausgestellt und mir meinen Vater zurückgegeben. Ich weiß nicht, ob Sie sich vorstellen können, wie das ist, wenn der eigene Vater einen nicht mehr erkennt. Ich weiß nicht, ob Sie eine Ahnung davon haben, wie furchtbar es ist, mit anzusehen, wie die Persönlichkeit eines Menschen Stück für Stück verschwindet. Zum Glück ist das vorbei, mein Vater ist wieder er selbst. Und mit ihm Millionen andere Alzheimer-Kranke, die Bimini geheilt hat. Wenn Astrada den Bach runtergeht, dann, so meine Befürchtung, werden auch all diese Kranken und ihre Angehörigen den Bach runtergehen. Wer stellt dann sicher, dass sie weiterhin ihr Bimini bekommen werden? Können Sie mir das sagen, Frau Parka?«

Andrea Parka sah sie mit ernster Miene an. Iliana bemerkte, dass ihre Gesichtszüge, die normalerweise einen leicht strengen und belehrenden Ausdruck trugen, sich lockerten. Ilianas Worte waren angekommen.

»Das Letzte, woran sich meine Großmutter erinnerte, bevor sie starb, war der Moment, als sie zum ersten Mal ein Stück Schwarzwälder-Kirsch-Torte gegessen hatte. Da war sie fünf Jahre alt. Meine Großmutter war schwer dement. Um Ihre Frage zu beantworten: Ja, ich weiß, was es bedeutet, wenn ein Mensch seine Erinnerungen verliert. Immerhin war es eine schöne Erinnerung, die sie in den Tod begleitet hat.«

Iliana dachte an ihren eigenen nahenden Tod. Donnerstag. Es war grausam, den Zeitpunkt des eigenen Endes zu kennen.

»Iliana«, Parka nannte sie plötzlich beim Vornamen, »wenn

das Ihre Sorge ist, kann ich Sie beruhigen. Andere Konzerne werden die Patente aufkaufen, falls Astrada nicht mehr in der Lage sein sollte, weiterzuproduzieren. Es gibt außerdem Wege, ein Patent auszuhöhlen. So war es auch bei Aids-Medikamenten. Vielleicht erinnern Sie sich, sie waren anfangs sehr teuer. Dort, wo es die meisten Patienten gab, in den armen Weltregionen, konnte sie sich niemand leisten. Irgendwann haben afrikanische und indische Firmen dann begonnen, die Medikamente einfach zu kopieren, sie haben sich einfach nicht mehr um die Patente geschert.«

Iliana kannte die Geschichte. Natürlich hatten die Pharmakonzerne anfangs gegen die Kopien geklagt, waren dann aber zügig in die Ecke der unmoralischen, geldgeilen Ausbeuter gestellt worden, die den Tod Tausender Aids-Kranker in Kauf nahmen, nur um abzukassieren.

Iliana schüttelte den Kopf. »Es ist leider nicht so einfach.«

»Warum nicht?«, fragte Parka.

»Was ist, wenn die Produktion …« Iliana hielt inne. Sie wusste nicht, wie sie es Parka erläutern sollte, ohne ihr zu viel zu verraten. Aber was spielte es noch für eine Rolle? Sie hatte ohnehin keine Beweise, und Parka auch nicht.

»Was ist, wenn die Produktion von Bimini nicht fortgeführt werden kann? Von niemandem?«

»Ich verstehe nicht?«, sagte Parka. »Bimini wird aus Blutplasma gewonnen. Das ist doch überall verfügbar.«

Iliana schwieg, während Parka sie fest ansah. Man konnte sehen, wie es in dem Gehirn der Pharmakritikerin arbeitete.

»Was ist so problematisch an der Produktion von Bimini?«, fragte Parka.

Iliana atmete tief ein und aus.

»Ich kann Ihnen dazu nicht mehr sagen. Nur so viel: Der einzige Ausweg wäre, Bimini synthetisch herzustellen.«

Andrea Parka sah sie verständnislos an.

»Werden Obdachlose etwa dafür unter Druck gesetzt, Blut zu spenden? Drückt Astrada die Preise? Sie wären nicht die Einzigen, die das tun.«

Iliana wunderte sich, dass Parka nicht von selbst auf die Lösung kam. Sie glaubte immer noch, dass Astrada in Indien Medikamente an Kindern testete. Dass der Konzern hingegen die Kinder ausblutete – dafür fehlte selbst der eingefleischtesten Pharmakritikerin die Fantasie.

»Es ist bekannt, dass Plasmafirmen bevorzugt in armen Ländern Filialen eröffnen, weil die Plasmaspende dort die einzige Einnahmequelle für viele Bedürftige darstellt. Verwendet Astrada für die Produktion von Bimini Plasma aus solchen Quellen?«

»Es bringt nichts, wenn Sie weiter nachhaken. Ich kann Ihnen nicht mehr sagen. Eine synthetische Herstellung von Bimini wäre der einzige Weg, die Produktion fortzuführen. Aber diese Möglichkeit existiert noch nicht.«

»Wir könnten dabei behilflich sein«, fuhr Parka unbeirrt fort. »Wir könnten das Rezept für Bimini in einer konzertierten Aktion weltweit gleichzeitig leaken. Es könnte sich ein weltweites Forscherkonsortium bilden, das an der Umsetzung einer synthetischen Herstellung arbeitet und Bimini …«

»Das ist das nächste Problem. Ich habe keinen Zugriff auf die Bimini-Daten«, sagte Iliana. »Selbst wenn ich es wollte, ich kann Ihnen die Rezeptur nicht geben.«

»Aber Sie sind doch stellvertretende Forschungsleiterin?«

Ilianas Kopf schwirrte. Sie kamen hier nicht weiter.

»Die Frage ist außerdem: Wie schnell würde das gehen?«, sagte Iliana. »Schnell genug, um eine reibungslose Versorgung zu ermöglichen?«

Iliana fiel das Denken zunehmend schwerer, ihre Zunge lag wie ein nasser Lappen im Mund und erschwerte das Sprechen.

»Verzeihen Sie, Frau Parka. Andrea. Ich glaube, ich muss mich kurz hinlegen. Mir ist nicht gut.«

»Oh, natürlich, bitte entschuldigen Sie, dass ich Sie so lange aufhalte. Iliana, ich möchte nicht gegen Sie arbeiten, sondern mit Ihnen. Geben Sie mir die Bimini-Daten, und ich werde ein Forschungsprojekt anleiern, das eine synthetische Herstellung in Angriff nimmt.«

Iliana kam nicht umhin, sie nach und nach sympathischer zu finden. »Lassen Sie mich darüber nachdenken.«

Nachdenken. Das fiel ihr in diesem Moment unglaublich schwer. Ihr war schwindlig.

Sie standen auf, dabei wurde es Iliana für einen Moment schwarz vor Augen. Parka griff sie am Arm.

»Ist alles in Ordnung mit Ihnen, Iliana? Soll ich einen Arzt rufen?«

»Nein, es geht schon, ich muss mich hinlegen.«

Als sie ein paar Schritte getan hatten, merkte Iliana, wie es plötzlich ganz schnell ging. Ihr wurde erneut schwarz vor Augen, und ihre Beine sackten weg. Als sie stürzte, versuchte sie, sich am Bücherregal festzuhalten. Dabei riss sie ein Brett heraus, und Dutzende Bücher fielen krachend zu Boden.

»Iliana!«, hörte sie Andrea Parka rufen. Dann sah sie Parkas besorgtes Gesicht direkt vor ihrem.

»Phillip«, keuchte Iliana. »Rufen Sie Phillip Schmiedekampf an.«

Dieser verdammte Idiot. Erik Freimuth sah auf das Display seines iPhone. Pepperman. Er wusste doch genau, dass er noch bei Astrada tätig war. Wollte Pepperman ihn kompromittieren? Oder war er einfach nur dumm? Freimuth tippte auf Letzteres.

Er nahm ab.

»Ja?«, sagte er mit beherrschter Stimme und schloss rasch die Tür seines Büros. Seine Assistentin Evelyn warf ihm einen Blick zu und bemühte sich um eine möglichst unbeteiligte Miene. Er war sich sicher, dass sie ihn bespitzelte.

»Erik, wir haben über dein Angebot nachgedacht.«

»Und?«

Pepperman räusperte sich.

»Es klingt für uns nicht ganz uninteressant.« Er bemühte sich um einen gleichgültigen Ton. Freimuth hörte genau heraus, ob jemand authentisch war oder nicht. Pepperman war es gerade nicht.

»Wir können darüber reden.«

»Was bietest du mir? Eine Doppelspitze?«

Er hörte Pepperman nach Luft schnappen.

»Erik … Scheint dir das nicht etwas übertrieben? Glaubst du wirklich, dass du bei Lilly ganz oben einsteigen kannst?«

»Stanton, komm schon. Du weißt, dass ich einen sehr dicken Apfel in der Hand habe. Einen Blockbuster von einer Dimension, der Viagra wie Smarties aussehen lassen wird. Ich werde euch diesen Apfel nicht unter Wert verkaufen. Wenn ihr nicht wollt, gehe ich eben zu Pfizer oder Novartis.«

»Hast du mit denen etwa schon geredet?«

Pepperman war nervös. Gut.

Freimuth schwieg. Sein Nichtstun war Methode. Den Gegner aus der Reserve locken, ihn die Fehler machen lassen.

Pepperman seufzte. »Für eine solche Entscheidung brauche ich den Aufsichtsrat. Das ist nicht einfach, und das weißt du.«

Freimuth wusste das nur zu gut.

Er bluffte. Novartis oder Pfizer würden ihn niemals nehmen. Nicht so kurzfristig und schon gar nicht mit einem so windigen Angebot. Große Konzerne waren viel zu vorsichtig und viel zu träge, um sich auf ein solches Risiko einzulassen.

Lilly war kleiner, flexibler, dort würde er schneller ans Ziel kommen. Aus langjähriger Start-up-Erfahrung wusste Freimuth, dass es einfacher war, etwas Kleines groß zu machen, als etwas Großes noch größer. Die inneren Widerstände in einem Konzerntanker wie Novartis waren nicht zu unterschätzen. Eine kleine Firma hatte zudem den Außenseitervorteil auf ihrer Seite. Niemand traute Lilly ein Jungbrunnenpräparat zu.

»Dann will ich den CSO.«

Chief Scientific Officer. Er würde die wissenschaftliche Ausrichtung bestimmen. Genau das, was er wollte. Fürs Erste. Bis er Pepperman los war.

Pepperman schnaufte. Dann Schweigen. Freimuth ließ ihn schmoren. Er wusste ohnehin, wie die Antwort lauten würde. Er kannte Typen wie Pepperman besser als sie sich selbst.

»In Ordnung.«

»Schön. Das freut mich, Stan.«

Er wusste, dass Stanton sich selbst immer Stan nannte. Er fand das cool.

»Du bist ein harter Verhandler, Erik.«

Natürlich bin ich das, dachte Freimuth. Ich bin ja nicht du.

»Dann … bis gleich«, sagte Freimuth und lachte. Er wollte schon auflegen.

»Erik, eine Sache noch … Ich gehe davon aus, dass du sauber aus Astrada rausgehst. Dass niemand sonst dort dieses … Projekt verfolgt. Eine Konkurrenzsituation können wir uns nicht leisten. Wir haben nicht die Kampfmittel, um einen Rechtsstreit mit Astrada auszufechten. Der Rat würde nicht mitspielen.«

Freimuth zuckte kurz mit dem linken Mundwinkel. Gut, dass Pepperman es nicht sehen konnte.

»Kann ich mich darauf verlassen, dass du sauber rausgehst? Dass dein Wunderapfel wirklich uns gehört?«

Das war kein Pepperman-Spielchen mehr, das war Ernst. An der Antwort auf diese Frage konnte sein Wechsel tatsächlich scheitern. Freimuth bemühte sich, seine Stimme genauso ruhig klingen zu lassen wie zuvor, bevor er antwortete.

»Du kannst dich auf mich verlassen, Stan.«

»Okay.«

Pepperman legte auf, und Freimuth atmete mehrmals tief durch.

Er hatte das Sicherheitsbedürfnis von Pepperman und Lilly unterschätzt. Das bedeutete Zeitdruck. Seine Rache an Mark würde er nun vorziehen müssen.

Das Piepen der Apparate drang in ihr Bewusstsein. Langsam erwachte Iliana aus dem Nebel. Sie fühlte sich schwach. Elend. Alles tat weh. Iliana spürte einen feinen Luftstrom in ihre Nasenlöcher ziehen. Ein dünner Schlauch war unter ihrer Nase befestigt.

Sie sah den Raum, in dem sie sich befand, durch einen Schleier – ihre Augen ließen sie wieder im Stich. Da war viel Weiß, ein Tisch, etwas hing über ihr, es sah aus wie ein Dreieck. Iliana blinzelte mehrmals, die Sicht wurde etwas besser.

Sie sah ein Gesicht. Eine Frau. Die Frau trug hellblaue Kleidung und stellte gerade etwas neben ihr auf den Tisch. Ein Tablett mit Geschirr. Dann blickte sie Iliana an und bemerkte, dass sie wach war. Sie drückte auf etwas an ihrem Hemd, es war ein Beeper.

»Sie ist jetzt wach, Herr Professor Schmiedekampf«, sagte sie.

Schmiedekampf. Der Name sagte ihr nichts.

Iliana bewegte leicht die rechte Hand. Etwas zog daran, sie spürte einen Schmerz. Ein Stechen und Pochen, wie von einem Insektenstich, aber tiefer gehend, in ihrem Fleisch. Mit der anderen Hand zog sie die Decke weg und sah, dass auf ihrem rechten Handrücken ein Schlauch angebracht war.

Sie begriff: Sie war im Krankenhaus. Jetzt sah sie etwas auf ihrem linken Unterarm. Dort stand etwas geschrieben. Sie musste den Arm anheben, um es zu lesen.

1. Du bist Iliana Kornblum.

2. Du hast Gedächtnisprobleme.

3. Du stirbst am Donnerstag.

4. Bimini ist Kinderblut!

5. Mark hat dich vergiftet!

6. Deine Mission: synth. Bimini

Was bedeutete das alles? Was war geschehen? Sie versuchte, sich zu erinnern, aber da war nur ein leeres dunkles Loch in ihrem Geist.

Durch die Fenster fiel Sonnenlicht herein, sie sah Bäume im Wind schaukeln und ganz in der Ferne die Spitzen von Hafenkränen.

Ein Mann in weißem Kittel betrat das Zimmer. Er hatte kurze dunkle Haare und ein schmales Gesicht. Er sah sie aus sanften dunkelbraunen Augen an.

Der Arzt setzte sich auf die Bettkante und ergriff ihre linke Hand.

»Iliana, wie geht es dir?«

Sie war verwirrt. Wieso duzte er sie?

Er bemerkte ihren verwirrten Blick. Es schien, als verstehe er.

»Iliana? Ich bin's, Phillip. Erkennst du mich?«

»Phillip?«

»Ich bin dein Ex-Mann. Oder … na ja, bald. Du bist in meiner Klinik. Du hattest einen Kreislaufkollaps. Es sah nicht gut aus.«

»Phillip.«

Der Name berührte etwas in ihr, brachte etwas zum Schwingen, wie eine Gitarrensaite. Phillip. Langsam stiegen Bilder in ihr auf. Sehr ungeordnet. Prasselten auf sie ein. Sie wurden langsam klarer.

Bücher verstreut auf dem Boden.

»Die Bibel steht rechts vom Koran, Iliana.«

»Wir sind alle Engel.«

Langsam kehrte alles zurück, formten sich die Dinge aus dem Nebel heraus und nahmen Gestalt an.

Phillip. Er war ihr Mann. Sie hatten sich gestritten. Er hatte sie betrogen. Sie hatten sich getrennt. Er lebte nun mit einer anderen Frau in einem großen Haus. All das kam in Sekundenschnelle wieder. Es war, als durchlebte sie die Trennung im Zeitraffer.

»Ich fühle mich schlecht«, sagte Iliana. Ihre Stimme war ein Krächzen.

»Ja, ich weiß. Du hattest gestern Nacht einen Kreislaufkollaps. Ich habe alles getan, was ich konnte, um dich zu stabilisieren.«

»Welcher Tag ist heute?«, fragte sie.

»Montag.«

»Gut. Dann ist es noch nicht so weit.«

Phillip sah sie verwundert an.

»Was meinst du?«

»Ich habe noch Zeit.«

»Meinst du etwa diese komische Nachricht auf deinem Arm? Dass du Donnerstag stirbst? Was ist los? Du hast noch viel mehr Tage vor dir.«

Sie schüttelte schwach den Kopf.

»Der Horvath-Test. Ich habe nur noch bis Donnerstag zu leben.«

Sie klärte ihn auf, wie der Test funktionierte.

»Ich altere im Zeitraffer.«

Phillip sah sie verwundert an. »Deswegen wolltest du Bimini von mir. Iliana, deine Werte sind schlecht, das stimmt. Auch das mit der Menopause ist merkwürdig. Aber so schnell kann niemand altern. Das ist unmöglich.«

»Er hat mir Seneszenzfaktoren gespritzt. Mein Körper verfällt.«

»Wovon redest du?«, fragte er. »Wer hat dir etwas gespritzt?«

Sie erzählte ihm von der Spritze, die Mark ihr Freitagnacht gesetzt hatte.

Phillip wurde bleich.

»Ist es wegen der toten Mädchen?«, fragte er.

»Du hast meine Notizen gelesen«, sagte sie.

»Sie waren nicht zu übersehen. Ich habe das nicht ernst genommen und an deinem Verstand gezweifelt. Iliana, stimmt das? Bimini ist Kinderblut? Was heißt das?«

Sie erzählte ihm kurz, was sie wusste. Es fiel ihr schwer, sich zu konzentrieren.

Phillip war fassungslos.

»Dieses Dreckschwein will dich umbringen. Wir müssen zur Polizei.«

Sie hustete. Dann musste sie niesen. Als sie zur Seite blickte, um zu sehen, ob irgendwo Taschentücher lagen, sah sie ausgefallene Haare auf ihrem Kissen. Schütter und grau. Auf dem Nachttisch stand ein Spiegel. Sie wagte nicht hineinzuschauen. Es nahm seinen unaufhaltsamen Verlauf. Sie hatte nicht mehr viel Zeit.

»Nein, Phillip, das geht nicht. Dann ist Bimini passé. Das kann und will ich nicht riskieren. Vielleicht könnt ihr Mark später noch zur Rechenschaft ziehen, aber im Moment kann ich es nicht. Ich muss versuchen zu erreichen, dass er

Bimini synthetisch herstellt. Dafür will ich ihn unter Druck setzen, ich weiß nur noch nicht genau, wie, aber ich habe eine Idee.«

»Deine Mission?«, sagte er. »Sie steht auch auf deinem Arm.«

»Genau. Ich muss jetzt nachdenken, wie ich meine letzten Tage nutze, um sie zu erfüllen.«

»Von wegen. Wir machen eine Blutwäsche, Iliana. Wir holen diesen Scheiß aus deinem Blut raus. Wir haben hier Dialyse-Apparate, das dauert ein paar Stunden. Dann bist du wieder fit.«

Sie bezweifelte, dass es so einfach war. Die Seneszenzfaktoren hatten bereits eine biochemische Kaskade in ihrem Körper in Gang gesetzt. Eine Blutwäsche alleine würde die nicht stoppen können.

Es berührte sie zu sehen, wie er sich um sie sorgte. Nach allem, was vorgefallen war. Da bestand noch immer eine enge Verbindung zwischen ihnen.

»Danke für deine Unterstützung, aber kannst du mich irgendwie anders auf die Beine bringen, sodass ich handlungsfähig bin? Ich muss ein paar Dinge erledigen. Wo ist Marie?«

»Marie geht es gut. Christiane kümmert sich um sie. Sie hat auch schon eine neue Kita für sie gefunden, eine Freundin von Christiane leitet eine in Blankenese. Heute ist der Eingewöhnungstag.«

Phillip sah auf die Uhr. »In einer halben Stunde wird Christiane mit ihr dorthin fahren. Ich hatte mit ihr vereinbart, dass sie dann herkommen, um dich zu besuchen. Marie fragt dauernd nach dir. Ich habe ihr gesagt, dass du krank bist. Mehr nicht.«

»Ich danke dir.«

Sie drückte seine Hand fester. Er erwiderte ihren Griff.

»Phillip, ich weiß, dass es zwischen uns schlimme Zeiten gegeben hat. Wir haben uns gegenseitig sehr wehgetan.«

»Also, wenn das jetzt eine Abschiedsrede werden soll, dann …«

Sie hob die Hand, und er verstand die Geste.

»Ich habe Fehler gemacht, du hast Fehler gemacht. Ich wollte dir nur sagen, dass ich verstehen kann, warum du getan hast, was du getan hast. Auch wenn ich mir gewünscht hätte, dass du ehrlicher zu mir gewesen wärst.«

Er holte Luft, um zu widersprechen, aber er schwieg.

»Lass uns nicht streiten«, sagte sie, »es ist gewesen, wie es gewesen ist. Ich wollte dir nur sagen, dass ich an unsere guten Zeiten zurückdenke und sie im Herzen bewahre. Ich bin froh, dass du glücklich bist mit Christiane. Ich danke dir, dass du immer ein verlässlicher Partner bist, wenn es um Marie geht. Ich möchte, dass du mir etwas versprichst …«

Er nickte. »Alles.«

»Versprich mir, dass du dich gut um Marie kümmern wirst, wenn ich nicht mehr für sie da bin. Versprich mir, dass du und Christiane gut für sie sorgen werdet, Phillip.«

Tränen rannen ihr aus den Augen und liefen ihre Wangen hinab.

»Iliana, hör auf damit. Du wirst nicht sterben. Das werde ich nicht zulassen.«

»Versprichst du mir das, Phillip?«

Er sah sie an. Schmerz flackerte in seinen Augen.

»Ich verspreche es. Aber du wirst nicht sterben.«

Sie sagte nichts.

Im Ufo-Forschungsgebäude klingelte Marks Telefon. Er war gerade dabei, mit Céline die Optimierung der Plasmafraktionierung zu besprechen, um die Proteinausbeute für Projekt 150 zu verbessern. Natürlich hatte Céline keine Ahnung, woher das russische Plasma stammte. Streng genommen: das weißrussische Plasma. Mark hatte dazugelernt. Eine abermalige direkte Verbindung wie zwischen Astrada und Devaduta Pharma konnte er sich nicht erlauben. Daher ließ er das Babyplasma in Weißrussland umetikettieren.

Mark blickte auf sein Smartphone, die Nummer war unterdrückt, das musste Rahmanian sein. Er entschuldigte sich bei Céline und zog sich in sein Büro zurück.

»Herr Jacobs?«, sagte Rahmanian. »Können wir reden?«

»Natürlich.«

»Ich habe gehört, dass Freimuth bei Lilly vorstellig geworden ist. Ist das ein Problem für uns?«

Bei Mark läuteten Alarmglocken. Scheiße. Was führte Erik Freimuth im Schilde? Er wusste alles über Projekt 150. Würde er es wagen, sein Wissen an einen anderen Konzern zu verkaufen? Ein verunsicherter Aufsichtsratsvorsitzender war das Letzte, was Mark jetzt gebrauchen konnte. Er überlegte fieberhaft, was er Rahmanian sagen sollte. Er konnte es sich nicht leisten, Projekt 150 zu gefährden.

»Ich wüsste nicht, warum? Dass er seine Karriere anderswo fortsetzen möchte, war doch anzunehmen. Er hat eine Verschwiegenheitserklärung unterschrieben. Sollte er irgendwelche Betriebsgeheimnisse verraten, werden wir ihn in Grund und Boden klagen.«

»Sie wissen, was ich meine, Jacobs.«

Rahmanians Sorge waren die Blutfarmen. Nicht Projekt 150.

»Freimuth weiß so viel wie ich, was die Logistik angeht. Aber machen Sie sich deswegen keine Sorgen. Ich habe entsprechende Vorkehrungen getroffen.«

Mark hatte die Blutfarmen verlegen lassen. Zuallererst die Farm in Patna, weil sie das größte Risiko barg.

Was Rahmanian nicht ahnte: Freimuth wusste auch von der Säuglingsfarm in Russland. Die konnte er nicht verlegen lassen, denn dann würde die Produktion für Projekt 150 versiegen.

»Gut. Ich hatte Sie so verstanden, dass Sie einen Transformationsprozess einleiten und auf synthetische Produktion umschalten wollen. Das heißt: Wir werden diese offene Flanke über kurz oder lang geschlossen haben, nicht wahr?«

Eine Hitzewelle überrollte Mark. Seine ganze Aufmerksamkeit galt derzeit Projekt 150. Was wollte Rahmanian denn noch? Dieser selbstherrliche Hund profitierte doch davon. Mühsam hielt Mark seinen Zorn im Zaum.

»Machen Sie sich keine Sorgen, Herr Rahmanian. Das ist bereits im Gang.«

»Gut.« Rahmanian schien zufrieden. »Übrigens: Die Behandlung schlägt an.«

»Ah, schön. Wie fühlen Sie sich?«

»Ich bin begeistert! Ich schlafe besser und fühle mich kräftiger und fitter. Auch meine Frau hat bereits einen Unterschied bemerkt, wenn Sie verstehen, was ich meine.«

Eine kleine Pause entstand. Rahmanians Sexleben interessierte ihn herzlich wenig.

»Das freut mich, Herr Rahmanian.«

»Mir macht Sorge, ob wir mit der Behandlung fortfahren können. Sie erwähnten Produktionsschwierigkeiten?«

»Oh, seien Sie unbesorgt. Die sind behoben.«

»Gut. Übrigens – mir ist zu Ohren gekommen, dass sich noch andere Aufsichtsratsmitglieder in dieser Sache an Sie gewandt haben.«

Woher wusste er, dass Andreesen, Hansen und sogar Begemann ihn wegen einer Behandlung angeschrieben hatten? Frau Hansen hatte ihn regelrecht darum angefleht.

»Das ist korrekt. Aber ich habe niemandem etwas versprochen«, fügte er hastig hinzu. Mark nahm an, dass Rahmanian bereits wusste, um wen es sich handelte. Er nannte ihre Namen – Rahmanian sollte Grund zu der Annahme haben, dass Mark keinerlei Geheimnisse vor ihm verbarg.

»Das dachte ich mir«, sagte Rahmanian. »Die drei haben sich nämlich bereits für Projekt 150 ausgesprochen.«

Er sagte es, als sei es eine Nebensächlichkeit. Aber für Mark war es das nicht. Sein Puls beschleunigte. Projekt 150 hatte eine Mehrheit im Aufsichtsrat und er damit endgültig freie Bahn.

»Hätten Sie denn genug Substanz für uns alle?«, fragte Rahmanian.

Mark überlegte kurz. Würde er das Projekt gefährden, wenn er Rahmanian ehrlich antwortete? Er entschied sich, bei der Wahrheit zu bleiben.

»Es könnte knapp werden.«

»Wie viel haben Sie?«

Mark überschlug im Geiste seine Vorräte. »Ich denke, es würde für zwei weitere Personen reichen. Vorerst.«

»Dann behandeln Sie Andreesen und Begemann. Und vertrösten Sie Hansen.«

Mark begriff. Rahmanian war auf seine Taktik aufgesprungen. Er wollte Andreesen und Begemann abhängig machen. Um sie in der Hand zu haben. Nicht nur bei diesem Projekt. Sondern für immer.

Er legte auf.

Mark überlegte. Er fühlte Triumph und Freude wegen Projekt 150. Aber er hatte auch Bedenken. Er hatte Rahmanian nicht gesagt, woher die GRF150-Proteine kamen. Rahmanian hatte auch nicht danach gefragt. Mark hoffte, dass ihm diese Unterschlagung nicht irgendwann um die Ohren fliegen würde.

Aber noch stärker beunruhigte ihn Freimuth. Er war eine Rakete mit unbekanntem Kurs. Er wusste von Projekt 150 und wo die Babyfarm lag, er hatte sie ja selbst eingerichtet. Dass er mit diesem Wissen in der Tasche nun bei der Konkurrenz baggerte, gefiel Mark ganz und gar nicht.

Vielleicht würde er auch Freimuths Leben drastisch verkürzen müssen.

Mark seufzte. Als hätte er nicht schon genug zu tun.

Christiane und Marie kamen zu ihr herein. Sie musste sich zusammenreißen, um nicht vor ihrer Tochter in Tränen auszubrechen. Marie krabbelte in ihr Bett, und Iliana streichelte ihr den Kopf. Sie sagte ihrer Tochter, dass sie krank sei, es ihr aber bald schon wieder besser gehen werde. Christiane stand dabei und sah Iliana besorgt an.

Marie begann zu weinen.

»Mama, wann kommst du wieder nach Hause?«, fragte sie.

»Bald schon, mein Schatz. Aber du bist doch auch gerne bei Papa und Christiane, oder?«

Marie nickte. »Ich will, dass du wieder gesund wirst, Mama.«

»Ja, mein Schatz. Ich werde ganz bestimmt wieder gesund.«

»Mama, ich will dir etwas zeigen«, rief Marie und rannte zur Seite. Sie hatte offenbar ihren kleinen Rucksack irgendwo abgestellt. Sie kramte darin und holte etwas heraus. Es war ein gefaltetes Blatt Papier.

»Das habe ich in der Kita gemacht. Das ist für dich, Mama.«

Iliana faltete das Blatt auseinander, was ihr mit einer Hand schwerfiel. Christiane half ihr.

Als Iliana das Bild sah, stockte ihr der Atem.

Marie hatte eine Frau mit langen blonden Haaren gemalt – ihre gewohnte Art, ein Porträt ihrer Mutter zu malen. Zur Sicherheit hatte Marie »Mama« darunter gekritzelt. Eine der

Erzieherinnen musste ihr dabei geholfen haben, denn sie konnte natürlich noch nicht schreiben. Auffallend war, dass Marie sie mit gekrümmtem Rücken gemalt hatte. Sie lächelte auch nicht, was die von Marie gemalten Personen eigentlich immer taten. Daneben hatte Marie eine kleinere Figur gemalt, ein Mädchen mit langen Locken. Die Figuren hielten einander an der Hand.

»Das bist du, Mama, und das bin ich«, sagte Marie und zeigte erst auf die große Figur und dann auf die kleine.

Es war die kleine Figur, die Iliana den Atem raubte.

»Wieso hast du dich mit Flügeln gemalt?«, fragte Iliana.

»Ich bin ein Schutzengel. Ich passe auf, dass dir nichts passiert. Ich mache dich gesund.«

»Das ist sehr, sehr lieb von dir.«

Wir sind alle Engel.

Plötzlich kam Iliana ein Gedanke. Er war furchtbar und skrupellos. Zugleich hatte er eine Kraft und Klarheit, gegen die sie sich nicht wehren konnte.

Marie könnte sie tatsächlich wieder gesund machen.

Das Blut ihrer Tochter enthielt die Verjüngungsfaktoren, die sie brauchte. Sie könnten die Seneszenzfaktoren neutralisieren.

»Mama, kann ich dich wieder gesund machen?«, fragte Marie.

Iliana sah ihre Tochter an. Sah ihre traurigen grünen Augen, aus denen Tränen kullerten. Es brach ihr das Herz. Einzig der Gedanke, dass sie Marie alleine auf dieser Welt zurücklassen würde, war noch viel schmerzhafter als das, was sie gleich von ihr verlangen musste.

»Ja, mein Schatz. Das kannst du. Aber es wird ein bisschen wehtun.«

16

Mark betrachtete sich im Spiegel. Sein Haar war wieder dicht und voll, die Geheimratsecken waren ebenso verschwunden wie die grauen Strähnen, die sich über die Jahre angesammelt hatten. Allein die Haare ließen ihn gut zehn Jahre jünger aussehen.

Und wie sich seine Haut verändert hatte! Einige der großen Falten waren flacher geworden, vor allem die senkrechten an seinen beiden Mundwinkeln, die seinem Gesicht immer etwas Hartes verliehen hatten.

Es war fast unheimlich, die eigene Verwandlung mit anzusehen, die sich innerhalb nur weniger Wochen vollzogen hatte.

Céline hatte ihn heute ganz erstaunt angesehen, als er mit ihr gesprochen hatte. Sie hatte sich bestimmt gefragt, ob er sich botoxen ließ.

Es war nicht nur sein Aussehen, das sich rapide änderte. Er fühlte sich auch anders. Als hätte ihm jemand einen zusätzlichen Akku eingebaut. Er hatte mehr Energie, war morgens fitter und ausgeruhter, und seine Kondition wurde mit jedem Tag besser. Er joggte wieder regelmäßig und hatte aus dem Stand heraus zwei Runden um die Alster geschafft. Früher war er froh gewesen, eine zu schaffen. Inzwischen war er bei dreien.

Sehr angenehm bemerkbar machte sich die Verjüngung in seinem Sexualleben. Offenbar wirkten die 150-Proteine diesbezüglich besonders intensiv. Er wusste kaum noch wohin mit seinem Trieb. Wie ein hungriger Wolf zog er abends los, ging wahllos in Bars und Clubs auf St. Pauli und nahm mit Freude zur Kenntnis, dass er überall geduzt wurde. Letzte Woche hatte er gleich zwei Frauen auf einmal mit nach Hause genommen. Er fühlte sich körperlich wie zu seinen besten Studentenzeiten. Rahmanian ging es offenbar ähnlich.

Dass die Verjüngungsproteine so sehr auf die Libido einwirkten, war besser als gedacht. Damit hatten sie Viagra sozusagen inklusive. 150 Jahre alt zu werden war schön und gut. Aber *wie* man alterte, war ebenso entscheidend – wer wollte schon die gewonnenen Jahrzehnte als ausgemusterter Silver Ager fristen, wenn er stattdessen die geschenkte Zeit als junger Hengst verbringen konnte?

Sein biologisches Alter lag laut Horvath-Test nun bei 35 Jahren. Er sah tatsächlich danach aus. Er war 20 Jahre jünger. In dieser kurzen Zeit. Dies war das Medikament, auf das die Menschheit gewartet hatte. Er würde den Menschen einen uralten Traum erfüllen. Nicht die ewige Jugend, aber immerhin eine sehr ausdauernde. Er hatte auch schon einen Namen dafür: Aeternum. Ewig.

150 Jahre waren eine lange Zeit. Man konnte mehrere Leben in einem leben, mehrfach heiraten, mehrere Familien gründen, mehrere Jobs und Karrieren machen, sich immer wieder neu erfinden. Die Frauen würden besonderen Grund zur Freude haben. Sie würden endlich von der unerbittlich tickenden biologischen Uhr befreit sein.

Abhängig vom bereits bestehenden Alter musste man jeweils schauen, wie stark die Verjüngungsfaktoren jemanden im biologischen Alter zurücksetzen konnten. Würde eine 70-Jährige, die regelmäßig GRF150-Proteine einnahm, irgendwann wieder zu einer 25-Jährigen werden? Oder gab es eine natürliche Grenze?

Wahrscheinlich würden sich Alterung und Verjüngung auf einem gewissen Level einpendeln.

Mark betrachtete sein Spiegelbild. Was würde passieren, wenn er die Injektionen absetzte? Würde sein Körper einfach wieder in normaler Geschwindigkeit altern, nur eben von seinem neuen biologischen Alter ausgehend? Oder würde der Körper versuchen, seinen Ursprungszustand wiederherzustellen – ein bisschen so wie nach einer Diät?

Ökonomisch betrachtet wäre Letzteres das bessere Szenario, denn dann würden die Menschen ihr Leben lang die Jungbrunnen-Proteine benötigen, wenn sie einmal damit angefangen hatten.

Die GRF150-Proteine würden nicht nur ein Quell der Jugend, sondern auch einer des Geldes sein.

Mark ging zum Kühlschrank und begutachtete seine Vorräte. Zum zweiten Mal an diesem Tag. Eine Eigenart, die er sich angewöhnt hatte, seit er die kostbaren Verjüngungs-Proteine einnahm.

Marija hatte geliefert. Er hatte zwei volle Röhrchen mit GRF150-Proteinen. Es würde auch für Andreesen und Begemann reichen. Aber würde es dabei bleiben? Innerhalb weniger Tage würden sich auch bei ihnen Verjüngungseffekte zeigen. Weitere Personen würden bei ihm anklopfen und Injektionen haben wollen. Zum Beispiel Depfner, dieses arrogante Großmaul. Am liebsten würde er ihm auch eine Ladung Seneszenzfaktoren verpassen. Wie Iliana.

Iliana. Irgendwie tat es ihm leid, dass sich die Dinge so entwickelt hatten. Sie war eine zuverlässige Mitarbeiterin gewesen, eine wertvolle Co-Forscherin. Jetzt, bei Projekt 150, wäre sie eine wichtige Hilfe. Warum war sie so stur geblieben? Wen interessierte, woher das Plasma kam, wenn man 150 Jahre leben konnte?

Sie hatte ihm keine Wahl gelassen. Sie hatte ihn ausspioniert, sein Vertrauen verspielt. Das konnte er nicht dulden. Er brauchte Loyalität. Sie hatte ihn förmlich dazu gezwungen, solche Maßnahmen zu ergreifen. Er war kein Mörder.

Er hatte nun die Macht, Menschen zusätzliches Leben zu schenken – so wie Rahmanian, Andreesen, Begemann. Diese neue Macht ging mit einer Verantwortung einher. Es galt, dieses neue verlängerte Leben zu schützen. Im Extremfall musste er dafür Lebenszeit nehmen.

Er fühlte sich von Iliana unverstanden. Er wollte Gutes tun, wollte die Menschen länger leben lassen. Sie hätte Teil von etwas Großem sein können. Sie hatte sich dagegen entschieden.

Immerhin würde sie einen angenehmen Tod sterben, dachte er, während er sich eine Spritze mit GRF150-Protein aufzog. Sie würde bestimmt einfach einschlafen. Ein quasi natürlicher Tod, den sich jeder wünschte. Nur leicht beschleunigt.

Mark betrachtete die Spritze in seiner Hand. Jetzt, da seine Vorräte aufgefüllt waren, würde er sich wieder zweimal wöchentlich eine Injektion gönnen. Bis auf Weiteres. Vielleicht würde er auch die Dosis etwas heraufsetzen, wenn die Nachschublage stabil blieb. Er zögerte einen Moment und zog dann noch einen Milliliter extra auf. Es war ein harter Tag gewesen, das hatte er sich verdient. Er war nun bei einer Dosis von fünf Millilitern pro Injektion angelangt.

Er zog sein Hemd aus, desinfizierte seine linke Armbeuge und stach ohne großes Zögern die Nadel in die Vene. Seine Armbeuge war bereits ziemlich mitgenommen. Er sah aus wie ein Junkie. Ein Junkie der Jugend.

Während er den Jungbrunnenstoff in seinen Körper injizierte, beobachtete er sich im Spiegel. Genüsslich spannte er die Brustmuskulatur an und sah zu, wie sie sich ihm im Spiegel entgegenwölbte.

Er hatte Wolkow zusätzlich damit beauftragt, die Zahl der

Säuglinge zu erhöhen. Sie sollte sich Gedanken darüber machen, wo man neue Farmen eröffnen konnte. Hoffentlich tat sie das schnell. Er brauchte dringend mehr Stoff – jetzt, da er grünes Licht für Projekt 150 erhalten hatte.

Iliana erwartete nicht, dass Maries Blut sie heilen würde. Aber vielleicht würde ihr Jungbrunnen das zerstörerische Werk der Seneszenzfaktoren wenigstens für eine gewisse Zeit aufhalten können und ihr mehr Zeit verschaffen.

Marie schrie auf, als Phillip ihr die Kanüle setzte.

»Aua! Papa, du tust mir weh!«

Iliana, die zu schwach zum Laufen war, saß in einem Rollstuhl neben ihrer Tochter und musste zusehen, wie Marie auf der viel zu großen Liege neben dem Plasmapherese-Apparat jämmerlich weinte. Nun war Iliana wie Mark. Wie ein Vampir gierte sie nach dem Blut von Kindern. Nach dem Blut ihrer eigenen Tochter.

Es tat Iliana in der Seele weh, ihre Tochter in solch eine Lage bringen zu müssen. Auch Phillip musste sich überwinden. Beide redeten Marie gut zu, sagten ihr, dass ihr Blut ihre Mama gesund machen würde, dass Marie ein ganz tapferer Schutzengel sei. Schließlich gelang es ihnen, Marie zu beruhigen, aber Iliana fühlte sich furchtbar dabei.

»Wie viel wiegt sie?«, fragte Phillip leise, damit Marie es nicht mitbekam.

»Um die 19 Kilo.«

»Dann hat sie etwa anderthalb Liter Blut. Wir sollten ihr maximal 150 Milliliter Plasma entnehmen. Was sagst du?«

»Ja, natürlich. Du bist der Arzt.«

Er seufzte. »Hoffen wir, dass dir das etwas bringt.«

Iliana sah ihn fest an. »Ich danke dir, Phillip. Für alles.«

Er nickte und stellte den Plasmapherese-Apparat auf die gewünschte Menge ein. Dann startete er die Prozedur, und der Apparat lief laut summend an.

Iliana sah zu, wie das Blut langsam aus Maries Armbeuge in den Schlauch zu fließen begann und schließlich den Apparat erreichte.

Wir sind alle Engel.

»Es ist gleich vorbei, mein Schatz«, sagte Iliana zu Marie. Immer wieder kamen Iliana die Bilder von Nidhi und den anderen Mädchen in den Sinn, wie sie auf den Bahren der Blutfarm gelegen hatten, ihre Kuschelengel in der Hand, genauso wie nun Marie, die ihren Teddy fest umklammert hielt, während ihr Blut in den Apparat floss.

Als sie fertig waren, brachte Phillip Marie hinaus und bat Christiane, sich um sie zu kümmern.

Das Plasma war goldgelb und sah aus wie Honig. Phillip hängte den Behälter mit dem Plasma an einen Transfusionsständer. Dann überprüfte er den Sitz der Kanüle an Ilianas rechter Hand und schloss den Schlauch des Plasmabehälters daran an.

»Bist du bereit?«, fragte er sie.

»Ja«, sagte Iliana mit heiserer Stimme. »Tu es.«

Sie lehnte sich zurück, als er das Ventil öffnete.

Die Sicht von seinem neuen Büro bei Lilly war wirklich phänomenal. Pepperman hatte es ihm nach dem Telefonat sofort zur Verfügung gestellt. Lilly residierte in einem dreißigstöckigen Gebäude im Hamburger Westen. Von seinem Büro übersah Erik Freimuth die gesamte Hansestadt. Er sah die Alster im Sonnenlicht schimmern. Daran würde er sich gewöhnen können.

Erik Freimuth freute sich auf seine neue Aufgabe: Rache an Mark Jacobs und dem Astrada-Aufsichtsrat. Wenn das erledigt war, würde er sich der Beseitigung von Stanton Pepperman widmen.

Er war wieder im Rennen.

Während Erik Freimuth versonnen durch das große Panoramafenster über Hamburg blickte, vibrierte sein iPhone unangenehm heftig in seiner Brusttasche. Als er es hervorholte, stutzte er. Iliana Kornblum stand als Anrufer im Display.

Freimuth hatte die Angewohnheit, sämtliche Telefonnummern seiner Mitarbeiter – und zwar auch die privaten Nummern – in seinem Telefon zu speichern.

Als er Kornblums Namen sah, war er überrascht. Wollte sie ihn ausspionieren? War ihr Anruf eine Falle? Wollte sie einen Job von ihm? Freimuth war nicht entgangen, wie sie auf Marks Vorstoß mit Projekt 150 reagiert hatte. Sie musste ahnen, dass es eine noch viel größere Schweinerei war als Bimini.

»Freimuth.«

»Hier ist Iliana Kornblum.«

»Oh«, sagte er in gespielt überraschtem Tonfall. Dann schaltete er auf beleidigt um, schließlich hatte sie dabei mitgewirkt, ihn zu stürzen.

»Was wollen Sie?«

»Ich möchte mit Ihnen sprechen.«

Etwas war anders an ihrer Stimme. Sie klang erschöpft. Aber auch älter.

Freimuth zupfte sein Jackett zurecht. Es amüsierte ihn, dass sie so geheimnisvoll tat.

»Worum geht es?«

»Das würde ich Ihnen gerne persönlich sagen.«

»Sie machen es spannend. Wie wäre es übermorgen?«

»Mir rinnt die Zeit davon. Hätten Sie jetzt Zeit?«

So entschlossen hatte er Iliana Kornblum noch nie erlebt. Er war gespannt.

Nach der Transfusion hatte sie sich besser gefühlt. Die Kopfschmerzen hatten abgenommen, ihr Tinnitus war von einem hohen Fiepen zu einem leisen Summen geworden, und sie fühlte sich nicht mehr ganz so schlapp. Aber Iliana ermahnte sich, nicht zu voreilig zu sein.

Eine Stunde später fühlte sie sich in der Lage, aufzustehen und aufzubrechen. Phillip wollte sie ungern so schnell gehen lassen, er war besorgt, ob sie die Transfusion wirklich vertragen hatte, erwähnte Nebenwirkungen, aber sie hatte keine Zeit mehr zu verlieren. Niemand wusste, wie viel Zeit sie durch Maries Blut tatsächlich gewonnen hatte. Einen Tag? Zwei Tage? Ein paar Stunden? Vielleicht hatte es auch gar nichts gebracht.

Sie nahm die U-Bahn in die Stadt. Es war Montagmittag. Die Stadt war voll. Menschen starrten sie an. Ihr Erscheinungsbild hatte sich offenbar noch nicht sichtlich verbessert. Beim Kramen in ihrer Tasche stieß sie auf die drei Horvath-Kits, die sie noch hatte. Sie würde sehr bald erneut den Test durchführen, um zu prüfen, ob die Transfusion Wirkung zeigte.

Erik Freimuth hatte das »Vier Jahreszeiten« als Treffpunkt ausgewählt. Für einen Snob wie ihn war das Luxushotel an der Binnenalster die passende Location. Obwohl Iliana viele Male daran vorbeigelaufen war, hatte sie nachschauen müssen, wo es lag, weil es ihr partout nicht mehr einfallen wollte.

Auf dem Weg von der U-Bahn-Station dorthin machte sie einen Abstecher in den Karstadt am Jungfernstieg und steuerte schnurstracks die Damentoilette an. Die Blicke der anderen Kunden und der Toilettenfrau ignorierte sie. Sie schloss die Kabinentür hinter sich und holte das Testkit aus ihrer Tasche. Als sie das Stäbchen in den Mund nehmen wollte, zögerte sie.Iliana hatte Plasma transfundiert bekommen. Der positive Effekt von Maries Verjüngungsfaktoren würde sich zuerst in ihrem Blut bemerkbar machen und verzögert in den Zellen ihrer Mundschleimhaut. Wenn sie einen unmittelbaren Effekt messen wollte, dann am besten mit einer Blutprobe. Sie suchte in ihrer Tasche nach etwas, womit sie sich einen Schnitt zufügen konnte. Sie fand nichts als ihre Schlüssel. Iliana suchte denjenigen mit den feinsten Spitzen aus, und nach kurzem Innehalten sägte sie mehrfach damit über ihren kleinen Finger. Es tat höllisch weh, aber selbst nach wiederholten Versuchen gelang es ihr nicht, sich damit eine blutende Wunde zuzufügen. Schließlich biss sie mit ihren Eckzähnen in die Haut an der Spitze ihres kleinen Fingers. Es kostete sie Überwindung, den letzten Punkt zu überschreiten, um sich blutig zu beißen. Dann schmeckte sie den metallischen Geschmack von Blut in ihrem Mund und wollte es auf die Stäbchenspitze streichen, als sie jemanden in die Toilette eintreten hörte. Iliana hielt inne und lauschte auf die sich nähernden Schritte einer Frau mit Absätzen. Sie ging an ihrer Kabinentür vorbei und betrat die Nachbarkabine. Iliana hielt den Atem an. Sie fühlte sich unwohl, weil nur eine dünne Kabinenwand sie von ihrer Nachbarin trennte. Sie roch durch die Uringerüche der Toilette hindurch das Parfüm der Frau – ein aufdringlicher Duft. Die Kabinen waren unten offen. Iliana sah die Spitzen ihrer Schuhe.

Sie zog den Finger aus dem Mund, während ihre Kabinennachbarin sich ächzend auf der Toilette niederließ. Die Frau hatte noch nicht mitbekommen, dass jemand nebenan war und sie gehört wurde. Die Wunde war größer als geplant. Iliana beeilte sich, einhändig das Teststäbchen aus dem Kit herauszufummeln und dann ihre blutende Fingerspitze an das Stäbchen zu drücken. Sie zitterte dabei, und Blutstropfen rannen an dem Stäbchen herab, fielen auf den Boden und auch auf ihren Pullover. Iliana konnte sich ein »Scheiße« nicht verkneifen. Dann fiel auch noch das Stäbchen, verschmierte Blut und kullerte zur Seite, sodass ihre Kabinennachbarin es sehen musste. Die verstummte plötzlich.

Es gelang Iliana, das Stäbchen unter der Kabinentrennwand zu greifen, wobei sie beinahe die Schuhe ihrer Nachbarin berührte. Sie schob das Stäbchen schnell in das Testkit und verließ die Kabine. Am Waschbecken wusch sie ihren blutigen Finger. Sie entfernte das Pflaster an ihrer rechten Hand, dort, wo die Kanüle gesteckt hatte und ihr Maries Plasma eingeleitet worden war.

Sie blickte auf – und erschrak. Es war das erste Mal, dass sie sich seit ihrer Vergiftung durch Mark im Spiegel sah. Vielleicht hatte sie es unbewusst vermieden. Nun sah sie ein eingefallenes Gesicht mit tiefen Falten. Ihre Haut war fahl. Um die Augen waren dunkle Ringe. Sie sah nicht wie eine 39-Jährige, nicht mal mehr wie 49 aus. Vor allem wirkte sie krank. Nun verstand Iliana, warum die Leute sie anstarrten.

Das Horvath-Testkit piepte, der QR-Code erschien. Gleich würde sie Gewissheit haben. Sie holte ihr Handy heraus, startete die App und scannte den Code ein. Sie sah, dass Klaus Merten versucht hatte, sie zu erreichen, während sie außer Gefecht gesetzt war. Sie würde ihn später zurückrufen, nach dem Treffen mit Freimuth.

Die Frau aus der Nachbarkabine war nun fertig und wusch sich neben ihr die Hände. Sie gab sich nicht viel Mühe, ihre Neugierde zu unterdrücken, und starrte Iliana von der Seite an. Sie sah auch die Schrift auf Ilianas Unterarm, der unter ihrem Ärmel hervorlugte. Iliana war egal, was sie dachte. Sie war vielleicht sowieso bald tot.

Dann erschien die Auswertung auf dem Display.

66,4 Jahre.

Verdammt! Hatte sie Marie umsonst Blut abgezapft?

Sie überlegte, versuchte, ihre Erinnerungen zu ordnen, was ihr schwerfiel. Es war Montagmittag. Dem letzten Horvath-Test hatte sie sich gestern Nacht in ihrem Büro unterzogen. Natürlich. Über Nacht war sie weiter gealtert. Es war noch zu früh, um einen Effekt der Transfusion zu sehen. Sie musste sich gedulden.

Etwas, das ihr angesichts der Tatsache, in drei Tagen tot zu sein, sehr schwerfiel.

Ihr kam eine Melodie in den Sinn, die so gar nicht zu dieser Situation passte. Aber sie hatte sie plötzlich im Ohr und konnte nicht umhin, das Lied leise vor sich hin zu singen, während sie sich im Spiegel betrachtete.

»Mit sechsundsechzig Jahren, da fängt das Leben an. Mit sechsundsechzig Jahren, da hat man Spaß daran.«

Die Frau am Nachbarbecken sah sie irritiert an.

Wie ging der Song eigentlich weiter?, überlegte Iliana. Es wollte ihr nicht mehr einfallen. Doch dann kam die Erinnerung zurück, und sie sang laut zu ihrem Spiegelbild:

»Mit sechsundsechzig … ist noch lange nicht Schluss!«

Erik Freimuth studierte gerade die Karte, als sie eintraf. Iliana hatte das »Vier Jahreszeiten« noch nie von innen gesehen, das war nicht ihre Welt. Sie war überrascht, wie voll das Restaurant war. Es gab offenbar viele reiche Hamburger, die es sich leisten konnte, hier zu Mittag zu essen. So wie Erik Freimuth, auf den sie schnurstracks zusteuerte, ohne sich um die Blicke der anderen Gäste zu kümmern. Sie ignorierte auch Freimuths Gesichtsausdruck, als sie sich wortlos an seinen Tisch setzte. Sie konnte sehen, wie sein Geist arbeitete und zu verstehen versuchte, was wohl mit ihr geschehen war. Sie traute ihm zu, dass er von selbst darauf kam. Erik Freimuth war schlau, und er wusste bestens über Marks Forschungen Bescheid. Weitaus besser als sie wahrscheinlich.

»Ich weiß, dass ich scheiße aussehe, also sparen Sie sich bitte jeden Kommentar«, sagte Iliana und entlockte Freimuth damit ein Lächeln.

»Was möchten Sie trinken?«, fragte Freimuth. »Vielleicht ein paar Vitamine?«

Sie überhörte seine Spitze und sagte dem Kellner, der nun kam: »Wasser. Oder nein, bringen Sie mir eine Cola.« Sie fühlte sich unterzuckert.

Freimuth bestellte sich einen Ziegenkäse-Salat und einen Avocado-Smoothie.

Iliana stieg sein unangenehmer Duft in die Nase, aber er war nicht mehr so präsent wie früher. Lag das an ihm, oder waren auch ihre Geruchsrezeptoren gealtert?

»Frau Kornblum, ich muss sagen, dass ich etwas überrascht bin.«

»Ich sagte Ihnen doch, dass Sie sich Kommentare über mein Aussehen sparen können.«

»Ich meinte Ihren Anruf und Ihre Bitte um ein Treffen. Mein Eindruck nach unserer letzten Begegnung war, dass wir fortan getrennte Wege gehen würden.«

Da war wieder sein feiner amerikanischer Akzent, der ihr auf die Nerven ging. Aber etwas war diesmal anders. Ihr wurde bewusst, dass sie keine Angst mehr vor ihm hatte.

»Ich will gleich zur Sache kommen, da ich nicht viel Zeit habe. Wie Sie wissen, ist Mark Jacobs nun CEO von Astrada.«

»Dank Ihrer Hilfe.«

Iliana überhörte seine Bemerkung.

»Ich habe ihm geholfen, weil er mir versprochen hatte, die unselige Praxis der Blutfarmen zu beenden und Bimini synthetisch herzustellen.«

»Das haben Sie ihm geglaubt?«

Der ironische Unterton in seiner Stimme machte sie wütend.

»Ja, das habe ich ihm geglaubt. Dass er genauso verlogen ist wie Sie, ahnte ich zu diesem Zeitpunkt nicht.«

In diesem Moment brachte der Kellner die Bestellung.

»Seit der Aufsichtsratssitzung ist in dieser Hinsicht nichts geschehen. Stattdessen hat Mark sich nun voll und ganz seinem neuen Projekt verschrieben.«

»Projekt 150«, sagte Freimuth.

»Woher wissen Sie davon?«, fragte Iliana. »Zu diesem Zeitpunkt hatten Sie die Sitzung doch schon verlassen?«

Freimuth lächelte nur.

Aber dann spulte sie, wenn auch unter einiger Anstrengung, ihre Erinnerung an die Sitzung ab. Sie sah Freimuth vor Wut toben.

»Ohne mich wärst du niemand! Kein Alzheimer-Medikament, kein Nobelpreis, auch kein Projekt 150!«

Freimuth hatte von dem Geheimprojekt gewusst. Es erstaunte sie nicht.

»Wissen Sie, was er dafür tut?«, fragte sie. »Er melkt Babys.«

Freimuth sah sie reglos an und nahm einen Schluck von seinem Smoothie. »Hmm, ausgezeichnet.«

»Ich muss ihn stoppen«, sagte Iliana.

»Wollen Sie das wirklich? Es scheint, als könnten Sie Projekt 150 selbst gut gebrauchen.«

Sie funkelte ihn wütend an.

Freimuth zuckte mit den Schultern.

»Na schön. Dann stoppen Sie ihn. Veröffentlichen Sie Ihre Videos, die Sie heldenhaft in Patna gedreht haben. Spielen Sie die Jeanne d'Arc, die gegen die Mächte des Bösen kämpft. Was hält Sie auf?«

Er stach mit der Gabel in seinen Ziegenkäse.

»Ich besitze die Daten nicht mehr«, sagte sie.

»Oh, wie ärgerlich. Vor allem, weil die Blutfarm, die Sie besichtigt haben, auch noch plötzlich verschwunden ist? Jetzt brauchen Sie mich, damit ich Ihnen verrate, wo sich die anderen Farmen befinden. Damit Sie aufs Neue die Retterin der armen ausgebeuteten Kinder spielen können.«

»Wo sind sie, Freimuth?«, fragte Iliana unbeeindruckt. Sie wunderte sich selbst über ihre Gelassenheit. Wer nichts mehr zu verlieren hat, hat auch keine Angst mehr. »Sie haben sie eingerichtet, Sie müssen es wissen.«

»Warum sollte ich Ihnen helfen?«, fragte Freimuth.

»Wenn Sie mir die Standorte verraten, könnten Sie sich damit an Mark rächen. Sie könnten Astrada empfindlich schaden – jetzt, da Sie bei Lilly sind.«

Zum ersten Mal gelang es ihr, ihn aus der Reserve zu locken. Ein Narzisst wie er ließ sich nicht gerne in die Karten schauen.

»Und dann, Frau Kornblum? Dann gibt es einen Riesenskandal, Astrada geht vor die Hunde, Bimini ist Geschichte. Was ist dann mit all den Kranken? Mit Ihrem Vater? Die überlassen Sie ihrem Schicksal. Die indischen Mädchen übrigens auch – sie werden als Sexsklavinnen enden.«

Jetzt wurde sie richtig wütend.

»Glauben Sie wirklich, dass ich mir darüber nicht schon die ganze Zeit den Kopf zerbreche? Glauben Sie, ich hätte mich sonst überhaupt auf Marks Spielchen eingelassen? Ich habe versucht, einen gangbaren Kompromiss zu finden. Sie glauben, ich war einfach naiv, mich von Mark ausnutzen zu lassen. Ja, vielleicht war ich das. Aber im Gegensatz zu Ihnen bin ich ein Mensch, dem das Wohl anderer wirklich am Herzen liegt.«

Iliana war laut geworden. Einige der Gäste sahen zu ihnen

herüber, was Freimuth sichtlich unangenehm war. Er schien hier öfter zu verkehren.

»Aber vielleicht ist es damit bald vorbei«, sagte er ungerührt. »Was ist mit Ihnen passiert?«

»Er hat mir Seneszenzfaktoren injiziert.«

Freimuth schwieg. Was immer hinter seiner Pokerface-Miene in seinem Kopf vorging – Bedauern war es nicht. Wahrscheinlich überlegte er seinen nächsten Schachzug.

»Wie lange haben Sie noch?«

»Drei Tage. Vielleicht etwas mehr. Ich weiß es nicht.«

»Verstehe. Frau Kornblum, selbst wenn ich Ihnen helfen wollte, ich kann es nicht. Nicht mehr. Ich kannte die Standorte der Blutfarmen. Jacobs hat sie verlegen lassen. Aus Angst vor der Presse. Vielleicht auch aus Angst vor mir.«

»Zu Recht. Sonst wüssten Sie das nicht.«

Er schwieg.

»Scheiße«, sagte sie, etwas zu laut, was ihr missbilligende Blicke vom Nachbartisch einbrachte. Sie lehnte sich zurück und nahm einen großen Schluck von ihrer Cola. Sie hatte plötzlich großen Durst und trank das ganze Glas in einem Zug leer. Dann stand sie auf. Erik Freimuth konnte ihr nicht helfen, und sie wollte keine weitere Minute ihrer kostbaren Zeit an ihn vergeuden.

»Warten Sie«, sagte er. »Ich habe eine Idee.«

»Ja?«

»Klaus? Hier ist Iliana. Wo sind Sie?«

Klaus Merten seufzte. »Immer noch in Patna.«

Seine Stimme klang müde und deprimiert.

»Ich hatte versucht, Sie zu erreichen«, sagte Klaus Merten. »Warum haben Sie nicht zurückgerufen?«

»Ich war … beschäftigt.«

Sie konnte ihren verzweifelten Ton nicht unterdrücken. Merten wurde hellhörig. Sein Reportersinn war geweckt.

»Ist etwas passiert? Sind Sie okay?«

»Ich habe nicht mehr lange zu leben, Klaus.«

Sie erzählte ihm von dem Horvath-Test und ihrer Transfusion mit Maries Blut.

»O Mann«, sagte er. »Das ist krass.« Sie hörte, wie er sich eine Zigarette ansteckte und inhalierte.

»Ich bin hier allen möglichen Spuren nachgegangen, um die Farm zu finden. Leider vergebens«, sagte Merten.

»Er hat sie verlegen lassen«, sagte Iliana. »Freimuth hat es geprüft. Er hat alle Blutfarmen verlegen lassen.«

»Scheiße. Damit stirbt die Geschichte«, sagte Merten und seufzte.

»Nein. Nur ich sterbe. Sie müssen sofort zum Flughafen fahren. Es geht nach Russland.«

Er hustete.

»Wie bitte?«

»Wir haben noch eine Chance«, sagte Iliana.

»Warum habe ich das Gefühl, dass ich nach dieser Recherche um Jahre gealtert sein werde?«, sagte Merten. »Sorry, den musste ich machen.«

Sie lachte. Merten wurde ihr langsam richtig sympathisch.

Nun begannen die längsten Stunden ihres Lebens. Vielleicht auch ihre letzten.

Merten würde eine Weile brauchen, bis er die russische Säuglingsfarm erreicht hatte. Es waren nicht nur die Flüge. Er musste über die Redaktion einen Fotografen und einen Fahrer für Russland organisieren. Außerdem brauchte er noch ein Blitzvisum.

Es war Dienstag, der vorletzte Tag vor ihrem Tod. Iliana hatte erneut einen Horvath-Test gemacht, es war inzwischen genügend Zeit vergangen nach der Transfusion von Maries Blut. Das Ergebnis war niederschmetternd ausgefallen: Ilianas Körper war weiter gealtert. Sie lag nun bei 69 Jahren.

Warum wirkte Maries Blut nicht? Sie fühlte sich doch besser seit der Transfusion. Wieso alterte sie trotzdem in diesem Tempo weiter? Wäre eine neuerliche Transfusion hilfreich? Aber das konnte sie ihrer Tochter nicht zumuten. Iliana hatte Angst, ihr damit nachhaltig zu schaden.

Vielleicht hatte sie sich verkalkuliert, vielleicht waren die Jungbrunnenstoffe in Maries Plasma nicht stark genug. Für einen Augenblick hatte sie einen abscheulichen Gedanken: Merten könnte ihr doch etwas von dem Säuglingsplasma aus der russischen Farm mitbringen.

Dann kam ihr eine bessere Idee. Mark hatte sie vergiftet, und er besaß das Gegenmittel, wofür sein verjüngter Körper den lebenden Beweis darstellte. An diesen Stoff musste sie herankommen. Nur wie? Freiwillig würde Mark ihn ihr wohl eher nicht geben.

Sie brauchte eine Waffe. Iliana war an einem Punkt angelangt, an dem sie alle Möglichkeiten in Erwägung ziehen musste. Es ging nicht mehr nur darum, Bimini zu retten, sondern auch ihr Leben.

Aber woher sollte sie eine Waffe kriegen?

Sie rief Phillip an, er gab ihr Marie. Sie versicherte ihrer Tochter, dass es ihr schon besser gehe, dass ihre Mutter bald gesund werden würde und wie toll sie ihr geholfen habe mit der tapferen Blutspende. Dann hatte sie wieder Phillip in der Leitung. Sie berichtete ihm von dem zweiten Test.

»Phillip, das wird dich schockieren, aber … besitzt du vielleicht eine Waffe?«

Schweigen.

»Iliana, was hast du vor?«, fragte er mit belegter Stimme.

»Maries Blut reicht nicht aus, um mir zu helfen. Ich brauche etwas Stärkeres. Mark hat es.«

»Du willst ihn mit einer Waffe bedrohen?«

»Ohne Gegenmittel werde ich sterben. Mit der Waffe habe ich eine Chance, es von ihm zu kriegen.«

»Und wenn du ihn dabei tötest? Dann wirst du deine zurückgewonnenen Lebensjahre im Gefängnis verbringen.«

»Phillip. Ich habe keine Wahl mehr.«

»Okay. Ich glaube, ich kann etwas für dich tun.«

Ihr Vater rief an. Sie konnte nicht rangehen. Zu sehr steckte ihr noch in den Knochen, was er ihr angetan hatte, indem er Mark zu ihr gelassen hatte. Sie wusste, dass ihr Vater nicht in böser Absicht so vorgegangen war, im Gegenteil. Es fühlte sich dennoch wie Verrat an. Sie konnte jetzt nicht mit ihm sprechen, es ging einfach nicht. Aber sein Anruf erinnerte sie daran, was Freimuth gesagt hatte: Was würde nach der Skandalenthüllung kommen? Wer stellte die Bimini-Versorgung sicher? Sie brauchte einen Plan B. B wie Bimini.

6. Deine Mission: synth. Bimini

Sie blickte auf ihren Unterarm. Darum könnte sich auch Andrea Parka kümmern. Doch dafür war es noch zu früh. Erst sollte Klaus Merten Beweise aus der Säuglingsfarm herbeischaffen. Der Reporter hatte ihr zugesichert, dass der SPIEGEL die Geschichte nicht ohne Umschweife veröffentlichen würde.

Sie würde Astrada noch eine letzte Chance geben. Astrada, nicht Mark. Iliana hatte beschlossen, sich an Rahmanian zu wenden, um die Synthese von Bimini anzuordnen. Falls sie noch lange genug lebte. Sollte er ihr nicht schriftlich zusichern, die Blutfarmen zu schließen und Projekt 150 zu stoppen, platzte die Bombe.

Würde das klappen? Sie hatte keine Ahnung.

Erst einmal drohte ihr Kopf zu platzen – vor Schmerzen. Sie brauchte Schlaf.

Morgen war ein neuer Tag.

Ihr letzter.

Eine Melodie weckte sie. Eine wunderschöne. Sie erkannte sie sofort. »Every Breath You Take« von The Police. Sie liebte dieses Lied. Mit sechzehn Jahren hatte sie es wochenlang in Endlosschleife gehört.

Sie erwachte lächelnd und mit einem guten Gefühl. Sie lag in einem fremden Zimmer. Wo war sie? Woher kam diese Melodie? Erst jetzt realisierte sie, dass sie aus dem Telefon kam, das neben ihr auf einem Nachttisch lag. Das Telefon, von vom sie nicht wusste, wem es gehörte.

Sollte sie rangehen? Nach kurzem Zögern ergriff sie es. Im Display las sie »Papa« und tippte auf den grünen Hörer, um den Anruf entgegenzunehmen.

»Illi, guten Morgen.«

Es war die Stimme eines älteren Mannes.

»Äh, hallo. Guten Morgen?«

Der Mann schien zu spüren, dass etwas nicht stimmte.

»Ist alles in Ordnung? Wie geht es dir? Hast du dich erholt? Du hast dich gar nicht mehr gemeldet, ich habe mir Sorgen gemacht, Illi.«

»Entschuldigung, aber mit wem spreche ich?«

Der Mann war irritiert. Dann sagte er amüsiert: »Machst du Spaß? Oder hast du plötzlich Alzheimer bekommen?«

Er lachte, während sie angestrengt in ihrem Gedächtnis kramte, um diese Stimme zuzuordnen.

»Entschuldigen Sie, aber ich kenne Sie nicht. Ich weiß im Moment auch gar nicht, was los ist und wo ich bin.«

Der Mann merkte, dass sie nicht scherzte. Seine Stimme wurde ernst.

»Illi, ich bin es, dein Vater. Bist du immer noch krank? Warst du bei Phillip? Brauchst du etwas? Soll ich vorbeikommen?«

Während er redete, blickte sie sich um. Auf dem Nachttisch fiel ihr eine Fotografie auf. Sie zeigte drei Personen. Eine schlanke Frau mit blonden Haaren und einem sympathischen Lächeln. Sie hielt ein Kleinkind im Arm. Ein gut aussehender Mann mit dunklen Haaren hatte seinen Arm um sie gelegt. Er trug eine Baseballkappe und ein T-Shirt, auf dem Ernie und Bert von der Sesamstraße abgebildet waren. Die Frau und der Mann trugen Sonnenbrillen und Shorts. Im Hintergrund sah sie Strand. Es schien eine Urlaubsaufnahme zu sein.

»Mein Vater? Ich erkenne Ihre Stimme nicht. Ich muss mich erst einmal orientieren. Bitte entschuldigen Sie, ich lege jetzt auf.«

»Illi, warte …«

Sie beendete das Telefonat.

Sie sah im Display, dass weitere Anrufe eingegangen waren. Einer von einem Klaus Merten, er hatte außerdem eine Nachricht geschrieben. Einer von einer Andrea Parka. Und »Papa«, der alte Mann, der behauptete, ihr Vater zu sein, hatte gestern Abend schon angerufen.

Andrea Parka. Klaus Merten. Die Namen sagten ihr nichts.

Sie stand auf und tapste auf wackeligen Beinen durch die Wohnung.

»Hallo?«, rief sie.

»Hallo?«

Niemand antwortete.

Ein seltsames Gefühl überkam sie. Sie fühlte sich fremd, und doch war da etwas. Ein Geruch. Er kam ihr irgendwie bekannt vor. Er weckte in ihr eine Assoziation von Vertrautheit.

Kindersachen lagen überall herum. Malstifte, Spielzeugautos, Kinderbücher, Kuscheltiere. Aber sie sah kein Kind.

Die Wohnung war schön. Holzdielen. Stuck an den Decken. Vier Zimmer. Iliana stand im Flur, lugte vorsichtig ins Wohnzimmer und sah dort wild auf dem Boden verstreute Bücher liegen. Sie waren aus einem Regal gefallen, das schräg stand.

Sie lief weiter in die Küche. Es widerstrebte ihr, sich einfach zu bedienen, aber sie hatte großen Hunger und Durst. Im Kühlschrank fand sie eine geöffnete Milchflasche und trank sie leer. Dann belegte sie sich ein paar Brötchen, die in einem Korb lagen.

Dieser Mann hatte gesagt, er sei ihr Vater. Wie konnte das sein? Sie kannte seine Stimme nicht.

Wer waren die Leute auf dem Foto?

Wie war sie hier überhaupt gelandet?

Verzweifelt versuchte sie, sich zu erinnern.

Ein erschreckender Gedanke platzte auf einmal in ihr Gehirn: Wie hieß sie? Wer war sie?

Panik stieg in ihr auf, als sie in ihrem Geist wühlte, aber nichts zu fassen bekam. Sie konnte nicht sagen, wie ihr eigener Name lautete.

Sie ging ins Badezimmer. Als sie sich im Spiegel erblickte, erschrak sie. Nicht nur, weil sie das Gesicht einer Frau sah, die krank wirkte mit ihren müden blutunterlaufenen Augen. Sie erschrak, weil sie das Gesicht im Spiegel nicht kannte. Es war ein zutiefst verstörendes Gefühl, sich selbst nicht zu kennen. Aber dann, bei erneutem Hinsehen, erkannte sie es doch. Es gehörte der Frau vom Urlaubsfoto. Nur sah es wesentlich älter aus.

Wer zum Teufel war sie?

Sie musste aufs Klo, und sie brauchte eine Dusche. Als sie den Schlafanzug ablegte und auf der Toilette saß, fiel ihr etwas an ihrem linken Arm auf. Es war Schrift. Jemand hatte auf ihre Haut geschrieben.

Sie las:

1. Du bist Iliana Kornblum.

Der Name sagte ihr nichts.

2. Du hast Gedächtnisprobleme.

Die hatte sie zweifellos.

3. Du stirbst am Donnerstag.

Sie erschrak.

Du stirbst am Donnerstag? Was war das für eine grausame Nachricht? Welcher Tag war heute? War heute Donnerstag?

Sie hastete nackt aus dem Badezimmer und suchte in der Wohnung nach einem Anhaltspunkt, welches Datum heute war.

Aus dem Schlafzimmer hörte sie die Melodie von »Every Breath You Take«. Das Handy klingelte wieder. Sie lief hin und sah auf dem Display den Namen Phillip Schmiedekampf. Das Gerät zeigte auch ein Profilbild an. Es war der Mann von dem Urlaubsfoto.

Der alte Mann, ihr angeblicher Vater, hatte den Namen Phillip erwähnt.

Sie griff das Handy. Über dem Anrufsymbol mit dem Profilbild sah sie das Datum und den Wochentag. Es war Mittwoch. Kurz nach zehn Uhr morgens.

Mittwoch.

Morgen sollte sie sterben? War ihr ein Killer auf den Fersen? Angst überkam sie.

Sie hielt das klingelnde Handy in der Hand und rang mit sich, ob sie den Anruf annehmen sollte. Schließlich tat sie es.

»Hallo?«

»Illi, hier ist Phillip.«

Der Mann klang alarmiert.

Illi. Alle nannten sie Illi. Auf ihrem Arm stand: »Du bist Iliana Kornblum.« War Illi ein Spitzname?

»Dein Vater hat mich eben angerufen und mir erzählt, dass du ihn am Telefon nicht erkannt hast«, sagte der Mann.

»Ich kannte ihn nicht. Sie kenne ich auch nicht. Wer sind Sie?«

Einen Moment sagte der Mann nichts. Dann murmelte er etwas, das klang wie: »Dann ist es also so weit.«

Er schlug einen anderen Tonfall an, sprach mit beruhigender Stimme langsam auf sie ein. »Mein Name ist Phillip. Ich bin ein Freund von Ihnen. Ich will Ihnen helfen. Sie leiden gegenwärtig unter Gedächtnisproblemen. Bestimmt sind Sie sehr verwirrt und wissen nicht, wo Sie und wer Sie sind.«

»Bin ich Iliana Kornblum?«, fragte sie.

»Ja. Ah, das steht auf Ihrem Arm, nicht wahr?«

Sie wurde misstrauisch.

»Woher wissen Sie das?«

»Weil Sie gestern zu mir in die Klinik gekommen sind. Ich bin Ihr Arzt. Ich habe Sie behandelt. Dabei habe ich die Schrift auf Ihrem Arm gelesen.«

»Wer hat das alles geschrieben?«, fragte sie. »Waren Sie das?«

»Nein, Sie haben es selbst getan. Für den Fall, dass Sie sich an wichtige Dinge nicht mehr erinnern. Aber ich kann Ihnen versichern, alles ist okay.«

»Alles ist okay? Da steht, dass ich am Donnerstag sterben werde!«

Ihre Stimme war lauter geworden.

»Beruhigen Sie sich. Sie werden nicht sterben. Wo sind Sie gerade? Bei sich zu Hause?«

»Ich … ich weiß es nicht. Ich bin in einer Wohnung, die ich nicht kenne.«

»Bitte beschreiben Sie die Wohnung.«

»Sehr gemütlich. Altbau. Holzdielen. Ein Kinderzimmer. Viele Spielsachen. Ein Balkon.«

»Sie sind bei sich zu Hause«, sagte er. »Es ist Ihre Wohnung.«

Ihr fiel etwas ein.

»Welches Bild hängt im Flur?«, fragte sie ihn.

Phillip war verdattert, dann sagte er: »Ah, Sie wollen mich testen.«

»Wenn Sie mein Freund sind, sollten Sie das wissen, oder?«

»Ich habe nicht sehr viel Zeit in dieser Wohnung verbracht«, sagte er.

Sie ging in den Flur und sah dort mehrere Bilder: das Porträt einer schwarzen Frau mit einem Tuch auf dem Kopf und großen Ohrringen; eines, das expressionistisch aussah; eine Zeichnung, auf der einige Geier abgebildet waren. Das größte Bild zeigte die Beatles, die über einen Zebrastreifen gingen. »Abbey Road, The Beatles« stand oben rechts in der Ecke.

»Also, ich kann Ihnen sagen, welches das größte Bild ist«, sagte er. »Es zeigt die Beatles. Abbey Road.«

»Ja. Richtig.«

»Schön, Test bestanden, denke ich«, sagte Phillip. »Also glauben Sie mir jetzt, dass ich Ihr Freund bin?«

»Ich glaube Ihnen, dass wir uns kennen und Sie schon mal hier waren.«

Er seufzte.

»Ich hatte ganz vergessen, wie störrisch du, ich meine, wie störrisch Sie sind. Wie auch immer. Sie sind bei sich zu Hause, Iliana. Ich komme gleich vorbei, dann werde ich Ihnen alles erklären. Abgemacht?«

»Sind Sie der Mann auf dem Foto?«

»Welches Foto?«

»Es ist eine Urlaubsaufnahme. Sie sind darauf mit einer blonden Frau und einem kleinen Mädchen zu sehen. Sie tragen ein T-Shirt mit Ernie und Bert darauf.«

»Ah.« Er lachte. »Ich weiß. Das war auf Zakynthos. Es war unser letzter gemeinsamer Urlaub.«

»Unser gemeinsamer Urlaub?«

»Ja. Ich, äh … Ich bin Ihr Ex-Mann. Oder so gut wie. Wir sind noch nicht geschieden. Aber wir leben getrennt.«

»Erst sagten Sie, Sie seien mein Freund. Dann mein Arzt. Jetzt behaupten Sie, mein Ex-Mann zu sein?«

Sie fand das dubios.

»Ich bin Ihr Arzt, Ihr Ex-Mann und Ihr Freund, Iliana. Ich kann verstehen, dass das jetzt alles viel auf einmal und verwirrend für Sie sein muss. Sie haben gesundheitliche Probleme, und Ihr Gedächtnis funktioniert nicht mehr richtig. Deswegen waren Sie bei mir. Aber Ihre Erinnerungen werden bald wiederkommen.«

»Warum habe ich Gedächtnisschwierigkeiten?«

»Sie wurden vergiftet.«

»Was?«

Sie riss ihren Arm hoch.

»Mark hat dich vergiftet«, las sie laut vor.

»Ja. Mark ist Ihr Kollege. Ich erkläre Ihnen alles, wenn ich bei Ihnen bin. Wenn Sie sich nicht ohnehin bis dahin schon wieder erinnern.«

»Moment. Woher soll ich wissen, dass Sie nicht Mark sind?«

Er seufzte. »Ich werde Ihnen meinen Ausweis zeigen.«

»Aber vielleicht haben Sie mich vergiftet und die Nachricht gefälscht?«

»Iliana, Ihre Paranoia ist durchaus angebracht. Aber ich will Ihnen wirklich nur helfen. Geben Sie sich ein paar Minuten. Schauen Sie sich Ihre Notizen auf dem Arm in Ruhe an und haben Sie Geduld mit sich. Ihre Erinnerungen werden zurückkehren. Ich mache mich jetzt auf den Weg zu Ihnen. Bis gleich.«

Er legte auf.

Sie war völlig verwirrt und versuchte verzweifelt, einen Sinn aus alldem zu ziehen. Sie war Iliana Kornblum, ein Name, der zwar irgendetwas in ihr ansprach, aber dennoch fremd für sie war. Sie hatte Gedächtnisprobleme, gewaltige, wenn sie nicht mal wusste, wie sie hieß und wer sie war und warum sie hier war. Aber ergab sich daraus, dass sie einfach blind all das glauben konnte, was auf ihrem Arm stand? Hatte wirklich sie das geschrieben, um sich wieder zu erinnern?

Es war ein schreckliches Gefühl, nicht zu wissen, wem sie trauen konnte – nicht einmal vermeintlichen Botschaften, die sie für sich selbst verfasst hatte.

Sie blickte wieder auf ihren Arm und las noch einmal die restlichen Sätze.

4. Bimini ist Kinderblut!

5. Mark hat dich vergiftet!

6. Deine Mission: synth. Bimini

Bimini. Kinderblut. Mark. Was mochte das alles bedeuten?

Sie sollte Geduld mit sich haben, hatte Phillip Schmiedekampf gesagt. Es blieb ihr wohl nichts anderes übrig.

Sie war immer noch nackt und fröstelte. Sie hatte duschen wollen, daran erinnerte sie sich.

Als sie unter dem warmen Wasserstrahl stand, begannen sich Punkte in ihrem Geist langsam zu verbinden und wurden zu Bildern. Die Erinnerungen kamen zurückgeflattert wie Schmetterlinge, einer nach dem anderen.

Sie erinnerte sich nach und nach wieder an alles. Anton Kornblum, ihr kranker Vater. Seine Heilung. Seine Rettung durch Bimini.

Sie war Iliana Kornblum. Sie war in Indien gewesen. Hatte die Blutfarm gesehen. Nidhi. Goel. Mark in ihrem Wohnzimmer bei Kerzenschein, mit einem Glas Wein in der Hand. Sein Versprechen, Bimini zu synthetisieren.

Phillip, ihr Mann. Marie, ihre gemeinsame Tochter. Ihre Trennung von Phillip.

»Die Bibel steht rechts vom Koran, Iliana.«

Mark hatte sie mit Seneszenzfaktoren im Rekordtempo altern lassen. Deswegen hatte sie Gedächtnisprobleme.

Deine Mission: synthetisches Bimini.

Merten. Klaus Merten, der Reporter. Sie hatte ihn nach Russland geschickt, um die Säuglingsfarm zu finden. Er hatte versucht, sie zu kontaktieren.

Hastig stieg sie aus der Dusche, trocknete sich ab, holte das Handy und las seine Nachricht:

»Bin noch unterwegs. Komme gegen 14 Uhr MEZ an. Klaus«

Nur noch wenige Stunden. Dann würde sie wissen, ob sie etwas gegen Mark in der Hand hatte.

Es klingelte an der Tür. Es war Phillip. Einen Moment lang stand er unsicher vor ihr. Dann fiel sie ihm um den Hals.

»Phillip!«

»Du erinnerst dich wieder. Gott sei Dank.«

Sie roch ihn. Diesen Geruch würde sie nie vergessen. Egal, was passierte.

»Wie geht es dir?«, fragte er. »Hat die Transfusion etwas gebracht?«

Ihr fiel ein, dass sie noch einen Horvath-Test machen wollte.

Sie holte das letzte Kit aus ihrer Tasche und machte Anstalten, sich zu ritzen, aber Phillip hielt sie davon ab. »Lass mich das machen.«

Er desinfizierte ihren Finger und holte etwas aus seiner Tasche, eine Art Metallpikser.

Als der Teststab mit ihrem Blut in dem Kit steckte, warteten sie gespannt auf das Ergebnis. Sie scannte den QR-Code, und nach einer Weile erschien die Auswertung der Messung auf dem Display ihres Smartphones: 58,5 Jahre.

58,5 Jahre!

Iliana jubelte vor Glück. Schrie ihre ganze Erleichterung heraus. Sie fiel Phillip um den Hals.

»Gott sei Dank«, sagte sie.

»Du bist sogar jünger geworden«, sagte Phillip.

Sie ließ sich von der App ihr neues Sterbedatum berechnen.

Phillip schüttelte den Kopf. »Was ist das für ein grausames Programm?«

Gespannt sah sie auf das Display.

»Ihre Lebenserwartung beträgt: sechs Tage, elf Stunden und vierundvierzig Minuten.«

Eine tonnenschwere Last fiel von ihr ab. Sie würde nicht am Donnerstag sterben. Sondern »erst« nächste Woche.

Aber dann kamen ihr Zweifel. Wie nachhaltig war das Ergebnis? War die schädliche Wirkung der Seneszenzfaktoren durch Maries Blut völlig aufgehoben worden? Oder war das nur ein vorübergehender Effekt? Sie vermutete, dass sie neue Transfusionen benötigen würde.

Sie teilte ihre Gedanken mit Phillip. »Möglich«, sagte er. »Aber jetzt würde ich dir gerne erst einmal etwas gegen deine Gedächtnisausfälle geben.«

Er holte eine Spritze hervor, und eine ungute Erinnerung befiel sie. Für einen Moment sah sie Mark vor sich, wie er die Kanüle in ihren Arm stach.

»Du hast selbst danach gefragt«, sagte Phillip und zog die Spritze auf. »Es ist Bimini.«

Er wollte ihr die Spritze setzen, und einen Moment lang sah sie ihn ängstlich an. Für einen Moment hatte sie einen Flashback und Marks Gesicht vor sich. Mark, ihr Freund, der sie vergiftet hatte. Das hier war Phillip, ihr Ex-Mann, der ihr helfen wollte. Die Bilder in ihrem Kopf waren noch unstet. Leicht zu erschüttern.

Phillip bemerkte ihre Angst.

»Illi, es wird alles gut. Ich will dir nur helfen.«

Sie hatte Mark vertraut. Wem konnte sie noch vertrauen? Diese Unsicherheit, nicht mehr zu wissen, wer gut und wer böse war – für einen Moment war sie davon erfüllt.

Aber er ging vorbei. Iliana reichte ihm ihren Arm, den linken mit den Notizen darauf. Phillip injizierte ihr das Bimini.

Danach saßen sie schweigend am Küchentisch.

»Es fühlt sich nach wie vor komisch an, hier ohne dich zu wohnen«, sagte sie unvermittelt. »Ich habe diese Trennung wohl immer noch nicht völlig verstanden.«

»Wir haben nie richtig darüber geredet, Iliana. Ich wollte das schon so lange. Ich wollte …«

Er holte Luft. Es fiel ihm schwer.

»Ich wollte dir gerne sagen, dass es mir leidtut. Wie das alles gelaufen ist. Es tut mir leid, dass ich dich betrogen habe. Ich hätte dich nicht belügen dürfen.«

Sie sah ihn erstaunt an. Phillip war nie jemand gewesen, der Fehler und Schwächen eingestand. Er hatte sich in der gnadenlosen Ellenbogenwelt des Medizinbetriebs bis ganz nach oben gekämpft.

»Ich habe mich schrecklich geschämt, auch wenn ich das damals nicht zugegeben habe. Ich war so unglücklich mit unserer Beziehung, aber auch das konnte ich nicht zugeben. Stattdessen habe ich dir ständig Vorwürfe gemacht. Sogar noch, nachdem du meine Affäre enttarnt hattest.«

Sie erinnerte sich an ihre heftigen Streitereien.

»*Du bist mit deiner Arbeit verheiratet, nicht mit mir.*«

Angriff war immer Phillips Strategie gewesen. Er hatte sich zum Opfer stilisiert und ihr die Schuld für sein Fremdgehen gegeben.

Iliana legte ihre Hand auf seinen Arm. »Es ist okay. Zerfleisch dich nicht. Ich kann deine Beweggründe heute besser verstehen. Es waren heftige Zeiten. Papas Krankheit, Mamas Tod. Marie war klein, der Druck im Labor hoch. Es war zu viel.«

Er nickte zerknirscht.

»Warum fängst du jetzt davon an, Phillip?«, fragte sie. »Willst du noch schnell dein Gewissen erleichtern, bevor es zu spät ist?«

Er sah sie überrascht an.

»Nein! Wieso?«

Aber dann stutzte er. »Vielleicht hast du recht. Scheiße.«

Sie schwiegen eine Weile. Er nahm ihre Hand.

»Was hast du jetzt vor, Iliana?«

»Ich warte auf Merten. Sobald er die Beweise für die Existenz der Säuglingsfarm bringt, gehe ich zu Rahmanian und setze ihn damit unter Druck.«

»Glaubst du wirklich, dass du es alleine mit Astrada aufnehmen kannst? Warum gehst du nicht zur Polizei?«

»Weil es dann kein Bimini mehr gibt.«

»Dann lass mich wenigstens mitkommen.«

Sie schüttelte den Kopf. »Nein, wenn Rahmanian erfährt, dass ich noch mehr Leute eingeweiht habe, wird er dichtmachen. Außerdem will ich dich und Marie nicht gefährden. Einer von uns beiden muss für sie da sein.«

Phillip seufzte. »Gegen deine Sturheit bin ich noch nie angekommen.«

Er holte etwas aus seiner Tasche hervor.

»Hey, aber wenn du mich schon nicht mitnehmen willst …«

Es war ein Gegenstand, der in ein weißes Tuch eingewickelt war. Phillip legte ihn auf den Küchentisch, was ein dumpfes Geräusch verursachte.

»Dann nimm wenigstens das hier mit.«

Er sah sie auffordernd an, und sie griff danach. Iliana spürte harte Kanten unter dem Tuch, metallische Kälte. Der Stoff enthüllte eine Mündung, einen Lauf, einen Abzug – es war eine Pistole. Sie steckte in einem schwarzen Holster.

Iliana sah ihn erstaunt an. Er zuckte mit den Schultern. »Na was? Du hast selbst danach gefragt. Schon vergessen?«

Es fiel ihr wieder ein. »Stimmt. Habe ich das etwa ernst gemeint?« Sie überlegte, weswegen sie das getan hatte. Mark. Sie hatte von ihm die Verjüngungsfaktoren erpressen wollen.

Iliana nahm die Waffe in die Hand. Sie war nicht viel größer als ihr Handteller und wog nur etwa so viel wie ein gängiges Werkzeug, vielleicht eine Rohrzange. Die Pistole wirkte erschreckend elegant.

»Du klangst todernst«, sagte Phillip. »Bei dir geht es um Leben und Tod.«

»Woher hast du sie?«, fragte Iliana und hob die Pistole an. Sie schmiegte sich hervorragend in ihre Hand. Sie strich mit der linken Hand vorsichtig den Lauf entlang.

»Mein Freund Tobias«, sagte Phillip. »Erinnerst du dich an ihn?«

Sie überlegte einen Moment. »Der Jäger?«

Phillip nickte. »Wir waren manchmal zusammen im Wald schießen.«

»Etwa damit?«

»Nein. Für die Jagd ist die Glock zu schwach. Damit erlegst du kein Wildschwein oder Reh. Das ist eine Pistole, die man zieht, um jemanden zu überraschen. Tobi sammelt Waffen. Ich fand sie einfach cool, er hat sie mir geschenkt.«

»Hast du eine Genehmigung dafür?«

»Nein. Ziemlich unvernünftig, ich weiß.«

»Ich hoffe, Marie hat die nicht gesehen«, sagte sie vorwurfsvoll.

»Illi, was denkst du? Natürlich nicht. Ich bewahre die Waffe im Keller in einem Panzerschrank auf. Ich hatte sie fast schon vergessen – bis du gefragt hast.«

»Ist sie … geladen?«

»Nein.«

Phillip nahm ihr die Pistole ab und zog das Magazin heraus, in dem sich keine Patronen befanden. Dann zog er den Schlitten der Waffe zurück. Iliana kam sich vor wie in einem Cop-Film. Eine kleine Vertiefung am Lauf kam zum Vorschein. »Das ist die Patronenkammer«, sagte Phillip und schob seinen Zeigefinger hinein. Die Kammer war leer.

»So prüfst du, ob nicht vielleicht doch noch eine Patrone im Lauf ist. Wenn du die Waffe laden willst, gehst du umgekehrt vor: Magazin einstecken, dann den Schlitten zurückziehen, um die erste Patrone in den Lauf zu laden. Dann nur noch den Abzug ziehen.«

Er holte einige Patronen aus der Tasche und belud das Magazin damit. Dann schob er es in den Griff.

»Jetzt ist sie geladen«, sagte er und reichte ihr die Waffe.

Iliana hatte in unzähligen Filmen Leute mit Waffen hantieren sehen, aber eine echte in der Hand zu halten, das Metall zu fühlen, die Geräusche zu hören, war eine völlig neuartige Erfahrung. Sie bekam eine Gänsehaut.

Er zeigte ihr die wichtigsten Funktionen, wie sie das Magazin auswarf, wie die Patronen saßen, wie sie es wieder einsteckte und wie sie den Schlitten zurückzog, um die Waffe scharf zu machen oder zu entladen. Er erklärte ihr außerdem, wie sie die Pistole am besten hielt, wie sie zielte, wie der Rückschlag sein würde und wie sie das Holster anzog. Es war aus elastischem Material und funktionierte wie eine Manschette, die man über einen Arm oder ein Bein ziehen konnte. Die Pistole war mit einem Gurt fixiert, der sich per Klettverschluss öffnen ließ.

Iliana tastete mit dem rechten Zeigefinger vorsichtig den Abzugsbügel entlang. Sie spürte darauf einen Vorsprung. Als sie mit der Zeigefingerkuppe vorsichtig daran herumspielte, bemerkte sie, dass er sich drücken ließ.

»Was ist das?«, fragte sie. »Das Ding hier am Abzug?«

»Die Sicherung. Sie verhindert, dass die Waffe losgeht, wenn sie auf den Boden fällt. Sie löst automatisch, wenn du den Hebel durchziehst.«

»Wie viel Schuss sind in dem Magazin?«, fragte Iliana.

»Sechs«, sagte Phillip. Er sah sie prüfend an. »Was hast du vor? Willst du den Astrada-Vorstand aus dem Weg räumen?«

»Dafür bräuchte ich sieben«, sagte sie.

17

Klaus Merten saß mit seinem Fixer, dem Fotografen und einem Fahrer im Auto. Sie waren vor zwanzig Minuten in Nischni Nowgorod losgefahren. Sie würden noch rund eine Stunde zur Blutfarm unterwegs sein.

Die Geschichte würde von den Bildern leben. Dirk Ziegler war ein krisenerfahrener Fotograf, einer der besten, wie ihm die Bildredaktion versichert hatte. Ziegler hatte bei Undercover-Recherchen in Schlachthäusern fotografiert. Unter schwierigsten Lichtverhältnissen hatte er exzellente Bilder von unterernährten, misshandelten und in ihrer eigenen Scheiße stehenden Rindern geliefert, während ihn aufgebrachte Sicherheitsleute mit Elektrostöcken gejagt hatten. Angeblich habe er auch bei der polnischen Schleuserringgeschichte fotografiert, hatte ihm die Bildredakteurin ehrfürchtig erzählt. Eine heftige Chose war das gewesen, erinnerte sich Merten. Saugefährlich. Dafür brauchte man gute Nerven. Die hatte Ziegler offenbar. Auch wenn er nicht so aussah. Seine hohlen Wangen versteckte Ziegler hinter einem Vollbart, der wie angeklebt wirkte, und er schien sich von nichts anderem als Zigaretten und Club Mate zu ernähren.

Merten hatte keine Ahnung, wie die Situation in der Farm sein würde. Jano, der Fixer, hatte gesagt, dass die Chancen für Ziegler schlecht standen, offen fotografieren zu können. Für den Fall der Fälle hatte der Fotograf vorgesorgt. Er trug eine Brille mit eingebauter Minikamera. Die Brille sah völlig unauffällig aus. Nur wenn man ganz nahe heranging, konnte man das kleine Loch in ihrem Steg entdecken, hinter dem sich die Kamera samt Mikro verbarg. Die Akkus waren in den Bügeln verborgen und reichten für etwa zwei Stunden Aufnahmezeit, wie Ziegler ihnen erklärt hatte. Die Brille stand ihm sogar, befand Merten.

Ziegler redete kaum. Der Fahrer sprach kein Englisch, und auch mit der vierten Person im Wagen war kaum Konversation möglich. Jano hing permanent an seinem Smartphone. Merten nutzte die Zeit, um eine Nachricht an Iliana zu senden und sie über seine baldige Ankunft in Kenntnis zu setzen.

Janos Nachnamen wusste Merten nicht, wahrscheinlich wollte der Fixer sich schützen. Er war noch jung, dünn, kurze Haare, gehetzter Blick. Merten schätzte ihn auf maximal Ende zwanzig. Er schien nicht viel zu schlafen, davon zeugten seine Augenringe, und außerdem rauchte er eine nach der anderen. Er machte seinen Job gut, dessen war sich Merten sicher, sonst hätte ihn die Redaktion nicht für den Job angefragt. Ein Fixer kümmerte sich um die Logistik vor Ort, organisierte Kontakte, übersetzte, übernahm Recherchen. Meistens war er selbst Journalist, so auch Jano, der für ein unabhängiges Journalistennetzwerk arbeitete. Ausländischen Medien zu helfen stellte unter Garantie eine wichtige Einnahmequelle für ihn dar. Auf andere Weise konnte man in Russland als Journalist wahrscheinlich kaum überleben.

Janos hatte sich einen Zugang zur Blutfarm überlegt. Er wollte sich als Beamter des russischen Gesundheitsamtes ausgeben und Merten und Ziegler als ausländische UNICEF-Mitarbeiter vorstellen, was ihre nicht vorhandenen Russisch-Kenntnisse erklärte. Im Zuge eines internationalen Seuchenschutzprogramms kontrollierten sie Einrichtungen für Kinder auf Einhaltung von Hygienestandards – so lautete ihre Story. Merten war skeptisch, ob der Betreiber der Blutfarm sie kaufen würde. Aber Jano war selbstsicher. »Es wird funktionieren«, hatte er gesagt. »Keiner hat Lust, sich mit den Behörden anzulegen. Alle wollen sein wie graue Mäuse«, hatte er in seinem holprigen Englisch gesagt und gelacht.

Als der Fahrer nach langem Schweigen ein paar Worte auf Russisch sagte, wusste Merten, was er mitgeteilt hatte. Sie waren am Ziel angekommen.

Es konnte nur das einen Kilometer entfernte flache Gebäude sein. Sonst gab es hier weit und breit nichts. Der Bau wirkte unscheinbar und hätte eine Fabrikhalle oder eine Autowerkstatt sein können.

Sie bogen von der Hauptstraße ab und fuhren den langen Zubringerkiesweg entlang. Etwa einhundert Meter vor dem Gebäude befand sich eine Schranke, neben der ein Pförtnerhäuschen stand. Sie hielten davor. Merten sah zwei Männer im Häuschen. Daneben parkte ein BMW.

»Lasst mich reden«, sagte Jano überflüssigerweise. »Wenn er euch anspricht, sagt nur das Nötigste.«

Der Fixer hatte ihnen auf der Fahrt Schildchen gegeben, die sie sich an die Jacke heften sollten. Darauf standen ihre Namen, mit einem Dr. davor, darunter »UNICEF Public Health Officer« sowie das Logo der Organisation. Er hatte außerdem Dienstausweise anfertigen lassen. Für Merten hatte er noch eine Brille mit Fenstergläsern, die ihn offenbar akademischer wirken lassen sollte. Er gab Ziegler und ihm auch Aktentaschen zum Umhängen. »Damit ihr ausseht wie echte Beamte.«

Jano hatte sich selbst ebenfalls ein Schild angesteckt, auf dem in kyrillischer Schrift sein Name und Titel standen. »Ihr sprecht mich bitte mit Dr. Kusmin an.«

Merten fühlte sich wie in einem schlechten Agentenfilm. Aber manchmal überbot eben die Realität das Kino.

Als Jano ausstieg, kam bereits einer der beiden Männer auf

sie zugelaufen. Er trug eine dunkelblaue Uniform und war bewaffnet. Jano begrüßte den Pförtner, einen grobschlächtigen Typen mit verquollenen Augen, der ihn erstaunt ansah. Jano zeigte ihm seinen Ausweis und überreichte ihm ein Schreiben, welches der Mann teilnahmslos durchlas. Dann ging er mit Jano zusammen auf das Auto zu und warf prüfende Blicke hinein. Er fixierte Merten und Ziegler einen Moment, blickte kurz auf ihre Namensschildchen. Dabei hielt er die Hand leicht auf die Waffe an seiner Hüfte gelegt. Bewaffnete Männer, das gefiel Merten gar nicht. Merten nickte ihm leicht zu. Ziegler blieb regungslos.

Der Pförtner ging in das Häuschen zurück und telefonierte, während sein Kollege weiterhin vor einem Bildschirm saß und nur kurze Blicke zu ihnen herüberwarf. Jano stieg wieder ein, niemand sprach. Würde es klappen? Wenn sie aufflogen, hatten sie keine Chance. Die Männer würden ihre Waffen zücken und sie erledigen.

Schließlich kam der Mann wieder heraus und gab Jano Ausweis und Schreiben zurück. Dann hob sich die Schranke, sie fuhren auf das Gebäude zu, und Merten tippte schnell eine Nachricht an Iliana.

Andrea Parka hatte gerade eine anstrengende Paneldiskussion in Hannover hinter sich gebracht. Das Thema war »Neue Antibiotika verzweifelt gesucht – Warum tut die Pharmaindustrie so wenig?«. Ein Dauerbrennerthema. Parka hatte die altbekannten Argumente vorgebracht und sich mit dem Vorsitzenden des Verbands Forschender Arzneimittelhersteller gestritten. Mittlerweile hatte sie gelernt, mehr Humor zu zeigen, sonst steckte man als Kritiker schnell in der Spielverderberfalle.

Nun freute Parka sich auf ihr Hotelzimmer. Als sie die Nachricht auf ihrem Smartphone sah, war sie wieder hellwach.

»Ich habe wertvolle Informationen bezüglich Astrada für Sie. Können wir uns treffen? Morgen früh?«

Iliana hatte auf glühenden Kohlen gesessen, bis endlich eine neue Nachricht von Merten kam. »Gehen jetzt rein.«

Es ging los.

Bald würde sie Rahmanian aufsuchen.

Zeit, sich vorzubereiten.

Sie hielt die Waffe in der rechten Hand und strich langsam mit den Fingern der linken über den Lauf, über die feinen Strukturen des Metalls, spürte die Riffel am hinteren Ende des Schlittens, während die Finger ihrer rechten Hand sich fest um das raue Handstück pressten. Die Waffe verlieh ihr Sicherheit und Stärke.

Rahmanian würde nicht erwarten, dass sie bewaffnet war. Genauso wenig Mark – sie rechnete fest damit, dass sie auch ihm noch begegnen würde.

Ihr Tod schien unausweichlich und nur noch eine Frage der Zeit. Und doch: Im Angesicht des Todes fühlte sie sich nicht länger als die wehrlose Iliana, das Opfer, das ausgenutzt und vergiftet worden war.

Wut stieg in ihr auf, kalt wie die Glock selbst. Rachegelüste erfüllten sie.

Sie hatte keine Angst mehr. Weder vor Mark noch vor Rahmanian. Sie hatte nichts mehr zu verlieren. Das Einzige, was sie fürchtete, war sich selbst. Ihr Gedächtnis war zurückgekehrt, aber konnte sie sich darauf verlassen? Der völlige Blackout heute Morgen hatte sie alarmiert. Was, wenn ihr das noch einmal passierte?

Sie musste die Waffe dicht am Körper tragen. Musste sie spüren, sonst würde sie vergessen, dass sie da war. Sie zog das Holster über ihr rechtes Knie. Es war wie eine Stützmanschette, die man bei Knieschmerzen überzog, nur ließ der schwarze Stoff das Knie frei. Als sie sich bückte, um es festzuzurren, wurde ihr für einen Moment schwarz vor Augen. Schnell richtete sie sich wieder auf.

Einen Moment lang hatte sie das Gefühl, das Gleichgewicht zu verlieren. Alles drehte sich.

»Ganz ruhig«, murmelte sie. »Jetzt nur nicht schlappmachen.« Sie holte mehrmals tief Luft, dann schloss sie die starken Klettverschlüsse. Es hielt bombenfest. Sie verstaute die Pistole in der Halterung, zog den kleinen Gurt darüber. Die Waffe befand sich nun fest fixiert rechts außen an ihrem Knie, hoch genug, um sie mit einem leichten Bücken ziehen zu können. Nur – wie verbarg sie die Waffe? Und zwar so, dass sie schnell drankam?

Iliana ging zu ihrem Schrank und suchte nach geeigneter Kleidung. Sie fand ein Paar weit geschnittene Marlene-Hosen, das eigentlich zu schick für diesen Anlass war, aber optimal für die Pistole. Die Hose kaschierte Konturen, und Iliana würde sie schnell hochschieben können, um an die Waffe zu gelangen.

Vor dem Spiegel prüfte sie ihr Erscheinungsbild. Dann machte sie ein paar Testläufe und kam sich vor wie ein Westernheld, der für das entscheidende Pistolenduell übte. Nach einigen Versuchen hatte sie den Dreh raus.

Mit der Pistole im Anschlag stand sie vor dem Spiegel.

»Gar nicht so schlecht für eine 58-Jährige«, sagte sie zu ihrem Spiegelbild.

Merten hätte sich am liebsten die Ohren zugehalten. Dutzende Babys brüllten um die Wette. Das Geschrei war kaum auszuhalten. Während sie versuchten, sich an den Lärmpegel zu gewöhnen, kam ihnen eine Frau in weißem Kittel entgegengeeilt, offensichtlich wütend. Sie erwiderte Janos Handschlag nur widerwillig und redete sofort in lautem Russisch auf ihn ein. Mit ihrem rundlichen Gesicht wirkte sie unscheinbar, aber ihre Augen waren wachsam und kritisch und funkelten vor Zorn. Merten hielt sie für jemanden, den man leicht unterschätzte, es aber besser nicht tat. Jano ließ ihre Tirade über sich ergehen und reichte ihr wortlos seine Unterlagen. Während sie las, sprach er in ruhigen Worten auf sie ein.

Wahrscheinlich gefiel ihr nicht, dass sie unangemeldet hereinplatzten. Merten ahnte, was Jano ihr entgegnete: Überraschungsvisiten gehörten nun einmal zum Geschäft. Der SPIEGEL-Journalist hoffte inständig, dass sie nicht sofort das russische Gesundheitsamt oder UNICEF kontaktieren würde, um die Geschichte zu überprüfen.

Unauffällig sah er sich um. Die Anlage war im Wesentlichen eine riesige Halle, in der nebeneinander unzählige Babybetten standen. Schwestern eilten hin und her, um sie zu versorgen. Sicherheitspersonal konnte er keines ausmachen. Er bemerkte, dass auch Ziegler sich umsah. Wahrscheinlich filmte er bereits mit seiner Brillenkamera. Sehr gut.

Die Leiterin der Einrichtung hatte sich mittlerweile etwas beruhigt und stellte sich ihnen nun auf Englisch als Marija Wolkow vor. Sie musterte Merten und Ziegler mit kritischem Blick. »Und Sie sind von UNICEF? Mir ist völlig neu, dass das russische Gesundheitsministerium mit Ihrer Organisation kooperiert.«

Jetzt galt es, überzeugend zu wirken.

»Es ist ein Pilotprojekt, das UNICEF angestoßen hat. Eine Premiere«, sagte Merten. »Dr. Ziegler und ich freuen uns sehr, dass wir Dr. Kusmin dafür gewinnen konnten.«

»Was genau wollen Sie?«, fragte Wolkow. »Wie Sie sehen können, haben wir alle Hände voll zu tun.«

Jano zog das Gespräch wieder an sich. Auf Englisch erzählte er von alarmierenden Ausbrüchen von Tuberkulose und Typhus und anderen Infektionskrankheiten in Kinderheimen und Schulen. Man sei froh, dass UNICEF das Projekt international begleite. Sie wollten sich einen persönlichen Eindruck von der Anlage verschaffen und bräuchten Akteneinsicht.

Jeden Moment konnte der Schwindel auffliegen, Merten wollte daher keine Zeit verlieren. »Wir werden zusehen, dass wir zügig durchkommen, Dr. Wolkow.«

»Also gut, dann los«, sagte sie.

»Eine Sache noch«, sagte Merten. »Dr. Ziegler würde gerne ein paar Fotos machen.«

Noch während er sprach, begann Ziegler seine Kameraausrüstung auszupacken.

Wolkow zögerte einen Moment. Sie sah Ziegler skeptisch an, der bis jetzt noch kein Wort von sich gegeben hatte, und Merten befürchtete bereits, dass sie ablehnen würde. Aber dann nickte sie nur. »Solange sie ausschließlich für den internen Gebrauch sind, meinetwegen.«

Lustlos führte Wolkow sie durch die Anlage. Während der Tour spürte er mehrfach sein Handy vibrieren, es war sicher Iliana. Er würde ihr später antworten.

Die Einrichtung erinnerte Merten an ein altes Lazarett, alles war sehr provisorisch. Was ihn erstaunte, war, wie selbstbewusst Wolkow wirkte. Sie erweckte keineswegs den Eindruck, dass an diesem Ort etwas Verwerfliches geschah. Sie berichtete, dass die Kinder Waisen seien und hier betreut wurden.

Jano erwähnte, dass sie von allen relevanten Dokumenten schriftliche Auszüge benötigten. Ziegler schoss während des Rundgangs Fotos, insbesondere von den Kindern, was Wolkow mit einem Stirnrunzeln quittierte. Merten beobachtete jede ihrer Bewegungen. Schöpfte sie Verdacht?

Nachdem sie ihnen auch die sanitären Anlagen und die Essensräume gezeigt hatte, wollte Wolkow die Tour beenden. Aber Merten war aufgefallen, dass sie vorhin ziemlich zielstrebig an einem Zimmer vorbeigelaufen waren, in das zwei Schwestern gerade ein Baby getragen hatten. Er fragte Wolkow danach, aber sie winkte ab.

»Das ist nur das Entnahmezimmer«, sagte sie.

»Entnahmezimmer?«, fragte Merten.

»Wir testen die Babys regelmäßig auf Krankheiten. Dafür müssen wir Blut entnehmen.«

»Dieses Zimmer würden wir gerne besichtigen«, sagte Ziegler. Es war das erste Mal, dass er das Wort ergriff, und es ließ sie alle aufhorchen.

Wolkow wirkte überrascht. »Wieso ist das notwendig?«, fragte sie. »Es ist für die Babys auch so schon anstrengend genug.«

Jano ging betont ruhig dazwischen. »Entschuldigen Sie, Dr. Wolkow. Aber wir müssen alle Räumlichkeiten und Vorgänge einer Einrichtung begutachten. So sieht es das Protokoll vor.«

Widerwillig führte Wolkow sie in das Zimmer. Es war nur etwa fünfzehn Quadratmeter groß, darin befand sich eine Liege, auf der ein Säugling lag, und Spielsachen, die das Baby ablenken sollten.

Das Kind war mit Gurten fixiert und schrie. Zwei Schwestern standen bei ihm. Die eine hielt den Kopf des Kindes fest, die andere, ebenfalls behandschuht, entnahm soeben Blut aus einer Kanüle an der Stirn des Babys. Das Kind schrie aus vollem Hals.

Es fiel Merten schwer, die Szene zu beobachten. Diese Kombination von absoluter Wehrlosigkeit, kaltem technischem Vorgehen, dem Geschrei und dem Blut war kaum zu ertragen. Er riss sich zusammen.

Zieglers Fotografeninstinkt war geweckt. Er ging mit seiner Kamera so nahe wie möglich an die Liege heran, was die beiden Schwestern nervös machte. Wolkow beobachtete die Szene argwöhnisch und warf Jano immer wieder fragende Blicke zu. Schließlich sagte sie zu ihm: »Dr. Kusmin, ich muss sagen, dass ich das Verhalten Ihres Kollegen sehr merkwürdig finde …«

Eine Mitarbeiterin von Wolkow kam ins Zimmer. Sie hatte eine Mappe in der Hand, die sie der Leiterin übergab. Dabei flüsterte sie ihr schnell etwas ins Ohr. Wolkow entschuldigte sich bei Merten und Jano und trat mit ihrer Mitarbeiterin ein paar Schritte zur Seite, sodass Merten, Ziegler und Jano nicht hören konnten, was sie redeten.

Jano warf Merten und Ziegler einen alarmierten Blick zu. Die Botschaft war klar: Die Uhr tickte. Sie konnten jeden Moment auffliegen. Ziegler fotografierte ungerührt weiter.

Wolkow kam zurück, und Jano sagte: »Wir sind dann im Prinzip durch, Dr. Wolkow. Wir haben noch drei weitere Visiten heute.«

»Ach ja, wo denn?«, fragte Wolkow, und Jano reagierte für einen kurzen Moment überrascht. »Ich fürchte, das ist vertraulich.« Er grinste, etwas zu schief, wie Merten fand. Es war Zeit, von hier zu verschwinden.

»Vielen Dank für Ihre Geduld«, sagte Merten zu ihr. »Mein Kollege Dr. Ziegler ist leider ein Perfektionist«, sagte er und lachte. »Er will immer besonders gute Bilder machen.«

Ziegler sah ihn wortlos an und began, seine Kamera zusammenzupacken.

»Ihre Unterlagen«, sagte Wolkow und reichte Jano die Mappe.

Der überflog die Papiere und blickte zufrieden auf. »Das sieht gut aus. Ich danke Ihnen für die Zusammenarbeit und Ihr

Entgegenkommen, Dr. Wolkow. Tut mir leid, dass wir so reinplatzen mussten, aber so ist nun mal das Protokoll.«

Sie nickte wortlos.

Sie hatten die Geschichte im Sack. Merten konnte ein gewisses Triumphgefühl nicht unterdrücken.

Wolkow geleitete sie zum Ausgang. Sie verabschiedeten sich und fuhren los. Im Rückspiegel sah Merten Wolkow am Eingang der Anlage stehen.

Wieso ging sie nicht wieder hinein?

Als sie die Schranke schon beinahe erreicht hatten, stand Wolkow immer noch draußen und beobachtete sie.

»Etwas stimmt nicht«, sagte Merten. Ziegler und Jano sahen ihn nervös an. Jano informierte den Fahrer auf Russisch, damit der es ebenfalls mitbekam. Er nickte. Ziegler presste den Aluminiumkoffer, in dem sich sein Equipment befand, eng an seinen dürren Leib. »Die Kamera ist sicher«, sagte er und steckte sich nervös eine Zigarette an. Seine Kamerabrille war leicht verrutscht.

Merten bemerkte, dass er seine eigene falsche Brille noch immer trug. Er zog sie ab.

Sie näherten sich der Schranke, die immer noch gesenkt war. Merten spannte alle Muskeln an. Jede Sekunde, die sich die Schranke nicht öffnete, zog es etwas mehr an seinem Magen.

Die Schranke blieb unten. Sie mussten anhalten.

Merten drehte sich hektisch um. Marija Wolkow stand immer noch am Eingang. Im gleichen Moment sah er beide Pförtner aufstehen und aus dem Häuschen treten, die Hände auf den Waffen. Einer der Männer rief etwas auf Russisch.

Im gleichen Moment drehte sich Jano um und sagte leise: »We are screwed. Get ready.« Dann sagte er in scharfem Ton etwas auf Russisch zum Fahrer, was nur »Fahr los!« bedeuten konnte, denn die Reifen drehten durch, und der Wagen machte einen gewaltigen Satz. Die Schranke knallte auf die Windschutzscheibe, wurde nach vorne gedrückt und zerbrach schließlich mit einem hässlichen Krachen. Die Beschleunigung presste sie in die Sitze. Merten sah im Augenwinkel Ziegler mit offenem Mund neben sich, seinen Kamerakoffer fest umkrallt.

Dann fiel der erste Schuss.

Sie hatte noch immer keine Rückmeldung von Merten erhalten, ob alles gut gegangen war. Unruhig lief Iliana in ihrer Wohnung auf und ab. Ihr linkes Ohr fiepte stark. Auch ihr Kopf meldete sich unangenehm zurück.

Sie rief noch einmal seine letzte SMS auf.

»Gehen jetzt rein.«

Sie tippte auf Antworten und schrieb: »Wie ist die Lage, Klaus?«

Es war ihre dritte Nachricht.

Wenn Merten scheiterte, hatte sie keinen Plan B. Dann würde sie nächste Woche an Altersschwäche sterben.

Ihre Hand tastete nach der Waffe an ihrem Bein. Oder hatte sie nicht doch einen?

Vielleicht war die Pistole überzeugender als jede Filmaufnahme einer Säuglingsfarm? Mark wusste ganz genau, dass sie nichts mehr zu verlieren hatte.

Wozu also noch auf Merten warten?

Sie zog ihre Jacke an und griff sich die Autoschlüssel.

Als sie aus dem Haus gehen wollte, realisierte sie, dass sie überhaupt nicht wusste, wie sie Rahmanian erreichen sollte. Der Aufsichtsratschef von Astrada hatte sich kontinuierlich bedeckt gehalten. Sie hatte nicht mal seine Telefonnummer.

Evelyn. Freimuths Assistentin. Sie musste die Nummer haben.

Evelyn war erstaunt, als Iliana sie anrief. Sie erkundigte sich nach ihr, wollte wissen, warum sie nicht in der Firma war. Aber Iliana hatte keine Lust auf Small Talk und fragte direkt nach Rahmanians Kontakt. Es sei dringend.

Der Aufsichtsratsvorsitzende wirkte nicht überrascht, als sie anrief. Er sagte, er würde ihr einen Fahrer schicken. Es vergingen keine zehn Minuten, dann klingelte es an ihrer Tür.

Der Schlag ließ das Auto erzittern, dann spürte Merten ein Prasseln. Etwas Kaltes spritzte in seinen Nacken. Im ersten Moment fühlte es sich an wie Wasser, bevor er realisierte, dass es Scherben von der Rückscheibe waren, welche die Kugel durchschlagen hatte. Unmittelbar darauf riss der Wagen in heftiges Schlingern aus, und der Fahrer brüllte. Ein weiterer Schuss fiel. Jetzt schrie auch Ziegler, dann wurde der Wagen heftig durchgeschüttelt, als der Fahrer mit mehr als 80 Stundenkilometern vom Weg abkam und über das unbefestigte Geröll bretterte. Merten stieß sich heftig den Kopf am Wagendach, wieder fielen Schüsse, er hörte etwas splittern und spürte eine Vibration an seinem Herzen: Sein Smartphone hatte eine Nachricht empfangen.

Der Fahrer und Jano schrien auf Russisch, Ziegler stöhnte, der Fotograf hielt sich die linke Schulter, zwischen seinen Fingern quoll Blut hervor.

Merten sah sich um. Mehrere Kugeln hatten das Rückfenster durchschlagen, Ziegler verletzt und den Fahrer nur knapp verfehlt. Das Navi neben ihm war zerborsten.

Merten musste sich festhalten, während der Wagen weiter über das Feld ruckelte. Merten versuchte seinen Gurt anzulegen und blickte sich um. Durch die Löcher in der geborstenen Rückscheibe sah er, dass der BMW ihnen auf den Fersen war. Er versuchte, dem blutenden Ziegler ebenfalls den Gurt anzulegen, was schwierig war, weil er noch immer den Koffer umklammert hielt.

Die Hauptstraße war etwa einhundert Meter entfernt. Merten sah den zweiten Pförtner auf dem Beifahrersitz seinen Arm aus dem Fenster strecken und zielen. Die Kugel traf den Wagen, der Fahrer fluchte und riss das Lenkrad zur Seite. Die Kraft drückte Merten gegen Zieglers verletzten Arm, und der Fotograf schrie auf.

Gleich waren sie auf der Hauptstraße, dann würden sie schneller fahren können. Merten hatte keine Ahnung, wie diese Verfolgungsjagd ausgehen mochte.

In Rahmanians Maserati roch es nach Leder. Iliana überprüfte noch einmal ihr rechtes Hosenbein. Dem Chauffeur war nichts aufgefallen, er hatte sie auch nicht auf Waffen hin kontrolliert. Die weiten Hosen kaschierten die Pistole hervorragend.

Iliana war übel vor Nervosität. Immer wieder schaute sie auf ihr Smartphone. Immer noch keine Nachricht von Merten. Schnell tippte sie eine weitere Nachricht. »Bin auf dem Weg zu Rahmanian. Brauche dringend ein Update!«

Danach legte sie ihre Hand auf ihrem rechten Knie ab. Mit dem kleinen Finger spürte sie die harten Kanten der Waffe. Es beruhigte sie.

»Haben Sie es bequem? Brauchen Sie etwas?«, fragte der Chauffeur, und Iliana schreckte hoch.

Sie rang sich ein Lächeln ab. »Alles bestens, danke.«

Natürlich war nicht alles bestens, das war auch dem Chauffeur nicht entgangen.

Sie beobachtete ihn im Rückspiegel. Er war ein unauffälliger Mann, etwa Mitte fünfzig. Er trug einen einfachen Anzug und zum Glück ein sehr dezentes Rasierwasser. Der Chauffeur steuerte den Wagen in Richtung Alster und bog dann mehrfach ab, bis sie durch kleine Seitenstraßen fuhren, in denen Iliana sich nicht auskannte. Sie konnte sich nicht länger auf den Weg konzentrieren – ihre Kopfschmerzen waren zurückgekehrt und so schlimm, dass sie immer wieder die Augen schließen musste. Die Begegnung mit Rahmanian würde sie viel Kraft kosten.

»Sind Sie in Ordnung?«, fragte der Chauffeur, und sie bemerkte seinen besorgten Blick im Rückspiegel.

»Ja, nur Kopfschmerzen.«

»Wollen Sie eine Tablette?«, fragte er und begann in seinem Handschuhfach zu kramen. Er hielt ihr eine Packung Diclofenac hin.

»Hier. Das sind die stärksten.«

Sie überlegte kurz und schluckte dann zwei Tabletten.

»Behalten Sie die Packung ruhig. Getränke finden Sie in dem kleinen Kühlschrank rechts neben Ihnen unter dem Sitz.«

»Wie lange fahren wir noch?«

»Fünf Minuten«, sagte der Chauffeur.

Sie fuhren die Außenalster entlang, an der großen Moschee vorbei und bogen in die Schöne Aussicht ein. Es war eine ruhige Straße, die dem Verlauf des oberen Ostufers folgte und in eine der vornehmsten Gegenden Hamburgs führte. Hier zu leben war für sie immer unvorstellbar gewesen, es war wie ein anderes Universum.

Der Fahrer stoppte den Wagen vor einem dunklen Metallgatter. Das Anwesen wirkte unauffällig, sie konnte nicht einmal Kameras erkennen. Das Gatter ließ kaum Blicke durch, darüber sah Iliana Baumkronen und in der Ferne ein Dach. Hier also wohnte Rahmanian.

Der Chauffeur drückte auf eine Fernbedienung, und das Metallgatter bewegte sich nahezu lautlos zur Seite. Die Einfahrt war lang und zog sich über das Grundstück, das viel größer war, als es von der Straße aus den Anschein hatte. Große alte Bäume standen darauf, zwischen ihnen lag ein Teich mit einer Trauerweide und einer Bank davor. Fast unspektakulär hingegen wirkte das Haus. Ein Bungalow aus grauem Naturstein mit großen Panoramafenstern.

Als der Chauffeur Iliana die Tür öffnete und sie auf den feinen Kies trat, wurde ihr für einen Moment schwindlig. Sie strauchelte, und der Chauffeur hielt sie am Arm fest, sonst wäre sie hingefallen.

»Soll ich einen Arzt verständigen?«

Sie schüttelte den Kopf. »Es geht schon.«

Er ließ sie zögerlich los, und mit weichen Knien wandte sie sich in Richtung Eingangstür.

Die öffnete sich. Im Eingang stand ein Mann. Es musste Rahmanian sein. Sie sah nur flüchtig hin, denn in diesem Moment wurde sie vom Vibrieren ihres Handys abgelenkt. Sie holte es aus ihrer Tasche. Sie hatte eine Nachricht von Merten.

Seit knapp zehn Minuten rasten sie mit Vollgas über die wenig befahrene Hauptstraße, den BMW dicht auf den Fersen. Schon mehrfach hatten ihre Verfolger die Stoßstange gerammt, aber ihr eigener Fahrer entpuppte sich als routinierter Steuermann. Er verhinderte erfolgreich jedes Überholmanöver des BMW durch schnelle Seitenschwenks. Immer wieder fielen Schüsse, die weitere Löcher in den Wagen bohrten. Merten, Ziegler und Jano rutschten tief in ihre Sitze hinein, nur der Fahrer steuerte mit angespanntem Oberkörper tapfer weiter. Ziegler blutete. Der Aluminiumkoffer in seinen Armen war rot verschmiert.

Keiner sprach, während sie mit Tempo 180 über die Straße rasten – mehr gab der Wagen nicht her. Es war ein ungleiches Rennen, der BMW hatte den stärkeren Motor. Allen war klar, dass sie diese Hetzjagd nicht bis Nischni Nowgorod durchstehen würden.

Merten wusste, dass es völlig verfehlt war, aber im Kopf formulierte er bereits die Sätze, mit denen er diese nervenaufreibende Fahrt in seinem Artikel beschreiben würde – *wenn* er ihn noch schreiben würde. Sein Smartphone vibrierte. Iliana war auf dem Weg zu Rahmanian. Verdammt, wieso wartete sie nicht auf ihn? Noch waren die Beweise nicht in Sicherheit. Das musste Rahmanian wissen, denn Merten bezweifelte nicht, dass Wolkow Astrada benachrichtigt hatte. Er versuchte, eine Nachricht an sie zu tippen, was ihm nur schwer gelang, angesichts der ruckartigen Manöver, die der Fahrer anstellte, um die Verfolger nicht vorbeizulassen. Er produzierte einige Tippfehler und schrieb:

»Heben die filme. Aberr sinnd nouch nicht safe.«

Andrea Parka war umgehend zum mit dem Astrada-Informanten vereinbarten Treffpunkt gefahren. Ein unscheinbares Café in Eimsbüttel.

Sie war müde und unruhig zugleich. Was würde sie erwarten? Sie bekam oft angeblich hochbrisantes Material angeboten, das sich in den allermeisten Fällen als heiße Luft erwies. Sie brauchten dringend einen Durchbruch im Astrada-Skandal. Von Iliana Kornblum hatte sie nichts mehr gehört – trotz ihrer wiederholten Kontaktversuche. Wahrscheinlich hatte Kornblum kalte Füße bekommen.

Mittlerweile waren weitere tote indische Mädchen aufgetaucht, diesmal auf einer Müllkippe in Bangalore. Die Mädchen wiesen Wunden an ihren Unterarmen auf, die von schlampig entfernten Dialyse-Shunts stammen könnten. Astrada hatte natürlich jegliche Verbindung bestritten.

Daher war Parka gespannt, was ihr Kontakt ihr präsentieren

würde, als sie durch die Tür des Cafés trat. Sie vernahm das niedliche Bimmeln der Glöckchen und sah neugierig in den Raum hinein. Es war eines dieser Cafés, in denen sich vorwiegend Jungmütter aufhielten – alles war in Weiß gehalten, es gab einen Tresen mit einer reichen Tortenauswahl, an den Wänden standen Regale, in denen Baby- und Kleinkindutensilien angepriesen wurden: gestrickte Lätzchen, Strampelhosen, Mützen. Es war früher Morgen und nur wenige Gäste anwesend. Wer hier saß, war Student, arbeitslos oder in Elternzeit. Sechs Frauen, allesamt um die dreißig, saßen verstreut herum, und fast alle hatten einen Kinderwagen neben sich stehen. Parka scannte alles schnell ab und steuerte nach wenigen Momenten zielsicher auf die Frau mit dem rundlichen Gesicht, den langen braunen Locken und der John-Lennon-Brille zu, die in der hinteren linken Ecke des Cafés saß. Als sie sich zu ihr setzte, sah sie, dass sie nicht so jung war, wie es auf den ersten Blick schien.

»Andrea Parka«, sagte sie und streckte ihre Hand aus. Die Frau blickte auf und ergriff sie schüchtern. Ihr Händedruck war weich, ihr Blick neugierig.

»Céline«, sagte die Frau. »Woher wussten Sie, dass ich es bin?«

»Sie sind kinderlos. Aber Sie sind vor allem die Einzige, die nicht auf ihr Smartphone gestarrt hat, sondern auf die Eingangstür.«

»Ich bin ja ein toller Whistleblower«, sagte Céline.

Sie sprach leise, obwohl sie außerhalb der Hörweite der anderen Gäste saßen. Parka fiel ihr französischer Akzent auf.

»Sind Sie das? Ein Whistleblower?«, fragte Parka.

»Es fällt mir nicht leicht, was ich hier tue. Aber ich kann nicht anders«, sagte Céline.

Sie zog umständlich etwas aus ihrer Jackentasche und legte

es auf den Tisch. Es sah aus wie ein Notizbuch mit Ledereinband.

Parka nahm es und klappte es auf. Es war eine Festplatte.

»Was ist da drauf?«

»Die Bimini-Daten.«

Parka war überrascht. Zugleich erwachte ihr Misstrauen. Ihr Gespräch mit Iliana lag erst wenige Tage zurück. War es Zufall, dass sich jetzt eine Astrada-Informantin meldete? Es wäre nicht das erste Mal, dass jemand versuchte, Parka mit Falschinformationen zu füttern. Oder Pharmatransparency durch Spione unterwandern zu lassen.

»Warum geben Sie mir das? Wer sind Sie?«

»Ich will, dass Sie diese Daten weltweit leaken«, sagte Céline. »So schnell wie möglich.«

»Wie weit ist es noch bis Nischni Nowgorod?«, fragte Merten keuchend. So weit runtergerutscht zu sitzen war auf Dauer unbequem. Er dachte an seinen Bandscheibenvorfall, den er gerade erst mit Physiotherapie in den Griff bekommen hatte.

Jano gab die Frage auf Russisch weiter, der Fahrer antwortete knapp.

»Noch mehr als 130 Kilometer«, übersetzte Jano.

»Gibt es hier in der Gegend etwas? Polizei? Jemanden, den wir um Hilfe bitten können?«

Jano lachte kurz auf. »Polizei? Das ist nicht Ihr Ernst? Wir haben uns als Behördenmitarbeiter ausgegeben. Sie sind deutsche Journalisten, die ohne Genehmigung in Russland unterwegs sind. Ihr Freund blutet, und wir haben Einschusslöcher im Auto. Ich stehe ohnehin schon lange auf der Abschussliste der Regierung. Was glauben Sie wohl, wie viel Lust die Polizei hat, uns zu helfen?«

»Haben Sie eine bessere Idee?«

Jano drehte sich zu Merten um. Er sah verzweifelt aus. »Ich habe gerade meine Pistole nicht dabei. Und Sie?«

Merten schwieg. Sein Rücken kribbelte. Er hatte Angst und dachte an Iliana, daran, wie sie ihm von ihrem nahenden Todestag erzählt hatte. Vielleicht würde sie ihn überleben.

Iliana bemerkte, dass ihr Sehvermögen sich wieder verschlechtert hatte. Sie alterte erneut, sie spürte es. Sie kniff die Augen zusammen, als sie sich dem Eingang näherte. War das Rahmanian? Er sah so anders aus. Es dauerte eine lange Sekunde, bis sie begriff, was los war. Dann zog sich ihr Magen zusammen.

Es war Rahmanian. Aber er war nicht mehr derselbe, den sie das letzte Mal bei der Aufsichtsratssitzung gesehen hatte. Im Türrahmen stand eine verjüngte Version von ihm. Ein Mann mit vollerem Haar, glatteren Gesichtszügen, ohne Brille und mit kleinerem Bauch. Er sah etliche Jahre jünger aus.

In diesem Moment wusste sie, dass ihre Chancen schlecht standen. Mark hatte Rahmanian bereits in seinen aberwitzigen Selbstversuch mit einbezogen. Der Aufsichtsratsvorsitzende steckte mit drin. Es war anzunehmen, dass ihm gefiel, was Projekt 150 mit ihm anstellte. Wem würde es nicht gefallen, verjüngt zu werden? Sie hätte im Moment nichts dagegen.

Iliana betastete unauffällig ihr rechtes Knie und spürte die Kante des Pistolengriffs. Ein Gedanke schoss ihr durch den Kopf, er bereitete ihr Gänsehaut. Sollte sie auf der Stelle die Waffe ziehen und Rahmanian erschießen? Und gleich danach Mark? Mit dem Spuk um Projekt 150 wäre sofort Schluss. Aber wäre es auch das Ende der Blutfarmen? Andere würden nachrücken, wenn Mark und Rahmanian tot waren.

Rahmanian lächelte, seine Zähne strahlten weiß. Er breitete die Arme zum Gruß aus.

Sie trat ein.

Andrea Parka kam es äußerst merkwürdig vor, dass sie ausgerechnet jetzt diese Daten auf dem Silbertablett serviert bekam einschließlich der Bitte, sie zu leaken – so kurz nach dem Gespräch mit Iliana, in dem Parka selbst den Vorschlag unterbreitet hatte, die Daten zu veröffentlichen.

Versuchte diese Céline, sie übers Ohr zu hauen? War sie etwa vom Astrada-Vorstand geschickt worden, weil sie Wind bekommen hatten von ihrem Gespräch mit Iliana Kornblum?

»Ich fürchte, so einfach geht das nicht«, sagte Parka und legte die Festplatte wieder auf den Tisch.

Célines Miene verfinsterte sich. Sie war wütend. Das war ein gutes Zeichen. Céline schien emotional involviert. Mikromimik konnte man nur schwer spielen.

»Was soll das heißen?«, schnaubte die Französin. »Wissen Sie, was ich hier riskiere? Ich gebe Ihnen, unserem schlimmsten Gegner, Astradas Kronjuwelen!«

»Hören Sie, Céline – falls das Ihr richtiger Name ist. Wir müssen die Daten zunächst prüfen. Wir müssen Sie überprüfen. Wir müssen uns absichern.«

»Das ist ja unglaublich! Erst fahren Sie solch eine Schmutzkampagne, die unser aller Privatleben belastet. Und jetzt behaupten Sie, ich wäre eine Lügnerin?«

Parka beobachtete sie genau, achtete auf jede Einzelheit ihres Mienenspiels. Sie war mittlerweile ziemlich gut darin zu beurteilen, ob jemand log. Célines Ärger wirkte echt.

»Céline, beruhigen Sie sich. Wir sind permanent Angriffen der Pharmalobby ausgesetzt, auf unterschiedlichste Art und Weise. Wir müssen vorsichtig sein. Ich möchte Ihre Motive verstehen. Wer sind Sie? Warum wollen Sie, dass wir die Bimini-Daten veröffentlichen? Wir riskieren einen Rechtsstreit mit Astrada, der uns sehr teuer zu stehen kommen könnte.«

Céline atmete ruhiger.

»Okay. Ich arbeite in der Forschungsabteilung von Astrada, zusammen mit Mark Jacobs und Iliana Kornblum. Ich habe schon lange den Verdacht, dass mit dem Plasma, aus dem Bimini hergestellt wird, etwas nicht stimmt.«

Parka merkte, wie sich ihr Körper anspannte. Das war genau der Punkt gewesen, an dem sie bei Iliana Kornblum nicht weitergekommen war.

»Was stimmt damit nicht?«

»Jacobs hat schon immer die Hand draufgehalten. Ich hatte das für seine normale Paranoia gehalten, geboren aus Angst, jemand könne ihm seine Daten klauen. Der Wettbewerb im Forschungsbetrieb ist enorm. Aber als die toten Mädchen auftauchten, wurde schlagartig alles sehr seltsam. Die Bimini-Daten waren plötzlich gar nicht mehr zugänglich, uns wurde ein Maulkorb verpasst, Iliana und Mark waren nicht mehr ansprechbar, und dann wurde Freimuth rausgeschmissen und Mark zum CEO befördert …«

»Wieso rausgeschmissen? Er ist doch noch CEO?«, fragte Parka.

Céline schüttelte den Kopf. »Er ist es nur noch auf dem Papier. Mark Jacobs ist jetzt der einzige CEO von Astrada. Er arbeitet wie besessen an diesem rätselhaften neuen Projekt, über das kaum etwas bekannt ist und auf das er noch viel stärker den Deckel hält. Und Jacobs sieht anders aus in letzter Zeit. So jung. Manche sagen, er probiere irgendein Zeug an sich aus. Das stinkt zum Himmel, Frau Parka. Ich wurde irgendwann misstrauisch, ich wollte einfach wissen, was los ist, ob Astrada sauber ist, schließlich arbeite ich für diesen Laden. Ich habe mir die Daten angeschaut. Dabei bin ich über diese Plasmaanalysen gestolpert …«

Céline nahm einen Schluck von ihrem Kaffee und blickte

sich um. Niemand im Café beachtete sie, aber sie beugte sich dennoch zu Parka. Dann sagte sie:

»Normales Blutplasma enthält bei Weitem nicht genügend Proteine, um daraus all das Bimini herzustellen. Das zeigen die Analysen ganz deutlich.«

Parka schüttelte den Kopf. »Ich verstehe nicht? Woher kommen die Bimini-Proteine denn dann?«

»Das ist die Masterfrage, die ich mir ebenfalls gestellt habe. Ich habe weitergegraben und entdeckt, dass Astrada sein gesamtes Plasma von einer einzigen Firma bezieht. Sie heißt Devaduta Pharma. Ich habe von ihr noch nie gehört. Dieses Devaduta-Plasma enthält die Bimini-Proteine in sehr hohen Konzentrationen, was erstaunlich ist. Dann habe ich das hier gefunden …«

Céline holte einen Ausdruck hervor. Er enthielt eine Liste von Adressen.

»Was ist das?«, fragte Parka.

»Das sind die Adressen der Donation Facilities von Devaduta Pharma, also den Einrichtungen, in denen das Plasma produziert wird. Diese Orte liegen allesamt in Indien.«

Andrea Parka hielt die Luft an.

»Ich glaube, dass die toten Mädchen aus einer dieser Anlagen geflohen sind. Ich glaube, dass Bimini aus dem Blut von Kindern produziert wird.«

Während Céline weitersprach, durchfuhr es Andrea Parka wie ein Blitz. Natürlich. Iliana Kornblums Anspielungen. Wieso hatte sie das nicht selbst erkannt?

Sie schwiegen eine Weile. Dann sagte Parka:

»Das ist heftig. Aber was ist, wenn es normale Plasma-Einrichtungen sind, wo Erwachsene spenden? Woher wollen Sie wissen, dass dort das Blut von Kindern gesammelt wird?«

»Nein, das käme einfach nicht hin«, sagte Céline energisch.

»Die für Bimini notwendigen Proteine sind im Plasma von Erwachsenen in viel zu geringen Konzentrationen vorhanden. Erst recht die für Projekt 150.«

»Projekt 150?« Andrea Parka runzelte die Stirn.

»Mark Jacobs' neues Geheimprojekt. Ich habe mich in seinen Rechner eingeloggt und bin auf eine weitere Plasma-Analyse gestoßen. Sie glauben nicht, was er dafür verwendet … das Blutplasma von Säuglingen!«

Parka wurde schlecht. Sie glaubte ihr. Es passte zu den Äußerungen von Iliana Kornblum. Sie hatte betont, dass die Produktionsbedingungen von Bimini problematisch waren. Parka hatte nun zwei unabhängige Aussagen vernommen, die den ungeheuren Verdacht erhärteten. Auch wenn ein definitiver Beweis leider fehlte.

Parka griff nach dem Ausdruck mit der Adressenliste. »Wir müssen jemanden dorthin schicken, um Beweise zu sammeln.«

»Sparen Sie sich die Mühe. Die Einrichtungen existieren nicht mehr. Ich habe es bereits geprüft.«

»Mist.«

»Ich will aber nicht, dass die damit durchkommen, Frau Parka. Das geht nur, indem wir maximale Transparenz herstellen. Bimini muss öffentlich werden. Dann werden sich Wissenschaftler auf der ganzen Welt die Plasma-Analysen ansehen und zu denselben Schlüssen kommen. Astrada wird gezwungen sein, seine Schweinereien zu beenden. Die Wissenschaftler werden Wege finden, Bimini synthetisch herzustellen.«

»Sie wissen, was das bedeutet, wenn wir die Daten leaken? Es wird Prozesse geben. Sie werden den Whistleblower jagen. Wir bemühen uns natürlich, unsere Quellen zu schützen. Aber ich kann Ihnen nicht garantieren, dass sie Ihnen nicht trotzdem auf die Schliche kommen werden.«

Céline sah sie durch ihre runde Brille an. Sie wirkte entschlossen.

»Ich weiß.«

Der Fahrer sagte etwas auf Russisch. Jano blickte in die Seitenspiegel, um nach ihren Verfolgern zu sehen. »Er dreht ab!«, rief Jano. »Er dreht ab!« Er konnte es gar nicht fassen.

»Gott sei Dank!«, murmelte Merten. Ziegler hustete, sein Gesicht war schmerzverzerrt. Merten fragte den Fotografen nach seinem Befinden. Ziegler knurrte etwas wie »geht« zurück.

»Warum geben sie auf?«, sagte Jano. »Warum jetzt?«

Merten sagte nichts und zückte sein Handy. Er schrieb Iliana eine kurze Nachricht: »Sind safe!«

Dann wählte er die Nummer seiner Redaktion.

In Gedanken textete er schon die Überschrift für seinen Artikel.

Von innen war der Bungalow gemütlicher, als dessen äußerer Eindruck vermuten ließ. Rahmanian hatte ein gutes Auge, alle Raumelemente waren aufeinander abgestimmt. Es roch sogar gut, irgendwie nach Holz und Erde.

Rahmanian führte sie in ein opulentes Wohnzimmer. Dank der Panoramafenster hatte man das Gefühl, im Garten zu sitzen. Man blickte auf die alten Bäume und den Teich. Sonnenlicht fiel durch die Blätter der Bäume großzügig in den Raum.

»Kann ich Ihnen etwas anbieten?«, fragte Rahmanian, als sie sich auf die Ledercouch setzten.

»Wasser, bitte.«

Er ging in die Küche, um die Getränke zu holen.

Sie versuchte, sich nichts anmerken zu lassen. Aber ihr Herz schlug schnell, und sie hatte das Gefühl, nicht genügend Luft zu bekommen. Sie war sehr nervös, es fiel ihr schwer, einen klaren Gedanken zu fassen. Iliana atmete mehrmals tief durch und versuchte, sich zu beruhigen. Wenigstens drängte das Adrenalin die Schmerzen in den Hintergrund. Sie prüfte, ob Rahmanian noch in der Küche beschäftigt war, und holte schnell ihr Smartphone heraus.

»Sind safe!«

Merten hatte es geschafft. Erleichtert sank sie zurück. Jetzt hatte sie Rahmanian in der Hand. Dann schob sie das Gerät schnell zurück in ihre Tasche und prüfte, ob die Waffe an ihrem Bein weiterhin unauffällig war.

Rahmanian kam mit einer Flasche Wasser zurück und goss ihr ein Glas ein. Dann nahm er ihr gegenüber Platz.

»Frau Kornblum. Ihr Besuch überrascht mich ein wenig.«

Sie konnte kaum den Blick von ihm abwenden. Er war deutlich verändert.

»Gut sehen sie aus«, sagte sie. »Viel jünger.«

Er lächelte. »Danke.«

»Das Babyblut scheint Ihnen zu bekommen.«

Sein Lächeln erstarb. Er wollte etwas sagen, aber Iliana fuhr rasch fort: »Wie Sie unschwer erkennen, geht es bei mir in die andere Richtung. Mir hat Mark Jacobs keine Jungbrunnenstoffe injiziert. Er hat mich stattdessen mit Alterungsstoffen vergiftet. Aber ich nehme an, dass Sie das längst wissen.«

Rahmanian sah sie regungslos an. Er war ein Meister der Pokerface-Kunst.

»Aber deswegen bin ich nicht hier, Herr Rahmanian. Ich bin gekommen, weil Astrada weiterhin Kinderblut verwendet. Nun auch noch Babyblut. Mark Jacobs melkt Säuglinge, damit er und Sie einen zweiten Frühling erleben können.«

Rahmanian schwieg einen Moment. Iliana konnte nicht sagen, ob er es schon wusste oder es Neuigkeiten für ihn waren.

»Warum sollte ich Ihnen das glauben?«

Sie zuckte mit den Schultern. »Rufen Sie Jacobs an. Fragen Sie ihn.«

Rahmanian zögerte.

»Was wollen Sie?«

»Ich will, dass Sie die Farmen schließen«, antwortete Iliana. »Alle. Sofort. Einschließlich der Säuglingsfarm, aus der Ihr Jungbrunnenstoff stammt.«

Er seufzte. »Frau Kornblum, Sie waren bei der Sitzung dabei. Die Synthese von Bimini ist unser erklärtes Vorhaben. Wir benötigen Zeit.«

»Nein. Mark Jacobs setzt andere Prioritäten. Projekt 150 ist sein Ziel. Die Kinderfarmen sind ihm egal.«

Rahmanian trank einen Schluck Wasser.

»Wenn ich die Farmen sofort schließen lasse, stehen Millionen von Kranken ohne Medikamente da. Die Firma wäre am Ende. Wie stellen Sie sich das vor?«

»Herr Rahmanian, es ist nicht meine Absicht, Astrada zu zerstören, im Gegenteil. Auch ich möchte, dass die Kranken weiterhin ihr Bimini bekommen. Vergessen Sie nicht, mein Vater ist einer von ihnen. Aber diese ekelhafte Praxis muss sofort aufhören. Ich gebe Ihnen jetzt eine letzte Chance, die entsprechenden Schritte einzuleiten. Sie werden Wege finden, Bimini sauber zu produzieren. Sie könnten Lizenzen an andere Konzerne vergeben, eine internationale Forschungskooperation starten, welche die synthetische Herstellung enorm beschleunigen würde.«

»Und auf die Gewinne verzichten? Warum sollte ich das tun, Frau Kornblum?«

»Weil ansonsten der SPIEGEL eine Geschichte veröffentlichen wird, die all das enthüllt, inklusive der russischen Säuglingsfarm. Es gibt Videos und andere Belege für die Verbindungen zu Astrada. Es wäre das Ende der Firma und das Ende von Bimini. Die Konsequenzen werden die Kranken ausbaden müssen. Sie entscheiden.«

Iliana wusste nicht, ob Merten tatsächlich Belege herbeigeschafft hatte, die Astrada eindeutig belasteten. Ihr war außerdem klar, dass Rahmanian nun ein persönliches Interesse am Fortbestehen von Projekt 150 hatte. Es war ihr egal. Ihre Zeit lief ab. Sie hatte keine Wahl.

»Ich habe hier ein Schreiben vorbereitet, das Sie unterzeichnen werden.«

Sie holte einen Umschlag aus ihrer Tasche und übergab ihn Rahmanian. Er zog das Dokument heraus und las.

»In diesem Schreiben verpflichten Sie sich, die indischen Blutfarmen sofort zu schließen, die Säuglingsfarm in Russland zu schließen, Projekt 150 zu beenden und Astradas gesamte Forschungsanstrengungen auf die Synthese von Bimini zu richten, notfalls im Rahmen von Kooperationen. Sie verpflichten sich außerdem, Mark Jacobs als CEO und Forschungsleiter zu entlassen. Dieses Schreiben werden Sie jetzt unterzeichnen. Ich werde es an Andrea Parka und einen SPIEGEL-Reporter weitergeben, die überprüfen werden, ob Sie die Versprechen innerhalb der kommenden Woche in die Tat umsetzen – nur für den Fall, dass ich selbst nicht mehr lange genug lebe.«

Rahmanian sah Iliana an. Er sah völlig ernst aus, und für einen Moment glaubte sie, er würde tun, was sie verlangte. Dann begann er zu lachen. Laut zu lachen. Es war kein hämisches, aufgesetztes Lachen der Macht. Er schien tatsächlich belustigt über ihre Forderungen.

»Ich weiß nicht, was mit Ihnen passiert ist, Frau Kornblum. Sie sehen krank aus. Dass Sie derlei absurde Dinge fordern, lässt an Ihrer geistigen Verfassung zweifeln.«

Heiße Wut durchzuckte sie. Sie unterdrückte den Impuls,

die Waffe aus dem verborgenen Holster zu reißen und sofort eine Kugel durch diesen Kopf zu jagen.

Stattdessen stand sie auf. »Gut. Sie hatten Ihre Chance.«

Ihr Herz klopfte, und ihr Hals schnürte sich zu. Jetzt gab es kein Zurück mehr. Sie musste die nukleare Karte ziehen. Sie steuerte in eine ungewisse Zukunft für ihren Vater und all die anderen Kranken. Aber was sollte sie tun? Bliebe sie untätig, würden die Mädchen und Babys weiter leiden.

Rahmanian blieb unbeeindruckt sitzen. Iliana wollte schnurstracks auf den Ausgang zusteuern, aber sie merkte, wie ihr schlagartig schwindlig wurde. Ihr Sichtfeld tanzte wild umher, sie wusste nicht mehr, wo oben und unten war. Für einen Augenblick blieb ihr die Luft weg, und sie glaubte schon, ohnmächtig zu werden. Aber so schnell, wie der Schwindel kam, verging er auch wieder. Dann erklang der Tinnitus. Laut und hoch. Diesmal in beiden Ohren.

»Frau Kornblum …«, sagte Rahmanian. Sie hielt noch einmal inne und drehte sich zu ihm um.

»Ihre Journalistenfreunde, die gerade in Russland spionieren … sie werden mit leeren Händen zurückkehren. Sie haben nichts, rein gar nichts in der Hand.«

»Billige Lügen beeindrucken mich nicht, Rahmanian.«

Dann brach sie zusammen.

18

Sie erreichten Nischni Nowgorod ohne Probleme. Klaus Merten hatte noch während der Fahrt mehrfach mit der Redaktion telefoniert, um alles in die Wege zu leiten. Bevor er ins Flugzeug stieg, wollte er die Unterlagen abfotografieren und der SPIEGEL-Redaktion zumailen, damit sie die Verbindung der Blutfarm mit Astrada belegen konnten.

Merten blickte nervös durch das Fenster. Der zerschossene Wagen fiel auf. Er konnte jetzt kein Risiko eingehen und bat Jano daher, ihn in einiger Entfernung vom Flughafen rauszulassen. Auch der blutende Ziegler bereitete ihm Sorgen. Er würde am Flughafen auffallen. Jano schlug vor, Ziegler von einem befreundeten Arzt notdürftig verarzten zu lassen. Merten bestand darauf, getrennt zu fliegen, um das Risiko zu minimieren. Ziegler gefiel nicht, dass er Merten die Speicherkarte mit den Fotos und die Kamerabrille übergeben sollte.

»Ich werde alles hüten wie meinen Augapfel«, versprach Merten. Ziegler sah ihn verkniffen mit seinem hageren Gesicht an und nickte. Er wusste, dass es das Beste war. Jano reichte Merten die Mappe mit den Unterlagen.

»Sie haben erstklassige Arbeit geleistet, Jano«, sagte Merten. »Ich hoffe, Sie werden keinen Ärger bekommen.«

»Ärger bin ich gewohnt«, sagte er zwinkernd, während er Mertens Hand schüttelte. »Kommen Sie gut zurück nach Deutschland. Ich hätte nicht wenig Lust, Sie zu begleiten.«

»Warum nicht? Mit Ihren Russland-Kenntnissen wären Sie eine wertvolle Hilfe für die Redaktion.«

Jano schüttelte den Kopf. »Mein Platz ist hier. In Russland kann ich mehr bewirken als in Deutschland.«

Merten zeigte dem Fahrer den erhobenen Daumen, der bloß grinste und schon wieder rauchte. Dann stieg Merten aus und beobachtete, wie der Wagen davonfuhr.

Mit der Mappe in der Hand und Zieglers Speicherkarte in seinem Portemonnaie lief Merten über die Straße. Sie hatten ihn an einem Bahnhof abgesetzt, an dem Taxis parkten. Merten lief auf den Taxistand zu, um eins zum Flughafen zu nehmen. Die Kamerabrille saß unbequem auf seiner Nase. Er war froh, sie bald abnehmen zu können.

Den Wagen bemerkte er erst, als er direkt neben ihm hielt. Es war eine Polizeistreife. Drei Männer in Uniform stiegen aus.

Als Iliana die Augen aufschlug, sah sie einen roten Tintenfisch über sich. Er hing an der Decke und drehte sich langsam um seine eigene Achse. Er hatte ein Gesicht. Zwei runde schwarze Kreise bildeten die Augen, ein dritter Kreis den Mund. Er war aus dem knisternden Papier asiatischer Laternen gemacht.

Sie fühlte sich leicht und ausgeruht und leer.

Die absolute Gegenwart war in ihrem Geist.

Ich bin wach. Ein roter Tintenfisch hängt über mir.

Dann erst wurde ihr bewusst, dass sie keine Vergangenheit hatte.

Was war?

Wo bin ich?

Wer bin ich?

Da war nur Nebel.

Sie schreckte hoch, und durch ihren Kopf zuckte ein gellender Blitz. Sie krümmte sich und presste fest die Augen zusammen.

Dann spürte sie einen weiteren Schmerz. Er hatte eine völlig andere Qualität, war brennend und schwer.

Seine Quelle war ihr linker Arm.

Was war los? Warum spürte sie diese Schmerzen?

Sie suchte in ihrem Geist nach Antworten. Aber da war nichts. Nur Nebel.

Angst stieg in ihr hoch. Sie sah sich um. Sie war in einem Wohnzimmer, das sie nicht kannte. Durch die Fenster sah sie Sonnenlicht und Bäume.

Sie hob die dünne Wolldecke an. Sie trug Straßenkleidung, eine schwarze, weit geschnittene Hose und einen schwarzen Pullover. Sie spürte einen Druck an ihrem rechten Knie, es fühlte sich an wie eine Bandage. War sie verletzt?

Sie hörte Geschirr klappern. Es klang, als bereite jemand Essen vor.

Ihr linker Arm schmerzte schrecklich. Sie krempelte vorsichtig den Ärmel ihres Pullovers hoch. Erstaunt sah sie schwarze Schrift auf ihrem Unterarm. Jemand hatte darauf geschrieben. In ihrer Armbeuge klebte ein Pflaster, ein blaugrüner Bluterguss zeichnete sich darunter ab. Sie tastete behutsam über das Pflaster und löste es vorsichtig von der Haut ab. Angetrocknetes Blut klebte auf seiner Unterseite, und inmitten des Blutergusses sah sie zwei kleine Löcher in der Haut, wo ihre Venen sich durchzogen. Eines schien frischer zu sein als das andere. Hatte sie Spritzen bekommen? Jetzt sah sie, dass sich auch auf der Oberseite ihrer rechten Hand ein kleines Loch befand.

Sie las, was auf ihrem Arm geschrieben stand.

1. Du bist Iliana Kornblum

2. Du hast Gedächtnisprobleme.

3. Du stirbst am Donnerstag.

Der Name war ihr fremd, aber zumindest hatte sie einen Anhaltspunkt dafür, wer sie war. Sie musste die Nachrichten selbst geschrieben haben, denn offenbar waren ihr die Gedächtnisprobleme bewusst gewesen, und sie hatte sich auf diese Weise auf Krisensituationen vorbereitet.

Über die dritte Nachricht erschrak Iliana heftig. Sie sollte sterben? Am Donnerstag? Warum nur? Was für ein Tag war heute?

Sie las die restlichen drei Botschaften:

4. Marie ist deine Tochter!

5. Phillip hat dich vergiftet!

6. Deine Mission: Marie vor Phillip beschützen.

Phillip? Wer war Phillip? Warum hatte er sie vergiftet? Hatte sie deswegen Gedächtnisprobleme? Musste sie deswegen am Donnerstag sterben? Sie hatte eine Tochter? Iliana konnte sich nicht an sie erinnern.

»Du bist ja schon wach.«

Sie erschrak. Sie hatte den Mann nicht eintreten hören. Er war groß, schlank und blond und lächelte sie an. Sie hatte ihn noch nie gesehen. In den Händen trug er ein Tablett mit dampfenden Schüsseln und Tassen darauf.

»Ich habe Frühstück gemacht.«

Wer war er? Etwa Phillip?

Sie sagte nichts und beobachtete, wie er das Tablett auf dem Tisch abstellte. In den Schüsseln war Haferbrei, und er hatte Kaffee aufgebrüht. Sie sah außerdem zwei Gläser Wasser. Iliana hatte noch keinen Hunger, ihr war eher übel. Aber sie verspürte unglaublichen Durst.

»Wie geht es dir, Illi? Du hast lange geschlafen.«

Der Mann setzte sich zu ihr auf die Couch. Unwillkürlich rückte sie ein wenig von ihm ab. Er sah sie aus seinen blauen Augen besorgt an und griff nach ihrer Hand. Sie zog sie weg.

»Wer sind Sie?«, fragte sie mit krächzender Stimme. Ihr Hals kitzelte, und sie musste husten.

»Trink doch erst mal etwas«, sagte er und reichte ihr ein Glas. Sie trank das Wasser in großen Schlucken.

»Ich bin Mark«, sagte er.

Sie antwortete nicht. Sie kannte keinen Mark.

»Du erinnerst dich an gar nichts, oder? Das muss sich sehr verwirrend für dich anfühlen, Illi.«

Er nahm einen Schluck aus seiner Kaffeetasse. Sie betrachtete sein schmales, unrasiertes Gesicht. Sie schätzte ihn auf Ende dreißig.

Mark. Fieberhaft versuchte sie, sich an ihn zu erinnern, aber sie hatte diesen Mann noch nie zuvor gesehen. Jetzt fiel ihr sein Geruch auf. Dezent und angenehm.

»Du leidest in letzter Zeit unter starken Gedächtnisproblemen. Sie sind so schlimm, dass du manchmal alles vergisst. Moment …«

Sie zuckte zusammen.

2. Du hast Gedächtnisprobleme.

Woher wusste er, was mit ihr los war? Hatte er die Nachrichten auf ihrem Arm gesehen?

Er holte sein Portemonnaie aus seiner Tasche und reichte ihr etwas. Es war ein Ausweis. Sein Name war Markus Jacobs. Iliana begutachtete das Bild. Er war es, aber auf dem Foto sah er wesentlich älter aus.

Was war hier los?

Er lächelte und beobachtete ihre Reaktion.

»Eigentlich heiße ich Markus, aber alle nennen mich Mark. Ich bin dein Kollege und dein Freund.«

»Moment. Mir geht das zu schnell«, sagte Iliana. »Ich kenne Sie nicht. Woher weiß ich, dass ich Ihnen trauen kann?«

»Du hast recht.« Er duzte sie konsequent weiter. »Warte.«

Er stand auf und ging zu einem Regal voller Bücher. Er suchte etwas, dann zog er ein Buch heraus.

Es war ein Fotoalbum. Sie öffnete es und betrachtete die Bilder. Sie sah Mark und diverse andere Menschen. Eine blonde Frau, einen asiatisch aussehenden Mann, einen Afroamerikaner. Alle trugen weiße Kittel, hielten Sektgläser in der Hand und alberten mit Geräten herum, deren Funktionen Iliana unbekannt waren. Darunter stand: »Nature and Science – double strike party. We are the champions!«

Weitere Fotos zeigten die Gruppe mit Getränken in einer Bar. Dann am Strand, im Hintergrund das Meer, einer spielte Gitarre, manche tanzten. Sie sah Mark auf vielen Bildern, häufig in der Nähe der blonden Frau. Sie lachten viel. Auf einigen Bildern wirkte er ziemlich betrunken.

»Das ist in Stanford«, sagte Mark. »Wir haben zusammen in den USA gearbeitet. Die Bilder haben wir gemacht, als wir unseren Durchbruch mit den GRF6009-Proteinen feierten, was schließlich zu Bimini führen sollte.«

Iliana sah ihn verständnislos an. Das alles sagte ihr nichts.

»Das ist viel auf einmal, ich verstehe. Wir sind Wissenschaftler, wir haben zusammen ein Alzheimer-Medikament entwickelt. Hier, das bist du.« Er zeigte auf die blonde Frau auf den Bildern. Sie war hübsch und sah glücklich aus. Wenngleich sie auch überarbeitet wirkte.

»Das bin ich?«, fragte Iliana.

Mark nickte. Er stand auf und kam mit einem kleinen Spiegel zurück. Bevor er ihn ihr reichte, sagte er:

»Aber nicht erschrecken, okay?«

Ihr wurde mulmig. Dann sah sie in den Spiegel. Ein fremdes Gesicht blickte sie an. Ein altes fremdes Gesicht, über dessen Stirn sich tiefe Falten zogen, in dem dunkle Augenringe prangten. Das Haar der Frau war dünn und brüchig. Ja, sie erkannte die Frau auf dem Foto in ihrem Spiegelbild, aber es war die gealterte Version. Eine, die obendrein krank aussah. Sehr krank.

»Was ist mit mir passiert?«, fragte Iliana.

»Dein Ex-Mann hat dich vergiftet.«

»Phillip?«

»Du erinnerst dich?«

Sie schüttelte verwirrt den Kopf und zeigte ihm ihren Unterarm mit den Botschaften.

»Die sind mir schon aufgefallen«, sagte Mark.

Hatte er ihren Körper heimlich abgesucht? Offenbar sah sie ihn misstrauisch an, denn er sagte:

»Gestern bist du ohnmächtig geworden, da habe ich dich ins Bett gebracht. Hast du die geschrieben?«, fragte er dann und deutete auf ihren Arm.

»Anscheinend«, sagte Iliana. Aber sie konnte sich daran nicht mehr erinnern.

»Sehr clever von dir«, sagte er.

Sie hatte eine Idee. Sie kramte in ihrer Tasche und fand ein dickes ledernes Portemonnaie. Sie suchte den Ausweis darin. Auf dem Foto erkannte sie sich wieder, aber auch da sah sie jünger aus. Iliana Kornblum stand daneben. Das wenigstens stimmte. Sie war Iliana.

Sie griff wieder zum Spiegel und sah hinein.

Sie war es. Sie erschrak. Das da auf dem Ausweis war eine jüngere, gesündere Version von ihr.

Nun las sie ihr Geburtsdatum. 5. Oktober 1979.

»Welches Jahr haben wir?«, fragte sie.

»2019.«

»Ich bin 40?« Sie konnte es nicht fassen. Sie sah aus wie 60.

»Du bist sogar erst 39«, sagte Mark.

»Wieso sehe ich so alt aus?«

»Ich denke, das sind die Folgen des Gifts.«

3. Du stirbst am Donnerstag.

»Welcher Wochentag ist heute?«, fragte sie hastig.

»Donnerstag.«

Ihr Atem ging schneller. Heute war ihr Todestag? Sie schluckte.

»Warum hat Phillip mich vergiftet?«

Mark seufzte. »Ihr habt seit einiger Zeit einen üblen Sorgerechtsstreit um Marie. Du hast das Sorgerecht bekommen, und er will das nicht akzeptieren.«

»Marie ist meine Tochter?«

»Ja. Vielleicht hast du ein Bild von ihr auf deinem Smartphone?«

Sie kramte wieder in ihrer Tasche und fand das Gerät. Sie suchte die Fotogalerie durch, die voll war mit Bildern eines kleinen Mädchens mit blonden Locken und grünen Augen. Auf vielen Fotos war das Mädchen gemeinsam mit der blonden Frau zu sehen – mit der Frau, die sie einmal gewesen war.

»Das ist Marie«, sagte Mark. »Sie ist vier. Ein sehr süßes Kind.«

Als sie Marie sah, regte sich erstmals etwas in ihr. Erinnerung war nicht das richtige Wort dafür – es war eine Stimmung, ein Gefühl. Assoziationen überkamen sie. Blumen. Frisch gewaschene Wäsche. Gummibärchen.

»Marie … Wo ist sie?«

Mark schwieg und sah sie zweifelnd an.

»Du wirst es nicht gerne hören, Iliana. Du bist zu Phillip in seine Klinik gefahren. Er ist Arzt. Wahrscheinlich wolltest du deine Tochter zurückholen, die er und seine Freundin an der Kita abgegriffen hatten. Etwas ist in der Klinik passiert. Wahrscheinlich hat Phillip dir dort das Gift gespritzt. Danach bist du zu mir gekommen und hast mich um Hilfe gebeten – und wurdest ohnmächtig.«

»Wann war ich in dieser Klinik?«, fragte Iliana.

Mark überlegte.

»Montag. Montagmorgen.«

Sie spürte einen starken Druck auf der Blase und fragte ihn nach dem Weg zur Toilette. Sie versuchte aufzustehen. Dabei merkte sie, wie kraftlos sie war. Alle Glieder ihres Körpers schmerzten und fühlten sich bleischwer an. Mit Marks Hilfe kam sie hoch.

Sie sperrte die Tür hinter sich ab und holte tief Luft. Ihr Herz klopfte wie verrückt. Dann besah sie sich erneut im Spiegel und versuchte, sich an dieses fremde Gesicht zu gewöhnen.

Iliana Kornblum. Wer war diese Frau? Es war ein unheimliches Gefühl. Sie teilte sich diesen Körper mit einer fremden Person. Bis vor Kurzem hatte diese Frau in ihrem Körper Dinge getan, von denen sie keine Ahnung hatte. Sie hatte ihr sogar Botschaften auf dem Körper hinterlassen, als sei er ein Notizzettel. Konnte sie dieser Frau vertrauen?

Aber was blieb ihr anderes übrig?

Verzweifelt durchsuchte Iliana ihren Geist, versuchte, den Inhalt ihrer Botschaften mit Erinnerungen abzugleichen. Aber da war nichts als Nebel.

Phillip. Ihr Ex-Mann. Warum griff er zu solch drastischen Methoden? Wie hatte es so weit kommen können?

Iliana hielt sich am Waschbecken fest. Tiefe Verzweiflung überkam sie. Tränen rollten ihr über die Wangen. Sie hatte schreckliche Angst. Um sich, aber auch um dieses kleine Mädchen. Ihre Tochter. Marie. Nicht einmal an sie konnte sie sich erinnern. Aber bei diesem Namen spürte sie wenigstens etwas. Zwischen Marie und ihr bestand eine Verbindung. Und da waren die Fotos in ihrem Smartphone, die es bewiesen.

Sie ließ die Hose runter und setzte sich auf die Toilette. Jetzt sah sie, was sich an ihrem rechten Knie befand: eine Manschette aus schwarzem Neopren. Rechts daran war etwas befestigt, sie sah einen Griff. Vorsichtig löste sie den Gegenstand.

Es war eine Pistole.

Woher hatte sie die Waffe? Was war nur geschehen?

»Du bist mit deiner Arbeit verheiratet, nicht mit mir.«

Der Erinnerungsblitz überraschte sie. Während sie die Pistole in der Hand hielt, tauchte vor ihr das Gesicht eines Mannes auf. Er hatte kurze dunkle Haare und ein schmales Gesicht. Er war wütend, und seine braunen Augen funkelten. Er klagte sie an. War das Phillip? Gefühle stiegen in ihr auf. Schmerz. Enttäuschung. Verrat.

Als sie auf der Toilette saß, besah sie sich noch einmal die Botschaften auf ihrem Arm.

1. Du bist Iliana Kornblum

2. Du hast Gedächtnisprobleme.

3. Du stirbst am Donnerstag.

4. Marie ist deine Tochter!

5. Phillip hat dich vergiftet!

6. Deine Mission: Marie vor Phillip beschützen.

Marie. Deine Tochter.

Marie.

»Ich bin ein Schutzengel! Ich passe auf, dass dir nichts passiert. Ich mache dich gesund!«

Sie sah Marie vor sich, wie sie das sagte. Gefühle kamen in ihr hoch. Vertrautheit. Wärme. Liebe.

Sie schob die Waffe zurück in das Holster und zog die Hose darüber. Sie war weit geschnitten. Als hätte sie es darauf angelegt, die Pistole gut zu verstecken. War das Teil ihres Plans gewesen?

»Aua! Papa, du tust mir weh!«

Hatte sie das vorgehabt? In Phillips Klinik zu marschieren, um ihre Tochter zu befreien? Hatte sie sich dafür eine Waffe besorgt? Dann musste die Lage ernst sein. Äußerst ernst.

Deine Mission: Marie vor Phillip beschützen.

Iliana übte, die Waffe aus dem Holster zu ziehen. Nach nur zwei Versuchen hatte sie den Dreh raus.

Im Spiegel sah sie die Mündung der Waffe. Wieder überkam sie eine Empfindung. Ein Gefühl der Entschlossenheit.

Sie würde ihre Mission erfüllen. Sie würde ihre Tochter vor Phillip beschützen.

Denn heute war ihr Todestag.

Der Polizist hielt Merten seinen gefälschten UNICEF-Ausweis und das Ansteckschildchen vor die Nase, so dicht, dass er es gar nicht lesen konnte. Aber Merten wusste ohnehin, was darauf stand. Dr. Klaus Merten, UNICEF, Public Health Officer.

»Was hatten Sie damit vor?«, fragte der Polizist. Der Mann sah ihn aus kalten wasserblauen Augen an. Seine Miene war teilnahmslos.

»Ich habe es Ihnen bereits erklärt«, antwortete Merten auf Englisch. »Ich bin Journalist des deutschen Nachrichtenmagazins DER SPIEGEL. Sie finden meinen Presseausweis in meinem Geldbeutel.«

Mist, darin steckte auch die Speicherkarte.

Er saß in einem Verhörzimmer auf einem unbequemen Stuhl. Seine Sachen hatten sie ihm abgenommen. Nur die Kamerabrille saß noch auf seiner Nase. Sie war nach vorne gerutscht, aber er konnte sie nicht zurechtrücken. Seine Hände steckten in Handschellen.

Seit drei Stunden hielten sie ihn hier schon fest.

»Ihren vermeintlichen Presseausweis haben wir gefunden. Er scheint auch falsch zu sein.«

»Rufen Sie meine Redaktion an«, sagte Merten ruhig. »Die werden bestätigen, dass ich Journalist bin.«

»Wieso haben Sie kein Journalistenvisum für die Einreise beantragt, so wie es Pflicht ist?«

»Ich hatte keine Zeit.«

»Was hatten Sie in Russland vor?«

Merten seufzte. »Ich habe es Ihnen doch bereits gesagt. Ich bin einem Pharmaskandal auf der Spur. Hier zapft ein großer Pharmakonzern von Babys Blut ab. Eine Riesensauerei.«

»Sie haben eine falsche Identität benutzt. Sie und ihre Komplizen.«

Merten sah ihn überrascht an.

»Ja, richtig. Ihre Komplizen befinden sich ebenfalls in unserem Gewahrsam.«

Der Mann beugte sich zu Merten herab. Nun sah Merten dessen Gesicht ganz nahe vor sich und roch seinen Atem. Pfefferminz.

»Also: Warum haben Sie sich als UNICEF-Mitarbeiter ausgegeben?«

»Es war eine Undercover-Recherche. Nur so konnten wir in die Anlage hineinkommen. Verdammt! Dort entnehmen Ärzte Säuglingen Blut und verkaufen es nach Deutschland! Interessiert Sie das nicht? Wie wäre es, wenn Sie die festnehmen und verhören?«

»Die Betreiberin der Anlage sagt, dass es sich um ein Kinderheim handelt. Sie betreut dort Kleinkinder, die ausgesetzt wurden.«

Merten schnaubte. »Betreuen! Dass ich nicht lache! Wir haben mit eigenen Augen gesehen, wie den Kindern Blut entnommen wurde. Es geht um das Blutplasma. Es ist sehr wertvoll, weil daraus ein Verjüngungsmedikament hergestellt wird.«

»Den Säuglingen wird Blut entnommen, um sie auf Krankheiten zu testen, hat uns Doktor Wolkow versichert.«

»Das Baby-Plasma wird nach Deutschland geschickt«, sagte Merten. »Schauen Sie sich die Unterlagen an.«

Der Mann blieb weiterhin völlig ruhig. »Das haben wir getan. Es wird nach Weißrussland geschickt, weil sich dort das Analyselabor befindet.«

Merten schüttelte den Kopf. Was sollte er noch sagen? Es sah nicht gut aus für ihn.

»Einer Ihrer Komplizen hat eine Schusswunde davongetragen«, sagte der Polizist. »Der dritte Mann, Alexej Roskolna, ist ein bekannter Dissident. Woher kennen Sie ihn?«

»Ich habe diesen Namen noch nie gehört«, sagte Merten.

Der Mann sah ihn prüfend an. Dann holte er ein Foto aus einer Mappe, die auf dem Tisch lag, und präsentierte es Merten. Das Bild zeigte Jano.

»Alexej Roskolna. Wir haben Grund zu der Annahme, dass er mit ukrainischen Sympathisanten zusammenarbeitet. Seit wann stehen Sie mit ihm in Verbindung? Ist er der Drahtzieher Ihrer Zelle?«

Angst kroch Merten über das Rückgrat. Er überlegte fieberhaft. Wie sollte er mit diesem »Polizisten« umgehen? War der Mann, der ihn verhörte, überhaupt Polizist?

»Ich möchte mit der deutschen Botschaft sprechen.«

»Herr Merten, falls das Ihr richtiger Name ist: Ich glaube, Ihnen ist der Ernst der Lage nicht klar. Wir haben Grund zu der Annahme, dass Sie einen Anschlag auf das Kinderheim verüben wollten. Das heißt, wir können Sie hier erst einmal festhalten, so lange wir wollen.«

»Ein Anschlag? Das ist doch absurd. Mit was denn? Ich habe keine Waffe, keinen Sprengstoff, nichts!«

»Wir haben Ihre Speicherkarte gefunden. Sie haben die gesamte Anlage fotografiert. Es sieht so aus, als wollten Sie den Anschlag vorbereiten.«

»Das ist kein Kinderheim, dort werden Säuglinge gemolken!«

»Hatten Sie wirklich vor, siebzig Babys zu töten?«

Es war immer die gleiche Strategie, die in korrupten Ländern gegenüber Journalisten verfolgt wurde. Man erklärte sie zu Verbrechern. Bevorzugt zu Terroristen. Um anschließend mit ihnen machen zu können, was man wollte.

Merten schwieg und überlegte. Es sah tatsächlich nicht gut für ihn aus. Aber er bezweifelte, dass sie ihn unbegrenzt lange festhalten konnten. Früher oder später würden sie ihn die Botschaft anrufen lassen. Dann würde er hier rauskommen. Mitsamt der Brille.

Der Mann setzte sich an den Tisch und blätterte in der Mappe. Merten erkannte seine Dokumente. Den gefälschten UNICEF-Ausweis. Seinen Presseausweis, seinen Personalausweis, seinen Reisepass.

Der Mann betrachtete die Ausweise, einen nach dem anderen.

Dann sah er zu ihm auf.

»Seit wann tragen Sie eine Brille?«

Der Cappuccino schmeckte überraschend gut. Andrea Parka war noch nie in einem Starbucks gewesen. Genau deswegen war die Filiale am Jungfernstieg der perfekte Ort für das, was sie vorhatte.

Célines Daten hatten Pharmatransparency in helle Aufregung versetzt. Andrea Parka hatte ihre Datenspezialisten die Festplatte penibel untersuchen lassen. Ergebnis: keine Manipulationen, keine versteckten Schnüffelprogramme, die Daten waren echt. Dann hatte sie ihre Biologen und Biochemiker einen Blick darauf werden lassen. Die erkannten, was sie vor sich hatten: Auf der Festplatte von Céline befanden sich sämtliche Forschungsdaten zu den GRF6009-Plasmaproteinen. Es war das Rezept des Blockbuster-Medikaments Bimini. Pharmatransparency war im Besitz der Kronjuwelen des Megakonzerns Astrada.

Andrea Parka trank ihren Cappuccino, während um sie herum Leute ein und aus gingen. Es war voll im Starbucks, viele hatten ihr Notebook dabei und surften, während sie ihren Kaffee tranken. So wie sie, mit dem Unterschied, dass sie nicht hier war, um Nachrichten zu lesen. Sie war hier, um Nachrichten zu machen.

Von ihrem Fensterplatz konnte Andrea Parka die Fontäne der Binnenalster in der Morgensonne glitzern sehen. Menschenmassen schoben sich über Hamburgs Jungfernstieg. Hier auf ihrem Schoß lag der eigens für diesen Anlass gekaufte Billig-Laptop, der nur einer einzigen Sache dienen sollte: der Publikation der Bimini-Daten. Die Rezeptur würde für immer in der Welt sein, keinem Anwalt würde es je gelingen, diese Informationen wieder aus dem Verkehr zu ziehen.

Andrea Parka wusste genau, dass sie keinen Fehler machen durfte. Daten enthielten viele unsichtbare Spuren. Auf gar keinen Fall durfte es passieren, dass Astrada irgendwelche Rückschlüsse auf Pharmatransparency oder gar Céline ziehen konnte. Also hatte sie ihre Datenforensiker gebeten, die Daten von allen versteckten Meta-Informationen reinzuwaschen.

Sie sah das Logo von Securedrop vor sich auf dem Bildschirm: ein Würfel mit einem Schlüsselloch auf der Oberfläche. Wenn sie jetzt den Upload-Knopf drückte, würden die Daten über eine verschlüsselte Leitung auf unzählige Spiegelserver auf der ganzen Welt hochgeladen werden. Zugleich würde ein riesiger E-Mail-Verteiler den Link auf die neue Veröffentlichung an alle bedeutenden internationalen Medien und Wissenschaftler senden.

Sie sah noch einmal aus dem Fenster. Wie schön die Alster war. Sie nahm sich vor, künftig öfter herzukommen.

Dann drückte sie den Upload-Button, und der Datenzähler begann zu laufen.

Es würde etwa eine halbe Stunde dauern, bis alles hochgeladen war. Zeit genug für einen zweiten Cappuccino. Andrea Parka lehnte sich zurück und beobachtete das Treiben an der Alster.

Dann war es erledigt. Bimini war nun Allgemeingut. Sie klappte den Laptop zu und verließ die Starbucks-Filiale.

Sie schlenderte an der Binnenalster entlang, keine Wolke stand am Himmel, das Licht spiegelte sich stark an der Wasseroberfläche, und Andrea Parka setzte ihre Sonnenbrille auf. Unterhalb der Kennedybrücke nahm sie Kurs auf den Kiesweg, der bis dicht an das Wasser heranführte. Hier war außer ihr niemand. Sie blickte noch einmal auf das Jungfernstieg-Panorama. Dann holte sie den Laptop aus der Tasche und ließ ihn ins trübbraune Wasser gleiten.

Mark hielt vor einem großen Haus. Es wirkte protzig mit den Säulen am Eingang, dem großen Grundstück, dem Porsche in der Einfahrt. Iliana war noch nie an diesem Ort gewesen. Jedenfalls erinnerte sie sich nicht daran.

Sie hatte Mark darum gebeten, sie zu Phillip zu bringen. Ihre Mission bestand darin, Marie vor ihrem Ex-Mann zu beschützen.

Sie gingen zur Tür. Auf dem goldenen Klingelschild stand »Schmiedekampf / Behring«, und als sie den Knopf drückte, hatte sie für einen Moment lang ein Déjà-vu, als hätte sie diese Szene schon einmal geträumt. Unauffällig tastete sie nach ihrem rechten Knie. Sie spürte den harten Griff der Pistole.

»Iliana! Wo warst du? Ich habe mir Sorgen gemacht.«

Der Mann, der die Tür öffnete, sah gut aus. Groß, schlank, durchtrainiert. Dunkle Haare. Dunkle Augen.

Sie erkannte ihn. Es war der Mann aus ihrem Erinnerungsblitz. »*Du bist mit deiner Arbeit verheiratet, nicht mit mir.*«

Eine Frau erschien im Flur. »Phillip, wer ist das?«

»Phillip«, sagte Iliana mit leiser Stimme.

Phillip blickte sie verwirrt an.

»Iliana, hast du wieder dein Gedächtnis verloren?«

Dann wanderte sein Blick zu Mark. Seine Miene verfinsterte sich. »Was macht der hier?«

Die Frau sah gut aus. Auch sie hatte Iliana noch nie zuvor gesehen. Sie musste die neue Freundin ihres Ex-Mannes sein. Die Frau erblickte sie und sagte: »Oh, Iliana, hallo.«

»Wo ist Marie?«, fragte Iliana.

Phillip sah sie mit verständnisloser Miene an.

»Sie ist hier. Es geht ihr gut. Alles ist in Ordnung.«

»Ich nehme sie mit«, sagte Iliana. »Wo ist sie?«

»Iliana. Beruhige dich. Marie geht es gut. Du hast sie mir überlassen. Iliana, dein Gedächtnis funktioniert nicht richtig. Du hast Erinnerungslücken, also lass mich …«

Iliana ging mit schnellen Schritten an ihm vorbei.

»Hey!«, rief Phillip.

Iliana stürmte ins Wohnzimmer.

»Marie!«, rief sie. »Marie! Wo bist du?«

Sie suchte alles ab.

Das Wohnzimmer ging in eine offene Küche über. Es war leer. Kein kleines Mädchen. Aber Iliana sah Spielsachen. Kinderbücher. Puppen. Legosteine. Wo war Marie?

Hinter der Wohnküche zog sich der Flur weiter. Mehrere Zimmer gingen davon ab. Iliana öffnete sie nacheinander und inspizierte alle Zimmer.

»Iliana. Lass uns reden«, sagte Phillip, der ihr hinterherlief.

Sie hörte, wie er etwas zu Mark sagte. »Was hast du ihr erzählt, du Schwein?«

»Marie!«, schrie Iliana. »Wo bist du?«

Die blonde Frau kam zu ihr und ergriff ihren Arm. »Iliana, ganz ruhig. Du bist verwirrt«, sagte sie und schaute sie besorgt an.

Dann roch Iliana ihren Duft, und etwas geschah in ihr. Sie kannte diesen Geruch. Schlagartig stiegen alarmierende, schmerzhafte Gefühle auf.

Sie war betrogen worden. Dieser Duft hatte damit zu tun.

Iliana schüttelte ihre Hand ab.

»Lassen Sie mich los!«

Am Ende des Flurs führte eine Treppe nach oben. Iliana stürmte hinauf. Sie sah ein unordentliches Schlafzimmer. Ein kleines Zimmer, das nur Kleiderschränke enthielt. In einem anderen Raum standen Fitnessgeräte. In dem verwinkelten Zimmer daneben stand ein Hochbett voller Spielzeug.

»Marie!«, rief Iliana. Sie suchte die Ecken ab, aber es war leer.

Das Fenster des Kinderzimmers sah nach hinten auf den Garten. Iliana blickte hindurch. Im Garten standen eine Rutsche, ein großer Kletter-Dinosaurier und ein Sandkasten. Darin sah sie ein Mädchen spielen. Es hatte blonde Locken und schaufelte Sand in eine Form.

Sie rannte zurück, die Treppe runter, an Phillip und seiner Freundin vorbei.

Phillip packte sie am Arm.

»Iliana, was hat Mark dir erzählt?«

»Lass mich!«

Sie versuchte, sich seinem Griff zu entwinden, aber Phillip war stark. Er hielt sie mit beiden Händen fest. Sie zerrte sich mit einem Ruck los und verlor das Gleichgewicht. Sie fiel die letzten Stufen hinab und knallte auf den harten Fliesenboden. Dabei drückte sich die Waffe schmerzhaft in das Fleisch ihres

Oberschenkels. Sie rappelte sich auf und zog die Waffe unter ihrer Hose aus dem Holster hervor.

Sie brauchte Schutz. Sie musste sich verteidigen.

Sie hielt die Waffe in beiden Händen gestreckt vor sich und zielte auf Phillip. Er erschrak heftig.

»Iliana. Ganz ruhig. Ich tue dir nichts. Ich bin dein Freund.« Er hob die Hände.

»Du bist nicht mein Freund. Du bist mein Ex-Mann. Du hast meine Tochter entführt.«

Er schüttelte den Kopf und kam auf sie zu.

Sie brüllte: »Bleib stehen!«

Adrenalin rauschte durch ihre Adern, putschte sie auf, sie spürte keinen Schmerz, keine Schwere mehr. Da war nur das ferne Brennen in ihrer Armbeuge und wie eine Ahnung ein Sirren in ihrem Kopf. Aber sie fühlte sich gut, befreit, entschlossen. Mit schnellen Blicken zwischen Phillip und der Frau suchte sie nach einem Zugang zum Garten.

Hinter der Küche sah sie eines der bodentiefen Fenster einen Spalt offen stehen. Es war eine Tür, sie führte auf eine Terrasse.

Iliana rannte hinaus. Sie sah den Sandkasten und Marie darin.

»Marie!«, rief sie. »Marie!«

Das Mädchen blickte auf.

»Mama!«

»Marie! Ich bin es!«

Mit der Waffe in der Hand rannte sie zu ihrer Tochter und umarmte sie. Roch ihren Duft. Gummibärchen, Blumen, Waschmittel. Diese Mischung kannte sie. Sie war ihr zutiefst vertraut. Sie liebte diesen Duft über alles.

Sie streichelte Maries Haar.

»Marie, du hast mir gefehlt.«

»Bist du wieder gesund, Mama?«, fragte Marie. »Ich bin dein Schutzengel. Ich habe dich wieder gesund gemacht.«

Woher wusste Marie von ihrer Krankheit? Was meinte sie?

»Iliana!«

Phillip rannte auf sie zu. Sie sah, wie die Frau und Mark ihm folgten.

Iliana drückte Marie fest an ihren Körper und zielte mit der Waffe auf Phillip.

»Aua, Mama! Du tust mir weh!«

»Aua! Papa, du tust mir weh!«

Iliana blickte auf ihre Tochter hinab. Sie hielt Marie von hinten in den Armen. Dabei hatte sie mit der Hand die Armbeuge des Mädchens umklammert.

»Aua!«, schrie Marie. Sie riss ihren Arm aus Ilianas Hand.

»Iliana!«

Phillip war nun fast bei ihr.

»Was ist los, Marie?«, fragte Iliana ihre Tochter.

»Es tut so weh!«

»Wo tut es weh, mein Schatz?«

Marie zog ihren Ärmel hoch. Um ihre Armbeuge war ein Verband gewickelt.

»Was ist das? Woher hast du das?«, fragte Iliana.

Marie sah sie an.

»Das war Papa.«

Kalte Wut stieg in Iliana auf. Was hatte er getan? Hatte er etwa auch Marie vergiftet?

Phillip stand nun vor ihr. Iliana hielt die Waffe auf ihn gerichtet. Er hob abwehrend beide Hände.

»Iliana, bitte, leg die Waffe weg. Lass mich alles erklären«, sagte Phillip.

»Was hast du ihr angetan, du Schwein? Warum hast du mich vergiftet?«

»Wovon redest du? Ich habe dich nicht vergiftet. Ich wollte dir helfen. Du warst bei mir in der Klinik. Ich habe dir Maries Blut transfundiert.«

In ihrem Kopf hörte sie mit einem Mal ein Sirren. Sie fühlte sich körperlich entrückt. Als würde sie neben sich stehen und sich beobachten.

»Mark hat dich vergiftet«, sagte Phillip. »Du bist seinen Schweinereien mit den Blutfarmen auf die Schliche gekommen. Er wollte dich aus dem Weg räumen und hat dir Alterungsfaktoren gespritzt. Deswegen hast du Gedächtnisprobleme und alterst im Zeitraffer.«

Du stirbst am Donnerstag.

Sie sah Mark an. Sein Gesicht war ausdruckslos. Er sagte nichts. Sie war verwirrt. Die Hand mit der Pistole wanderte nun in seine Richtung.

Wem sollte sie glauben?

Iliana sprach ihre Tochter an.

»Marie, Marie-Schatz, wer hat dich von der Kita geholt?«

»Christiane«, sagte Marie und zeigte auf Phillips Freundin.

»Du hast sie bei der Kita abgegriffen«, sagte Iliana.

»Ja, weil du wolltest, dass ich sie nehme«, sagte Phillip. »Weil du Angst hattest, dass du stirbst.«

Vor ihren Augen erschien ein gezackter Leuchtkreis. Er tanzte um Phillip herum. Es sirrte. Was geschah mit ihr?

»Iliana, bitte glaube mir. Ich bin auf deiner Seite. Mark ist derjenige, der dich umbringen will.«

Sie zog ihren linken Ärmel hoch und streckte die Botschaften auf ihrem Arm in die Höhe.

»Was ist das hier? Phillip hat dich vergiftet, steht hier. Und: Beschütze Marie vor Phillip! Warum habe ich das geschrieben?«

Phillip senkte die Hände.

»Du hast das nicht geschrieben«, sagte er. »Jemand hat die Nachrichten ausgetauscht. Dort stand vorher, dass Mark dich vergiftet hat.«

Sie sah zu Mark. Er stand reglos im Hintergrund.

»Mark und deine Firma melken Kinder in Indien wegen ihres Bluts, um daraus Bimini herzustellen. Das Alzheimer-Medikament, das auch dein Vater nimmt. Du hast das herausgefunden und wolltest diese Schweinerei beenden. Deswegen hat Mark dich vergiftet.«

Sie zögerte. Die Waffe in ihrer ausgestreckten rechten Hand, die noch immer auf Phillip zielte, zitterte. In ihrem linken Arm spürte sie den Körper ihrer Tochter. Der Leuchtkranz tanzte vor ihren Augen. Sie wusste nicht mehr, was sie glauben sollte.

War Mark der Übeltäter? Die Mündung der Waffe wanderte langsam zu ihm, bis er in ihrem Fokus lag. Sein Gesicht war ausdruckslos. Sie schob den Zeigefinger um den metallischen Abzug.

»Iliana, bitte gib mir die Waffe«, sagte Phillip und trat auf sie zu.

Sie erschrak und zielte wieder auf ihn.

»Komm nicht näher!«

Marie begann zu weinen.

Aber er kam näher.

Die Waffe in ihrer Hand zitterte. Ihr Zeigefinger krümmte sich.

19

The New York Times – The 30 Minute Interview

By Dave Chappelle

December 10, 2032

Sind Sie aufgeregt?

Natürlich! Wer wäre das nicht, wenn er in drei Stunden vor einer Königin stehen müsste?

Was werden Sie tragen?

Ein grünes Abendkleid. Bei den Damen ist die Kleiderordnung ja nicht so streng wie bei den Männern.

Warum Grün?

Es ist die Augenfarbe meiner Tochter. Und Grün macht jung. Das kann nur gut für mich sein.

Sie lacht und wirkt dadurch für einen Moment jünger, als sie aussieht. Ihre Augen sind von einem strahlenden Blau und leuchten mit dem Weiß ihres Haars um die Wette. Falten überziehen ihr Gesicht. Ihre Hände sind von Altersflecken gezeichnet. Man würde Iliana Kornblum auf über siebzig schätzen. Dabei hat sie erst vor Kurzem ihren dreiundfünfzigsten Geburtstag gefeiert.

Wie fühlen Sie sich? Nach allem, was passiert ist?

Ich fühle mich gut. Ich bin stolz.

Wie geht es Ihnen gesundheitlich?
Nun ja. Ich gebe mein Bestes, um einigermaßen fit zu bleiben. Ich gehe regelmäßig schwimmen, um meine Arthrose in Schach zu halten. Phillip, mein Ex-Mann und Arzt, hat mir dazu geraten.

Mögen Sie unseren Lesern in einem Satz erklären, wofür Sie heute geehrt werden?
Dafür, dass ich erforscht habe, wie Müll uns altern lässt.

Müll lässt uns altern?
Ja. Im Laufe der Jahre sammelt unser Körper im Blut immer mehr Abfallstoffe an, die die Erneuerungsprozesse des Körpers lähmen. Auf dieser Müllkippe des Körpers habe ich mich die letzten zwölf Jahre umgesehen.

Wie stehen Sie zu der Diskussion, dass man Mark Jacobs posthum hätte ehren müssen? Schließlich war er es, der die entscheidenden Forschungsbeiträge zur Rejuvenierung leistete.
Das muss das Komitee entscheiden. Seine Erkenntnisse waren wegweisend, keine Frage. Ich kann jedoch nur sagen, dass heute die Seneszenzforschung geehrt wird, nicht die Rejuvenierung.

Was bedeutet »Seneszenz«?
Das Leben ist ein permanenter Kampf gegen die Unordnung. Unsere Zellen tun nichts anderes, als ihre Ordnung, ihre biochemische Maschinerie, vor dem Verfall zu bewahren. Es ist ein Kampf gegen Windmühlen, den unser Körper früher oder später verliert. Er schafft es irgendwann nicht mehr, den Müll rauszubringen. In der Welt da draußen landet am Ende alles in

den Flüssen und im Meer. In unseren Körpern ist das Blut die Endstation. Hier häufen sich mit dem Alter zunehmend Seneszenzfaktoren.

Iliana Kornblum weiß sehr genau, wie es sich anfühlt, wenn der Körper den Kampf gegen die Windmühlen zu verlieren droht. Vor zwölf Jahren vergiftete ihr Kollege Mark Jacobs sie mit einer Injektion von Alterungsstoffen – woraufhin ihr Körper im Zeitraffer alterte.

Aber es gibt noch eine weitere Theorie des Alterns.
Ja, die des versiegenden Jungbrunnens. In unserer äußeren Umwelt gibt es Quellen mit Frischwasser. In unserem Blut gibt es Stoffe, die uns jung halten und den Zellen bei ihrem ständigen Kampf gegen die Unordnung helfen. Mit zunehmendem Alter nimmt ihre Konzentration ab.

Solche Jungbrunnenstoffe stecken in den Medikamenten Bimini und Aeternum. Bimini heilt Menschen, Aeternum tötet, wie die dramatischen Ereignisse vor zwölf Jahren zeigten. Wie kann das sein?
Wenn wir das nur wüssten. Bimini enthält Verjüngungsfaktoren, die ausschließlich im Gehirn wirken. Bei Aeternum kennen wir die Gründe noch immer nicht genau. Vermutlich enthält es Wachstumsfaktoren, die sehr breit und sehr stark in vielen Organen wirken. Wir haben gesehen, wie verheerend das war.

Vor zwölf Jahren haben sich Mark Jacobs, Kian Rahmanian und weitere Astrada-Aufsichtsratsmitglieder im Selbstversuch Aeternum gespritzt. Sie alle starben innerhalb weniger Wochen an Krebs.

Das war kaum zu fassen. Ihre Körper waren überall voller Metastasen. Keine Chemotherapie schlug bei ihnen an. Solch eine aggressive Krebsform hatten wir noch nie zuvor beobachtet.

Die Astrada-Führung hielt die Erkrankungen zunächst geheim. Warum?
Mark Jacobs und die Astrada-Führung hatten Aeternum bereits groß angekündigt. Der Medienrummel war enorm. Man konnte oder wollte wohl nicht mehr zurückrudern.

Was war Ihr erster Gedanke, als Sie vom Tod Mark Jacobs' erfuhren?

Ihre Augen wandern zur Seite. Sie wirkt abwesend, als suche sie in ihrem Inneren nach etwas.

Das kann ich Ihnen leider gar nicht so genau sagen. Diese Zeit ist in meiner Erinnerung völlig durcheinander. Mein Gedächtnis ist in Bezug auf diese Ereignisse wie fragmentiert, voller Lücken. Ich litt an den Folgen der Vergiftung durch die Seneszenzfaktoren und war nicht wirklich bei mir. Vieles, was ich über diese Zeit weiß, stammt aus nachträglichen Erzählungen und Recherchen.

Es sah zunächst so aus, als wäre Mark Jacobs auf dem Gipfel seines Erfolgs angelangt. Er hatte der Welt Aeternum versprochen – das Mittel, das Menschen 150 Jahre alt werden lassen sollte.
Das war wahnwitzig. Ein trauriges Beispiel dafür, auf welche Irrwege übertriebener Ehrgeiz Menschen führen kann.

Er galt als der Mann, der die Frauen von der Knute der biologischen Uhr befreien würde. Aeternum werde die Gesellschaft radikal verändern, hieß es. Politiker diskutierten bereits über die Rente mit 130 und das Abitur mit 30.
Die ganze Gesellschaft war diesem kollektiven Wahn verfallen. Der Jagd nach dem langen jungen Leben. Es ist schon verrückt, wie stark die Angst vor dem Tod uns Menschen beherrscht.

Haben Sie selbst Angst vor dem Tod?
Ich war ihm schon einmal sehr nahe. Ich glaube, ich fürchte ihn nicht mehr, nein.

Kehren wir noch einmal zurück in die Zeit, als Sie bei Astrada arbeiteten. Sie waren es, die entdeckte, dass Bimini aus Kinderblut hergestellt wurde. Aber als Sie damit an die Öffentlichkeit gingen, glaubte Ihnen niemand.
Tja. Ich hatte auf meinen Ex-Mann geschossen, ich wusste kaum noch, wer ich war, ich wurde zeitweise in eine Anstalt eingewiesen. Warum hätte man mir glauben sollen?

Astrada versuchte alles, um Sie zu diskreditieren.
Man hat mich als geistig verwirrte Pharmaaktivistin dargestellt, die den Konzern vernichten wollte.

Sie haben stets beteuert, mit dem Bimini-Leak nichts zu tun gehabt zu haben. Es fällt schwer, das zu glauben.
So war es aber. Ich weiß bis heute nicht, wie die Daten in die Hände von Pharmatransparency gelangt sind. Ich selbst hätte diese Daten auch nicht geleakt. Mir war es sehr wichtig, auf

gar keinen Fall einen Bimini-Versorgungsengpass zu riskieren.

Aber als schließlich die Wahrheit über Bimini ans Licht kam, wurde das Medikament doch weiterproduziert?
Das hätte durchaus auch anders laufen können. Dank der geleakten Daten hatten viele Forscher bereits die Grundlagen für eine synthetische Herstellung des Präparats erarbeitet. Dass Bimini weiter produziert werden konnte, ist Erik Freimuth zu verdanken. Er war es, der die Übernahme Astradas durch Lilly Pharma so schnell vorantrieb und das internationale Forschungskonsortium zur Synthese von Bimini finanzierte. Und dann gab es ja auch noch diese unglaubliche Solidarität vonseiten der Jugend – damit hatte wirklich niemand gerechnet.

Sie sprechen von der weltweiten Bewegung »Guardian Angels«. Tausende Jugendliche spendeten freiwillig Blut für Alzheimer-Kranke.
Ja, es war großartig, was diese Jugendlichen getan haben. So etwas lässt mich an das Gute im Menschen glauben.

Warum wurde niemand misstrauisch, nachdem die Bimini-Daten veröffentlicht wurden?
Das ist mir bis heute ein Rätsel. Die geleakten Daten zeigten deutlich, dass die enormen Mengen an GRF6009-Proteinen, die es für die industrielle Produktion von Bimini brauchte, niemals aus normalem Blutplasma stammen konnten.

Die Debatte blieb überwiegend auf wissenschaftliche Kreise beschränkt.
Ja, leider. Mark Jacobs ging zu dieser Zeit mit Aeternum an die Öffentlichkeit. Er versprach den Menschen eine längere

Lebenszeit und stellte seine eigene spektakuläre Verjüngung zur Schau. Mark wusste sehr genau, dass sich angesichts solcher Nachrichten niemand mehr für die Aussagen einer geistig Verwirrten, irgendwelche Leaks oder Proteinkonzentrationen interessieren würde.

Erst als das Astrada-Aufsichtsratsmitglied Beate Hansen alle Vorwürfe gegen Astrada bestätigte, wurde das volle Ausmaß des Skandals öffentlich.
Es war eine glückliche Fügung, dass Frau Hansen sich zu diesem Schritt entschloss. Sie wusste, dass sie nicht mehr lange zu leben hatte. Ohne ihre Aussage wären die Blutfarmen sonst vielleicht heute noch in Betrieb.

Wenige Wochen später starb Mark Jacobs. Haben Sie jemals Genugtuung über seinen Tod empfunden?
Nein. Trotz allem macht mich sein Tod noch immer betroffen. Mark Jacobs war viele Jahre lang ein enger Kollege und mein Mentor. Wir waren Freunde. Ich weiß nicht, warum er zu dem Menschen wurde, der er am Ende war. Für mich ist seine Geschichte eine Mahnung, nicht die Bodenhaftung zu verlieren. Wir sind alle nur Menschen. Sterbliche Menschen.

Er wollte Sie umbringen. Er hat Ihnen zwanzig Jahre Ihres Lebens geraubt.
Was er mir angetan hat, ist unentschuldbar. Natürlich gibt es Tage, an denen ich mich gräme und in Selbstmitleid zerfließe. Aber es ist, wie es ist. Es geht mir besser, wenn ich die Situation akzeptiere und das Beste daraus mache. Letztlich hatte das alles auch sein Gutes. Hätte Mark mich nicht mit Alterungsstoffen vergiftet und mich dadurch geradezu gezwungen, mich diesem Thema zu widmen – ich wäre heute nicht hier.

Nach Ihrer Rehabilitierung durch Beate Hansen wollte niemand Sie als Forscherin anstellen.
Als es mir wieder etwas besser ging, wirkte ich bei dem internationalen Konsortium zur synthetischen Herstellung von Bimini mit. Danach hatte ich eigentlich vor, in die Forschung zurückzukehren und mich auf die Seneszenz zu konzentrieren. Zu meiner Überraschung musste ich aber feststellen, dass mich niemand mehr haben wollte. Ich hatte mich an mehreren deutschen Universitäten beworben. Nichts. Keine Chance. Ins Ausland wollte ich wegen meiner Tochter nicht gehen.

Warum war das so? Schließlich hatten Sie doch versucht, die unethischen Praktiken zu beenden?
Vielleicht befürchtete man zu viel Presseaufmerksamkeit, die meine Person zweifellos auf sich gezogen hätte? Vielleicht zweifelte man an meiner geistigen Verfassung? Oder an meinen Qualitäten als Forscherin? Ich weiß es nicht.

Wie ist es Ihnen gelungen, ein so großartiges Comeback zu schaffen?
Das habe ich Erik Freimuth zu verdanken. Er hat mich schließlich als Forschungsleiterin zu Lilly Pharma geholt und mir ermöglicht, die Seneszenzfaktoren zu analysieren.

Sie mussten gegen eine schnell tickende Uhr ankämpfen. Wie haben Sie es geschafft, den rasend schnellen Alterungsprozess im eigenen Körper zu stoppen?
Ich musste mich zunächst mit jungem Blutplasma stabilisieren, um überhaupt wieder überlebens- und handlungsfähig zu sein. Dann gelang es mir, einige der Seneszenzfaktoren in meinem Blut zu neutralisieren. Anschließend brauchte ich keine Jungbrunnenstoffe mehr.

Das war der entscheidende Durchbruch für die Altersforschung.
Ja. Damit hatten wir eine Alternative für die künftige Behandlung von Demenzerkrankungen gefunden. Eine, die ohne Jungbrunnenstoffe auskommt und damit ohne Risiko, dass Kinder erneut ausgebeutet werden oder Menschen an Krebs erkranken.

Was haben Sie vor, wenn Sie wieder zurück in Hamburg sind?
Lilly plant, einen Seneszenzblocker zu entwickeln. Da gibt es noch viel zu tun für mich, wir stehen gerade erst am Anfang. Nun müssen Sie mich aber entschuldigen. Ich bin mit einer Königin verabredet.

Professor Kornblum, wir danken Ihnen für das Gespräch.

Epilog

Iliana verstand nichts von dem, was Professor Klas Larsson sagte. Sie konnte kein Schwedisch. Aber sie kannte den Inhalt seiner Laudatio, die er an diesem 10. Dezember 2032 im wunderschönen Stockholmer Konzerthuset hielt. Es ging um das Altern. Welche Faktoren beschleunigten, welche verlangsamten es? Wie konnte man diese Faktoren im Blut aufspüren und neutralisieren, um Alterserkrankungen zu behandeln? Es war eine Zusammenfassung ihrer Forschung.

Larsson trug einen Frack, ein weißes Hemd und eine weiße Fliege – so wie alle anderen Männer an diesem Abend. Sie hatte sich für ein grünes Abendkleid entschieden, Klaus hatte ihr bei der Auswahl des Abendkleids geholfen. Jetzt saß er gemeinsam mit Phillip und Marie im Publikum, ihr Vater wäre auch gerne mitgekommen, aber die Reise war zu beschwerlich. Ihre Tochter war zu einer schönen jungen Frau herangewachsen, der Stolz stand ihr ins Gesicht geschrieben. In wenigen Minuten würde ihre Mutter den Nobelpreis für Medizin aus den Händen der schwedischen Königin entgegennehmen.

»Professor Kornblum«, sagte Larsson, nun ins Englische wechselnd, und Iliana erhob sich. Ihre Gelenke schmerzten, sie bemühte sich, keine Miene zu verziehen.

»Ihre bahnbrechende Forschung hat der Medizin neue Möglichkeiten eröffnet. Sie begründete einen Paradigmenwechsel in der Therapie von Alterskrankheiten wie Alzheimer – diese können nun behandelt werden, und das nicht länger alleine durch die Gabe von verjüngenden Proteinen, sondern durch das Entfernen von Alterungsfaktoren aus dem Blut. Ihre Forschung, Professor Kornblum, ist ein Meilenstein im Kampf gegen Demenz. Sie dient dem Wohl zahlreicher Patienten und der gesamten Menschheit.«

Iliana zitterte. Dieser Moment war der Triumph ihres Lebens. Eines Lebens, das vor 53 Jahren begonnen hatte und dem zwanzig Jahre genommen worden waren.

»Ich bitte Sie nun vorzutreten und Ihren Preis aus den Händen Ihrer Majestät, der Königin, entgegenzunehmen.«

Alle Gäste im Saal erhoben sich. Königin Victoria von Schweden schritt zur Mitte der Bühne, wo das weiß umkreiste N, das Kürzel Alfred Nobels, auf dem Boden eingraviert war. Iliana nahm die Medaille entgegen und verneigte sich, einmal zur Königin, einmal zum Redner und dann zum Publikum. Sie sah in die strahlenden Gesichter von Marie, Klaus und Phillip und sie fühlte sich wieder jung.

Danksagung

Ich danke Dunja Batarilo für die beste Unterstützung, die man sich nur wünschen kann!

Ich danke Volker Wittpahl, Sebastian Pirling, Sven-Eric Wehmeyer, Hanne Reinhardt, Birgit Anwald, Moira, Andreas Eschbach, Jens Behrens, Sarah Ehrich.